ARTURO
PÉREZ-REVERTE

ALFAGUARA

Primera edición: noviembre de 2017

© 2017, Arturo Pérez-Reverte
© 2017, Penguin Random House Grupo Editorial, S. A. U.
Travessera de Gràcia, 47-49. 08021 Barcelona
© 2017, de la presente edición
Penguin Random House Grupo Editorial USA, LLC
8950 SW 74th Ct. Suite 2010
Miami, FL 33156

Printed in USA – Impreso en Estados Unidos

ISBN: 978-1-945540-86-8

Penguin
Random House
Grupo Editorial

A Jorge Fernández Díaz, cuchillero en Buenos Aires.
Por la hermandad. Por el honor.

Cuando te adentras en el corazón de una mujer, te expones a un peligroso viaje.

Hans Hellmut Kirst, *Richard Sorge*

—¿Lleva usted algún arma más?
—Mis manos. Pero sobre ellas nada pueden decir los funcionarios de aduanas.

W. Somerset Maugham, *Ashenden*

Aunque documentada con hechos reales, *Eva* es una novela cuya trama y personajes son imaginarios. El autor ha alterado ciertos detalles históricos según las necesidades de la ficción.

1. Norddeutscher Lloyd Bremen

No quiero que me maten esta noche, pensó Lorenzo Falcó.

No de esta manera.

Sin embargo, estaba a punto de ocurrir. Los pasos a su espalda resonaban cada vez más cercanos y rápidos. Sin duda tenían prisa por alcanzarlo. Había escuchado el grito del enlace al caer en la oscuridad, a su espalda, desde el mirador de Santa Luzia, y el golpe del cuerpo al estrellarse contra el suelo quince o veinte metros más abajo, en una callejuela oscura del barrio de Alfama. Y ahora iban a por él, en busca del trabajo completo. De rematar la faena.

El desnivel de la cuesta lo ayudaba a caminar más deprisa, pero también facilitaba el paso a sus perseguidores. Eran dos hombres, había entrevisto arriba mientras el enlace —apenas vislumbró su cara, sólo un bigote bajo el ala de un sombrero, en la penumbra de una farola lejana— le pasaba el sobre, como estaba previsto, un momento antes de advertir la presencia de los extraños y proferir una exclamación de alarma. Se habían separado apresuradamente, alejándose el enlace a lo largo de la barandilla del mirador —por eso lo habían atrapado primero— y Falcó calle abajo, con las luces vagas de Lisboa extendiéndose más allá, al pie del barrio elevado, y la cinta ancha y negra del Tajo fundiéndose con la noche, en la distancia, bajo un cielo sin luna y salpicado de estrellas.

Había una vía de escape a la izquierda, entre las sombras. Recordaba el lugar porque lo había estudiado por la mañana, a la luz del día, en previsión de la cita nocturna. Era aquél un antiguo y práctico principio profesional: antes de arriesgarse en un lugar, decidir por dónde abandonarlo, si era necesario ir con prisas. Falcó recordaba el nombre rotulado en un azulejo: Calçadinha da Figueira. Era un callejón estrecho, muy en cuesta abajo, al que se accedía por una escalera de piedra de dos tramos y barandilla de hierro. Así que, torciendo con brusquedad a la izquierda, bajó rápidamente por ella, guiándose con una mano en la barandilla para no tropezar en la oscuridad. Al final había un arco, donde el callejón discurría a la derecha en ángulo recto. Un arco angosto, por el que sólo podía pasar una persona a la vez.

Los pasos venían detrás, cada vez más cerca. Sonaban ya en los primeros peldaños de la escalera. No voy a morir esta noche, se repitió Falcó. Tengo planes más atractivos: mujeres, cigarrillos, restaurantes. Cosas así. De modo que, puestos a ello, es mejor que mueran otros. Entonces se quitó el sombrero, introdujo los dedos entre la badana y el fieltro y extrajo la hoja de afeitar Gillette en su envoltorio de papel que llevaba allí oculta. Mientras recorría el último tramo hacia el arco deshizo el envoltorio y, tomando el pañuelo del bolsillo superior de la chaqueta, se protegió con él los dedos para sujetar la cuchilla entre el pulgar y el índice. Llegó así al arco, torció a la derecha y apenas lo hizo se quedó allí inmóvil, pegado a la pared, escuchando el sonido de pasos cada vez más próximos, entre el rumor del pulso acelerado que le batía fuerte en los tímpanos.

Cuando la primera silueta apareció en el arco, Falcó se interpuso con rapidez y lanzó un tajo rápido de derecha a izquierda en la garganta. En el rostro en sombra apareció un breve destello claro —los dientes de una boca abierta por el estupor—, e inmediatamente, una exclamación de sorpresa que se quebró a la mitad en un gorgoteo agónico, como si el aire de los pulmones del hombre herido escapase entre un velo fluido y líquido por su tráquea abierta. Cayó desplomándose en el acto, a la manera de un cuerpo desmadejado que de repente perdiera toda consistencia. Un bulto atravesado en el suelo, bajo el arco. Y la sombra que venía detrás se detuvo de pronto, guardando la distancia.

—Venga, hijo de puta —faroleó Falcó—. Acércate un poco más... Vamos.

Tres segundos de inmovilidad. Quizá cinco. Falcó y el otro quietos en el callejón, y el bulto del suelo que seguía emitiendo su ronco quejido líquido. Al cabo, el segundo perseguidor retrocedió despacio en la oscuridad, cauto, desandando camino.

—Vamos, hombre —dijo Falcó—. No me dejes así, con las ganas.

Sonaron los pasos, más apresurados ahora, alejándose callejón y escalera arriba hasta que dejaron de oírse. Entonces Falcó respiró hondo, todavía inmóvil, permitiendo que el latir de su pulso en los tímpanos recobrase la normalidad. Después, cuando cesó el leve temblor que le agitaba los dedos, tiró la hoja de afeitar y el pañuelo, tras limpiarse con éste el líquido viscoso, aún tibio, que le manchaba la mano.

Se agachó para cachear el cuerpo caído, que al fin estaba en silencio: un cuchillo en funda sujeta al cinturón, tabaco, fósforos, monedas sueltas. En el bolsillo interior de la chaqueta había una billetera, que Falcó se guardó. Después se incorporó, mirando alrededor. El paraje estaba desierto, y casi todas las casas próximas, a oscuras. En varias de ellas se entreveían rendijas de luz, y de algún lugar remoto llegaba música de radio con una voz femenina cantando un fado. Un perro ladró a lo lejos. En el cielo negro seguía habiendo tantas estrellas que Lisboa parecía cubierta de un enjambre de inmóviles luciérnagas.

Por un momento pensó en buscar el cuerpo del enlace al pie del parapeto por el que había caído, o lo habían arrojado, pero en seguida desechó la idea. La curiosidad, advertía el viejo dicho, mató al gato. Siguiera vivo o no el enlace después de aquellos quince o veinte metros desde el mirador hasta el suelo —lo más probable era que estuviese muerto—, ése ya no era asunto de Falcó. Sólo sabía de él que era portugués, que trabajaba para el bando nacional por convicción o dinero, y que le había entregado información que debía transmitir al cuartel general franquista en Salamanca. Así que mejor no complicarse más la vida. Alguien, un transeúnte casual, un vecino, un vigilante nocturno, podía aparecer por allí; o tal vez el segundo perseguidor, tras pensarlo mejor, decidiera volver sobre sus pasos y vengar a su compañero. Nunca se podía estar seguro de esa clase de cosas. El de Lorenzo Falcó era un oficio de imprevistos; un ajedrez de riesgos y probabilidades. Por otra parte, el sobre, objeto del encuentro nocturno, lo llevaba ya en el bolsillo. Nada más le interesaba del otro, soldado anónimo, sin rostro siquiera —aquel bigote entrevisto bajo el sombrero—, de una guerra sucia que se libraba tanto en los campos de batalla de España como en las respectivas retaguardias, y también en lugares extranjeros oscuros y sórdidos como aquél. Lances sucios, propios de un sucio oficio. Espías tan sin rostro como el agente republicano degollado bajo el arco, o el fulano que, prudente, había puesto pies en polvorosa por miedo a correr la suerte de su compañero. Peones desechables en un tablero donde jugaban otros.

Bajó hasta la rua de São Pedro volviéndose de vez en cuando para comprobar si alguien lo seguía. Un latido de dolor le martilleaba la sien derecha, sin duda a causa de la tensión, e instintivamente se palpó el bolsillo de la americana donde llevaba el tubo de cafiaspirinas; aquél era su punto flaco, las migrañas que a veces lo dejaban aturdido, incapaz de moverse, boqueando como un pez fuera del agua. Necesitaba un sorbo de algo para tragarse una, pero eso tendría que esperar. Lo principal era alejarse de allí. Y rápido.

Buscó calles anchas para evitar una posible emboscada. Al fin dejó la Alfama atrás, y deteniéndose bajo la luz turbia de una farola en la rua dos Bacalhœiros, entre la bruma que la humedad hacía ascender desde el río cercano, sacó el sobre del bolsillo, rasgándolo para ver qué contenía. Le sorprendió ver que se trataba del folleto, doblado en dos, de una compañía naviera, la Norddeutscher Lloyd Bremen. Sólo eso. Una hoja tamaño cuartilla impresa por una sola cara. Estaba ilustrada con un transatlántico, y debajo había una lista de barcos e itinerarios a América y al Mediterráneo Oriental. Volvió a meter el folleto en el sobre, lo devolvió al bolsillo y revisó la billetera del muerto. Había en ella cierta cantidad de dinero en escudos portugueses, que se guardó sin reparos, un abono para los tranvías de Lisboa, la fotografía de una mujer joven y dos cédulas de identidad con el rostro del mismo sujeto —moreno, flaco, cabello rizado y escaso— pero con nombres diferentes: una de las cédulas, sin duda falsa, era portuguesa, a nombre de João Nunes, empleado de comercio. La otra era española, con membrete del Servicio de Información Militar y tampón de la República, emitida a nombre de Juan Ortiz Hidalgo. Se metió esta última en el bolsillo. Después tiró el resto con la cartera a un cubo de basura y se alejó caminando deprisa, aunque no lo bastante para llamar la atención.

Al empujar la puerta del Martinho da Arcada —un pequeño café restaurante de paredes sencillas y blancas, en los soportales de la praça do Comércio—, Falcó se dio cuenta de que tenía manchado de sangre el puño derecho de la camisa. Entró, y mientras saludaba al camarero vio que Brita Moura estaba sentada de espaldas, al fondo, en la última mesa junto a la ventana. Pasó directamente al cuarto de baño, puso el pestillo a la puerta, abrió el grifo y con un sorbo de agua en el cuenco de las manos ingirió dos cafiaspirinas. Luego se quitó la americana y el gemelo de oro que sujetaba el puño almidonado a la manga de la camisa, y lavó éste hasta que la sangre casi desapareció. Lo secó con la toalla del lavabo y volvió a ponérselo. En su muñeca izquierda, el Patek Philippe indicaba once minutos de retraso. Eso era algo razonable, y la mujer que aguardaba no estaría demasiado furiosa por ello. O no demasiado tiempo.

Palpó el bolsillo de la chaqueta para comprobar que el sobre seguía allí. Luego se estudió detenidamente en el espejo, buscando alguna huella más de la reciente refriega, pero sólo vio la imagen de un hombre atractivo de treinta y siete años, vestido con un traje oscuro de corte impecable, el pelo negro peinado hacia atrás, reluciente de brillantina. Se pasó una mano por él para alisarlo un poco más y luego recompuso el nudo de la corbata. Con ese último ademán, su rostro endurecido por años de tensión y peligro pareció relajarse, dando paso a una expresión irónica y amable: la del hombre apuesto que llega tarde a una cita escudándose tras una sonrisa, seguro de hacerse perdonar.

—Por Dios —protestó la mujer—. Llevo aquí media hora sola como una tonta, esperándote.

—Lo siento —respondió Falcó—. Me retuvo un negocio urgente.

—Pues vaya horas para los negocios. Y además, citándome en este lugar.

Dirigió Falcó en torno una sonrisa tranquila.

—¿Qué le pasa al lugar?

—Es una simple casa de comidas... Podríamos haber ido a un sitio mejor, con música.

—Me gusta éste. Los camareros son simpáticos.

—Qué tontería.

Brita Moura no estaba acostumbrada a que los hombres se retrasaran con ella. Era morena, de boca grande y sensual, con una anatomía contundente que llenaba cada noche el patio de butacas del teatro Edén —la revista musical se titulaba *Solteira e sem compromisso*—, pestañas postizas y labios de un rojo muy intenso, a lo Crawford. Llevaba la media melena negra peinada hacia atrás con fijador, como el propio Falcó, con la frente despejada en un leve toque virago. El suyo era un rostro habitual en carteles publicitarios y portadas de semanarios ilustrados portugueses. Nacida veintisiete años antes en un pueblecito del Alentejo, Brita era de esas hembras por las que los jóvenes perdían el corazón y los viejos la cartera. Había recorrido un duro camino hasta convertirse en la actriz y vedette famosa que era ahora, y no dudaba en hacérselo pagar a los pocos afortunados que lograban acercarse lo suficiente. Falcó, sin embargo, era una de sus debilidades. Se habían conocido cinco semanas atrás en una de las mesas de ruleta del casino de Estoril, y se veían de vez en cuando.

—¿Qué te apetece? —con toda naturalidad, Falcó consultaba la carta.

Ella arrugaba la nariz, caprichosa. Todavía enfurruñada.

—Se me han quitado las ganas de cenar.

—Yo pediré bacalao a la brasa... ¿Tomarás vino?

—Eres un insensible y un canalla.

—No. Sólo tengo hambre —el camarero aguardaba, solícito—. ¿También pescado para ti?

No era cierto. No sentía hambre en absoluto, pero aquella prosaica liturgia social le ayudaba a serenar la cabeza. A escudarse tras la banalidad de una conversación intrascendente con una mujer hermosa. Ordenaba de esa manera ideas y propósitos. Recuerdos inmediatos.

—Sólo una sopa ligera —dijo Brita—. Estoy engordando demasiado.

—Eso es absurdo, querida. Estás perfecta.

—¿Tú crees?

—Sí. Espléndida.

Ella había suavizado el gesto. Se palpó las caderas.

—Pues los de la revista *Ilustração* dicen que estoy ganando peso.

Sonrió Falcó con aplomo mundano. Había sacado la pitillera de carey y le ofrecía un Players.

—Los de la revista *Ilustração* son unos imbéciles.

Ella se inclinaba hacia él sobre la mesa, acercando su cigarrillo a la llama del Parker Beacon de plata.

—Tienes mojado un puño de la camisa —observó.

—Ya —Falcó encendió su propio cigarrillo—. Una salpicadura del grifo, al lavarme las manos.

—Qué bobo.

—Sí.

Fumaron mientras llegaba la cena. El dolor de cabeza de Falcó había desaparecido. Brita hablaba de su trabajo, del éxito de la taquilla, del contrato para la nueva revista que se pondría en cartel de allí a un par de meses. De un proyecto cinematográfico que le habían ofrecido. Falcó seguía la conversación con aire interesado y cortés, mirando todo el tiempo a los ojos de la mujer con aparente atención; formulando en los momentos precisos, como si de cumplir con un guión se tratara —y eso era, a fin de cuentas—, comentarios adecuados o preguntas oportunas. Uno de tus más perversos encantos, le había dicho en cierta ocasión el Almirante, consiste en que sabes escuchar como si lo que te dicen resultara decisivo para tu vida y tu futuro. Lo más importante del mundo. Y cuando al fin la víctima advierte el truco, es demasiado tarde, porque ya le has robado la cartera o dado un navajazo en la ingle. O, si es mujer, te has metido en su cama.

—¿Adónde iremos después? —se interesó Brita.

—No lo he pensado.

Era cierto. Tenía la cabeza ocupada en el sobre que llevaba en el bolsillo, en el enlace y el agente republicano muertos, en el otro fugitivo, que a esas horas debía de haber informado ya a los suyos del incidente. En cómo iba a reaccionar la policía portuguesa. En el prospecto de la Norddeutscher Lloyd Bremen y la relación de barcos que contenía, y en el dato exacto que debía transmitir, una vez descifrado, a la jefatura del Servicio Nacional de Información y Operaciones. En principio no había prisa, pues tenía previsto comunicarse con Salamanca por la mañana; pero ni siquiera la belleza de la mujer que tenía enfrente lograba despejar su inquietud. Algo dentro de aquel sobre, de lo ocurrido media hora antes en la Alfama, no era lo que aparentaba. Había cabos sueltos, y no podría quedarse tranquilo hasta atarlos.

—¿Quieres un poco más de vino?

Acercaba la botella a la copa de la mujer. La sonrisa de ella indicó que se habían despejado las últimas nubes. Fundido el hielo. Todo en orden.

—Gracias, amor.

Por otra parte, con Brita Moura ya se había acostado Falcó varias veces. Cuatro, para ser exactos: una en el hotel Palacio de Estoril y tres en Lisboa, en el lujoso apartamento que ella tenía en la travessa do Salitre. No esperaba, por tanto, mucha novedad por ese lado, aparte el retorno cálido y temporal a la intimidad de aquel cuerpo espléndido, por lo demás rutinario y poco imaginativo; aunque, eso sí, de fluidos fáciles, agradecidos y abundantes. Iba a tratarse, en resumen, de dos o tres horas agradables antes de regresar al hotel —no era partidario de arriesgar la piel durmiendo en casas ajenas— con las manos en los bolsillos y el cuello de la chaqueta subido, de madrugada, esquivando el chorro de agua de las mangueras de los barrenderos municipales. Aquélla era la parte mala. Tampoco resultaba, a fin de cuentas, un programa como para tirar cohetes.

—Podemos ir a bailar —sugería ella—. Al Barrio Alto. Han abierto un sitio nuevo junto a Tavares que está muy bien... Una orquesta americana de jazz, con músicos negros.

—Es una posibilidad.

Brita volvió a inclinarse hacia él. Apoyaba un codo en la mesa y sostenía en alto el cigarrillo manchado de *rouge,* entre dos dedos. Sofisticada y vulgar al mismo tiempo, sus rotundos senos rozaban el mantel.

—Adivina qué llevo debajo —susurró.

Sonreía, prometedora. Falcó estudió el vestido drapeado de Balenciaga —crepé color violeta— con mirada inquisitivamente cortés. La última vez que estuvieron juntos habían bromeado sobre ropa interior femenina; así que la respuesta, dedujo, era fácil.

—¿Seda negra?

—Nada —ella bajó un poco más la voz—. No llevo nada.

—Defíneme esa nada —sonrió Falcó.

—Pues nada, tonto. En absoluto.

—¿En absoluto?

—Eso es. No me he puesto combinación ni bragas.

—Ah.

Lo comprobó —lo de nada en absoluto— una hora más tarde, mientras bailaba en el nuevo club de jazz acariciando las caderas de Brita Moura. Nada había entre la tela del vestido y la piel, y el movimiento del cuerpo de ella, sensual y adecuado a las circunstancias, estimuló a Falcó lo suficiente para distraerlo de las inquietudes profesionales que le ocupaban la cabeza. Quizá después de todo, concluyó, no fuera mala idea pasar un rato por el apartamento de ella y poner las cosas en su sitio, hola y adiós, con un agradable intercambio de microbios. Y a otra cosa. Como coartada no era mala. A fin de cuentas la noche era larga, el sobre seguía en su bolsillo, y en Salamanca, donde estarían durmiendo a esas horas —la cruzada de salvación nacional imponía costumbres morigeradas a los nuevos españoles—, no esperaban noticias suyas hasta el día siguiente por la mañana. Además, eso reforzaría su cobertura si la policía portuguesa huroneaba en torno a lo de Alfama.

—Me encanta el sitio —repetía Brita.

El local se llamaba O Bandido y estaba de moda en Lisboa: jazz y ritmos al día. Camareros con cubos de hielo y champaña, vasos de whisky y cocktails de nombres imposibles iban y venían entre las mesas, diligentes. Una orquesta de negros americanos, o que fingía serlo, se empleaba a fondo sobre una tarima, y una multitud danzante y sudorosa, en la que menudeaban los trajes de noche y etiqueta, parecía pasárselo bien en la pista; ajenos todos, en principio, al hecho de que a pocos cientos de kilómetros de allí, al otro lado de la frontera, una guerra atroz llenaba de refugiados los caminos, de infelices las prisiones y de cadáveres las trincheras, las cunetas y las tapias de los cementerios. Con una mueca sarcástica, Falcó recordó por un instante la última fiesta de fin de año antes de la guerra —la había pasado en el *grill* del Palace de Madrid, bailando con una amiga—, preguntándose cuántos de

21

quienes esa noche tiraron serpentinas y brindaron celebrando las campanadas de 1936 estarían ahora muertos o a punto de estarlo.

—Qué fastidio —dijo Brita—. No mires. Está ahí el estúpido de Manuel Lourinho.

Miró Falcó, de reojo. Un tipo apuesto, bronceado, vestido de smoking, estaba sentado a una mesa con un grupo de gente. Reían y bebían.

—¿El guaperas de allí?

—El mismo... ¿Lo conoces?

—Me suena.

—Es jugador de polo. Sale en los periódicos de vez en cuando.

—Ya —cayó en la cuenta—. ¿Qué pasa con él?

—Se ha vuelto un pesado. Tuvimos una historia corta, pero se la tomó demasiado en serio, y no me deja en paz... Además, está casado.

—Yo también estoy casado —bromeó Falcó.

Ella le clavó las uñas en los brazos.

—Embustero... ¿Quién iba a atarse a un calavera como tú?

Fueron a sentarse. El tal Lourinho los había visto y dirigía intensas miradas a Brita. Falcó agarró el gollete de la botella de Bollinger que estaba en el cubo de hielo y la encontró casi vacía.

—¿Pido otra?

—No vale la pena —Brita había abierto el bolso y se empolvaba la nariz—. Ver a ese fatuo me ha quitado las ganas de todo.

—¿De todo?

Ella cerró la polvera y le dirigió una femenina mirada de superioridad moral.

—¿Tú eres tonto, o qué?

Consultó Falcó el reloj. Luego recordó el tacto de la piel de la mujer bajo la seda del vestido.

22

—¿Nos vamos?

—Será mejor, antes de que ese idiota nos arruine la noche.

Falcó llamó a un camarero y pagó la cuenta añadiendo una generosa propina. La mujer se puso en pie. En ese momento Manuel Lourinho se levantó a su vez —era un tipo alto y fuerte— y fue hacia ellos. Brita pasó por delante sin dirigirle una mirada. Falcó sí lo hizo. Estuvo a punto de guiñarle un ojo, en plan hoy por mí y mañana por ti, compañero, pero se contuvo porque no le gustó la expresión del individuo. Lo miraba a él, torvo, como considerándolo culpable del desaire.

—Eh —dijo.

Su aliento olía a whisky inglés de buena calidad y malas consecuencias. Se detuvo Falcó un instante. El individuo era casi un palmo más alto que él.

—Dígame, amigo.

—No soy su amigo —masculló el otro—. Y le voy a partir la cara.

Suspiró Falcó, resignado. Casi conciliador.

—Me asusta usted —dijo.

Después siguió camino tras la mujer, que se alejaba. Cogieron el abrigo de ella y el sombrero de él en el guardarropa —Falcó iba a cuerpo— y salieron a la calle. Había dos taxis y tres coches de caballos en la parada, frente al cabaret. Falcó se disponía a pedirle al portero que trajera un coche cuando sintió pasos a su espalda. Y al volverse, a la luz del farol de la entrada, vio allí a Lourinho.

—Te vas sin saludarme, Brita.

Mala papeleta, pensó Falcó. Se complicaba la noche.

—No tengo ninguna gana de saludarte —replicó ella.

—Eso es descortés por tu parte.

—Déjame en paz.

Se había cogido con más fuerza del brazo de Falcó. Del derecho. Prudente, éste la pasó al lado izquierdo.

—Te he llamado varias veces —insistió Lourinho.

—Mucha gente me llama.

Se acercaba el coche de caballos prevenido por el portero. Lourinho se les puso delante, cortándoles el camino.

—Zorra —dijo casi escupiéndolo.

Torció el gesto Falcó. Aquello se salía de madre. O se iba a salir de un momento a otro.

—Discúlpenos —dijo, haciendo ademán de conducir a Brita hacia el coche.

—Me ha llamado zorra —protestaba la mujer, escandalizada—. ¿No vas a decir nada?

—Sube al coche... Vamos.

Pero Lourinho volvió a interponerse, amenazador. Separaba los brazos del cuerpo como un luchador listo para la pelea.

—Te voy a matar —le dijo a Falcó.

Suspiró hondo éste, soltando el brazo de la mujer. Miraba con fijeza el rostro del otro, situado muy cerca, un poco más arriba del suyo.

—Tú no has matado a nadie en tu vida —dijo muy despacio.

Quizá fue el tono, o el gesto. La mirada de Falcó. Los ojos y la expresión de Lourinho lo revelaron todo de golpe. La sucesión de sensaciones. La sorpresa fue lo primero; luego, el descubrimiento y el recelo. Entonces retrocedió un paso. Algo allí no era lo que había previsto, y su cerebro confuso por el alcohol intentaba averiguar de qué se trataba. Pero sólo fueron un par de segundos, porque Falcó no le concedió más tiempo. Dio el paso adelante que el otro había dado atrás y alzó los brazos sonriendo, cual si se dispusiera a dar un abrazo amistoso que lo zanjase todo. Y en el mismo movimiento, todavía con la sonrisa en la boca —ver sonreír relajaba las defensas de cualquiera—, le asestó un rodillazo en los testículos que hizo a Lourinho encogerse de estupefacción, primero, y de dolor después. Aun así, Falcó sabía que esa clase de golpes tardaban tres o cuatro segundos en hacer su efecto total; de modo que atajó camino añadiendo un codazo en la cara. Cayó el otro de rodillas, una mano ante los ojos y otra entre las ingles, echando aire de golpe como si le hubieran apretado un fuelle en los pulmones.

Falcó se había vuelto hacia el portero, alargándole un billete doblado en dos.

—Habrá observado que el señor se encuentra mal —dijo con mucha calma—. Por eso ha tropezado, cayéndose... Lo ha visto, ¿verdad?

El portero se guardaba la propina en la chaqueta galoneada. Escandalizado antes de recibir el dinero, lucía ahora una sonrisa de oreja a oreja.

—Absolutamente, caballero.

Sonrió también Falcó, cómplice. La sonrisa de quien poseía una confianza inquebrantable en la crueldad, la estupidez y la codicia de los seres humanos.

—Demasiado whisky, sin duda.

—Por supuesto.

Todavía era de noche, afuera. Entre las cortinas del dormitorio penetraba la claridad de un anuncio luminoso de oporto Sandeman situado en el edificio de enfrente. Sentado en un sillón en la penumbra, desnudo bajo el albornoz de Brita Moura que tenía sobre los hombros, Falcó fumaba contemplando el cuerpo dormido de la mujer. Los radiadores mantenían una temperatura agradable, y Brita dormía profundamente, destapada y boca arriba. Falcó podía oír el ritmo regular y acompasado de su respiración. Yacía ella inmóvil, con los brazos extendidos y las piernas abiertas, en una postura que en otra mujer menos hermosa, menos bellamente torneada, habría parecido vulgar. La débil iluminación exterior llegaba hasta su cuerpo como a través de un tamiz cárdeno que siluetease los contornos en soberbios escorzos de luz y sombra. La mata oscura del vello púbico abría un abismo de vértigo entre sus muslos. Antes de levantarse a fumar, Falcó había hundido allí con suavidad los dedos de la mano derecha, retirándolos húmedos de su propio semen.

Pensaba fríamente en el hombre muerto en Alfama. En el sonido líquido de su garganta, aire escapando en forma de burbujas a través de bocanadas de sangre. Reflexionaba, porque ésos eran su hábito y su oficio, sobre líquidos y fluidos. En la asombrosa facilidad, la rapidez inevitable con que un ser humano podía verter cinco litros y pico de sangre en el suelo, vaciándose sin remedio, allí donde ninguna compresa, ninguna presión de los dedos, ningún torniquete improvisado, eran capaces de yugular una fuerte hemorragia. Y una vez más se preguntó cómo se las arreglaban para sobrevivir quienes procuraban vivir ignorando eso: la certeza de que bastaba con acercarse al espléndido cuerpo de mujer que dormía a pocos pasos y, mediante el simple acto de tajarle el cuello, transformarlo en un trozo de carne muerta.

Aplastó el resto del cigarrillo en un cenicero y se puso en pie, frotándose los riñones doloridos: sin lugar a dudas, Brita era una mujer enérgica. Mucho. Luego, tras ceñirse el albornoz, anduvo descalzo sobre el suelo de parquet hasta su chaqueta, colgada en el respaldo de una silla. Sacó el sobre y fue con él hasta el cuarto de baño, donde hizo girar el interruptor de la luz eléctrica. Se observó un momento en el espejo, la mandíbula cuadrada que la barba empezaba a oscurecer, el pelo negro y revuelto sobre la frente, los ojos grises y duros, de pupilas aún dilatadas por la cocaína que Brita le había ofrecido un par de horas antes. Tenía la boca pastosa y seca.

Abrió el grifo, bebió con ansiedad un largo trago de agua, y después extrajo del sobre el prospecto de la Norddeutscher Lloyd Bremen. No hacía tan siquiera ocho horas, dos hombres habían muerto por ese documento de apariencia banal. Durante un rato, con extrema atención, estudió minuciosamente los nombres de los barcos e itinerarios registrados en él, sin observar ninguna marca o indicación en especial. Al fin se lo llevó a la nariz y olió el papel impreso. El resultado le arrancó una sonrisa.

Había una palmatoria con una vela y una caja de fósforos en la repisa de vidrio del lavabo. Falcó despejó ésta, puso el papel encima bien extendido, rascó un fósforo y encendió la vela. Después la pasó por debajo de la repisa. Lo hizo moviendo cautelosamente la llama, de modo que oscilara calentando el vidrio y también el papel que estaba encima, sin prenderle fuego ni deteriorarlo. Y así, en cosa de medio minuto, muy despacio, primero como un leve trazo ocre rojizo y luego con letras mayúsculas bien definidas, trazadas a mano con zumo de limón, orina u otra tinta invisible, aparecieron en el margen del impreso unas palabras:

Mount Castle, capitán Quirós. Naviera Noreña y Cía. Cartagena-Odesa, jueves 9.

A las 9.15 de la mañana, un hombre delgado y más bien bajo de estatura, con bigote negro, vestido con un traje marrón cruzado cuya chaqueta le estaba un poco grande, apareció con el sombrero puesto en la puerta vidriera del salón de desayunos del hotel Avenida Palace. Tras hablar con el jefe de camareros, dirigió en torno una mirada inquisitiva y luego fue hasta la mesa donde Falcó estaba sentado con *O Século* y el *Jornal de Notícias* sobre el mantel, bajo la gran lámpara de araña de cristal, cerca de una ventana por la que alcanzaba a ver el monolito de la praça dos Restauradores.

—Qué sorpresa —dijo Falcó, apartando los periódicos.

Sin responder, el otro miró el titular de uno de los diarios —*Intensos bombardeos nacionalistas sobre Madrid*— y luego a Falcó, antes de quitarse el sombrero y ponerlo sobre una silla. Tenía el cráneo tostado por el sol. Después se sentó, pasándose una mano por la cara. La barba le despuntaba en la piel grasienta. El suyo era un aire fatigado.

—Siempre bien alojado —comentó al fin, tras dirigir una mirada alrededor—. Habitaciones de ciento veinte escudos, creo.

—Ciento cuarenta.

Asintió el otro casi con resignación.

—Me irá bien un café —dijo, abatido—. No dormí en toda la noche.

Llamó Falcó a un camarero. En contraste con el recién llegado, él se veía fresco, salido de la ducha y afeitado en la barbería del hotel tras haber hecho las treinta flexiones boca abajo que hacía cada mañana. Cabello peinado hacia atrás, raya impecable, traje de tres piezas color plomo —Anderson & Sheppard, según la etiqueta cosida en el forro interior de la americana— y corbata de seda. Sus ojos grises estudiaron tranquilos al interlocutor: capitán Vasco Almeida, de la muy temida PVDE —Polícia de Vigilância e Defesa do Estado—: el servicio de inteligencia portugués. Ambos eran viejos conocidos. Su amistad, o razonable relación, databa del tiempo en que Falcó traficaba con armas por cuenta de Basil Zaharoff, utilizando, entre otros, el puerto de Lisboa; cajones de madera sin marcas ni identificación, cargamentos que iban y venían registrados como maquinaria industrial y otras mercancías, en aquel mundo sórdido de grúas, tinglados y callejuelas de azulejos desportillados, entre burdeles para marineros de los barcos amarrados en los muelles que iban desde Alcántara hasta Cais do Sodré. Vive y deja vivir, era la idea. Los dos habían compartido varias veces, en buena armonía, triquiñuelas, confidencias, sobornos y beneficios. Portugal, como solía decir Almeida, era un país pequeño y pobre. De sueldos bajos.

—Dos cadáveres. En Alfama.

No miraba a Falcó, sino la humeante cafetera de plata que un camarero acababa de poner sobre la mesa. Se sirvió una taza colmada, sin azúcar.

—Un español y un portugués —añadió antes del primer sorbo.

Falcó no dijo nada. Apoyaba los puños de la camisa en el mantel sobre el borde de la mesa, a ambos lados del plato donde, junto a su vaso de leche vacío —hacía tiempo que no tomaba café—, estaban los frugales restos de una tostada con mantequilla. A la espera. Al fin, tras un par de sorbos más, casi pensativos, Almeida se secó el bigote y alzó la vista hacia él.

—¿Dónde estuviste anoche, amigo?

Falcó le sostuvo la mirada. Enarcaba un poco las cejas, en oportuno gesto de sorpresa.

—Cenando.

—¿Y luego?

—En un cabaret.

—¿Fuiste solo?

—No.

Asintió Almeida muy despacio, como si acabara de escuchar lo que esperaba. Volvió a pasarse una mano por la cara sin afeitar.

—Un español y un portugués —repitió bruscamente—. El primero, degollado como un cerdo.

—¿Y?

—A tu compatriota le robaron la documentación, pero hace un rato lo identificó un funcionario de la embajada. Era agente de la República... El otro es un portugués que se cayó de un lugar alto, o lo tiraron. Un tal Alves. Empleado en un consignatario de buques de la rua do Comércio.

—¿Y por qué me cuentas todo eso?

—Alves trabajaba para los tuyos.

Parpadeó Falcó.

—¿Y quiénes son los míos?

—Vete a la mierda.

Un silencio. Largo. Almeida se bebió a sorbos cortos el resto del café. Después aceptó el cigarrillo que Falcó le ofrecía. Gozaba éste del don, nada común, de saber reanudar una amistad en el mismo punto en que la había dejado meses o años atrás, cual si no hubiera pasado el tiempo: un gesto, una mano en un brazo o un hombro, un recuerdo común, una sonrisa. Con Almeida bastaba un cigarrillo.

—¿Puedes probar que anoche no estabas solo? —inquirió el policía mientras expulsaba el humo.

—Claro.

—¿Hombre o mujer?

—Mujer.

—¿Conocida?

—Bastante —Falcó sonrió a medias—. Así que te agradeceré que no hagas ruido con eso.

—Pues dime lugares, anda.

—Martinho da Arcada y O Bandido.

—¿Y luego?

—Su casa. Hasta hace cuatro horas.

—¿Dónde?

—Ahí mismo. Travessa do Salitre, junto al hotel Tivoli.

Durante un momento, Almeida pareció considerar todo aquello.

—¿Conocías al español? —preguntó al fin—. Ortiz, se llamaba.

—No.

—¿Y al portugués?

—Todavía menos.

—¿Le dijiste a ella te quiero? —sonreía Almeida, zumbón—. No es aconsejable pasar la noche con una mujer

30

que puede servir de coartada sin decirle varias veces que la quieres.

—Con ésta no hizo falta.

—Siempre tan afortunado, tú.

—Sí.

Se miraban a los ojos igual que si estuvieran jugando al billar en una de las nueve mesas del café Chave d'Ouro, como solían hacer en tiempos menos tensos. Tras un momento, Falcó señaló los periódicos.

—Ganó el Benfica al Sporting.

—¿Y qué hay con eso?

—Tú eres del Benfica, ¿no?

Se quedaron callados otro rato, observándose.

—¿Cuánto hace que nos conocemos? —comentó por fin Almeida—. ¿Seis años?

—Ocho.

—En el pasado te saqué de algún apuro.

—Y yo a ti.

—Todo tiene un límite, amigo.

—No sé adónde quieres ir a parar.

—Los muertos me complican la vida.

—Esos muertos deberían ser cosa de la policía, Vasco. No tuya.

—Cuando se trata de agentes secretos, de ciudadanos portugueses reventados contra el suelo y de espías españoles que aparecen con el cuello abierto de oreja a oreja, son cosa mía. ¿Comprendes?... Mis jefes me piden resultados. Y ahí no hay amigos ni conocidos que valgan.

—Eso, según. Tu presidente Salazar simpatiza con la causa nacional.

El otro le dirigió una mirada torva. Parecida, pensó Falcó, a la que debía de tener mientras uno de cada diez detenidos e interrogados por él —ése era el rumor estadístico que circulaba sobre el capitán Vasco Almeida, feroz anticomunista— se le moría en las manos, entre alaridos, o se arrojaba de modo espontáneo por la ventana. Después el portugués miró brevemente alrededor, sombrío.

—Esta mañana —dijo bajando la voz— mi presidente Salazar me la trae floja.

Hizo una pausa y dio una chupada tan larga al cigarrillo que casi lo consumió.

—Además —añadió—, mi gobierno sigue sin reconocer al tuyo.

Falcó permanecía inmóvil, observándolo con expresión amistosa.

—¿Y qué quieres de mí?

Movía Almeida la cabeza.

—Una guerra civil para cambiarle el color a una bandera es mucha guerra. Los españoles estáis majaras. Lleváis veneno en la leche.

—No me encajan tantos plurales —sonrió Falcó—. ¿A quién te refieres?

—Da igual. A los rojos y a los fascistas —el policía suspiró mirando el cigarrillo, malhumorado, como alguien a quien le discutieran una evidencia—. Como ya no podéis jodernos a los portugueses, ahora os dedicáis a joderos entre vosotros... Siempre necesitáis a alguien a quien joder.

—Sigues sin decirme a qué debo el honor de que me acompañes en el desayuno. En tu bella ciudad.

Torció el otro la boca.

—Tú no estás en Lisboa de vacaciones.

—Hago negocios, ya sabes. Importación y exportación.

—Claro —aplastaba Almeida la colilla en la taza vacía de café—. Y yo me rasco los huevos.

—Pruébalo.

—¿Lo de los huevos?

—Lo mío.

—Puedo hacerte detener —lo miró con dureza—. Darte un mal rato. Complicarle la vida a esa mujer con la que dices haber pasado la noche.

—Eso es una tontería.

—Pues deja de tensar la cuerda.

—¿Qué ibas a ganar?... ¿Que dejemos de ser amigos? Suspiró el policía, fatigado.

—No me trates como a un imbécil.

—Nunca se me ocurriría...

El otro lo interrumpió alzando una mano.

—No tengo nada que objetar —dijo con sequedad— a que os destripéis al otro lado de la frontera, ni a que metáis armas alemanas e italianas de contrabando por el puerto de Lisboa, siempre que paguéis a quien haya que pagar... Allá cada cual. Eso no es asunto de la PVDE, por ahora. Pero no vamos a tolerar que ajustéis cuentas aquí. Que nos salpiquéis con vuestra mugre.

Falcó se permitió un ligero toque de impaciencia.

—Oye... Esta conversación no lleva a ninguna parte. Nada tengo que ver con lo de Alfama, se trate de lo que se trate.

—Un poco sabrás, estoy seguro. Cuéntame algo a lo que agarrarme. Cualquier cosa, por pequeña que sea. Y que cada cual siga su camino.

—Si hay agentes nacionales implicados, no soy yo. Te juro que no sé nada de eso.

—¿Nada?... ¿Siendo quien eres no sabes nada?

—Cero patatero.

—Dame tu palabra de honor.

—Tienes mi palabra de honor.

Almeida lo estudió unos segundos con fijeza. Después soltó una carcajada.

—Menudo hijo de puta.

2. El oro de la República

Dos semanas después, en Sevilla, bebió Falcó un último sorbo del segundo vermut, miró el reloj, dejó un billete de cinco pesetas sobre la mesa —el bar del hotel Andalucía Palace era muy caro— y tras coger el sombrero del sillón contiguo se puso en pie. Un camarero de cabello entrecano acudió en el acto, obsequioso.

—Quédese el cambio.

—Gracias, señor.

—Y arriba España.

Lo miró confuso el otro, intentando establecer si aquello era provocación o simple guasa. Era difícil relacionar a Falcó con quienes paseaban por la ciudad con pistola y correaje, camisa azul o boina roja, llevándose la mano a la visera de una gorra o alzando el brazo en saludo falangista. Para los ojos escarmentados del camarero, aquel individuo apuesto, vestido con elegante traje de color castaño, corbata de seda y pañuelo asomando por el bolsillo superior de la americana, no encajaba en el perfil patriótico a la moda.

—Arriba, claro —respondió prudente, tras un breve titubeo.

Quizá había visto encarcelar o fusilar a compañeros menos precavidos. El gato escaldado, pensó Falcó, hasta del agua fría huye. Observando la cautela del camarero, se preguntó cuántos rencores de clase habría acumulado aquel veterano de chaquetilla blanca en años de servir vermut a señoritos sevillanos o clientes con dinero. También se preguntó si conservaba el trabajo y la vida, casi ocho meses después de la sublevación militar, por haber roto a tiempo un carnet sindical y vitoreado oportunamente al bando ganador. Quizá hasta había delatado a alguien, que era la forma más sencilla de asegurarse uno mismo en una ciudad como aquélla, donde la represión nacionalista en los barrios obreros y en los círculos republicanos había sido brutal: tres millares de fusilados desde el 18 de julio. Y es que Falcó no podía evitarlo. Siempre que se cruzaba con un superviviente —de algo, de lo que fuera—, se preguntaba qué clase de bajeza habría cometido para sobrevivir.

Sonrió cómplice al camarero, se ajustó el nudo de la corbata y anduvo hacia el vestíbulo junto a los bellos azulejos que cubrían las paredes, recorriendo dos de los laterales del patio central por cuyos ventanales penetraba un sol espléndido. Aquella luz lo envolvía en un gozoso optimismo. Sevilla alegraba siempre su corazón con una grata mezcla de pasado, presente y expectación ante el futuro. Había llegado aquella misma mañana, convocado por un telegrama del Almirante que lo había sacado a toda prisa de Lisboa: *Liquida cuanto tengas en marcha. Stop. Urge presencia en Salamanca.* Sin embargo, al llegar a Salamanca tras un día de viaje en automóvil y presentarse en la sede del SNIO, Falcó fue informado por Marili Granger, la secretaria del Almirante, de que éste había tenido que ir a Sevilla para un asunto de importancia. Ha dicho que te reúnas con él allí, añadió ella. A toda prisa. Que te alojes en el hotel de Inglaterra hasta que te convoque.

—¿De qué se trata? —había preguntado Falcó.

—No tengo la menor idea. Ya lo sabrás cuando te lo cuente el jefe.

Falcó esgrimía ante Marili su mejor sonrisa, sin éxito. Esposa y madre ejemplar, vagamente bonita, casada con un oficial de la Armada que se había sublevado con los nacionales en El Ferrol, la secretaria del Almirante era inmune a cuanto no fuera el estricto cumplimiento de sus deberes conyugales, familiares y patrióticos. Incluso tratándose de Falcó. O precisamente por tratarse de él.

—¿No vas a contarme nada? —había insistido Falcó.

—Ni una palabra —ella tecleaba en la Royal como si no lo viera—. Ahora vete y déjame trabajar.

—Oye... ¿Y cuándo salimos a tomar un té con pastas?

—Acompañada de mi marido, cuando quieras.

—Eres una bruja piruja.

—Y tú eres un golfo.

—Eso son las malas lenguas, Marili.

—No me digas.

—Lo que soy es un osito de peluche.

—Ya.

Sin embargo, al llegar Falcó a Sevilla, el hotel de Inglaterra —que aún mostraba en la fachada huellas de los combates callejeros del año anterior— estaba lleno. Tampoco había habitaciones libres en el Majestic ni en el Cristina. Así que, aprovechando el pretexto, había ido a alojarse en el Andalucía Palace, el más caro y lujoso de la ciudad, 120 pesetas diarias, frecuentado por altos mandos militares, oficiales superiores de la Legión Cóndor y de las tropas voluntarias italianas que combatían junto a Franco, y también por hombres de negocios —mucho alemán en busca de mineral de hierro y wolframio— y gente relacionada con la oligarquía local.

A fin de cuentas, sus notas de gastos corrían por cuenta del SNIO; y el Almirante, al menos cuando estaba de buen humor, acostumbraba a cubrirle las espaldas. Ya sabe cómo es Falcó, solía decir al contable —un teniente de la Armada llamado Domínguez, miope, minucioso e incorruptible— cuando éste iba a verlo agitando, escandalizado, un manojo de cuentas sin justificar. Un chulo desaprensivo, en efecto. Genio y figura. Pero a mí lo que me importa es su eficacia, ¿comprende? Y ese cabrón desalmado es eficaz como una navaja de afeitar afilada e inteligente. Así que vamos a considerarlo una inversión, si a usted y a sus malditas cuentas y balances no les importa. Inversión a fondo perdido, para entendernos. Y no ponga esa cara ni se haga el sordo, Domínguez. Lea mis labios, carallo. Es una orden.

Sonreía Falcó pensando en su jefe mientras pasaba junto a la escalera del hotel camino del vestíbulo, donde cambió un distraído saludo con el conserje —lo cuidaba con generosas propinas, entre otras cosas porque era un soplón de Falange—. Descendía los primeros peldaños bajo el porche de la fachada cuando se encontró de frente con una pareja cogida del brazo, vestido él de uniforme, que acababa de bajar de un Lincoln Zephyr con chófer y empezaba a subir la escalera.

Por instinto, pues no era lo mismo una retaguardia que un campo de operaciones, su mirada se dirigió primero a la mujer, de abajo arriba: zapatos de buena calidad, bonitas piernas en medias de seda, bolso caro, vestido oscuro bien cortado sobre un cuerpo esbelto. Un hilo de turquesas al cuello. Al final del recorrido, bajo el ala corta de un sombrerito de fieltro con pluma de faisán, lo miraban con sorpresa los ojos verdes de Chesca Prieto.

—Buenos días —dijo Falcó, neutro y prudente, tocándose el ala del sombrero.

Iba a seguir camino sin detenerse, pero vio que el acompañante había advertido el estupor de ella. Entonces lo miró con atención, reconociéndolo: Pepín Gorguel Menéndez de la Vega, su marido. Eso cambiaba las cosas.

—Qué sorpresa.

Se quitó Falcó el sombrero, y con mucho aplomo extendió la mano derecha para estrechar la de la mujer, enfundada en un guante de piel fina. Después se volvió al marido, presentándose.

—Lorenzo Falcó. Nos conocemos de vista, creo.

Sonreía cortés. Aquello era lo mejor de su repertorio de hipocresías adúlteras, aunque ese caso concreto aún estuviera verde para segar. Vio asentir al otro tras un momento de indecisión. Luego Pepín Gorguel estrechó su mano sin mucho entusiasmo.

—No recuerdo bien —dijo.

El tono era seco, altivo, propio del personaje. Conde de la Migalota y grande de España, recordaba Falcó. De Jerez, como él mismo —sus padres habían sido socios del mismo casino y del club de tiro de pichón—. Un tipo con influencias. Un arrogante y uniformado hijo de perra, paseando por Sevilla aquel espléndido trofeo de mujer colgado del brazo. Se habían cruzado en algunos lugares antes de la guerra —tablaos flamencos, casinos y burdeles de lujo— y sabía que Gorguel, que era rico, disipado, vicioso y cruel, estaba lejos de merecer la hembra que hoy llevaba al lado. Con suerte, se consoló, alguien le pegaría un tiro si la guerra duraba lo suficiente. Bang. Los regulares eran tropas de choque, carne de cañón. A Chesca debía de sentarle la viudez de maravilla, e imaginarla desnudándose con ropa de luto lo excitaba como a un muchacho: combinación de seda oscura y medias negras en aquellas piernas esbeltas y largas. Y una cadena con crucecita de oro entre los senos. Por Dios. Se preguntó a qué estarían esperando los rojos, con la de balas que disparaban cada día. Los muy torpes.

—Fui al colegio con su hermano Jaime —comentó Falcó—. Y alguna vez nos cruzamos en Madrid, en el restaurante Or-Kompon. Y también en Chicote.

—Puede ser.

Parapetado tras su laconismo, Gorguel lo observaba, suspicaz. También él debía de andar rumiando la relación de su esposa con aquel fulano apuesto cuya sonrisa parecía un anuncio de dentífrico Marfil. Gorguel vestía de verde y caqui militar, con botas altas tan lustradas y relucientes que parecían de charol. Era muy alto y delgado, de maneras elegantes, con un bigote negro coquetamente recortado a lo Clark Gable. Rostro tostado por el sol, tres estrellas de capitán en el pecho y plato rojo en la gorra. Cuidado con ésa, había dicho el Almirante en Salamanca, refiriéndose a Chesca. En cuestión de amantes pica muy poco y elige muy alto. Sobre todo ahora, en esta nueva y católica España donde tanto guardamos las formas y hasta el divorcio se han cargado, estos meapilas. Además, el marido lleva pistola; así que modera tu inclinación a consolar a mujeres de guerreros ausentes. Con ése, las bromas tienen orificio de entrada y de salida.

—Tuve el gusto de conocer a su esposa en Salamanca —dijo Falcó, sereno, captando de reojo la mirada de advertencia de ella—. Nos presentó Jaime... ¿Qué tal está su hermano?

Se despejó un poco la expresión del otro. Jaime estaba bien, comentó. Al menos según sus últimas cartas. Lo habían retirado del frente de Madrid y ahora combatía cerca de Teruel.

—¿Y usted? —se interesó Falcó—. ¿Disfruta de un permiso?

—Una semana, por asuntos familiares. Después del Jarama.

Enarcó Falcó una ceja, interesado. El Jarama había sido una de las más duras batallas en lo que iba de guerra. Frente a los voluntarios comunistas de las brigadas internacionales, los regulares moros con sus oficiales europeos

40

soportaron buena parte del peso de la lucha. Con bajas terribles.

—¿Estuvo allí?

Torció el otro el bigote, exageradamente desdeñoso.

—Sí.

—¿Y fue tan bestial como dicen los periódicos?

—Puede que más.

—Vaya. Celebro que pueda contarlo.

—Gracias —una chispa de recelo retornó a los ojos de Gorguel—. Usted viste de paisano... ¿No está movilizado?

Falcó sentía la mirada de Chesca fija en él.

—Ando en otras cosas. Negocios.

El recelo del otro se volvió desprecio.

—Ya veo.

—Importación y exportación —Falcó modulaba una deliberada mueca de cinismo—. Productos de alta necesidad y todo eso... No sólo en las trincheras se defiende a España de la chusma marxista.

—Comprendo.

El de Gorguel era un desdén tan evidente que casi se podía tocar. Se había vuelto hacia Chesca, el aire satisfecho, como instándola a tomar nota de todo. Y eso significaba examen superado. Decidió Falcó que ahora podía mirar a la mujer con naturalidad. Los ojos claros seguían estudiándolo con atención, entre valorativos y cautos, pero la mujer recobraba por completo el control de sí misma. Había dispuesto de tiempo suficiente, gracias al aplomo de Falcó, mientras las apariencias quedaban a salvo. Lo singular del asunto, se dijo él, era que, de haber habido ya algo más serio entre ambos, Chesca habría mostrado, sin duda, una frialdad técnica impecable. Una mujer con algo serio que ocultar —sobre todo si era casada— solía reaccionar con más sangre fría que otra obligada a disimular un simple flirt. Así que dedicó a Chesca una mirada aprobadora y otra sonrisa.

—Enhorabuena —dijo—. Debe de estar orgullosa de su marido.

—Lo estoy.

Al decirlo, ella oprimió con más fuerza el brazo del otro. Si no murmurasen que ha tenido amantes, pensó cínicamente Falcó, me conmovería tan virtuosa actitud conyugal. El soldado y su perfumado reposo. Por un instante, en los límites de la prudencia, Falcó se deleitó en aquella piel morena de buena casta. Chesca olía a Amok, como la última vez, y un toque intenso de *rouge* resaltaba sus labios. Seguía siendo una mujer devastadoramente guapa, comprobó con dolor casi físico. Aunque lástima lo del marido inoportuno. Ella en Sevilla, pero con bicho. Mala suerte, en suma. Tan cerca y sin embargo tan fuera de tiro. Con aquella historia tejida a medias entre ambos que no había llegado a concretarse, meses atrás. Al menos, a concretarse del todo. Pero la vida daba más vueltas que un tiovivo.

Cuando apartó la vista de ella advirtió la mirada pensativa del marido. Pepín Gorguel lo estudiaba sombrío, como preguntándose qué hacían los tres parados aún en la escalera del Andalucía Palace. Era hora de ahuecar el ala.

—Ha sido un placer saludarlos —dijo Falcó, poniéndose el sombrero.

La calle Sierpes bullía de gente. Las zapaterías, las tiendas de sombreros, abanicos y bolsos, las relojerías, los comercios de estampas y santos mostraban sus escaparates tan bien provistos como si la vida no hubiese alterado su curso en la ciudad. La diferencia era que entre la multitud se veían muchos uniformes, mujeres vestidas de negro y hombres con brazaletes de luto; y también, frente a los sillones de mimbre reservados a los socios del Círculo Mercantil, los limpiabotas que recordaba Falcó, trianeros agitanados de mediana edad y manos encallecidas, habían sido relevados por chiquillos arrodillados junto a las cajas de betún. La razón era que sus padres o familiares estaban muertos o en prisión desde que los legionarios del general Queipo de Llano tomaron a sangre y fuego el último reducto fiel a la República, el barrio de Triana, que al otro lado del Guadalquivir se había opuesto con las armas al alzamiento militar del 18 de julio. Casi ocho meses después, en el cementerio de San Fernando y en las murallas árabes de La Macarena aún sonaban cada madrugada las descargas de los piquetes de fusilamiento. Y lo que iban a sonar. Como aquel mismo día titulaba en primera página el diario *ABC*—Falcó lo había estado hojeando durante el desayuno—, era necesario, aunque doloroso, amputar la parte enferma para salvar al paciente. O algo así.

Entró Falcó en el Círculo Mercantil, y tras cruzar un salón donde algunos socios bien trajeados conversaban sobre el precio del grano y otros jugaban al dominó o leían diarios —olía a café, coñac y madera encerada—, llegó al lugar que le había indicado el conserje: un saloncito con suelo de tarima y panoplias con herrumbrosos floretes de esgrima en las paredes. El mobiliario consistía en una mesa antigua de caoba, con sillas de cuero añejo alrededor, dos de las cuales estaban ocupadas.

—Llegas tarde —gruñó el Almirante.

El jefe del SNIO vestía de paisano, como acostumbraba; y ante él, sobre la mesa, tenía una vieja cartera de cuero cerrada. Falcó se retiró un poco el puño de la camisa para mirar el reloj. Sólo pasaban dos minutos de la hora a la que había sido convocado.

—Lo siento, señor —dijo.

El Almirante emitió un nuevo gruñido bajo el bigote gris, sacó del bolsillo el hule del tabaco y una pipa, y se puso

43

a llenar la cazoleta tras señalar con ella al hombre que estaba sentado al otro lado de la mesa.

—Lo reconoces, supongo. Por las fotos.

Asintió Falcó al primer vistazo. Era difícil no identificar a ese individuo de mediana edad, cabello escaso y gafas redondas de concha, vestido con un elegante traje cruzado de raya azul marino que Falcó, habitual de los sastres londinenses de Savile Row, situó en el rango de los abrumadoramente caros. La corbata color limón estaba fijada en los picos del cuello de la camisa por un pasador de oro.

—Creo que sí.

Tercer gruñido del Almirante, alias el Jabalí. Aquél, pensó Falcó, no era su más amable día.

—¿Crees?... Menudo espía de pacotilla estás hecho.

El otro hombre miraba a Falcó sin levantarse ni ofrecerle la mano, contemplándolo desde su silla con seca curiosidad. Había algo en él de gélido y pulcro, comprobó Falcó, y sus ojos tras los cristales gruesos de las gafas mostraban una penetrante calma. Eran los de alguien seguro de sí, capaz de comprar cualquier cosa que necesitara o ambicionase con sólo un gesto o una palabra. Falcó había visto esos ojos en fotografías de prensa, en las páginas mundanas de revistas ilustradas, e incluso, antes de la República, junto al rey Alfonso XIII en reportajes sobre cacerías y carreras de caballos o automóviles. Pero nunca al natural. De cerca y en vivo, intimidaban.

—Tomás Ferriol —dijo.

El Almirante seguía llenando su pipa. Habló sin levantar la cabeza.

—Respuesta correcta —apuntó—. Ahora, olvida ese nombre y siéntate.

Obedeció Falcó mientras intentaba digerir aquello. Tomás Ferriol, nada menos. Devoto monárquico, inmensamente rico gracias a un pasado turbio —quiebras fraudulentas y contrabando a gran escala— que nadie tenía interés en remover, aquel pirata de cuello blanco, modales británicos y frialdad teutona había sido el principal apoyo financiero del golpe contra la República. Él había pagado el Dragon Rapide y al piloto inglés que el 18 de julio llevaron al general Franco de Canarias a Tetuán para hacerse cargo de las tropas sublevadas en Marruecos. También había avalado con un millón de libras esterlinas los doce Savoia comprados a Italia por los insurgentes; y mientras esos aviones volaban sobre el Mediterráneo rumbo a España, cinco petroleros fletados por una de sus compañías radicadas en Londres, cargados de combustible para la compañía estatal Campsa, habían cambiado de rumbo para dirigirse a la zona controlada por los militares rebeldes. Aunque discreto y en la sombra, Tomás Ferriol era el banquero oficioso de la España nacional.

—Éste es mi hombre. Ya le hablé de él en Salamanca.

El Almirante se había dirigido a Ferriol. Ambos miraban a Falcó.

—Y me dijo que es fiable —dijo el financiero.

—Por completo, aunque a su manera.

—Que usted responde de su eficacia.

—Absolutamente.

—Y que tiene mundo.

—Sí... Nada que ver con esos rascapuertas que tanto se prodigan en estos tiempos —miraba el Almirante a Falcó con gesto crítico, como si lo estuviera insultando—. Conoce por su nombre a los conserjes, barmans y croupiers de los mejores hoteles y casinos de Europa y el Mediterráneo Oriental... Es un chico de buena familia en versión descarriada.

—Conozco el género.

Siguió un silencio. Después, Ferriol hizo un leve gesto de asentimiento con la cabeza y el Almirante puso la pipa sin encender sobre la mesa, abrió la cartera y extrajo unos documentos metidos en carpetas de cartulina. Frente a Falcó puso una hoja de papel en blanco.

—Anota ahora lo que te parezca oportuno, pero sin nombres, fechas ni lugares. Y luego me devuelves el papel. Ninguna nota debe salir de aquí.

—De acuerdo.

—Prefiero que digas a la orden. Este señor va a creer que me tomas por el pito del sereno.

Sonrió Falcó.

—A la orden.

—¿Cuándo estuviste en Tánger por última vez?

—Hace poco más de dos años. Invierno del treinta y cuatro.

El Almirante puso cara de recordar. Con la luz de la habitación, el ojo de cristal y el ojo sano adquirían tonalidades de color diferentes.

—¿Un servicio nuestro?

—Sí —Falcó dirigió un vistazo dubitativo a Ferriol, pero el Almirante lo animó con un gesto—. El asunto Collins.

—Ah. Ya recuerdo.

Falcó también recordaba. Tren de Ceuta a Tetuán y once días de tedio, tumbado en una cama del hotel Regina de esa última ciudad, esperando la orden de ir a Tánger y neutralizar a un ingeniero inglés que jugaba a dos barajas. Un asunto de venta de secretos mineros republicanos a la Alemania nazi, que finalmente se había resuelto a satisfacción de todos, menos del inglés.

—¿Estuviste en Tánger otras veces, antes de eso? —insistió el Almirante.

—Sí. Varias.

—¿Conoces bien la ciudad?

—Bastante bien.

—¿Contactos locales?

—Alguno me debe de quedar.

46

—Concreta.

—Negativo. Con el debido respeto, señor, son mis contactos y son buenos.

El Almirante cogió la pipa, sacó una caja de cerillas, se recostó en el respaldo de la silla y aplicó la llama a la cazoleta. Disimulaba su aprobación. Luego, entre las primeras bocanadas de humo, miró a Tomás Ferriol como si le cediera la vez. El financiero, que había permanecido silencioso e inmóvil durante la conversación, seguía estudiando a Falcó con una fijeza que hacía a éste sentirse incómodo. Ojos de pez en un acuario. De escualo, para ser exactos.

—¿Conoce la historia del oro del Banco de España?

Parpadeó Falcó, sorprendido. No esperaba aquello.

—Sé lo que todo el mundo, supongo.

—¿Y qué sabe todo el mundo?

—Que el gobierno de la República lo mandó a Rusia a finales del año pasado, para garantizar el suministro de material de guerra y evitar que cayera en manos nacionales si tomábamos Madrid. Al menos eso se dice.

—Y es cierto.

Hizo Falcó una mueca.

—Pues me alegro por los rusos.

No le gustaba la sequedad de Ferriol. Éste encajó el sarcasmo con apariencia impasible, pero el ojo derecho del Almirante dirigió a Falcó una mirada homicida.

—Tus alegrías o tristezas nos importan una mierda —dijo aquél—. ¿Comprendes?

—Comprendo.

La pipa despedía un humo furioso.

—Discúlpate, carallo.

—Me disculpo.

Un brillo divertido pareció asomar tras los cristales de las gafas de Ferriol. Tenía los labios, advirtió Falcó, finos y pálidos. Si fuera mujer, pensó, no me gustaría ser besada por una boca como ésa.

—El oro salió en secreto de Madrid a partir de septiembre —comentó el financiero—, en varios envíos, con fuerte custodia de milicias y carabineros. Una pequeña parte fue enviada a bancos franceses, por vía aérea... Casi todo el resto, diez mil cajas que contenían oro en monedas antiguas y lingotes, se almacenó en los polvorines de La Algameca, en Cartagena, y de ahí fue embarcado en buques rusos rumbo al Mar Negro.

Alzó Falcó una mano con ademán de muchacho obediente.

—¿Puedo hacer preguntas?

—Claro —dijo Ferriol.

—Si no son impertinencias —apuntó el Almirante.

—¿De cuánto oro estamos hablando?

Ferriol se miró las uñas, displicente.

—Hemos calculado entre seiscientas y setecientas toneladas, como mínimo.

—¿Lo que supone, al valor actual del oro?

—Más de dos mil millones de pesetas.

—Vaya —se admiró Falcó—. No creo que a Stalin le falte con qué comprar vodka.

Ferriol se había vuelto hacia el Almirante. Su sonrisa era tan fría que no parecía una sonrisa.

—¿Siempre es así de insolente?

—Tiene virtudes que lo compensan.

—Tranquilíceme. Dígame alguna.

El Almirante lo pensó un segundo.

—El encanto es su segunda naturaleza.

—¿Y la primera?

—Es leal.

—¿A quién?

—A él mismo. Y a mí.

—¿Por ese orden?

—Por ése... Pero hay espacio suficiente para ambas lealtades.

Siguió un silencio. Humo de tabaco y el suave sonido del Almirante al chupar su pipa. Ferriol parecía sopesar en silencio lealtades, insolencias y eficacias, aunque su rostro impasible no desvelaba veredicto alguno.

—Volvamos al oro —sugirió el Almirante.

—No todo fue a Rusia —dijo el financiero, dirigiéndose de nuevo a Falcó—. Sabemos que una quinta parte se envió por barco a Marsella, destinado tanto a cuentas bancarias oficiales de la República como a cuentas de particulares. El ministro de Hacienda, Negrín, y el hijo del titular de Marina, Prieto, son dos de los beneficiarios... Como puede ver, los hay que toman precauciones por si todo acaba en espantada final.

—Los duelos con pan son menos —comentó Falcó, ecuánime.

—Hecho todo eso —prosiguió Ferriol—, aún quedó una cantidad importante de oro en La Algameca. Calculamos unas treinta toneladas... Cantidad apreciable.

Falcó había sacado la Sheaffer verde jade del bolsillo interior de la americana. Le quitó el capuchón e hizo un cálculo rápido sobre el papel que tenía delante.

—Cien millones —concluyó.

—En pesetas oro —confirmó el financiero—. O sea, unos cuatro millones de libras esterlinas.

—Buen pellizco. ¿Y sigue allí?

—No.

Siguió otro silencio. Ahora Ferriol miraba al Almirante.

—Hace diez días —intervino éste—, de noche, con todo el secreto posible, esas últimas cajas se estibaron a bordo de un barco mercante.

—¿Ruso? —se interesó Falcó.

—Español.

—¿Es relevante que yo pregunte qué clase de barco?

—Se llama *Mount Castle* —el ojo derecho centelleó, burlón—. ¿Te suena el nombre?

Hizo memoria Falcó. La tinta invisible en el prospecto de la Norddeutscher Lloyd Bremen. Aquel hombre degollado en Lisboa, y el portugués al que habían tirado desde el mirador. El mundo, pensó, era un lugar pequeño.

—Originalmente fue inglés —apuntó Ferriol—. Yo mismo llegué a fletarlo en alguna ocasión, antes de la guerra.

Ahora el *Mount Castle* navegaba para la República, detalló el Almirante. Estaba registrado en Panamá por una naviera asturiana y llevaba tiempo burlando el bloqueo de la Armada nacional. Una especie de buque fantasma. El SNIO le atribuía varios viajes hechos con armas y suministros entre Valencia, Barcelona, Odesa, Orán y Marsella. En todos los casos había logrado esquivar las unidades de superficie nacionales y los submarinos italianos que echaban una mano a los franquistas en el Mediterráneo.

—¿Tripulación española?

—Eso parece. Al menos, en su mayor parte.

—¿Armado?

—Ligeramente.

—¿Y es seguro que embarcó el oro que quedaba?

—Sí. Pero esta vez no llegó a la Unión Soviética. Las circunstancias lo obligaron a tomar el rumbo opuesto. Hacia el estrecho de Gibraltar.

El *Mount Castle,* explicó el Almirante, había zarpado de Cartagena escoltado por el destructor republicano *Lepanto;* pero como protección, la escuadra roja, mandada por cabos y fogoneros tras el asesinato de casi todos los jefes y oficiales, no valía un salmonete frito. Tras decir eso, el Almirante abrió una de las carpetas y extrajo de ella una copia reducida de una carta náutica.

—Navegó pegado a tierra hasta el cabo de Gata, y de allí puso rumbo a la costa argelina. Su intención, suponemos, era continuar al amparo de las aguas jurisdiccionales francesas hacia el este.

Falcó estudió la carta que le ofrecía su jefe: el estrecho de Gibraltar. Una delgada franja de menos de quince kilómetros en su parte más angosta. La carta estaba marcada con dos círculos de lápiz rojo sobre Gibraltar y Tánger.

—¿Y cómo acabó en la dirección opuesta?

—Se topó con un barco nuestro. Y ahí se le acabó la suerte.

—O parte de ella —matizó Ferriol.

El Almirante completó el relato. Anochecía cuando uno de los dos destructores con que contaban los nacionales, el *Martín Álvarez,* avistó al mercante y su escolta al este de Alborán. Hubo un breve combate, el destructor republicano recibió un par de impactos y acabó batiéndose en prudente retirada. Pero eso dio tiempo al *Mount Castle* a huir hacia el oeste. Al día siguiente quiso hacerse pasar por inglés, arboló esa bandera y retomó el rumbo, aunque el destructor nacional, que andaba peinando la zona, no se dejó engañar. El *Mount Castle* intentó refugiarse en Gibraltar, pero el destructor se interpuso. Entonces, aprovechando la oscuridad, dio media vuelta y se escabulló a toda máquina.

—Estuvieron toda la noche jugando al gato y al ratón, cada vez más hacia el oeste, hasta que al amanecer, viéndose con el nuestro encima, el rojo se metió en Tánger.

—Ciudad con estatuto internacional —precisó Ferriol.

—Lo que es un factor decisivo —confirmó el Almirante—. Ni carne ni pescado.

Falcó pensaba con rapidez, haciéndose cargo de la situación. Asunto delicado. Tánger era un puerto neutral, donde nada podían hacer los nacionales hasta que el barco saliera de nuevo al mar abierto. Un refugio que era al mismo tiempo una trampa. Una ratonera.

—¿Y sigue allí, en Tánger?

—Sí. Amarrado en el puerto. Con el *Martín Álvarez* en la bocana, esperándolo... Y desde luego, no lo dejará escapar. Conozco al comandante del destructor: capitán de fragata Antonio Navia. En la Armada lo llaman Tambo... Tambo Navia. Un marino seco y capaz, de la vieja escuela.

—¿Cuánto tiempo puede quedarse el barco rojo?

—Llevamos un par de días presionando fuerte —intervino Ferriol—, tanto ellos como nosotros. Tira y afloja. Ellos, para que les permitan salir con garantías o protección... Nosotros, para que el barco y su cargamento se nos entreguen como presa legítima, en el puerto mismo o forzándolo a salir para que sea capturado.

—Hay una alternativa —comentó el Almirante—. Que lo internen y nos lo pasen cuando ganemos la guerra... Pero eso puede tardar un poco.

Se había quitado la pipa de la boca y apuntaba al círculo de lápiz rojo que rodeaba Tánger en la carta náutica.

—Y ahí es donde entras tú.

Se conocían lo suficiente para que Falcó adivinara que el Almirante disfrutaba con todo aquello: el financiero, la situación, la suave insolencia que solía darse entre ellos, jefe y subordinado. El estilo informal del Grupo Lucero, difícil de seguir por quien no estuviera en el ajo. Los códigos no escritos. No puedo permitirme bobadas con este individuo, decía el ojo sano, pero tú sí tienes margen. Cierto breve margen.

—Sé poco de barcos y de derecho marítimo.

Sin decir palabra, el Almirante extrajo un sobre y un libro de la cartera y los empujó hacia él sobre la mesa. El sobre contenía trescientas libras en cheques de viaje. El libro se titulaba *El buque ante el derecho internacional*. Falcó se guardó el sobre, miró el título del libro y alzó la vista hacia Ferriol, con mucho aplomo.

—Me expulsaron de la Academia Naval, ¿sabe?

El otro no se inmutó.

—Con deshonor, tengo entendido —dijo.

—Sí.

Inquisitivo, el financiero se volvió hacia el Almirante.

—Lo que no conozco es la causa exacta.

—Se zumbó a la mujer de un profesor.

—Oh.

—Con nocturnidad y alevosía.

—Vaya.

—Y luego se dio de bofetadas con el fulano en mitad de una clase.

—No me diga.

—Pues sí —envuelto en bocanadas de humo, el Almirante lo estaba pasando en grande con los apuntes biográficos—. Ahí donde lo ve, tan bien parecido y elegante, es capaz de vender la silla de ruedas de una madre inválida.

Ferriol estudiaba a Falcó aún con mayor interés.

—Es más ameno de lo que pensaba —comentó.

El Almirante se adornó con media verónica final.

—A veces, Dios escribe derecho con renglones torcidos.

—¿Tanto?

—No se hace usted idea.

—Ya veo. Pero le recuerdo que hay mucho en juego en este asunto. El cuartel general del Caudillo...

—No puede estar en mejores manos —lo interrumpió el Almirante, firme.

Sin esfuerzo, Falcó ataba cabos. Ferriol era íntimo del general Franco, y el hermano de éste, Nicolás, tenía bajo su mando directo los servicios secretos nacionales, incluidos el Almirante y el SNIO. Estaba claro de dónde venía todo. Al Caudillo, siempre necesitado de financiación, le interesaba el oro de la República. Golpe de propaganda aparte, había muchos aviones, tanques y cañones alemanes e italianos por pagar.

—Mi hombre —el Almirante volvía a usar el caño de la pipa, ahora para señalar a Falcó— es preciso como un reloj suizo. Y cuando hace falta, letal como una guadaña.

El financiero emitió una risa corta y seca. Tan fría como su expresión.

—Lo creo.

Miraba con fijeza los ojos de Falcó. Escrutador. Apenas parpadeaba tras los gruesos cristales, observó éste. Alguien acostumbrado de sobra a juzgar a los hombres. Y a comprarlos.

—Un sujeto peligroso —resumió el financiero, pensativo.

El Almirante respaldaba el diagnóstico.

—Incómodo en tiempos de paz —confirmó—. Pero adecuado para tiempos como éstos.

Falcó miraba a uno y otro como si asistiera a un partido de tenis donde él fuera la pelota. Empezaba a aburrirse, así que alzó una mano.

—¿Puedo decir algo al respecto?

—No puedes —tras el paréntesis, el Almirante se había puesto de nuevo serio—. Tu opinión nos importa un carallo. Estamos en otra cosa.

Se irguió Falcó en la silla, formal.

—De todas formas, insisto en que la diplomacia naval me pilla lejos.

—Estoy al corriente de lo que te pilla lejos o cerca. Pero mientras sirvas conmigo eres teniente de navío.

—Sólo nominalmente.

—Me da igual. Tienes una graduación de la Armada y unos galones, aunque sean postizos y no los uses. Suficiente para que te busques la vida como marino o como archipámpano de Ruritania. ¿Está claro?

—Sí.

—No te he oído bien.

—Está claro, señor.

—De todas formas —comentó Ferriol—, la misión en Tánger será menos naval que terrestre... Una combinación de la zanahoria y el palo. Mano izquierda y mano dura, según vayan las cosas —la boca pálida amagó una fea sonrisa—. Poca guadaña, al principio.

Se encogió Falcó de hombros. Miró otra vez el libro que tenía delante.

—¿Y qué se espera que haga?

—¿Lo prefieres resumido, o en detalle? —preguntó el Almirante.

—Podría empezar resumiéndolo, señor. Son ya demasiadas emociones.

—Que vayas a Tánger y te traigas esas treinta toneladas de oro.

Falcó se había quedado con la boca abierta.

—¿Así, por las buenas?

—Por las buenas, o por las malas.

En la puerta del cinematógrafo Salón Imperial, un cartel anunciaba *Tango Bar,* con Carlos Gardel, y *Rumbo al Cairo,* con Miguel Ligero. Cerca de La Campana, la calle Sierpes olía a café con leche. Civiles y militares desayunaban en las terrazas, y junto al puesto de periódicos unos muchachos voceaban diarios con noticias de la guerra: tras la toma de Málaga y la batalla del Jarama, el bando nacional consolida sus posiciones, etcétera. *Nuestra aviación domina el frente de Vizcaya* era uno de los titulares. *La barbarie roja destruye iglesias y obras de arte* era otro. La guerra seguía yendo para largo, pensó Falcó. Tras despedirse de Tomás Ferriol, él y el Almirante caminaban sin prisas entre la gente. Falcó llevaba el libro de derecho marítimo bajo el brazo.

—Para Ferriol es un asunto personal —decía el Almirante—. Como todo lo que tiene que ver con dinero y finanzas, sigue lo del *Mount Castle* con mucha atención. Hace pocos días tuvimos una reunión de alto nivel... El

Caudillo está en Sevilla para diversos asuntos, y formamos parte del séquito.

—¿Quiénes están al corriente de lo de Tánger?

—A la reunión asistimos Nicolás Franco, Ferriol, Lisardo Queralt y yo.

El último nombre suscitó malestar en Falcó. Coronel de la Guardia Civil y viejo conocido. Miró el asfalto ante sus pies e hizo una mueca de desagrado.

—¿También Queralt mete baza en esto?

—También —el Almirante lo miró de reojo—. ¿No has vuelto a cruzártelo desde aquel asunto tuyo de Salamanca?

—No.

Se habían detenido ante el escaparate de una tienda de filatelia. Con ademán experto, el Almirante se inclinó a mirar los sellos expuestos. Uno de ellos le llamó la atención.

—Anda, mira... El Diez Shillings de Malta.

—¿Ése no lo tiene usted?

—No.

—Permita que se lo regale. Un día es un día.

—No seas pelota, coño. ¿Has visto lo que vale?... No es momento.

Después de mirar el escaparate un poco más, el Almirante alzó la cabeza.

—Mejor para ti que no te cruces con Queralt —añadió retomando el hilo—. Es un mediocre, pero no hay que dejarse engañar por eso... Jamás te perdonará que le quitaras a aquella rusa de entre las patas. Ni que te cargaras a tres de sus esbirros.

—Eso no ocurrió nunca, señor.

Meneó el Almirante la cabeza, caminando de nuevo.

—No estoy de humor, chico.

—Es que no sé de qué me habla —Falcó se tocó el ala del sombrero con aire despreocupado—. En serio.

El otro volvía a mirarlo, ácido.

—Espero que sostengas esa versión si algún día la gente de Queralt te echa el guante y te lo preguntan sin prisas en un sótano.

—No le quepa.

—Ya. De hecho, no me cabe. O me cabe poco. Te conozco demasiado... Más de lo que debería.

Se había parado otra vez, ahora ante el escaparate de una librería, y miraba los títulos con aire distraído. Falcó les dirigió una ojeada indiferente. No era aficionado a la lectura seria. Sus favoritos, cuando leía algo, eran los relatos de detectives y los seriales de las revistas ilustradas, con aventureras internacionales llamadas Margot y Edith, héroes ingleses con un mechón rebelde en la frente y chinos malvados en plan Fu-Manchú. Y alguna vez, más en plan formal, un libro de Blasco Ibáñez o Somerset Maugham durante los viajes largos, para matar el rato. Como mucho.

—En realidad —dijo el Almirante sin dejar de mirar el escaparate—, Queralt deseaba quedarse con la operación, pero Nicolás Franco tenía sus dudas. Y al final pude hacerme con ella. Tuve que garantizarle a Ferriol que iba a encargarse de todo mi mejor hombre... O sea, tú.

—Mi mamá me mima.

El otro alineó el ojo de cristal con el ojo sano, en una nueva mirada crítica.

—Era un farol. Ya sabes que soy proclive.

—Es usted mi padre, Almirante.

—Vete a pastar.

En La Campana, frente al bar Tropical, una banda militar tocaba *Mi jaca* con acordes marciales. La gente hacía corro. Un tranvía pasó con un enorme anuncio de matamoscas Flit en el costado. *Para limpiar España de plagas nocivas,* afirmaba el cartel, patriótico.

—¿Y cómo se lo tomó Queralt?

El Almirante se rascó el bigote.

—Como suele. Con muy mala sangre... Hemos de tener cuidado, porque ese animal con tricornio es capaz de reventarlo todo para fastidiarnos. Por eso Ferriol pidió verte la cara esta mañana.

—Para hacerme una foto, supongo.

—Claro. Quiere saber a quién crucificar si se tuerce el negocio.

—Y algunos clavos, supongo, los guardará para usted.

—Sin duda. Con Queralt poniendo gustoso el martillo —el Almirante emitió un resoplido de mal humor—. Aquí todo cristo conspira, calumnia y delata para situarse bien... ¿Crees que así hay forma de ganar una guerra?

—Peor lo tienen los otros, señor. Socialistas, comunistas, anarquistas...

—Lo mejor de cada casa, sí. Y los rusos dando por saco. Una república con cada uno de su padre y de su madre... Y es que sólo se puede ser liberal en Inglaterra y republicano en Suiza. Si lo nuestro es un drama, lo de los rojos es un sainete. De Arniches.

—Es que ésos fusilan sin método, Almirante. Al buen tuntún. No como nosotros, que ponemos sacerdotes para salvar las almas.

—No te pases —una mirada feroz—. Cierra el pico.

—A la orden.

—Estoy de tus chistecitos tontos hasta los huevos.

—Lo siento.

—Tú qué vas a sentir —el otro había sacado el reloj de un bolsillo del chaleco—. Invítame al aperitivo, anda. Que es la hora.

—Siempre invito yo, señor —protestó Falcó.

—Te pago bien, así que es lo menos. Invitarme a una manzanilla.

—Dicho con todo respeto, Almirante, gasta usted menos que los rusos en catecismos.

—No veo el respeto por ninguna parte.

—Iba en metáfora.

—Métete las metáforas por el ojete.

—A la orden.

—Yo ahorro para la jubilación, y tú eres joven —una risa entre dientes—. Además, es probable que no te jubiles nunca. Te matarán antes.

—Negativo, señor. No pienso dejarme.

—Nadie se deja. Y ya ves.

Dicho eso, el Almirante canturreó en falsete cuatro estrofas de una copla:

> *La vida del bandolero,*
> *saltar tapias y bardales,*
> *dormir en camas ajenas,*
> *morir en los hospitales.*

—Me encanta su delicadeza, señor —dijo Falcó—. Repito que es usted mi padre.

Soltó el otro una carcajada guasona.

—Que me invites, te digo. Es una orden. Lo que se han de comer los gusanos, que lo disfruten los cristianos. O sea, yo. Para eso me trajino a Domínguez con tus notas de gastos.

—Bonito refrán, el de los gusanos. ¿Es gallego, de su pueblo?... ¿De Betanzos?

—Yo qué coño sé. Me lo acabo de inventar.

Habían llegado a la terraza del Café de París. Desde el 18 de julio, al hilo de la actitud política de Francia y la solidaridad del Duce con la causa nacional, los dueños habían cambiado su nombre por Café Roma. Tomaron asiento en los sillones de mimbre, bajo el toldo de la marquesina. El Almirante puso la cartera en el suelo e hizo un signo negativo al limpiabotas que se acercaba.

—Tiene que salir bien lo de Tánger. ¿Me oyes?... Nicolás Franco sigue queriendo unificar todos los servicios secretos, y si le da el mando a Queralt estaremos bien jodidos. Él y sus puercos métodos.

—Tampoco nosotros somos monjas, señor.

—No seas bestia, hombre. No compares. Frente al carnicero de Oviedo, nosotros somos unos caballeros —miró a Falcó, dubitativo—. Bueno. Tú, menos... Yo sí soy un caballero. O lo era.

Se acercó un camarero de chaquetilla blanca y el Almirante pidió dos manzanillas de Sanlúcar. Frescas. Falcó seguía con la vista a una mujer bonita, enlutada, que acababa de salir de la droguería contigua. Taconeo firme y caderas gloriosas, pensó distraído. En las que nunca se ponía el sol. Como la España imperial y todo eso.

—En realidad no hay caballeros en este oficio nuestro —comentó el Almirante.

Se había puesto la pipa vacía en la boca y la chupaba pensativo. Falcó lo observó de reojo. Su interlocutor había estado a punto de hacerlo matar sin complejos años atrás, cuando Falcó aún traficaba con armas y sus actividades en el Mediterráneo Oriental lo pusieron en el punto de mira de los servicios de inteligencia. Cierta mañana, en Estambul, Falcó se había dado cuenta de que lo seguían por la Grande Rue, entre los cambiadores de piastras y los harapientos refugiados rusos que vendían flores de papel, pisapapeles y dulces en bandejas colgadas del cuello; y eso lo libró de recibir la puñalada que un sicario turco, algo torpe en su oficio, intentó darle en el hígado cuando iba a entrar en el vestíbulo rojo y elegante del hotel Pera Palace. Desde entonces, Falcó procuró cuidarse más, poniendo difíciles las ocasiones. Por su parte, el Almirante era un sujeto práctico, admirador ecuánime de la eficacia profesional. Así que después de aquello, tras una primera entrevista algo tensa en la terraza del Jardín Taksim de Estambul —caviar, pez espada y cerveza— y una segunda, más relajada, en el puerto rumano de Constanza, Falcó había acabado traba-

60

jando para la joven República española. Del mismo modo que ahora trabajaba para quienes la combatían.

—Tienes una avioneta Puss Moth —añadió el Almirante tras un momento—, con piloto inglés, esperándote a las cinco de la tarde en el aeródromo de Tablada. Si nada interfiere, estarás en Sania Ramel, el de Tetuán, esta noche. Y en Tánger por la mañana... ¿Lo has memorizado bien todo?

—Eso creo.

—No me fío de lo que tú creas. Cuéntame lo que sabes con certeza.

Falcó sacó la pitillera y cogió un cigarrillo.

—Llego a Tánger sin llamar la atención... Soy un simple y convencional hombre de negocios. Contacto con nuestro agente allí —se puso el pitillo en la boca—. ¿Qué tal es, por cierto?

—¿Nuestro hombre?... Pues no sé. Normal, supongo. Un catalán llamado Rexach. Bien situado.

—¿De fiar?

—Lo común en nuestro oficio... Sigue con tu programa. ¿Qué más harás cuando llegues allí abajo?

—Veré a nuestro banquero, un tal Seruya, que pondrá fondos de Ferriol a mi disposición. Con eso intentaré sobornar al capitán del *Mount Castle*. Si no lo consigo, haré la prueba con sus subalternos —miró al Almirante como un alumno aplicado a su profesor—... ¿Voy bien, señor?

—Ojo ahí —el Almirante alzaba la pipa, admonitorio—. A bordo va un comisario político llamado Trejo. Tipo peligroso. Comunista, claro. Un cabrón con balcones a la calle. Lo mismo hay que darlo de baja, llegado el caso.

Sonrió Falcó mientras, inclinada la cabeza, aplicaba la llama de su encendedor al cigarrillo. La suya era una mueca de indiferencia cruel. Se había quitado el sombrero, dejándolo en la silla contigua, y la luz del sol hacía relucir su cabello negro y endurecía el acero de sus iris grises. En jerga del Grupo Lucero, y del SNIO en general, *dar de baja* era un eufemismo equivalente a matar, del mismo modo que *tratamiento* equivalía a tortura. Y ninguno de esos dos conceptos le era ajeno.

—Bien —exhaló complacido el humo, recostándose en la silla—. Doy de baja a ese Trejo, si hace falta... ¿Puedo recibir refuerzos, en caso necesario?

—Puedes. ¿En quién estás pensando?

—En Paquito Araña. Siempre que no esté ocupado asesinando a alguien.

—No hay problema. Desde el momento en que lo pidas, estará allí en veinticuatro horas. Te lo facturo por vía aérea.

—¿Y qué hay de las comunicaciones?... No hemos hablado aún.

—No quería darle muchos detalles a Ferriol. En Tánger hay oficinas de teléfonos y telégrafos española, inglesa y francesa. Pero no te fíes. Te voy a mandar a un operador de radio desde Tetuán. Todo lo importante lo transmitirás a través de él —indicó el libro que Falcó había dejado sobre la mesa—. Usaremos esa edición como libro de claves.

Hizo el Almirante otra pausa pensativa. Habían llegado las manzanillas y un platito con dos croquetas de cocido a modo de tapa. Introdujo la pipa en un bolsillo, se llevó una croqueta a la boca y la retiró de inmediato, antes de morder. Quemaba.

—Carallo.

Se alivió con un rápido sorbo de manzanilla. Falcó reía entre dientes.

—No tiene gracia —dijo el Almirante.

Bebió otro sorbo y miró la calle. Dos moros de regulares, en alpargatas y tocados con turbantes, discutían con un vendedor ambulante de quincalla. Había un ramo de flores secas y una cruz de madera con un rosario colgado en el lugar donde, meses atrás, había caído un falangista durante la sublevación contra la República.

—Lo de dar de baja —añadió el Almirante tras un momento, como si lo hubiera estado pensando— puede incluir también al capitán del *Mount Castle,* si no hay manera de que se pase a nuestro bando.

Había atenuado un poco la voz. Falcó lo miró por encima del borde de su copa.

—¿Habla usted en serio?

—Claro... Tienes libertad completa para eso, aunque tampoco me llenes Tánger de fiambres.

—Recibido —bebió un sorbo—. Procuraré contenerme.

—Más te vale, chico —soplando, precavido, el Almirante volvía a intentarlo con la croqueta—. Recuerda que la ciudad tiene estatuto internacional, y que en el Comité de Control, además de España y otros, están Francia, Gran Bretaña y un representante del sultán marroquí... No queremos conflictos diplomáticos. Al Caudillo le dan ardor de estómago.

—Lo tendré en cuenta.

—Más te vale —repitió el Almirante—. Porque tú haces trampas hasta haciendo solitarios.

Lo miraba serio, de forma inusual. Le preguntó Falcó qué ocurría, y el otro hizo un gesto ambiguo. Ahora sonreía de modo extraño.

—No conozco a nadie, en el duro mundo en que vivimos, capaz de manejar lo cruel y lo oscuro con la naturalidad con la que lo haces tú. Eres un actor perfecto, un truhán redomado y un criminal peligroso... Hasta la sangre parece resbalarte por encima sin dejarte rastro, como sobre una tela encerada.

Se quedó un largo momento callado, cual si meditara sobre lo que acababa de decir.

—Una naturalidad casi simpática —añadió.

Había un timbre de admiración en su tono. Quizá hasta de afecto.

—Vives a tus anchas —concluyó— en lo que los griegos detestaban: la incertidumbre.

Falcó miró su copa con indiferencia. Aquella clase de reflexiones se las dejaba al Almirante. Alguna vez había leído en algún sitio, de pasada, o tal vez se lo oyó decir a alguien, que el análisis excesivo de las cosas acababa por alterarlas o destruirlas. Empezabas analizando lo de matar o no matar, morir o seguir vivo, y terminabas usando profilácticos con una mujer como Brita Moura. Y eso, o lo que simbolizaba, era imperdonable. Para Falcó, el mundo era un lugar sencillo: un equilibrio natural de adrenalina, riesgos, fracasos y victorias. Una larga y excitante pelea. Una breve aventura entre dos noches eternas.

—Me recuerdas a mi hijo muerto —dijo el Almirante.

No era la primera vez que el jefe del SNIO mencionaba aquello. Con un papirotazo del pulgar y el índice, Falcó arrojó lejos lo que quedaba del cigarrillo. Un hombre de chaqueta raída y sin afeitar, que cargaba un hato a la espalda, se agachó a recoger la colilla humeante. Tenía la marca violácea de un golpe en un pómulo. Por un momento, sus ojos y los de Falcó se encontraron. Incómodo, éste apartó la vista.

—¿Puede contarme algo más de ese capitán del *Mount Castle*?

—Se llama Fernando Quirós, asturiano. Un marino con experiencia... Te mandaré el informe más completo de que disponemos, así como lo que hemos averiguado sobre el barco y la tripulación. Podrás estudiarlo durante el vuelo —señaló el libro—. Y de paso, leerte eso. Pasará a buscarte un coche a tu hotel a las cuatro. Así que vete para allá, y haz el equipaje... Antes, puedes zamparte tu croqueta. Están estupendas.

Obediente, Falcó se comió la croqueta. El hombre de la colilla lo miraba comérsela, y Falcó hizo una seña al camarero. Iba a ordenarle que le sirviera una ración y un vaso de vino al hombre, pero éste volvió la espalda y se alejó calle abajo, en dirección opuesta a la banda que tocaba música militar. Caminaba, pensó Falcó antes de olvidarlo, como lo hacían los humillados y los vencidos.

—¿Alguna cosa más, señor?

—Sí, una —el ojo derecho brilló con luz casi malvada—. Eva Neretva está en Tánger... Y no te lo vas a creer. Esa perra bolchevique viajaba a bordo del *Mount Castle*.

3. Té con pastas

Pensaba en ella cuando, de regreso en el Andalucía Palace, pasó junto a un grupo de oficiales alemanes que conversaban en el vestíbulo; y también cuando subió por la escalera hasta el primer piso y, tras mirar instintivamente a uno y otro lado, anduvo sin ruido sobre la alfombra del largo pasillo, camino de su habitación.

«Estamos en paz.»

Eso había dicho Eva la última vez.

Nunca lo habían engañado antes, recordó absorto. Nunca una mujer, y nunca de esa manera. Eva Neretva, alias Eva Rengel, alias sabía Dios qué. Se había revelado maestra indiscutible en el juego turbio, arriesgado, que jugaban ambos. Con su frialdad tan soviética. Casi inhumana.

Por un instante, sin esfuerzo porque esas imágenes acudían con frecuencia a su memoria, la vio iluminada por el fogonazo al disparar en la nuca del falangista Juan Portela. También en la ventana de la casa de Cartagena mientras se abrazaban semidesnudos, las bombas iluminaban la plaza y la artillería antiaérea acribillaba la oscuridad sobre el Arsenal. O la noche en que todo se fue al diablo, recortada en el contraluz nocturno de la última duna junto al mar, arrodillada para disparar con la Luger, impasible y serena, cuando le cubría la fuga.

Siguió pensando en ella mientras preparaba el equipaje: objetos de aseo, trinchera Burberry, sombrero panamá, dos trajes, seis camisas almidonadas y mudas interiores, pijama, tres corbatas, unos gemelos de plata, unos zapatos de vestir y otros de sport con suela de goma. Una vez colocado todo en la baqueteada maleta Vuitton, encendió un cigarrillo y permaneció inmóvil ante la luz que entraba a raudales por la ventana, todavía recordando. Al cabo de un instante advirtió que los dedos que sostenían el cigarrillo temblaban ligeramente. Eso le suscitó un seco malestar. Una cólera suave, tranquila y oscura.

Sacudió la cabeza, aplastó el cigarrillo en un cenicero y sacó de los cajones y de encima del armario los objetos que completaban el equipo, entre ellos dos tubos de cafiaspirinas —en uno ocultaba una cápsula de cianuro—, una lata de Players, la Browning FN modelo 1910 de 9 mm, el supresor de sonido Heissefeldt canjeado por cocaína a la Gestapo, dos cargadores y una caja con treinta cartuchos. Material adecuado para dar de baja con plena eficacia, habría dicho el Almirante. Herramientas propias del oficio. Envuelta en un trapo, limpia y aceitada, la pistola tenía un peso casi agradable cuando la sostuvo en la mano por un momento. Al hacerlo se le endureció la mirada, y un pliegue sarcástico y cruel pareció hendirle de pronto, como una cuchillada seca, un extremo de la boca. Cuatro meses atrás, con aquella pistola había matado a tres hombres en Salamanca para salvar la vida de Eva Neretva.

Estamos en paz, se repitió.

Entonces llamaron a la puerta, y el mundo exterior siguió su curso. Un botones traía un sobre cerrado con su nombre escrito, sin remitente. Falcó le dio una propina, cerró la puerta, rasgó el sobre y un golpe de calor suavizó el gris plomizo de sus ojos.

Esta tarde la pasaré en casa de mi amiga Luisa Sangrán, calle Rafael de Cózar, número 8. Quizá le apetezca tomar un té o un café sobre las seis.

La nota iba sin firma, pero a Falcó no le cupo duda ninguna: tinta azul, letra de mujer, inglesa, a plumilla, con trazo fino y cuidada caligrafía. Se adivinaban allí un colegio de monjas muy caro y otros detalles por el estilo. Así que Eva Neretva, el pasado y el más que probable futuro localizado en Tánger quedaron por el momento atrás, o a un lado, o fuera de escena, alejándose despacio como un bote que se abandonara a la deriva. Por lo demás, comprobó Falcó, Chesca Prieto no había podido resistirse al cliché —las novelas y el cine hacían estragos, incluso entre las mujeres inteligentes— de verter una gota de perfume en el papel antes de doblarlo y meterlo en el sobre. Era Amok, por supuesto. Una locura de Oriente.

Eso lo hizo sonreír. Acentuaba esa sonrisa el recuerdo de ella y el marido, por la mañana, en la puerta del hotel. Pepín Gorguel con sus botas relucientes de héroe de guerra, la franja roja en la gorra y las estrellas de capitán. El estirado cabrón. Todo frío, altivo, receloso y atravesado, mirándolo como si olfateara amenaza. Y con razón. No era cosa de reprochárselo, con una mujer tan hermosa como aquélla —el Almirante le atribuía dos aventuras, aunque Falcó no estaba seguro de eso—, que Gorguel anduviese con la mosca tras la oreja. Y más pasando como pasaba la mayor parte del tiempo en el frente, salvando a la patria de las hordas sin Dios mientras en España empezaba a amanecer y demás poesía.

La idea arrancó a Falcó un suspiro al tiempo risueño y melancólico. Ahora, con el marido de por medio, el envite le apetecía más que antes. Y aquella luminosa Sevilla, con casas de amigas y otros elementos útiles, era más adecuada que la casta, gris, estrecha y meapilas Salamanca, donde hasta el Caudillo tenía su cuartel general en el palacio episcopal. Sin embargo, y por desgracia, no había tiempo para bromas ni veras. Faltaban tres horas para las seis de la tarde, y entonces él estaría a bordo de un avión, volando hacia el norte de África. Adiós, muchachos, como en el tango. Por segunda vez, aquella mujer se le escapaba de entre los dedos. Viva y coleando. Perra suerte la suya.

Por acto reflejo, simple hábito profesional, fue hasta el lavabo, sacó del bolsillo el encendedor y quemó allí el mensaje. A Chesca Prieto y a él, pensó mientras dejaba ir las cenizas por el desagüe, los había mirado un tuerto. Entonces se acordó del ojo de cristal del Almirante y se echó a reír de su propio chiste malo. Luego se miró en el espejo, sacándose burlón la lengua. Resignado a lo que había, y también a lo que no. Divertido, incluso. Como había dicho o escrito alguien —ni recordaba quién, ni le importaba—, lo que no podía ser no podía ser, y además era imposible.

Cuando acabó de disponer el equipaje, bajó a comer algo. El avión se movería al sobrevolar el Estrecho y era mejor no viajar con el estómago vacío. Quedaba tiempo y el día seguía siendo agradable, así que dio un paseo hasta la Casa de la Viuda, en la calle Albareda. Bajo un cartel de *Pida siempre Domecq* —sonrió; los Domecq eran primos suyos— y un aviso que decretaba multas para quienes incumplieran las nuevas normas patrióticas —*No saludar brazo en alto a la bandera, 30 pesetas*—, se hizo lustrar los zapatos y comió un poco de jamón y queso, perdiz estofada y dos vasos de vino tinto, y regresó despacio por el río, tras detenerse a enseñar la documentación en un retén junto al puente.

Los soldados, reclutas jóvenes de gorrillo cuartelero y requetés barbudos con boina roja y crucifijo al pecho, todos con Mauser y bayonetas caladas, fueron amables. Sólo estaba prohibido, dijeron, ir y venir del barrio de Triana, la ex Sevilla roja, sin un permiso sellado por la autoridad militar. Siguió Falcó adelante, disfrutando de la buena temperatura y de la vista espléndida de la otra orilla del río. Silbaba *La cumparsita* y estaba de buen humor. Aquella noche iba a dormir en Tetuán, y a la mañana siguiente estaría en Tánger, ocupado con el *Mount Castle* y el oro de la República.

Volvió a pensar en Eva Neretva y sintió que el pulso le batía acompasado, algo más rápido que los sesenta latidos por minuto que solía tener. Como de costumbre, la cercanía de la acción inyectaba en sus venas una intensa y satisfecha lucidez. Una expectación casi feroz. El mundo era un lugar apasionante donde ocurrían cosas, y él ayudaba a que ocurrieran. De hecho, él mismo era parte de las cosas. Y mientras caminaba con las manos en los bolsillos, el sombrero echado para atrás y una sonrisa distraída en la boca, la sombra que se movía desde sus zapatos se asemejaba a la de un lobo tranquilo. Un lobo peligroso y feliz.

—Lo esperan en el bar, señor Falcó.

Dio las gracias al conserje y se encaminó hacia allí. Eran las cuatro y media de la tarde. Junto a la gran cristalera que rodeaba el patio central, varios corresponsales extranjeros bebían y charlaban en voz muy alta, quejándose de la censura y de las dificultades para visitar el frente. Reconoció de reojo a un par de ellos: un tal Cardozo, del *Daily Mail*, y un inglés llamado Philby. Este último hizo ademán de saludarlo —se habían conocido meses atrás en el Bar Basque de San Juan de Luz—, pero Falcó siguió adelante sin detenerse. Al fondo, conversando con tres hombres vestidos de paisano, estaba sentado el Almirante. Al ver acercarse a Falcó, se puso en pie y fue a su encuentro.

—Hay problemas con tu avioneta —dijo—. Una avería.

—¿Seria?

—Tienen que cambiar una pieza y no estará lista hasta mañana.

—¿Afecta eso a la misión?

—Espero que no. Dudo que importen unas horas más o menos.

—¿Y qué hago mientras?

—Esperar. Te quedas en tu habitación y aguardas a que vengan a buscarte.

Hizo Falcó cálculos rápidos, pros y contras, horas por delante, mientras Chesca Prieto le retornaba a la cabeza. Aquel aplazamiento inesperado ofrecía interesantes posibilidades.

—¿Puedo salir a dar una vuelta?

El Almirante lo miró unos segundos con recelo. Al fin relajó el gesto.

—Puedes. Pero evita lugares demasiado públicos y mantente localizable. Nada de dejarte caer por la Alameda.

Sonrió Falcó. Iluminada con neón pese a la guerra, con nueve dancings y cabarets en menos de cien metros, la Alameda era el lugar de diversión nocturna de Sevilla, allí donde la nueva y católica España aún dejaba cierto margen a la vieja. Todo debidamente regulado, por supuesto: al Florida iban los soldados y al Maipú los suboficiales, mientras que los alemanes del Andalucía Palace, los italianos del Cristina, los señoritos falangistas de camisa azul y pistola al cinto, los oficiales de requetés, regulares y el Tercio bebían champaña y bailaban pasodobles y tangos en el Excelsior.

—Descuide, señor... La Alameda no son mis pastos.

—Me alegro —el otro lo miraba con curiosidad—. ¿No te dejas caer por Jerez, a ver a la familia?... Está sólo a media hora en automóvil.

Inexpresivo, Falcó se tocó el nudo de la corbata.

—No tengo intención.

—Ya sé que no es asunto mío... ¿Cuánto hace que no ves a tu madre?

—Con todo respeto, señor, estoy de acuerdo con usted. No es asunto suyo.

El Almirante se lo quedó mirando. Al cabo hizo un gesto de asentimiento.

—Tienes razón —le pasó un sobre con documentos—. Ahí tienes los informes sobre el *Mount Castle* y los salvoconductos para el aeródromo de Tablada. Hay tres controles en la carretera... La nueva hora prevista para el despegue son las siete de la mañana. En punto.

—Allí estaré, señor.

—Más te vale.

Se guardó Falcó los documentos en el bolsillo interior de la chaqueta. Tras mirar alrededor, el Almirante lo cogió por un brazo, llevándoselo a un rincón desierto del bar.

—Hay una última hora —bajó la voz—. El gobierno de la República ha conseguido cinco días más de plazo para el *Mount Castle*. Durante ese tiempo podrá permanecer amarrado en el puerto mientras se llevan a cabo las gestiones diplomáticas.

—Vigiladísimo, supongo.

—Claro. Lo custodia la policía internacional. Lo pintoresco es que también nosotros hemos conseguido permiso de amarre para el *Martín Álvarez*. Así que allí están los dos, en el mismo muelle y a pocos metros: nuestro destructor y el mercante rojo... Con las tripulaciones vigilándose mutuamente mientras consignatarios, cónsules y agentes deciden su suerte.

La idea de los republicanos, siguió explicando el Almirante, era conseguir un acuerdo internacional que permitiera al *Mount Castle* seguir viaje bajo protección neutral, con un destructor británico enviado desde Gibraltar, o ganar tiempo a fin de que unidades republicanas llegaran a Tánger para escoltarlo. El problema era que la escuadra roja no era partidaria de arriesgarse fuera de los puertos. Faltaban oficiales competentes porque en su mayor parte habían sido fusilados —Falcó sabía que el hijo del Almirante se contaba entre ellos—, y la marinería no se fiaba de los que tenía a bordo. Todo se hacía mediante comités, asambleas y votaciones, y nadie estaba dispuesto a jugársela por un cargamento de oro que iban a disfrutar los rusos.

—Además —añadió—, en tal caso nosotros mandaríamos al crucero *Baleares,* que está cerca, en Ceuta... Y ahí llevan las de perder.

—¿Cree que intentarán hacerse a la mar? —se interesó Falcó.

—Todo es posible. Pero la verdad es que no tengo ni idea. Para eso vas, entre otras cosas. Para despejar incógnitas. Nuestro cónsul en Tánger y el comandante del *Martín Álvarez* han sido informados de tu llegada.

Arrugó Falcó el entrecejo, inquieto.

—¿Con detalle?

—No, hombre. Faltaría más. Lo imprescindible para que te dejen trabajar.

—¿Y quién dirige la operación?... ¿El cuartel general de la Armada o nosotros?

—Nosotros. Por eso actúas con toda libertad.

—¿Y el comandante del destructor?

—Tiene instrucciones de colaborar contigo, pero no te pases. Cada cual posee sus competencias y su orgullo. No creo que le guste ver aparecer por allí a un intruso, pero cumplirá las órdenes. Así que sé buen chico y procura ponérselo fácil. ¿Entendido?

—Sí, señor.

De nuevo miró el Almirante alrededor. Parecía dudar sobre añadir algo.

—Otra cosa —se decidió al fin—. Te dije esta mañana que Lisardo Queralt quería hacerse con la operación pero Nicolás Franco nos la dio a nosotros... ¿Recuerdas?

—Perfectamente.

—Bueno, pues hay un cambio. Ese tío cochino ha conseguido que le permitan tener un observador en Tánger.

—¿Y qué significa eso?

—Que el operador de radio que vamos a mandarte ya no será nuestro, sino de Queralt... Un agente suyo.

—Pero eso significa que estarán enterados de cuanto yo transmita...

—Sí, es la idea —el Almirante hizo un ademán de impotencia—. Queralt acepta no intervenir en el asunto, pero exige estar al tanto de la operación. Esto se lo garantiza, y de cara a la galería le da un toque conjunto... Oye, no me mires así. Yo también tengo jefes.

—¿Y a quién me van a mandar?

—A uno de allí, del SINA de Tetuán.

Torció Falcó el gesto.

—Un policía.

—Eso es. Aunque me han garantizado que es el mejor radio que tenemos en la zona.

Reflexionó Falcó sobre las implicaciones de aquello.

—No me gusta —concluyó.

—A mí tampoco, pero no hay otra.

—¿Y qué opina Tomás Ferriol?

—Él no se mete en esas cosas. Le da lo mismo jota que bolero.

Falcó pensaba a toda prisa, malhumorado.

—¿De verdad Queralt puede reventarlo todo?

El Almirante se rascó el bigote.

—No creo que llegue a tanto. El Caudillo quiere ese oro, y Queralt no se atreverá a hacer que lo perdamos. Directamente, al menos. De lo que no te quepa duda es de que hará cuanto pueda por dejarnos mal.

—¿Y quién es su pájaro de Tetuán?

—Ni idea. Te contactará él.

Se quedaron un momento mirándose cual si no se hubieran dicho todo. El efecto de luz de la vidriera daba un ligero estrabismo al ojo de cristal del Almirante.

—También hay algo más —añadió éste al fin— sobre esa mujer, Eva Como Se Llame...

Se detuvo un instante, acechando la reacción de Falcó. Pero éste se mantuvo en silencio, sosteniéndole la mirada tan impasible como si estuviera viendo girar una ruleta o le hubieran hablado de una desconocida.

—Ahora ella ha bajado a tierra y participa en las gestiones sobre el *Mount Castle.* Se aloja en el hotel Majestic... ¿A cuál irás tú?

—Al Continental, como siempre. Frente al puerto.

El Almirante dirigió un rápido vistazo a los hombres sentados en los sillones del fondo.

—Por lo visto, ella manda mucho en todo esto. Es la persona de confianza que Pavel Kovalenko, jefe del NKVD en España, mandaba a Odesa para supervisar la entrega... Por lo que hemos averiguado, después de Portugal volvió a la zona republicana, donde ocupa un puesto importante en la Administración de Tareas Especiales. Sabemos que intervino activamente en la detención, interrogatorio y ejecución de elementos trotskistas... O sea, que sigue siendo una fulana de cuidado.

Otra vez se detuvo, atento a Falcó.

—¿No tienes nada que decir?

—Nada.

—Pues deberías, carallo.

—No veo por qué.

—Pusiste en libertad a una enorme hija de puta.

—Yo no puse en libertad a nadie.

El ojo derecho miró a Falcó con evidente hosquedad.

—Esta tarde ya no estoy para bromitas ni juegos... ¿Me oyes?

76

—Lo oigo. Pero no es mi intención.

—Señor.

—Señor.

El otro emitió un suspiro melancólico mientras volvía a mirar en torno.

—Mentiría si te dijera que no tengo curiosidad —dijo al cabo de un momento—. Daría cualquier cosa por estar presente si de nuevo os veis las caras.

Cuando posó otra vez la vista en Falcó, éste seguía impertérrito. Inexpresivo. Escuchaba erguido y tranquilo, atento como un soldado. Eso arrancó al Almirante una risa áspera.

—Ten mucho cuidado con eso, o con todo —sacó el reloj y consultó la hora—. Y recuerda: después de lo de Salamanca, Queralt y su gente te tienen en la mira, como dije. No olvidan tus tres fiambres... Un resbalón y serás suyo.

—¿Y usted, Almirante?

El otro ya hacía ademán de regresar con los que aguardaban en los sillones. Se detuvo y miró a Falcó casi por encima del hombro.

—Yo te sacrificaré, claro. Te lo dije otras veces. Sintiéndolo mucho, te echaré a los leones sin dudarlo... En este juego soy un alfil, y mi trabajo me ha costado. Tú eres un simple peón. Tales son las reglas, y lo sabes.

Todo había transcurrido según las normas rigurosas de la decencia. Falcó removió la cucharilla en la taza de té inglés, probó un sorbo, encendió un cigarrillo y dirigió una mirada tranquila a las dos mujeres. Estaba sentado, como ellas, en una silla de mimbre bajo la montera acristalada de un patio sevillano con azulejos en las paredes y macetas con helechos y geranios. En Andalucía era la hora de las visitas. Se había presentado en la cancela a las seis y tres minutos, llamando a la campanilla después de ajustarse el nudo de la corbata y alisar el pelo peinado con fijador, tras quitarse el sombrero. Recién afeitado e impecable.

—¿Y dice usted que viaja mañana? —preguntó Luisa Sangrán.

—Sí. Negocios.

—Relacionados con esta espantosa guerra, supongo.

—Claro.

La dueña de la casa rondaba los cuarenta años. Ni guapa ni fea, apreció Falcó, pero distinguida. La vivienda era buena, con cuadros valiosos en las paredes y objetos antiguos en el recibidor. El marido era un abogado de prestigio, muy relacionado con el bando nacional. Al padre, un conocido empresario cordobés, lo habían fusilado los rojos en los primeros días de la sublevación militar. Por eso Luisa Sangrán vestía un bonito vestido de crepé negro, medias ahumadas y zapatos a juego. Su maquillaje era discreto. En un broche de oro, sobre el corazón, llevaba el retrato en miniatura del hijo de diecinueve años que tenía en el frente.

—Mi marido también está fuera. Viaja continuamente.

—Lo siento —Falcó había captado el mensaje—. Son tiempos difíciles.

—Al contrario. No lo sienta. Está bien descansar de un marido de vez en cuando.

Rieron los tres, y los ojos de Falcó encontraron los iris verdes de Chesca Prieto: una mirada pensativa, fija e intensa. Ella llevaba un elegante *tailleur* oscuro de rayas grises y azules que al estar sentada se le ceñía a las caderas, ajustándose de forma espléndida a la longitud de sus piernas, cruzadas en ese momento, con el borde de la falda un palmo por debajo de la rodilla, exactamente donde debía estar. Tacón atrevido y medias negras. Unas piernas rotundas, absolutas y por completo canónicas, decidió tras

78

una breve y muy discreta ojeada. Las piernas de una hembra perfecta.

—¿Un poco más de té?

—No, se lo agradezco... Es suficiente.

No había habido exceso de presentaciones ni explicaciones superfluas. Buenas tardes, gracias por aceptar la invitación, es un placer recibirlo. Chesca dice que tiene usted noticias interesantes sobre los últimos acontecimientos. Que viaja mucho. Todo se iba desarrollando con naturalidad, visita de cumplido, confianza entre amigas, hora adecuada, tarde libre para el servicio, absoluta corrección social. Un hombre apuesto, desde luego, aunque a todas luces un caballero, y dos señoras, amigas íntimas desde el colegio, con las que tomar el té y charlar sobre los acontecimientos que desgarraban España. Todo era irreprochable.

—¿Así que fueron juntas al colegio?

—Sí. A los Sagrados Corazones... Punto de cruz, disciplina de señoritas y mes de María.

—Delicioso.

—¿Y usted?

—Colegio de religiosos en Jerez. Hasta que me expulsaron.

—Vaya —Luisa Sangrán sonreía, interesada—. Lo dice con ese cuajo. ¿Lo han expulsado de muchos sitios?

—De algunos.

—De casi todos —apuntó Chesca.

Rieron otra vez los tres. De vez en cuando, Falcó sorprendía una mirada cómplice entre las dos mujeres que traslucía una singular afinidad, tan característica de su sexo. No está nada mal, tu amigo. Comprendo que te arriesgues tanto, hija mía. Yo también lo haría de estar en tu lugar. Etcétera. Pero no era cierto, o no del todo. Falcó sabía de mujeres lo bastante para advertir que Luisa Sangrán difícilmente habría dado para ella misma un paso como aquél. No era su registro. Su tono. Ésa era sólo una complicidad de carácter vicario. Muy femenina, también. Como los seriales de la radio. Vivir emociones ajenas y disfrutarlas. Afecto, recuerdos de infancia o juventud, solidaridad, viejos códigos forjados en siglos de amarguras domésticas y tristes silencios. Mujeres asociadas con mujeres, rehenes tradicionales de guerreros, sacerdotes y tiranos, saboreando de aquel modo su íntima venganza. Admiración por la amiga audaz, capaz de llegar donde otras o una misma no se atreverían.

Aquello, y de eso no cabía duda a Falcó, iba a ser materia de numerosos cuchicheos futuros entre ambas. De largas confidencias en voz baja.

—¿Es usted de Jerez, entonces?... ¿De los Falcó de allí?

—Vagamente.

—Conozco a un Alfonso Falcó... ¿Le suena?

Una chupada lenta al cigarrillo. Una mirada distraída a las volutas de humo azulado. Aquel Alfonso era su hermano mayor. Desde la muerte del padre dirigía el negocio familiar —fino Tío Manolo, coñac Emperador—, las bodegas y lo demás. También cuidaba de la madre viuda. Después del Alzamiento había recuperado la propiedad de todo, tras la fuga o fusilamiento de los sindicalistas que convirtieron el negocio en una caótica cooperativa de trabajadores. Lorenzo Falcó y su familia llevaban más de diez años sin verse las caras. Sin escribirse, siquiera. El episodio del hijo o hermano pródigo contenía inexactitudes: cierta clase de ovejas negras nunca volvía a casa. Tampoco Caín se enfrentaba siempre a Abel. Para ti los corderos y las hortalizas, querido. Que te aprovechen. A veces, Caín se limitaba a hacer las maletas.

—Me suena de lejos.

—Tiene dos hermanas, creo. Lolita y Pitusa. Y está casado con una Gordon.

—Es posible.

—¿Y de veras no es usted de la familia?

—No —la cara de inocencia de Falcó habría ganado un concurso—. En absoluto.

—Está fingiendo —dijo Chesca.

—No me digas.

—Sí te lo digo.

Siguieron diez minutos de conversación superficial y agradable. Falcó las hizo reír en varias ocasiones, contando anécdotas que inventaba sobre la marcha: chismes sobre moda y cinematógrafo, viajes, hoteles, lugares, personajes. Era brillante en eso. A veces, a medio narrar algo, miraba con más fijeza a Chesca, y ésta eludía esa mirada. Otras, sin dirigir la vista hacia ella, sentía sus ojos fijos en él. Verde líquido con tonos de esmeralda. Óleo viviente de Julio Romero de Torres, pensó una vez más. Aquella piel satinada, morena con el suave tinte de la abuela gitana que tal vez, en el pasado, cruzó su destino y su sangre con el artista que la pintaba desnuda. El recuerdo del marido, con sus botas relucientes y su pistola al cinto, suscitó en Falcó una sonrisa interior. Una mueca traviesa y malvada.

En ese momento, Luisa Sangrán miró el reloj que llevaba en la muñeca derecha con una pulserita de oro y dijo Dios mío, olvidaba que debo acercarme un momento a El Salvador, a entregarle un dinero al párroco. Una colecta que hemos hecho las damas del Santo Ropero de Jesús Nazareno. Para los huérfanos.

—Te dije en Salamanca que eras un hijo de puta.

—Y yo respondí que sí. Que lo soy.

Un día moriré, pensó Falcó, o envejeceré, y esto no volverá a ocurrir jamás. Así que más vale que lo registre bien en mi memoria, para el tiempo de la sequía y el ineludible

81

final. Permanecía inmóvil mirándola, aún con el botón superior de la chaqueta abotonado, las manos en los bolsillos, el último pitillo humeándole en la comisura de la boca. Ella misma se había quitado la ropa con ademán casi desafiante, sin permitirle que la tocara, en la alcoba de luz tamizada por las cortinas de la ventana. Y ahora estaba desnuda, a excepción de los zapatos de tacón y las medias negras que dejaban un espacio vulnerable de piel y carne hasta el liguero, cuyas presillas ya estaban sueltas en torno a la cintura. Los senos eran menudos, enhiestos, firmes como el resto del cuerpo esbelto, perfilado de escorzos en la penumbra que acentuaba el triángulo fascinante del vello púbico, mientras kilómetros más arriba los ojos verdes relucían hipnóticos, cual si tuvieran dentro bujías encendidas. Y él sintió una pena inmensa, sincera, solidaria, por los millones de hombres que nunca habían estado ni estarían cerca de una mujer como aquélla.

—Quédate donde estás —la oyó decir.

Volvía Falcó en sí, lentamente. Casi con pereza, retornó a la conciencia de su propio cuerpo. Ni siquiera estaba excitado, aún. O no demasiado. Lo suyo, de momento, era más curiosidad expectante que otra cosa. Más admiración que deseo. No había espectáculo en el mundo, concluyó, que pudiera compararse con aquello. Nada tan perfecto. Tan soberbio.

—No pienso quedarme donde estoy —respondió con suavidad.

Sonreía tranquilo, seguro de sí. La mujer volvió a ordenarle que no se moviera, y entonces él sacudió ligeramente la cabeza, apagó el cigarrillo entre la suela del zapato y las losas de barro vidriado y dio un paso hacia ella. Sin retroceder, Chesca le dio una bofetada. Restalló muy fuerte, haciéndole volver la cara hacia un lado. Plaf. Un golpe doloroso —las uñas largas le arañaron ligeramente la cara— que hizo arder su mejilla. Cuando Falcó volvió a mirarla, el verde de los ojos se había enturbiado pero los dientes muy blancos destacaban, casi fosforescentes, tras los labios entreabiertos. Podía escuchar su respiración honda y pausada, así como el latir del pulso, o el corazón. Tan cercano. Bum, bum. Bum, bum. Eso hacía. Entonces la tomó de la mano —ella la había alzado de nuevo para golpear, aunque no concluyó el movimiento— y la hizo volverse despacio, girando sobre sí misma, de cara a la cama sin deshacer, sobre la colcha intacta, instándola a apoyarse con las dos manos en ella.

—Estás loco.

Más allá de las medias y el liguero negros, las caderas, la cintura, la espalda y la nuca de la mujer eran un paisaje de líneas prolongadas, sinuosas y curvas, de satinada calidez. Sin apresurarse, como si dispusiera de todo el tiempo del mundo, Falcó recorrió con los dedos, muy despacio, el surco tibio de la espina dorsal y se detuvo al final de ésta. Entonces, arrodillándose, vestido como estaba, se aflojó el nudo de la corbata y acercó allí la boca.

—Amor mío —murmuró ella.

Sin distraerse de lo que estaba haciendo, Falcó moduló una sonrisa interior. Era cierto. Ellas siempre tomaban la precaución de enamorarse antes.

Pasaban las diez de la noche cuando regresó al hotel silbando *Amparito Roca*. Se había detenido a cenar algo ligero, de pie ante el mostrador de una taberna, y ahora caminaba sin prisa. Había bajado la temperatura, y la humedad del río cercano le dio frío. Al dejar atrás la catedral y los Reales Alcázares se subió el cuello de la chaqueta. Estaba fatigado y tenía sueño. Con el equipaje casi hecho en la habitación, sus planes inmediatos eran tomar un baño caliente y dormir antes de que fueran a buscarlo para ir al aeródromo.

Había pocas luces encendidas, en previsión de ataques aéreos de la aviación republicana. La luna era creciente y aún se encontraba baja, casi todo seguía en tinieblas y la calle Reyes Católicos era un ancho vacío negro. Cruzó el pórtico exterior de ladrillo y azulejos del Andalucía Palace y se encaminó a la entrada, donde una única bombilla encendida iluminaba los peldaños bajo el porche. Antes de llegar allí oyó abrirse la portezuela de un automóvil que estaba parado, casi invisible en la oscuridad, y dos sombras se interpusieron entre la luz y él. Una linterna de mano le iluminó la cara, deslumbrándolo.

—¿Lorenzo Falcó?

No dijo nada en el primer momento. Se le habían quitado las ganas de silbar. Ahora estaba tenso, alerta, dispuesto a pelear si la situación se tornaba hostil. No era tranquilizador que una sombra pronunciase su nombre en la oscuridad. Ni siquiera en Sevilla. El hombre que empuñaba la linterna la enfocaba ahora hacia sí mismo, iluminándose la solapa de la chaqueta. Con la otra mano la había vuelto, y mostraba allí una chapa de policía.

—¿Qué quieren?

—Tiene que acompañarnos para una formalidad.

—¿Bromean?

—Ni pizca.

Falcó señaló la entrada del hotel.

—Prefiero hablar de formalidades ahí dentro, con luz. Viéndoles la cara.

—No hay tiempo.

Mientras el hombre de la linterna hablaba, el otro, que se había puesto al costado de Falcó, le hundió el cañón de una pistola en la cintura.

—Suba al coche.

—No pueden hacer esto.

Oyó reír quedo al de la pistola. El de la linterna la apagó y cogió a Falcó por un brazo, conduciéndolo hacia el automóvil. Lo hizo con mano firme pero sin violencia. Casi persuasivo.

—Claro que podemos —dijo.

Se dejó llevar. Qué remedio. El cañón del arma apoyada en su costado delataba un calibre respetable, suficiente para reventarle el hígado a quemarropa. Parecía una 45. Lo hicieron instalarse en la parte de atrás, a la izquierda, con el de la pistola a su lado y sin dejar de apuntarle. El otro se sentó al volante y encendió el motor.

—Quédate tranquilo —dijo el de la pistola—. No sea que se me escape un tiro.

El paso del usted al tuteo no pintaba bien. Aquello se torcía de mala manera. Falcó se quitó el sombrero y, disimuladamente, tanteó la badana en busca de la cuchilla de afeitar; pero el de la pistola le arrebató el sombrero y lo echó delante, en el asiento junto al conductor.

—Deja quietas las manos.

Respiraba despacio e intentaba pensar deprisa. Con policías de por medio, la imagen del coronel Queralt se definió con mucha lógica. Además de Jefe de la Guardia Civil, el carnicero de Oviedo era jefe de policía y seguridad. La secreta, como la llamaban. Eso significaba un poder casi absoluto, equivalente al que en el otro bando ejercían las checas, o comisarías del pueblo: vigilancia, interrogatorios, palizas y tortura. Métodos habituales. La diferencia era que en el lado republicano cada grupo, milicia, facción o partido actuaba a su aire, sin dar cuenta a nadie, y a este lado todo se centralizaba con implacable eficacia militar. Queralt era el hombre, y el hombre era el estilo; o tal vez era el estilo el que siempre acababa por encontrar al hombre adecuado. Naturalmente, como había dicho el de la pistola, a los esbirros se les escapaba de vez en cuando un tiro. O varios. Sin jueces, ni fiscales, ni papeleo.

Así se purgaba, a este lado de las trincheras, la España nacional.

—¿Adónde me llevan?

—A comisaría.

—¿A cuál?

No hubo respuesta. Por aquellas fechas, según había dicho el Almirante, Queralt se encontraba en Sevilla y estaba al tanto del asunto del *Mount Castle*. Falcó reflexionó sobre él. Era improbable que pretendiera reventar la operación, pues eso lo habría enfrentado directamente al SNIO y enfurecería a Nicolás Franco y al Caudillo; a fin de cuentas, cien millones de pesetas en oro suponían mucho oro. Sin embargo, aquel individuo era un cerdo retorcido y cruel. No podía descartarse alguna maniobra oscura por su parte. Y además, estaba el asunto de Eva Neretva. Eso era lo que más preocupaba a Falcó. Cuatro meses atrás, en Salamanca, había asesinado a los hombres de Queralt para liberarla y hacerle cruzar la frontera de Portugal. Y éste había jurado hacerse, tarde o temprano, un llavero con sus pelotas.

—¿A qué comisaría me llevan? —insistió—. Vamos hacia las afueras.

—Cierra la boca.

Los faros alumbraban casas cada vez más bajas. Aparecieron los primeros descampados, y Falcó se preocupó en serio. Me van a matar, pensó. Me están dando el paseo.

—Metéis la pata —dijo—. No sabéis a quién...

El cañón de la pistola se hundió más en su cintura.

—Cállate.

Obedeció, resignado. Intentaba ordenar las emociones desde el miedo hasta la supervivencia, a fin de concentrarse en esta última. De pie, fuera del coche, con un arma tan cerca del cuerpo, habría intentado girar con brusquedad mientras golpeaba y librarse de ella, a la desesperada. Cara o cruz. Zafarse de aquellos tipos. Sabía bien cómo intentarlo, y lamentó no haberlo hecho delante del hotel. Ahora, sentado como estaba, arrinconado contra la portezuela y el asiento, moverse resultaba imposible. O suicida.

—Tranquilo, hombre —dijo el que conducía—. Ya falta poco.

—¿Para qué?

El de la pistola volvió a emitir una risa desagradable. Habían cruzado un puente y tomado la carretera de Jerez, pero al poco rato abandonaron ésta para meterse por un camino de tierra, traqueteando entre cañaverales. La luna había subido un poco más, y libre de edificios que la ocultaran recortaba en su claridad lechosa un paisaje siniestro. Falcó consideró la posibilidad de abrir la portezuela y tirarse del coche en marcha, pero eso no iba a llevarlo muy lejos. Podía romperse algo, y quedaría indefenso. Mientras tanto, la pistola seguía clavada en su costado. No había manera de golpear ni protegerse, pues bastaba un movimiento para que el fulano a su lado apretase el gatillo, bang, y angelitos al cielo. O al infierno. Estaba claro que era un elemento concienzudo. No lo había sentido distraerse ni un momento.

—Ya estamos —dijo el que conducía.

Falcó miró el camino. La luz oscilante del automóvil iluminaba un muro medio derruido, ramas de higueras y un techo de tejas rotas. Una casa abandonada, en ruinas. Ante el muro había un Bentley Speed Six con los faros apagados y un hombre apoyado en el capó.

—Venga. Sal del coche.

Se habían detenido, con el motor en marcha. El conductor estaba fuera y abría la portezuela. Bajó Falcó, obediente, la pistola del otro pegada a la espalda.

—Como hagas algo que no me guste, te achicharro —dijo éste.

Sonaba a diálogo de película de gángsters, pero la presión del arma —era una Colt americana enorme, confirmó— no tenía nada de cinematográfica. Dejaron encendidas las luces del coche y anduvieron los tres por el terreno iluminado, acercándose al hombre que aguardaba. La doble luz horizontal alargaba sus sombras sobre el camino, que era irregular, pedregoso. Falcó tropezó, tambaleándose un poco, y el que le apuntaba le golpeó la espalda con la pistola.

—Ándate con ojo —escupió—. Hijoputa.

Al acercarse más, Falcó reconoció al que estaba junto al otro coche, y cuanto había imaginado se vino abajo. Aunque eso no significaba que las cosas fueran a mejorar, sino todo lo contrario. El sujeto vestía de paisano, tenía una mano metida con ademán elegante en un bolsillo de la chaqueta, y con la otra hacía visera sobre los ojos para no verse deslumbrado por el resplandor de los faros. Bajo un bigote fino y recortado sonreía feroz, siniestramente prometedor. Y Falcó pensó, estremeciéndose, que un chacal habría sonreído de ese modo —si los chacales sonrieran, de lo que no estaba seguro— ante una presa indefensa y fácil.

Era Pepín Gorguel, capitán de regulares, conde de la Migalota. El marido de Chesca Prieto.

—¿Conoce usted el décimo mandamiento?

—Remotamente.

—No desearás a la mujer de tu prójimo.

—¿Y?

—Chesca es mi mujer.

Se encogió Falcó de hombros con mucha sangre fría, pero aquello tenía mala pinta.

—A mí qué me cuenta.

Gorguel lo miraba con odio infinito, altivo el rostro, torcida la boca en un rictus de desprecio. Estaban rodeados de oscuridad, en el cono de luz de los faros del otro automóvil.

—¿Sabe por qué una bofetada es tan ofensiva?

—No caigo en este momento.

—Porque en la Edad Media se daba a quien no llevaba celada ni casco... A un bellaco que no era un caballero.

Tras la última palabra lo golpeó en la cara, con la mano abierta. Una bofetada recia y seca. Falcó contrajo las mandíbulas, tenso todo el cuerpo, sintiendo el cañón de la pistola apretarse más contra su espalda.

—Sé dónde estuviste esta tarde, puerco.

Otro que pasa al tuteo, pensó. Mal asunto. Se empezaba siendo cornudo y al final se perdían las maneras. La educación. Todo se ponía más negro por momentos, y él llevaba la mayor parte de las papeletas. No iba a ser, intuía, su noche de suerte.

—Esta tarde no ha ocurrido nada que deba molestarlo.

—Te pasas de listo... ¿Qué hacías en casa de Luisa Sangrán?

—La conozco hace tiempo —improvisó Falcó—. Soy amigo de su marido.

El otro dudó un instante, perplejo. Luego movió la cabeza.

—Mientes.

—No. Fui de visita.

—¿Y qué hacía mi mujer allí?

—Es amiga de Luisa.

—Ya sé que es amiga de Luisa. La cuestión es qué hacías tú allí, con ellas.

—Tomar el té. Hablar de cosas. Contarles...

Lo interrumpió otra bofetada más fuerte que la anterior. El tímpano izquierdo de Falcó zumbaba como si vibrara dentro un diapasón. Zuuuum. Le ardía la cara.

—¿Me tomas por un idiota? —espumajeó Gorguel—. ¿Por un cabrón idiota?

—Esto es un disparate. Usted se ha vuelto loco.

Gorguel miró a los otros como si los pusiera por testigos, y alzó la mano para golpear de nuevo.

—¿Quién diablos eres?... ¿A qué te dedicas de verdad?

—Ya se lo dije esta mañana. Hago negocios.

—Yo te voy a dar a ti negocios —la mano seguía en alto, cerrada ahora en un puño amenazador—. Voy a arrancarte los huevos y a metértelos en la boca, como hacen mis mojamés con los rojos.

—Oiga, esto es un malentendido. Deje que me vaya de aquí. Conozco a Luisa y a su marido desde hace mucho, le digo.

—¿Ah, sí?... ¿Y cómo se llama el marido?

Falcó sólo vaciló un instante.

—Sangrán.

—Me refiero al nombre de pila.

Titubeó, intentando ganar tiempo. Pero el tiempo se terminaba. No había salida. Esta vez la reacción no fue otra bofetada, sino una señal de Gorguel a los esbirros. El de la pistola golpeó con ella a Falcó en el cuello, bajo la nuca. Sintió éste una punzada de dolor intenso y le flaquearon las piernas. Cayó de rodillas, lastimándose con los gruesos guijarros que cubrían el suelo. Gimió en voz alta, dolorido. Eso pareció complacer a Gorguel.

—Traed el aceite de ricino —ordenó.

Uno de los hombres abrió la portezuela del Bentley y buscó en el interior. El de la pistola mantenía encañonado a Falcó.

—Te moleremos los huesos —dijo Gorguel— hasta dejarte como si fueras de goma... Y después, lo que quede de ti va a cagar las tripas.

—Por favor —gimió Falcó.

Su expresión era temerosa y humillada, casi servil. Un hombre viniéndose abajo. Eso arrancó una sonrisa de placer al otro. Se inclinó hacia él, riendo.

—Repite eso —dijo, triunfal.

—Por favor —suplicó Falcó.

Seguía de rodillas e intentaba abrazar las piernas de Gorguel.

—Miradlo —el aristócrata torcía el bigote, desdeñoso—. No me lo puedo creer... Este sujeto no tiene vergüenza.

—Yo no he hecho nada —siguió implorando Falcó—. Le juro que no he hecho nada. Nunca fue mi intención...

—Miserable... Cobarde miserable.

Gorguel lo alejó con un puntapié. Falcó lloriqueaba, arrastrándose. El otro esbirro había sacado del coche la botella de aceite de ricino.

—Levantad a este mierda y abridle la boca.

El de la pistola la apartó un momento mientras se inclinaba para agarrar a Falcó por el cuello de la chaqueta. Entonces éste cerró la mano en torno a la piedra que había elegido: grande, gruesa, pesada. Y en el mismo movimiento, aprovechando el tirón del de la pistola, se incorporó como un resorte, estrellándosela en la cara. Sonó un crujido de huesos y dientes, el otro soltó el arma y cayó de espaldas sin decir esta boca es mía, y para entonces Falcó ya estaba de pie, arrojando la piedra a la cabeza del que traía la botella. Todo ocurrió muy deprisa. Se llevó éste las manos a la frente mientras la botella se hacía pedazos a sus pies. Entonces Falcó derribó al estupefacto Gorguel de un puñetazo en la cara, y sin comprobar el resultado fue a por el de la botella, que se le antojaba más peligroso: seguía sobre sus pies, tambaleándose pringado de aceite y con las manos en el rostro. Falcó le dio una patada en la entrepierna que lo hizo caer con un aullido, y luego, ya en el suelo, otra para asegurarse. Más valía un por si acaso. La prudencia era una virtud. Y madre de la ciencia, o algo parecido.

—Hijo... de... puta —mascullaba Gorguel.

Tirado contra una de las ruedas del Bentley, el aristócrata intentaba ponerse en pie. Ahora Falcó reía entre dientes. Empezaba a disfrutar de la velada.

—No te quepa duda —dijo, festivo.

Con Gorguel aún tenía medio minuto de margen, más o menos. Tiempo de sobra para asegurar la retaguardia. Mientras se frotaba la mano dolorida, con una ojeada determinó la situación: la luz de los faros del otro coche iluminaba al que primero había caído, inmóvil boca arriba, y a su compañero que se retorcía de dolor en el suelo. Se agachó sobre este último y lo cacheó hasta encontrarle una pistola. Tras cerciorarse de que estaba puesto el seguro y no iba a salir un tiro, lo golpeó con ella en la cabeza hasta que dejó de moverse. Al terminar arrojó el arma lejos, a la oscuridad. Después cogió la Colt del otro, que estaba en el suelo, y se acercó con calma a Gorguel. Aún aturdido por el puñetazo, éste conseguía al fin ponerse en pie mientras se buscaba algo en el bolsillo trasero del pantalón. Empujándolo contra el automóvil, Falcó le sacó de allí una pequeña pistola niquelada y también la arrojó lejos. Entonces obligó a Gorguel a abrir la boca y le metió el cañón de la Colt dentro. A medida que recobraban la lucidez, los ojos del otro pasaron del estupor al miedo. Ahora, pensó Falcó con salvaje regocijo, es tu turno. Héroe de guerra de mis cojones.

—Escucha, imbécil. He visto a tu mujer tres veces en mi vida, y ninguna de ellas le he tocado un pelo de la ropa. Ya me habría gustado, porque es una hembra de bandera. Pero no se deja... ¿Está claro?

Lo miraba el otro con fijeza, sin pestañear. La luz de los faros iluminaba el lado izquierdo de su cara, hinchado del puñetazo. Por la boca abierta goteaba la saliva en torno al cañón de la pistola. Emitía un ronco sonido gutural y sus dientes chirriaban sobre el acero pavonado. El conde de la Migalota ya no parecía tan elegante como uniformado de capitán de regulares, ni como cuando aguardaba apoyado en el capó del coche, con la botella de aceite de ricino a punto. Ahora estaba despeinado, sucio de tierra, y el nudo de la corbata se le había corrido bajo una oreja. Falcó acercó allí la boca, como si fuera a deslizar una confidencia.

—No vuelvas a cruzarte conmigo en tu puerca vida —susurró—. Porque entonces te mato. Y una vez viuda tu mujer, te juro que sí me la follo... A ella, a tu madre y a tus hermanas, si las tienes. Después de mear en tu lápida.

Dicho eso, retiró el arma de la boca del otro. Tenía intención de dejar las cosas así, pero Gorguel se revolvió. Un arrebato de furia. A fin de cuentas, el veterano del Jarama no era ningún cobarde. Apenas se vio libre, se abalanzó sobre Falcó; o quiso hacerlo, porque éste aguardaba, prevenido. Casi comprensivo. Con fría curiosidad científica. Resultaba interesante, cuando no tenías una pistola apoyada en la espalda, observar reacciones de maridos, celos, honra mancillada y cosas así. Todo tenía su puntito, claro. Su interés social. Educativo.

El primer golpe se lo asestó a Gorguel en la sien con el cañón del arma, derribándolo. Después le dio tres patadas en la cabeza, una detrás de otra, tranquila y sistemáticamente, hasta que dejó de moverse. Sangraba por la nariz y una oreja y tenía los ojos entreabiertos. Vidriosos.

—Payaso —escupió Falcó.

Le dio una patada más, para asegurarse —confiaba en haberle roto los treinta y dos dientes de la boca—. Luego se agachó a fin de comprobar si respiraba. Lo hacía. Y eso está bien, decidió. Que respires. Quisiera, pensó, ver con qué aspecto vas a pasear por Sevilla antes de regresar al frente. Cuando puedas hacerlo, claro. Con esa cara como un mapa. Y lo que dirán tus amigos. O tu legítima, cuando te vea.

Agarró al caído por los brazos y lo arrastró alejándolo del Bentley. Le desanudó la corbata y con ella en la mano volvió al automóvil, quitó el tapón del depósito de gasolina, la introdujo a medias, sacó el mechero y prendió un extremo. Después, sentado al volante del otro automóvil, dirigió un último vistazo a los tres cuerpos inmóviles antes de maniobrar para emprender el regreso a Sevilla.

Lo último que vio por el retrovisor fue el coche de Gorguel convertido en una antorcha. Reflejada en el espejo, la claridad lejana iluminaba, como un antifaz de luz rojiza, sus ojos grises y duros.

Le dolía la cabeza, comprobó malhumorado. Y la mano. Estaba deseando llegar al hotel, meter la mano en hielo, darse un baño caliente y beber un coñac con dos cafiaspirinas.

4. La ciudad blanca

Asomado a la terraza de la habitación 108 del hotel Continental, Falcó contemplaba el puerto de Tánger. Abajo, el levante agitaba las chilabas de los moros y las faldas de las mujeres. Más allá de las copas oscilantes de las palmeras, del edificio de la Aduana y del largo dique de piedra y hormigón, el mar era una lámina azul oscura salpicada de borreguillos de espuma que se extendía hasta la lejana línea gris de la costa de España. Tensas las cadenas de fondeo, los barcos anclados en la bahía apuntaban sus proas hacia el viento.

—Durará un par de días más —dijo el hombre gordo, a su espalda.

Tenía un fuerte acento catalán. Se llamaba Antón Rexach, y su cobertura era la de agente comercial. Debía de rebasar los cien kilos de peso. Vestía un traje blanco muy arrugado y poco limpio, su pelo era rubio y aplastado, y sus ojos azul pálido, tan claros y gelatinosos que no parecían humanos. Al andar movía los brazos de un modo peculiar, como si con ellos imprimiera a su cuerpo un balanceo que lo ayudase a caminar, o más bien a desplazarse. Su sombrero de paja, que estaba sobre una silla, se veía muy usado.

—Eso no afecta en nada a nuestro asunto, supongo —comentó Falcó.

—En absoluto. El *Mount Castle* y el *Martín Álvarez* están amarrados en el muelle, y las tripulaciones bajan a tierra con normalidad —Rexach se acercó a la barandilla de hierro, le pasó a Falcó unos pequeños binoculares de teatro y señaló hacia el puerto—. Allí los tiene, si quiere echar un vistazo.

Miró Falcó a través de las lentes gemelas. El barco republicano tenía el casco y la superestructura oscuros, con una chimenea muy alta pintada de negro, sin marcas. Un poco más lejos, amarrado a los últimos norays del muelle, la silueta gris del destructor nacional se destacaba como un centinela siniestro. Un mastín de acero que vigilara de cerca a su presa.

—Un retén de la policía internacional está vigilando el barco —añadió Rexach—. No dejan acercarse a nadie que no pertenezca a la tripulación.

—¿Ha habido incidentes en tierra?

—No, que yo sepa. Las tripulaciones se cruzan de vez en cuando en los bares, cafetines y cabarets. Ya sabe: miradas hoscas, algún comentario... Desde luego, no confraternizan. Apenas se dirigen la palabra, aunque a veces se nombran de lejos a la madre. Lo normal. Pero tienen instrucciones severas, y tanto unos como otros son chicos disciplinados... Saben lo que se juegan, así que procuran portarse bien.

Falcó le devolvió los binoculares.

—¿Algún cambio en la situación?

—Ninguno. Nosotros tenemos un cónsul oficioso y la República tiene el suyo oficial. El de ellos no para de hacer gestiones, y el nuestro procura torpedeárselas. Punto muerto. Lo más que hemos conseguido es que no les permitan cargar carbón, de momento.

—¿Y qué pasará si todo sigue igual?

—Que, agotado el plazo, el *Mount Castle* tendrá que salir o será internado. Y si sale, nuestro destructor lo estará esperando afuera. En ambos casos, teóricamente, ganamos nosotros.

—¿De quién depende la decisión final?

—Del Comité de Control. El estatuto internacional de Tánger está garantizado por los cónsules de España, Francia, Italia e Inglaterra, entre otros. Ese comité supervisa el régimen fiscal, la justicia y la policía... De la parte indígena se encarga el Mendub, representante del sultán de Marruecos, que tiene un asesor francés.

—Póngamelo fácil... ¿Quién decide aquí?

—Francia e Inglaterra, sin duda. Con Italia jugando a nuestro favor. Por su parte, los franceses tienen mucha influencia en la gendarmería internacional. De momento, oficiosamente simpatizan con los rojos, que han repartido aquí mucho dinero... Quiero decir que no debe usted esperar hostilidad oficial, pero sí pocas facilidades que no compre al contado.

—¿Pesetas?

Rexach lo miró con prevención. Se rascó la papada, que desbordaba el nudo de la corbata y estaba mal afeitada en la parte del cuello.

—¿Trae muchas?

—Pocas.

—Olvídelas. Ahora aquí hablamos en francos. Con la guerra, la peseta se ha ido a hacer puñetas.

—¿Y cómo estamos nosotros?... Me refiero a nuestro bando.

La palabra *bando* hizo enarcar las cejas al otro, cual si le suscitara dudas razonables. Estudió a Falcó con curiosidad, calibrándolo. Era obvio que intentaba establecer si se las había con un creyente o un mercenario. No debió de llegar a una conclusión satisfactoria, pues se demoró mucho sacando un cigarro habano del bolsillo superior de la chaqueta.

—Cada vez somos más fuertes —dijo al fin—. Con más influencia, aunque sigamos fuera de protocolo... La

Iglesia católica, claro, está de nuestra parte: al obispo de Tánger sólo le falta cantar el *Cara al sol.* Y repartimos menos dinero que los rojos, pero con mejor criterio.

Mordió un extremo del puro con escasa delicadeza y escupió por encima de la barandilla. La colonia española, añadió tras un momento, estaba dividida. De los sesenta mil tangerinos, la mitad eran europeos; de ellos, unos catorce mil, españoles. Y ahora, también, republicanos huidos de Ceuta y el Marruecos español. Todos solían reunirse en torno al Zoco Chico. Allí frecuentaban dos cafés distintos: los que simpatizaban con los nacionales iban al Café Central, y los partidarios de la República se sentaban en el Fuentes.

—Están uno frente a otro, aunque no suele haber incidentes serios. Todo el mundo se conoce, y por ahora la convivencia es razonable; pero también hay muchos espías, delatores, chivatos, delincuentes y traficantes de blancas, armas y estupefacientes... Gente venida de fuera y gente comprada dentro —dirigió una nueva mirada inquisitiva a Falcó—. Y ése ya es otro mundo.

—El nuestro.

—Sí. Aquí espían hasta los limpiabotas y las putas.

Cambiaron una mirada significativa. Después, balanceando las manos, Rexach se fue dentro de la habitación, a resguardo del viento, rascó un fósforo y encendió el cigarro. Durante unos segundos chupó pensativo, atento al aroma.

—Supongo que irá armado.

Falcó no respondió. Miraba entre las copas de las palmeras, hacia los dos barcos amarrados en el muelle.

—No se fíe de la oficina de correos española —aconsejó Rexach—. Sus empleados son leales a la República. Mejor use la oficina francesa, o la inglesa —pareció recordar algo—. ¿Qué nombre prefiere usar aquí?

—El mismo con el que estoy inscrito en el hotel y que figura en mi pasaporte: Pedro Ramos.

—Está bien.

Falcó seguía observando los barcos.

—¿Qué hay del comandante de nuestro destructor?... Tengo que hablar con él.

—¿A bordo?

—Prefiero que sea en tierra. No quiero llamar la atención.

En su rincón, el otro dejó salir una bocanada de humo.

—Se llama Navia, es capitán de fragata y parece competente, aunque hay un detalle curioso: desde que amarraron aquí, en el *Mount Castle* no ha habido ninguna deserción. De nuestro destructor sí se han largado tres hombres: dos marineros y un fogonero. Aun así, Navia no prohíbe a su dotación bajar a tierra... Es de esa clase de gente.

Lo último lo había dicho con el puro entre los dedos, frunciendo los labios con un rictus de censura. Estaba claro que cierta clase de gente no merecía su aprobación.

—Debo verlo —insistió Falcó.

—Eso es fácil.

Falcó se apartó de la barandilla.

—¿Y el capitán del *Mount Castle*?

Torció la boca el otro.

—Se llama Quirós... Es asturiano.

—Lo sé. En el vuelo a Tetuán pude leer su expediente.

—Entonces sabrá que ha sido un fenómeno esquivando la vigilancia de nuestros barcos y los primos italianos. Hasta que se le acabó la suerte... Vive a bordo del mercante y baja poco a tierra. Sólo para gestiones con su cónsul.

Falcó tenía fresco el expediente sobre el *Mount Castle* y el capitán Fernando Quirós. Había tenido tiempo para aprendérselo de memoria mientras volaba entre Sevilla y Tetuán, eludiendo las ganas de charla del piloto inglés. Durante siete meses, el mercante y su tripulación habían jugado al escondite en el Mediterráneo con los hidros de Mallorca, los cruceros nacionales y los submarinos italianos, burlando el bloqueo en noches sin luna y días de niebla, tejiendo sigilosos encajes de bolillos entre Valencia, Barcelona, Odesa, Orán y Marsella. Lo habían hecho bajo la bandera tricolor de la República, pero también disfrazados de cargueros ingleses, noruegos o panameños, transportando carbón, alimentos, maquinaria y armas. Y ahora, el último oro del Banco de España.

—Es uno de esos tipos correosos —opinó Rexach—. Más testarudo que listo. Pero buen marino.

—¿Qué hay de los agentes rojos que van a bordo?

—Han desembarcado y están en tierra, alojados en el hotel Majestic, frente a la playa... Conozco al director, un hebreo que me tiene al corriente. Hay un comisario político español y dos extranjeros: un hombre y una mujer.

—¿Quién es el hombre? —se interesó Falcó. Nadie le había hablado de él antes.

—Creíamos que era ruso, pero parece inglés o norteamericano. Se llama Garrison. Dice ser periodista, aunque no engaña a nadie. La mujer podría ser rusa. Rubia, menos de treinta años.

Tardó Falcó cinco segundos en poder formular la nueva pregunta.

—¿Qué sabe de ella?

—Poco... Pasaporte a nombre de Luisa Gómez, habla un castellano impecable —Rexach trazó un arco con el puro en el aire—. Duerme en su propia habitación y parece mandar mucho.

—¿Por qué han desembarcado?

—El reglamento internacional prohíbe a los buques de países beligerantes telegrafiar por radio desde aguas neutrales... Aparte que en tierra se conspira mejor. Tienen más libertad de movimientos.

Falcó se tocó maquinalmente el bolsillo de la chaqueta donde llevaba la pitillera, pero no llegó a sacarla. Intentaba separar en su cabeza, con criterio práctico, unas cosas de las otras, jerarquizando recuerdos, sentimientos, trabajo y peligro. Los errores mataban, recordó fríamente. Aunque había errores que mataban con mucha más facilidad que otros. Pese a las apariencias de neutralidad, la gente sentada en los cafés, los extranjeros y el ambiente cosmopolita, Tánger era territorio enemigo. Un lugar poco adecuado para cometer errores.

—Supongo que los tendrá usted bajo continua vigilancia —dijo con calma.

Rexach guiñó uno de sus ojos pálidos y gelatinosos.

—La duda ofende. Aunque también ellos procuran vigilarme a mí. Cuentan con la colaboración de mi colega del otro bando, el jefe local del espionaje republicano, que se llama Istúriz: rojo hasta las cachas, pero no mal chico. Un médico bastante bueno, por cierto. Nos llevamos bien, dentro de lo que cabe —miró la ceniza del puro con melancolía, añorando tiempos más felices—... Hasta lo del *Mount Castle,* entre sacristanes procurábamos no soplarnos el cirio.

—¿Y los otros tres?

—Son discretos, pero no se ocultan. Hablan con el capitán Quirós, hacen gestiones con Istúriz y con su cónsul, trajinan a los directores de los diarios locales, envían cables a Valencia, París y Moscú... A veces alguno cena en el Baraka, un restaurante muy caro junto a la mezquita grande. También se dejan caer por el bar del hotel Minzah, que está frente a mi oficina; y anoche vieron a uno de ellos en el casino del Kursaal francés... Pese a ser marxistas, no los acompleja gastar dinero: cada habitación del Majestic cuesta ochenta francos diarios... Y por cierto: el comisario político español, que se llama Juan Trejo, bebe como una esponja.

—¿Intercepta usted sus comunicaciones?

Rexach sonrió como un zorro con una pata en la puerta del gallinero.

—Alguna vez, pero utilizan claves que no tengo medios para descifrar... A Trejo sí le he pillado varios mensajes en limpio al Estado Mayor de la flota republicana y a presidencia del gobierno en Valencia, pero nada que valga la pena.

Asintió Falcó, satisfecho.

—Ha hecho un buen trabajo en pocos días.

—Es cosa de conocer el percal. Vivo en Tánger y sé a quién meterle unos francos en el bolsillo —guiñó otra vez un ojo—. ¿Comprende?

—Claro.

Salió Rexach del resguardo de la puerta y se acercó a Falcó, pasándole una tarjeta de visita con un número de teléfono.

—No abuse de él, ni se fíe —dijo—. No es una línea segura. Por lo demás, me tiene a su disposición... Son las instrucciones que he recibido.

Dio un par de chupadas y miró el puro con desagrado, molesto porque el viento disipaba el humo con demasiada rapidez.

—¿Va a intentarlo con el capitán del *Mount Castle*?

Falcó no despegaba los labios. El otro moduló una mueca astuta.

—Cristo santo —murmuró—. Me gustaría presenciar eso.

Soltó después una carcajada y apoyó las dos manos en la barandilla, el puro apretado entre los dientes.

—Sería un golpe magnífico que se nos pasara con el barco y su carga —dijo tras un momento—. Supongo que lo habrán provisto a usted de fondos. Si ese capitán acepta, va a salir muy caro —en los ojos pálidos tremoló un destello de codicia—. ¿Ha pensado dónde encontrarse con él?... Yo podría gestionárselo.

Movió Falcó la cabeza. En el doble fondo de su maleta escondía un cablegrama encriptado de Tomás Ferriol para el banquero de Tánger. Se lo había dado hacía sólo cinco horas, apenas aterrizó en Tetuán, el coronel Beigbeder, alto comisario del Marruecos español. Un aval por medio millón de francos.

—No se ofenda, pero prefiero dejarlo a usted fuera de eso.

El otro lo miró frunciendo el ceño. Decepcionado.

—¿Demasiado notorio, quiere decir?

—Algo así.

—Claro —Rexach desarrugó la frente—. Lo comprendo.

—Ya me las arreglaré.

Ahora el agente lo observaba con renovada curiosidad.

—¿Conoce a alguien que le sirva para el asunto?

—Sí —Falcó volvía a mirar los barcos—. Conozco a alguien.

Bismilah al Rahman al Rahim. Desde un minarete cercano, el canto del muecín penetraba en el dédalo de la Casbah. La cuesta empinada moría en la calle Zaitouna, que era quebrada y angosta. En las callejas que Falcó dejaba atrás, semejantes a corredores cubiertos y estrechos, alternaban luz y sombra. Por eso las había recorrido con precaución, consciente de que esos contrastes violentos podían cegarlo ante una posible amenaza.

Olía a ciudad vieja y bereber: suciedad, fruta podrida, sándalo, café recién molido. Recorrió el último tramo, ignoró a unos chiquillos descalzos que le pedían unas monedas y se detuvo ante una puerta pintada de azul, bajo un arco morisco con grueso portón claveteado. Antes de llamar secó la badana del sombrero panamá con un pañuelo. Allí, a resguardo del viento, hacía calor pese al traje ligero de lino tostado que vestía.

—Me llamo Falcó. Anúncieme a la señora.

Tras aguardar cinco minutos en un vestíbulo amplio, decorado con alfombras y objetos de cobre, siguió a la sirvienta, una mora vieja, por un largo pasillo hasta la terraza. La casa engañaba vista desde fuera; lo que parecía una vivienda más, encajada en la abigarrada y humilde topografía de la ciudad alta, se descubría en el interior con espaciosas habitaciones, muebles de calidad, estanterías con libros en español, francés e inglés, y cuadros de buena factura.

—No lo puedo creer —dijo una voz ronca de mujer.

La dueña de la casa estaba sentada en una hamaca, protegida del levante tras una recova de mampostería y caña por la que trepaba una buganvilla. A su lado había otras dos hamacas vacías y una mesita con bebidas y cigarrillos. La terraza estaba rodeada de macetas con gitanillas y geranios, y desde allí se divisaba una vista magnífica del mar y la costa al otro lado del Estrecho, que el sol declinante empezaba a teñir de bruma dorada. Sobre las terrazas vecinas, el viento hacía ondear con violencia la ropa tendida.

Falcó sonreía.

—Mucho tiempo —dijo.

—Demasiado. Maldito truhán... Condenado apache.

Se acercó, inclinándose a besar la mano que la mujer, sin levantarse, le ofrecía. La mano y el brazo estaban muy bronceados, con anillos morunos y pulseras de plata que tintineaban suavemente. Llevaba las uñas largas y cuidadas, pintadas de rojo. Recogido en una trenza, el cabello estaba teñido en tonos bermejos, de cobre oscuro. Los ojos eran negros, muy vivos, enmarcados de kohl. El rostro, que conservaba una todavía cercana belleza, tenía tatuajes azules en los pómulos.

—Siéntate ahí inmediatamente. Y dime qué diablos haces en Tánger.

Señalaba una hamaca con su único brazo, el izquierdo. El otro, a partir del codo, era una manga vacía dentro del amplio caftán de seda violeta. Estaba descalza, con las uñas de los pies pintadas del mismo color que las de la mano y una ajorca de plata en cada tobillo.

Obedeció Falcó.

—He venido a verte —dijo—. Te echaba de menos.

—Embustero —la voz enronqueció un punto—. No he tenido noticias tuyas desde hace siglos.

—Eso no es exacto —él ponía cara de buen chico—. Te mandé una postal desde Atenas.

—Fue desde Beirut, bruto. La tengo en uno de mis álbumes. Y de eso han pasado casi dos años.

—Uno y medio.

—Dos —señaló las bebidas de la mesita—. ¿Quieres tomar algo?... Yo estoy con una absenta.

—Bueno. Otra para mí.

—¿Con azúcar?

—Claro.

Ella mostró su vaso, donde aún quedaba medio dedo de licor verdoso.

—Ahora la tomo pura —rió—. A lo macho.

Falcó hizo un ademán resignado. Humilde.

—A mí pónmela con agua. No soy lo bastante hombre.

La mujer rió más fuerte.

—Será ahora.

—Si yo te contara...

—Pues claro que me vas a contar.

Cogió ella un vaso y una jarrita de agua, colocó el terrón de azúcar sobre una cucharilla atravesada y fue vertiendo el agua gota a gota. Y mientras miraba la mezcla enturbiarse despacio, Falcó pensó que aquella mujer singular, pese al tiempo transcurrido, seguía siendo la misma. Refinada, independiente y segura de sí.

—Toma, muchacho.

—Gracias.

Chocaron los vasos y mojó Falcó los labios en el brebaje.

—Cuéntame qué haces aquí, anda... Ardo en.

—Deja primero que te contemple, Moira. Que te disfrute.

—*Flatteur.*

A los cincuenta y cuatro años, Moira Nikolaos aún era una mujer atractiva. Griega, de Esmirna. Se habían conocido en 1922 ante esa ciudad incendiada por los turcos. Falcó estaba apoyado en la borda del *Magdala* cuando la vio subir a bordo desde una barcaza de refugiados, vendado el brazo que se le infectaría y acabaría por perder, mientras millares de sus compatriotas eran violados, torturados y asesinados en tierra. Falcó estaba allí desprendiéndose de una partida de fusiles Enfield —la mitad, defectuosos— que había vendido al ejército griego, y la vio llegar agotada, enferma, desesperada tras perder a su marido y a su hijo en la huida. Se había apiadado de ella, y repartiendo algunos dólares procuró que la tripulación le dispensara mejor trato que a otros refugiados que se hacinaban en cubierta. Habían mantenido el contacto en Atenas, donde se convirtieron en amantes después de que ella saliera del hospital tras serle amputado el brazo; y en Tánger, donde Moira acabó por establecerse tras su matrimonio con el pintor británico Clive Napier, que a su muerte le había dejado una renta razonable y aquella casa, frecuentada por viajeros, escritores y artistas. Conocía a todo el mundo en la ciudad y cultivaba, deliberadamente, cierta fama de excéntrica. Tenía moros jóvenes por amantes, leía, pintaba y miraba el mar. Y bebía absenta.

—Puedo ocuparme —dijo Moira tras diez minutos de conversación.

—¿Sigue abierta tu escalera de la playa?

—Pues claro. Lleva ahí doscientos años.

Se trataba de un pasadizo estrecho y profundo que comunicaba la casa con la parte baja de la muralla, frente al mar. Un recurso usado en otro tiempo por traficantes y contrabandistas tangerinos. Falcó la recordaba de anteriores visitas a la casa. Moira solía utilizarla en verano para nadar en el mar abierto. Luego subía a la terraza para tumbarse, desnuda, a tomar baños de sol mientras escuchaba discos de canciones francesas en el gramófono.

—Irá bien para esto —dijo Falcó—. Llegado el caso, necesito que alguien pueda entrar aquí sin que lo vean desde la calle. Directamente desde abajo.

—No hay dificultad. Al pie de la muralla hay plantas y arbustos. Cualquiera puede acercarse sin que lo vean y usar la escalera, si abrimos el portón.

—Perfecto.

Siguió un silencio. Falcó dio un par de sorbos a su absenta, disfrutando del sabor anisado. Ella lo observaba con curiosidad.

—¿Es seguro que vendrá ese visitante tuyo, sea quien sea?

—No es seguro, pero es posible. Y necesito un lugar discreto.

—¿Hay peligro?

—No. Desde luego, no para ti.

—Hablaba de ti, tonto.

—No mucho. Es más asunto de negocios que otra cosa.

Moira parecía reflexionar sobre aquella palabra tan elástica.

—Negocios, dices.

—Sí, tranquilos.

—Nunca te conocí un negocio tranquilo, querido. Y mucho menos, pacífico —alargó la mano hacia él—. A ver, deja que te toque.

—Quita —se apartó Falcó, risueño.

—Míralo... ¿Llevas un arma?

—No.

—¿Cómo que no?... Ven aquí.

—Deja, te digo.

Ella se había incorporado un poco, palpándole la chaqueta hasta dar con el bulto de la Browning. Entonces se echó a reír. Luego lo agarró por la nuca, atrayéndolo hacia ella, y lo besó sonoramente entre los ojos.

—Sigues siendo un desalmado. Un pirata.

—Mis fatigas me cuesta.

—También sigues siendo un guapo mozo... ¿Te mantienes soltero?

—Claro. Me rompiste el corazón. Tú y tu pintor inglés. Incapacitado para el amor.

—Serás canalla.

Abría Moira una caja de madera incrustada de marfil que estaba en la mesita. Dentro había un librillo de papel, tabaco, encendedor y una bolita de pasta de kif. Con mucha soltura, usando su única mano, lió a medias un cigarrillo, calentó la pasta y desmenuzó unos granos entre el tabaco.

—¿Tiene esto que ver con los dos barcos amarrados en el puerto?

Falcó la miró como si estuviera jugando al póker.

—¿Qué sabes de eso?

Ella pasaba la punta de la lengua por el borde del papel.

—Lo que dicen los periódicos —acabó de liar hábilmente el cigarrillo, haciéndolo girar entre el índice y el pulgar—. Que uno lleva oro a bordo... *El Porvenir,* que es republicano, clama contra la piratería franquista. *La*

Dépêche, partidario de los otros, sostiene que es intolerable que se permita al otro barco estar aquí. Y la *Tangier Gazette,* más neutral, dice que es un bonito embrollo.

—Todos tienen un poco de razón.

—¿Y tú?... ¿De qué parte estás, muchacho?

Falcó no respondió a eso. Había sacado su encendedor del bolsillo y le ofrecía fuego. Ella inclinó la cabeza hacia la llama, el cigarrillo entre los labios.

—La última vez que estuviste en Tánger trabajabas para el gobierno español.

—Sí. Pero ahora la palabra *gobierno* se ha vuelto relativa.

Moira aspiró hondo y expulsó despacio el humo por la nariz, con deleite.

—Einstein está de moda.

Recostada de nuevo en la hamaca, volvió a chupar el cigarrillo. Falcó le dirigió una ojeada cauta.

—Dispongo de medios para pagarte.

—No digas tonterías —se había puesto rígida, mirándolo—. No quiero tu dinero.

—Hablo en serio... Y no es mi dinero.

Ella miró hacia la costa española, donde la bruma dorada se espesaba a medida que descendía el sol sobre el mar. El viento agitaba los geranios en las macetas.

—Bueno —dijo al fin—. Me vendrá bien aumentar la herencia del pobre Clive... ¿De cuánto estamos hablando?

—Seis mil francos. ¿Te parece?

—No está mal.

—O el equivalente en libras esterlinas.

—Prefiero libras, si no te importa.

Le pasó el cigarrillo, que ya estaba mediado. Lo tomó él entre los dedos y aspiró hondo. La droga se introdujo en sus pulmones con efecto inmediato y agradable. Hacía mucho que no aspiraba aquella clase de humo, que le traía a la memoria otros momentos y lugares: el Tánger de antes de la guerra, Estambul, Argel, Beirut... Viajes, aduanas, sobornos, trenes, sobresaltos, cafetines, hoteles y restaurantes con vistas al Bósforo, los jardines del Saint Georges o la Place des Canons. Un rosario de éxitos y fracasos, noches en vela, calles oscuras, negociaciones ante sonrisas equívocas o peligrosas —a menudo equívocas y también peligrosas— donde no siempre el peligro lo encarnaban otros. Durante casi dos décadas, los años y la experiencia le habían afinado los instintos y afilado la navaja. Como solía decirle el Almirante, que era inclinado a leer la Biblia: cuando cruzas el Valle de la Muerte no temes ningún mal, porque tú eres el sujeto más peligroso que circula por ese valle.

—¿Sigues en buenas relaciones con el cónsul británico? —preguntó.

—¿Con Howard? Excelentes. Era muy amigo de mi difunto, y viene a casa de vez en cuando.

—Necesito que me hagas un favor... Que transmita un mensaje de forma discreta.

Moira le dirigió una mirada curiosa.

—¿Qué clase de mensaje?

—Esa invitación a tu casa de la que hablé al principio: cenar, tomar café, lo que se te ocurra.

—¿Por qué el cónsul?

—Porque tiene prestigio y es neutral. A él le harán caso.

—¿Y a quién debo invitar?

—Al capitán del *Mount Castle*.

—Vaya —Moira abría mucho los ojos, admirada—. De eso se trata, entonces.

—Sí. Y es urgente.

Falcó le dio otra chupada al cigarrillo y se lo devolvió. Ella observaba, inmóvil, la brasa humeante muy cerca de las uñas.

—Todavía no me has dicho de qué parte estás, amor.

—De la razón y la justicia. Como siempre.

Moira soltó una carcajada.

—Venga, en serio... ¿Para quién haces esto?

La sonrisa de Falcó habría derretido el hielo de un whisky con hielo.

—Ya me conoces —dijo—. Suelo ir a mi aire.

—¿Y de dónde sopla tu aire esta vez?

—De la cruzada antimarxista. Por Dios y por España.

—¿De verdad?

—Como lo oyes.

—Eres un rufián —ella aspiró con placer una buena porción de humo—. Debería darte vergüenza.

—Pues no me da. Ninguna.

—Son una banda de criminales aliados con curas hipócritas.

—Sí. Tan criminales como los otros. En vez de curas, los rojos tienen comisarios políticos. Nada que no hayamos visto antes tú y yo... ¿Mataban menos los griegos que los turcos, cuando tenían ocasión?

Moira volvió a pasarle lo que quedaba del hachís. Una colilla minúscula.

—Has estado allí, ¿verdad?

Sin responder, Falcó remató la colilla con una última chupada que le quemó la punta de los dedos, y luego la arrojó al aire, dejando que el viento se la llevara.

—¿Es tan desastre como cuentan? —insistió ella.

—Más aún —admitió él tras un momento—. Es un disparate... Milicias fuera de control, demagogia, oportunismo, terror de retaguardia, falta de unidad y odio africano entre ellos mismos. Se matan a la menor ocasión.

—¿Y los otros?

—Al menos, ésos asesinan con método —el de Falcó era un tono desprovisto de emoción—. Su terror es mucho más frío y práctico. Más inteligente.

111

—Yo estoy de corazón con vuestra República, prefiero que lo sepas.

—Qué más da —él hizo un ademán de indiferencia—. De todo eso saldrá un dictador, es igual el bando que gane. Rojo o azul, dará lo mismo.

—Eres un cenizo, muchacho... Un cínico y un cenizo.

—No. Sólo estoy bien informado.

—Aun así, simpatizo con ellos antes que con ese absurdo general bajito, amigo de Hitler y Mussolini.

Falcó hizo una deliberada mueca de desdén.

—Cuando me llegue el tiempo de simpatizar, ya te contaré. De momento, sólo soy un tipo que mira.

—Aquí no has venido a mirar.

—Te equivocas. Yo miro todo el rato.

—Pues mira eso —Moira señalaba más allá de la terraza—. ¿No es el paisaje más hermoso del mundo?... Cuando Clive lo pintaba, nadie creía que fuese real.

Asintió Falcó. Hacia el oeste, el sol casi rozaba ya el mar; y en la costa española el horizonte era una sinfonía espléndida de rojos y naranjas. Los colores de la Creación, pensó. O del fin del mundo.

Las sombras se adueñaban de las calles más estrechas, y en las proximidades del Zoco Chico se encendían las primeras luces. Falcó bajaba por la calle de los Cristianos mirando las covachas morunas y judías de cueros, cambio de moneda y mercería, iluminadas débilmente en el interior. Al pasar frente a un recoveco donde ardía una lámpara de petróleo que les aceitaba la piel, dos mujeres muy maquilladas, una mora y otra cristiana, le chascaron la lengua desde la puerta de un viejo cabaret.

Había mucha gente al desembocar en la plaza: transeúntes y ociosos, vendedores ambulantes, barbas hebreas, moros de turbante con chilaba y otros de fez rojo, traje y corbata, sentados entre la multitud de europeos, hombres y mujeres, que atestaba los cafés con el fondo del cielo todavía cárdeno donde se recortaban los edificios. De lado a lado zumbaba un rumor espeso, cosmopolita, de voces y conversaciones en media docena de lenguas.

Al llegar ante el Café Central, Falcó dirigió un vistazo a la terraza. Allí, sentado a una mesa, esperaba el gordo Rexach, con su ajado sombrero de paja echado hacia atrás y un vaso en la mano. Al verlo acercarse dejó el vaso y se puso en pie sin dar muestras de reconocerlo, cruzando la plaza con aquel peculiar movimiento de brazos que parecía impulsar la masa de su cuerpo. Falcó lo siguió de lejos. Así pasaron ante el Café Fuentes, cuya terraza estaba tan llena de gente como la otra, y tras doblar una esquina ascendieron por una callejuela estrecha y empinada. Al llegar arriba, sofocado por el esfuerzo, Rexach se quedó esperando a Falcó mientras se abanicaba con el sombrero.

—No estoy para subir cuestas —dijo.

Después señaló el portal de una tienda de alfombras. Falcó tocó disimuladamente la pistola que llevaba en una funda de cuero sujeta al cinturón, con una bala en la recámara y el seguro puesto, y siguió al otro al interior, prevenido. Olía a polvo y vieja suciedad acumulados en tejido espeso, como en todas las tiendas de alfombras del mundo. El dueño, un moro viejo, los saludó con una inclinación de cabeza y descorrió una cortina al fondo. Allí, sentado en unos cojines de cuero junto a una ventana de vidrio emplomado, aguardaba un europeo vestido con traje de calle, sin corbata, que se levantó al verlos entrar. Con brevedad, Rexach hizo las presentaciones:

—Capitán de fragata don Antonio Navia, comandante del destructor nacional *Martín Álvarez*. Éste es el señor Ramos... Los dejo solos.

Salió del cuarto y corrió la cortina a su espalda, aunque Falcó supuso que se quedaría cerca, intentando escuchar la conversación. Después de estrecharse la mano, los dos permanecieron de pie un momento. Navia debía de andar por los cincuenta años y era un individuo alto, huesudo, moreno, de boca firme y rostro anguloso bien afeitado.

—Gracias por venir —dijo Falcó.

—Tengo órdenes.

El marino era seco y correcto. Maneras rígidas. Muy formal. Llevaba la ropa civil con la incomodidad habitual en quienes acostumbraban a vestir uniforme. La chaqueta parecía holgada en exceso sobre sus hombros. Por el cuello abierto de la camisa asomaba una cadenita de oro. Y cuando se sentaron uno frente al otro, por el peso en el bolsillo derecho de la chaqueta, Falcó advirtió que también llevaba una pistola.

—Supongo —dijo— que ha sido informado de todo.

—Sí. También de su nombre auténtico y su graduación naval.

Sonrió Falcó en sus adentros. Muy propio de la Armada, aquello. Establecer grados y jerarquías antes de entrar en materia. Dejar claro dónde se situaba cada uno.

—Olvide mi graduación —resolvió sincerarse—. Lo de teniente de navío es sólo un formalismo... Nada a tener en cuenta entre nosotros.

No hubo comentarios al respecto. Cero grados. El comandante del *Martín Álvarez* se limitaba a mirar a Falcó con el recelo natural, disimulado por la educación y la disciplina, de un marino de guerra hacia un civil. Esperando a lo que éste tuviera que contarle.

—Conozco la situación —dijo Falcó—, así que sólo le haré algunas preguntas. Por lo que sé, sus órdenes no han variado: mantener la vigilancia del *Mount Castle*. Y si éste se hace a la mar, apresarlo... ¿Es correcto?

—Sí.

Falcó miró hacia la cortina y bajó la voz.

—¿Ha contactado con el capitán enemigo?

—No veo por qué había de hacerlo. Él tiene sus órdenes, supongo. Y yo tengo las mías.

Se expresaba con voz neutra, advirtió Falcó. Fríamente informativo. No parecía satisfecho en tierra, dando explicaciones a civiles con graduación naval de circunstancias.

—¿Algún avance diplomático?

—No, que yo sepa. El Comité de Control mantiene el plazo para obligarlo a salir de Tánger. Quedan cuatro días.

—¿Cree que prolongarán el permiso de refugio?

—No lo sé —el marino pareció dudar un momento—. No creo, pues hay muchas presiones de todas clases. En cualquier caso, unas horas antes de que se cumpla el plazo, sea el que sea, yo saldré con mi barco a esperarlo fuera.

—¿Y si no se deja apresar?

—Lo hundiré.

—Creo que va armado.

—Es verdad. Lleva un cañón Vickers de 76 milímetros camuflado bajo una superestructura, a popa... Frente a mi destructor no tiene ninguna posibilidad.

Falcó aventuró una sonrisa cómplice que no obtuvo correspondencia.

—¿Comprende eso el capitán del *Mount Castle*?

—Claro que sí. Cualquier marino lo sabría. Nos tiene delante, pegados al muelle. Nos habrá observado bien. Y, según dicen, conoce su oficio.

—Por lo visto es asturiano, como usted. El apellido Navia también viene de allí arriba, ¿verdad?

—No es para sorprenderse. Es tierra de marinos y mineros, y esto es una guerra civil.

Lo había dicho en el mismo tono frío y seco. Falcó lo estudió con curiosidad durante un momento. Al cabo se inclinó un poco más hacia él, apoyando las manos en las rodillas.

—¿Lo hundiría usted con el oro a bordo?

—No le quepa duda.

—Pero, ¿su misión no es apoderarse del cargamento?

—Lo haré si puedo... De lo contrario, si una vez fuera de aguas tangerinas el mercante no atiende mis señales de alto u ofrece combate, lo echaré a pique. Lleve oro o estampas milagrosas.

—Los rojos están intentando que lo escolte un barco de guerra inglés.

—Eso es imposible. La Royal Navy nunca se mezclaría en esto de esa manera.

—¿Y si acude una escolta roja desde la Península?

Navia hizo una mueca desdeñosa.

—Lo dudo, porque ésos arriesgan poco. No se atreverán a acercarse al Estrecho. Y nosotros tenemos el crucero *Baleares* en Ceuta.

Siguió un silencio durante el que el marino miró inquisitivo a Falcó, preguntándole sin palabras si habían terminado ya. Éste sacó la pitillera y se la ofreció abierta al otro, que negó con la cabeza.

—Me dicen que las dos tripulaciones se cruzan de vez en cuando en tierra, sin incidentes.

—Así es... La mía es gente disciplinada, y los rojos no quieren problemas.

Falcó cerró la pitillera sin coger ningún cigarrillo.

—Aun así, tengo entendido que tuvo usted tres deserciones.

—No vigilo a mis hombres —un destello de recelo había pasado por los ojos de Navia—. Soy su comandante, no un policía. Los que desertaron lo hicieron por sus ideas o por reunirse con sus familias en zona roja... Cada cual tiene motivos para hacer lo que hace o deja de hacer.

—Muy loable. Pero otros no lo verían con esa ecuanimidad.

—Otros no están al mando de mi barco.

116

Aventuró Falcó un gesto de simpatía.

—En los días siguientes al Alzamiento, en casi toda la Escuadra la marinería asesinó a sus oficiales y comandantes... ¿Cómo se las arregló usted?

—Los más exaltados fueron convencidos por sus compañeros. Dije que nos uníamos a la sublevación militar, y dejé ir a tierra a los leales a la República. En mi barco nadie mató a nadie.

—Eso no fue lo habitual en ninguna de las dos partes.

—Pero fue natural en mi barco. La tripulación confió en mi palabra. Me respetaban antes y me respetan ahora... Hemos tenido dos combates serios, uno con cruceros enemigos, y todos se portaron bien.

—¿No denunció a los desertores a la gendarmería de Tánger?

—Lo hice veinticuatro horas después. Cuando me aseguré de que estaban en un barco rumbo a Marsella.

Lo había dicho con cierto orgullo, casi desafiante. Por primera vez, la frialdad del comandante del *Martín Álvarez* cedía lugar a alguna clase de sentimientos. Falcó advirtió la ligera grieta y decidió ahondar en ella.

—¿Por qué me cuenta todo esto?

La expresión de sorpresa del otro parecía sincera.

—Porque me ha preguntado sobre ello... ¿Por qué iba a ocultarlo?

Moduló Falcó una sonrisa precavida.

—Sus jefes del cuartel general pueden verlo de otra manera.

—Ya lo ven de otra manera —Navia había acentuado el *ya*—. Por eso no sé cuánto tiempo más estaré al mando de mi barco... Pero soy marino, soy católico y amo a España. Me sublevé contra el caos de la República por mis ideas, y hago la guerra para cumplir con mi deber, no para contentar a mis jefes.

Te tengo, pensó Falcó. Al fin sé cómo eres, y de qué manera podemos llevarnos bien. Ése es mi territorio, mis pastos. Siempre son más transparentes los héroes que los canallas. Los he visto pasar muchas veces camino del olvido o del cementerio, sin dejar atrás más que un redoble de tambores que sólo escuchan ellos.

—¿Me permite una apreciación personal algo delicada?

—Por supuesto.

—Por ese camino, dudo que llegue usted a almirante.

Una carcajada. El comandante del *Martín Álvarez* reía, al fin, con infinidad de minúsculas arrugas agolpadas en torno a los ojos.

—Yo tampoco lo creo —dijo un momento después, aún risueño.

Abrió de nuevo Falcó la pitillera, y ahora el otro sí le aceptó un cigarrillo. Se inclinó para darle fuego.

—Tengo un plan, comandante. He venido a Tánger con un plan.

El marino lo miraba con atención.

—¿Un plan compatible con mis órdenes?

—Por completo. Y es doble: iniciativa A y recurso B... Para la iniciativa puedo arreglármelas solo, pero para el recurso lo necesitaría a usted.

—Hábleme primero de la iniciativa, ¿no?

—Voy a intentar que el capitán del *Mount Castle* se pase a nuestro bando, con el barco.

—Caramba... ¿Y cómo piensa hacerlo?

—Comprándolo.

Navia se miraba las puntas de los zapatos. Casi podía oírse el rumor de sus pensamientos.

—Eso puede salir bien o puede salir mal —dijo—. Quizá ese capitán sea un hombre íntegro —su tono se hizo algo más seco—. No todos están en venta.

—En tal caso pasaríamos al recurso B, que incluso es combinable con la iniciativa A... ¿Cuántos tripulantes tiene el *Mount Castle*?

—Treinta y tantos, creo.

—¿Pasan la noche en el barco, o en tierra?

—Suelen ir a tierra, aunque la mayor parte regresa de madrugada o por la mañana... A bordo suele quedar un retén de media docena de hombres.

—¿Armas?

—Hemos visto fusiles y pistolas, aunque procuran no enseñarlas mucho.

Falcó miró de nuevo hacia la cortina y bajó aún más la voz.

—¿Podría suministrarme un trozo de abordaje, gente dispuesta, de confianza, que presentáramos como particulares actuando desde tierra, falangistas o algo así?   .

Navia lo miró, asombrado.

—Hay un retén de la gendarmería de Tánger en el muelle.

—Iríamos por el agua, desde el otro lado.

El marino pasaba del asombro a la estupefacción. Contemplaba a Falcó como si éste se hubiera vuelto loco.

—¿Me está proponiendo un golpe de mano para apoderarnos del *Mount Castle* por las bravas?

—Exacto.

—¿En el puerto?

—Sí, de noche. Y salir de aquí a toda máquina.

—No es tan rápido —el otro lo pensó un momento—. Hay que encender calderas y ganar presión.

—¿Cuánto tiempo necesita?... ¿Un par de horas?

—Seis.

—Bueno. Puede hacerse, si empezamos pronto. La idea es largar amarras antes de que amanezca.

Fumaba Navia, todavía pensativo. Calando poco a poco la idea. Era obvio que el recurso B le hacía brillar los ojos. En su interior reñían, visiblemente, el apego a las reglas y la audacia de la empresa.

—Lo de los falangistas no iba a creérselo nadie —comentó al fin—. Y sería un grave incidente de piratería internacional. Un embrollo diplomático.

Sonrió Falcó, y no con la sonrisa que dedicaba a las mujeres. Un marrajo ante un banco de atunes, un tiburón bajo un par de náufragos, habrían sonreído exactamente igual.

—Puede... Pero ése, comandante, ya no sería asunto nuestro.

5. Ojos como tazas de café

Era de noche cuando salieron cada uno por su lado, primero Navia y luego Falcó. Rexach estaba en la puerta de la tienda, expectante. Una sombra. En la negrura brillaba la brasa de uno de sus cigarros.

—¿Todo bien?

—Todo bien. Contácteme mañana, en mi hotel.

—De acuerdo.

Se despidieron allí mismo. Falcó estaba satisfecho. Se puso el sombrero y bajó hasta las luces del Zoco Chico. La mayor parte de las tiendas seguían abiertas, iluminadas por bombillas eléctricas y lámparas de queroseno. Había menos transeúntes, pero los cafés Fuentes y Central estaban más animados que antes.

Iba a seguir camino a su hotel cuando un grupo de media docena de hombres le llamó la atención. Hablaban español, ocupaban dos de los veladores redondos del Fuentes, vestían ropas civiles y algunos llevaban gorras y chaquetones negros o azules, delatando su profesión de gente de mar. En ese momento quedaba una mesa libre cerca de ellos, así que, por curiosidad y con buenos reflejos, se adelantó a una pareja bien vestida que, hablando en francés, se disponía a ocuparla. Arrebatándoles la silla en las narices.

—Disculpe —dijo a la señora—. No puedo estar mucho de pie. Una vieja herida, ¿sabe?... Verdún, año diecisiete. *Pour la France.*

Ignorando al hombre, que protestaba primero desconcertado y luego furioso, cruzó las piernas, se echó atrás el panamá, pidió un aguardiente de higos y observó al grupo sentado cerca.

Eran marineros, desde luego. Y a los pocos minutos confirmó que pertenecían a la tripulación del *Mount Castle.* Bromeaban con alguien a quien unos llamaban nostramo —eso significaba contramaestre— y otros Negus: un individuo de pelo gris muy crespo y ojos claros, curtido el rostro, que parecía tener cierto ascendiente sobre sus compañeros. La situación de su barco y el peligro que los amenazaba en el mar no parecía inquietarlos; en ningún momento oyó Falcó que se refirieran a eso. Todos estaban de buen humor, con la despreocupación característica del que baja a tierra en puerto extranjero. Hablaban de alcohol, comida y mujeres, planeando una incursión inmediata por los cabarets cercanos.

—¿Vamos al Tropicana después de cenar?

—De acuerdo.

—No, mejor al antro de la Hamruch.

—No jodáis, compañeros. Allí las tías son más bien sucias.

—Sí que lo son, pero la bebida es buena... Hay cerveza y coñac con los precintos vírgenes.

—Pues debe de ser lo único virgen que queda en Tánger.

Iba Falcó a marcharse cuando algo lo retuvo en su asiento: por la rue de la Marine, junto a la oficina española de telégrafos, se acercaba un pequeño grupo de hombres uniformados. Vestían el azul oscuro de la Armada española, con los característicos pantalones anchos, marinera, peto y tafetán. En las gorras blancas tipo Lepanto, la cinta no dejaba lugar a dudas: *Martín Álvarez,* en letras doradas.

Interesado, Falcó los vio acercarse a los cafés y detenerse indecisos entre uno y otro, buscando inútilmente mesa. Casi todos eran jóvenes, y un par de veteranos iban con ellos. Uno llevaba gorra de visera, y en un brazo la insignia de suboficial artillero.

—El de los fachistas es el de enfrente —les gritó uno de los marinos mercantes, coreado por sus compañeros.

—Estoy mirando a ver si está tu madre —respondió un uniformado.

El que había hablado primero hizo ademán de levantarse, pero el contramaestre al que llamaban Negus lo retuvo por un brazo.

—Tengamos la fiesta en paz —dijo con calma.

Por su parte, el suboficial artillero empujaba al otro, apartándolo de las mesas.

—No metas a las madres en esto, chico.

Unos y otros se miraban con ganas. Había puños cerrados y caras de pocos amigos. Uno de los que estaban sentados hizo sonar ruidosamente la garganta y escupió al suelo. En un momento, la guasa había dado paso a la hostilidad.

—No jodamos —dijo el suboficial, vuelto hacia el contramaestre republicano.

Sonaba a reconvención entre iguales, y el tal Negus pareció tomarlo de esa manera. Tras sostenerle la mirada, asintió levemente. El que había hablado primero en su grupo quiso decir algo, pero el contramaestre volvió a ordenarle que cerrara la boca.

—No es sitio —zanjó.

—Me cago en...

—Te digo que no es sitio, hostias.

Ahora fue el suboficial del *Martín Álvarez* quien asintió con la cabeza. De hombre a hombre. De modo casi instintivo, supuso Falcó, había alzado dos dedos como si fuera a llevárselos a la visera de la gorra, pero dejó el ademán a medias. Iba a seguir camino con su gente, cuando el contramaestre del *Mount Castle* le hizo una seña.

—¿Dónde vais a tomarlas? —preguntó muy tranquilo, desde su silla.

Dudó el otro un momento. Miró a los suyos y luego se volvió de nuevo hacia el marino mercante, las manos en los bolsillos.

—¿Por qué lo preguntas?

Hizo el contramaestre un gesto que incluía a los dos grupos.

—Por no coincidir... Ya ves que no está el horno para bollos.

Lo pensó el otro.

—Nos han hablado del cabaret Pigalle.

Algunos de los que estaban sentados movieron la cabeza.

—Mejor os recomiendo el Tropicana —dijo el contramaestre—. Está ahí mismo, en la calle de los Cristianos, a cien pasos... No hay pérdida: tiene un farol rojo y dos putas en la puerta.

Asintió el suboficial.

—¿Y adónde vais vosotros? —quiso saber.

—A la Hamruch, que está un poco más lejos. Podéis probar mañana.

Se miraron un instante en silencio.

—Si aún estamos aquí —dijo al fin el suboficial.

—Claro.

Ahora el otro sí llegó a tocarse, como al descuido, la visera de la gorra.

—Gracias —dijo.

—De nada.

—Arriba España.

Ambos sonreían a medias, atravesados. Zumbones.

—Salud —respondió el contramaestre, alzando el puño—. Y República.

Regresó a su hotel por la rue de la Marine, sin prisas, disfrutando del paseo. Estaba cómodo en Tánger. Tenía costumbre de moverse por territorios de límites imprecisos, y esa ciudad era uno de ellos. El ambiente local le era tan familiar como la frontera entre México y Estados Unidos o la línea turbulenta que separaba Europa Central y los Balcanes de la Unión Soviética. Se daba entre esos lugares un nexo evidente, un común denominador mestizo. Por azar, necesidad técnica o placer personal —ni él mismo tenía interés en determinarlo—, media vida de Falcó había transcurrido en sitios parecidos: cantinas sudamericanas, tabernas centroeuropeas, zocos y bazares del norte de África y el Levante mediterráneo. Atento siempre a los gestos, las palabras, las conversaciones. Aprendiendo lecciones útiles para la vida y la supervivencia. Por eso se movía con idéntica soltura en el Ritz de París o el Plaza de Nueva York que en el barrio chino de San Francisco, entre las cucarachas de una pensión de Veracruz o en un burdel de Alejandría. Incluidos ambientes en los que convenía averiguar dónde estaba la puerta de salida antes de pedir una copa, y bebérsela echando un vistazo prudente por encima del hombro.

Cuando caminaba junto al muro de la mezquita grande, comprendió que alguien lo seguía.

Primero fue el instinto profesional lo que lo puso alerta, y a los pocos pasos llegó la confirmación. Alguien venía detrás, de lejos, procurando hacerlo discretamente. Había algunos transeúntes por esa parte de la calle, así que Falcó zigzagueó entre ellos como al azar, se detuvo a comprar a un moro un manojo de palitos de regaliz, y tras confirmar de reojo que un hombre vestido a la europea seguía sus pasos, continuó adelante. Tenía práctica en situaciones anómalas; considerando, además, que un curso de adiestramiento de combate en Rumania y tres semanas de preparación en técnicas policiales con la Gestapo, en Berlín, le habían afinado hasta el automatismo todo lo afinable.

Al final de la calle, frente a la playa y la bahía negra donde brillaban, lejanas, las luces de los barcos fondeados, el viento estuvo a punto de arrebatarle el sombrero. Se lo quitó, llevándolo en la mano, y en vez de subir por Dar Baroud a la izquierda, como había sido su intención, tomó a la derecha, por la avenida cuyas palmeras agitaba furioso el levante.

Las farolas estaban apagadas. El rumor del viento y la resaca en la orilla próxima le impedían escuchar los pasos a su espalda, pero al volverse en una zona más oscura advirtió la presencia que se movía a unos veinte pasos. Así que procuró pensar rápido. No era cosa de utilizar la pistola; un disparo haría ruido, y no era momento para dar explicaciones o vérselas con la policía. Y, sobre todo, tenía que averiguar de qué se trataba. Quién era y qué diablos buscaba aquel fulano.

Siguió caminando a lo largo de las fachadas de los edificios situados frente a la playa, iluminado a trechos por alguna luz de éstos. Al fin encontró una esquina con un lugar adecuado, recodo de sombras donde su traje claro no destacaría mucho en la oscuridad. Suspiró resignado mientras dejaba ir el sombrero con el viento —era un Montecristi de diez dólares— y se pegó a la pared después de quitarse la chaqueta y envolver con ella el brazo izquierdo.

Hombre prevenido, medio combatido, solía decir el Almirante.

Falcó ignoraba lo que llevaba su perseguidor en las manos o los bolsillos, y no era cosa de dar facilidades. De llevarse un navajazo en la tripa, por las buenas. Con un tajo en la femoral —puñalada del torero, la llamaban

126

los habituales— no había torniquete posible, ni presión que lo tapara. Era un hola y un adiós. Y no su final favorito.

Al fin escuchó pasos, ya muy cerca de la esquina. Tres metros, dos, uno. La bolita saltaba por las casillas de la ruleta en movimiento. Estaba a punto de salir el número: rojo o negro, par o impar. Viejas sensaciones. Un día perderé, supongo, y me vaciarán sin piedad los bolsillos o el pellejo, pensó fugazmente antes de olvidar esa imagen y concentrarse en lo que hacía. Mejor no distraerse.

Tenso como una ballesta de acero, cerró los puños, se protegió el vientre con la chaqueta y aguardó metido en su cobijo, quieto como una estatua de sombra, mientras la tensión de lo que iba a ocurrir se acentuaba en su corazón y su cabeza.

Me iría bien una cafiaspirina, pensó. Ojalá todo acabe rápido.

El latido de la sangre en los tímpanos empezaba a ensordecerlo —ése era el problema de aguardar la acción en silencio—, pero para entonces ya no tenía importancia, pues el perseguidor había doblado al fin la esquina, pasaba sin advertir su presencia y daba unos pasos más allá, apresurándose al no ver a nadie delante de él. Se detuvo de pronto, desconcertado, e iba a volverse a mirar atrás, quizá adivinando la jugada, cuando Falcó le dio un puñetazo en la nuca.

Cuando el otro volvió en sí, Falcó lo había arrastrado hasta el rincón a resguardo del viento y las miradas inoportunas. Se había puesto la chaqueta y le registraba los bolsillos a la luz del encendedor: un plano plegado de la ciudad, dos preservativos, una pistola Star calibre 6,35 y una billetera con dinero francés y español. También un pasaporte a nombre de Ramón Valencia Hernández y un documento de identidad con la misma foto, éste a nombre de Ramón Villarrubia Márquez, encabezado por las siglas SINA, fechado y sellado en Tetuán. El SINA —Servicio de Información para el Norte de África— era uno de los organismos nacionales de espionaje controlados desde Salamanca por el jefe de policía y seguridad Lisardo Queralt.

Un gemido. Una tos y un segundo gemido, más prolongado esta vez. El otro se incorporaba a medias, sobre un codo, frotándose la nuca dolorida. En cuclillas a su lado, antes de apagar la llama, Falcó le echó un último vistazo a su cara: menos de treinta años, cabello rubio, bigotillo recortado y ralo, peinado —o más bien despeinado, en ese momento— con raya en medio. Su sombrero también se lo había llevado la ventolera.

Al verse con la sombra de Falcó encima, el caído hizo un movimiento convulso, de alarma. Falcó lo agarró por la garganta, apretando fuerte, y le apoyó con violencia la nuca contra el suelo. Para reforzar las cosas le arrimó el cañón de la Star a la frente.

—Cuéntamelo todo, criatura.

No podía ver su cara en la oscuridad, pero lo sintió temblar. Un sonido pugnaba por abrirse paso en la garganta aprisionada por los dedos. Aguardó Falcó unos segundos para que la situación surtiera efecto, y luego aflojó la presión. Siguieron un nuevo gemido y una respiración ansiosa.

—Cuéntamelo, anda —insistió.

Apretó más la pistola en la frente, hasta hacerlo gemir de nuevo.

—Uno —empezó a contar, muy despacio—. Dos...

Manoteó el caído, medio asfixiado aún.

—Espera —dijo al fin.

—No espero —replicó Falcó—. Y sólo voy a llegar hasta cinco. Tres, cuatro...

Era un farol, pero el otro no podía saberlo. Lo sintió manotear de nuevo mientras intentaba incorporarse.

—Espera, por Dios, espera... Estamos en el mismo bando.

—Lo dudo.

—Soy policía, coño.

—¿Qué clase de policía?

—Tu operador de radio. Vengo de la oficina del SINA en Tetuán... Me dijeron que te habían avisado de que estaría aquí... Que te contactara.

Emitió Falcó un resoplido de mal humor. Casi lo había olvidado, o más bien no lo esperaba de aquella manera. La sombra siniestra de Lisardo Queralt era alargada.

—Me previnieron —respondió—, pero nadie me dijo que ibas a seguirme por la calle jugando a películas de gángsters... Ni que fueras tan torpe que te dejases madrugar como un idiota.

—Buscaba la forma de abordarte discretamente.

—Pues el tiro te lo has dado en los huevos.

Siguió un breve silencio. Apartó Falcó la pistola. El caído aún respiraba con dificultad.

—Joder... Vaya golpe me has dado.

Falcó se retiró un poco, sentándose con la espalda apoyada en la pared. Arrastrándose mientras emitía nuevos quejidos de dolor, el otro hizo lo mismo. Quedaron sentados juntos, en la oscuridad.

—Me llamo Ramón Villarrubia.

—Sé cómo te llamas.

—¿Tienes mis papeles?

—Pues claro.

—Devuélvemelos.

Se los entregó, notando que el otro se palpaba la ropa.

—Esa pistola que llevas es la mía.

—Puede ser.

—Trae. Dámela.

—Luego te la doy, cuando me vaya. O a lo mejor no.

—Oye, no tienes derecho a esto.

—¿A qué?... ¿A sacudirle a un imbécil que me seguía?

Tras decir eso, Falcó se echó a reír. Una risa áspera, atravesada y cruel. Una risa muy suya.

—Daré parte de tu agresión —protestó el otro—. A ver si te has creído que...

—Vete a tomar por culo.

Por un momento, su interlocutor pareció no saber qué decir. Falcó se metió la mano en el bolsillo de la chaqueta y comprobó que el tubo de cafiaspirinas seguía allí; pero tenía la boca demasiado seca para tragarse una. Necesitaba un vaso de agua, y pronto. Maldito fuera todo. El molesto latido en la sien derecha y el dolor intenso empezaban a producirle náuseas.

—Todo esto es ridículo —dijo al fin el otro—. He venido a Tánger a ponerme a tu disposición.

—Pues has empezado con la punta del cimbel.

—Lo siento, yo... Oye, en serio. Creí que era la mejor manera.

—No lo es. Además, tus jefes no me gustan nada. Ni un pelo.

—Yo soy un mandado. Cumplo órdenes... Ni siquiera soy agente de campo, sólo un operador de radio.

Falcó se puso en pie, sacudiéndose la ropa.

—Pues voy a decirte una cosa, Villarrubia, o Villaconejos, o como te llames...

—Villarrubia es mi nombre de verdad.

Seguía sentado en el suelo. Falcó no podía ver sus facciones, pero se inclinó hasta acercar mucho su rostro al del otro.

—Me importa una mierda tu nombre de verdad —dijo con mucha frialdad—. Necesito un radiotelegrafista, y tú por lo visto lo eres. Pero voy a advertirte de algo... Si te veo donde no deba verte, si te cruzas en mi camino, perjudicas la misión o incumples una de mis órdenes, te juro por Dios y por su madre que te arranco la cabeza y la mando a Tetuán en una cesta... ¿Lo he explicado claro?

—Clarísimo.

—Pues toma tu pistola y quítate de mi vista. ¿Dónde te alojas?

—En una casa del bulevar Pasteur, en la ciudad europea. Un piso franco del SINA... Tengo allí el equipo de radio.

—¿Fiable?

—Alemán, Telefunken, cojonudo. Cabe en una maleta grande.

—¿El piso es seguro?

—Eso creo.

—¿Número y planta?

—Veintiocho, primero. La puerta de la izquierda.

—Te contactaré cuando haya algo que transmitir. Como control de seguridad, siéntate en el Café de París a las tres y a las seis de la tarde de cada día. ¿De acuerdo?... Y ni se te ocurra aparecer por mi hotel. Si hay algo importante, telefoneas y esperas en el café. Cuando aparezca, caminas sin hablarme hasta el piso franco y yo te sigo.

—Está bien. ¿Qué clave utilizas?

—Eso a ti no te importa. Una nueva, que no tienen los rojos... Con eso te vale.

Miró en torno Falcó, frotándose con los dedos la sien derecha. Se encontraban cerca del hotel Cecil, que estaba frente a la playa y tenía un bar. Allí encontraría agua para la pastilla. A pocos pasos, en el suelo y contra el muro, divisó la mancha clara de su panamá. Qué suerte. El viento no se lo había llevado lejos. Fue a por él. A la vuelta, Villarrubia se había levantado y era una sombra apoyada en la pared.

—Me previnieron —se lamentaba—. Me advirtieron de que eres un hijo de mala madre.

—Pues ya ves —Falcó pasó por su lado con el sombrero en la mano y se alejó en la noche—. Algo de razón tenían.

El analgésico había hecho su efecto.

Bastaron diez minutos en el bar del Cecil, dos cafiaspirinas y algo más tarde un sándwich de queso, un cigarrillo y una copa de coñac. Tiempo de sobra para reflexionar sobre lo ocurrido un rato antes y considerar, con más reposo, los pros y los contras de tener a un hombre de Lisardo Queralt, aunque sólo fuese operador de radio —o eso dijera ser—, pegado a los zapatos. Ahora, aliviado al fin del dolor de cabeza, Falcó seguía reflexionando con calma. Había dado un corto paseo y fumaba un segundo Players apoyado en un quiosco de bebidas frente a la avenida de España, a resguardo del levante y con el rumor del mar a la espalda. Las farolas seguían apagadas y las copas de las palmeras eran sombras oscilantes entre las que silbaban, agudas y siniestras, las rachas de aire.

Se encontraba ahora frente al hotel Majestic, aunque poco tenía que hacer allí. Había pasado por delante cuando regresaba camino del Continental, a punto de tomar una de las calles interiores para evitar la molestia del viento; pero de pronto cambió de opinión y se detuvo.

Eva Neretva estaba allí, había dicho el gordo Rexach. Con sus camaradas el español Trejo y aquel comunista inglés o norteamericano llamado Garrison. Seguiría alojada, era de suponer, mientras el *Mount Castle* estuviera en el puerto, y Falcó sabía que los dos iban a acabar encontrándose de nuevo en aquella ciudad, tarde o temprano.

La recordaba de un modo nada común en él. Con melancolía. Y eso no contribuía a serenarle los sentimientos: caminando de su brazo por Cartagena con Caridad Montero —aquella pobre chica luego fusilada, como otros a los que Eva y el propio Falcó traicionaron—, y también la recordaba a ella torturada y violada a su vez, obscenamente desnuda, atada al somier de la casa de Salamanca donde él, vulnerando todas las precauciones, toda la sensatez y todas las reglas, había matado a tres hombres de Queralt para liberarla. Y recordaba, también y sobre todo, la mirada silenciosa que ella le dirigió en la estación de Coímbra cuando Falcó la devolvió a los suyos. Cuando él creía que sus caminos no iban ya a cruzarse jamás.

Miró las ventanas, pocas, que estaban iluminadas en el hotel. Quizá, se dijo, está ahora en una de esas habitaciones —acechó las luces por si veía pasar una sombra—, o tal vez en la ciudad, cenando con sus camaradas en ese restaurante caro del que habló Rexach, estudiando el modo de cumplir la misión que Moscú le ha encomendado y las circunstancias ponen tan difícil. Sin contar conmigo, que espero ponérselo aún peor.

Por un momento, situándose en lugar del adversario, o del jugador —sus vidas al límite tenían mucho de juego—, Falcó se preguntó qué iba a ocurrir si ella no lo conseguía. Pavel Kovalenko, asesor soviético de la República, jefe en España de la Administración de Tareas Especiales del NKVD, tenía fama de implacable criminal. Se decía de él, en broma pero no tanto, que había matado más gente en la retaguardia republicana que los fascistas en el frente. Era sabido que no le temblaba el pulso haciendo fusilar tanto a agentes propios como a brigadistas internacionales y españoles; a todo sospechoso de desviacionismo, trotskismo o cualquier tendencia ingrata a sus amos del Kremlin. Y cuando se trataba de comunistas destacados, a los que no era posible hacer desaparecer de la noche a la mañana, era habitual que los caídos en desgracia fuesen llamados a Moscú para acabar con un tiro en la cabeza, en la mejor tradición de los sótanos de la Lubianka. Todo dependía del grado de protección de que gozara cada cual.

De su influencia en el aparato de los servicios secretos soviéticos.

Especuló Falcó, con curiosidad casi técnica, sobre el lugar que en esa jerarquía ocupaba Eva Neretva. Que Kovalenko le hubiera encomendado el oro del *Mount Castle* la situaba en buena posición. Trejo, el comisario político español, no debía de pintar gran cosa. La operación la llevaban entre Eva y el tal Garrison, claro. Pero ella, había dicho Rexach, parecía mandar. Y mucho.

Por un momento sintió el impulso casi feroz de cruzar con paso decidido la avenida, entrar en el Majestic, darle diez francos al conserje, preguntar por la habitación de la señora doña Luisa Gómez, llamar a su puerta y verla cara a cara sin más trámite. Y que saliese el sol por Antequera. Pero el mundo en el que ambos vivían era otro. Así que sacudió la cabeza como para disipar una mala idea, arrojó el cigarrillo, se sujetó el sombrero y avanzó por la avenida con el viento de cara, de vuelta a su hotel.

Se preguntó si Eva sabría ya que él se encontraba en Tánger. Y si aún no era así, cuánto iba a tardar en averiguarlo.

También, por un momento y mientras caminaba entre las sombras, se preguntó cómo lo recordaría ella a él.

Cuando despertó a la mañana siguiente, el viento había cesado. Del furioso levante sólo quedaba una débil brisa. El mar estaba en calma, el cielo era azul luminoso y la temperatura, agradable para esa época del año.

Después de fumar un cigarrillo en pijama y albornoz en la terraza, contemplando el puerto —el *Mount Castle* y el *Martín Álvarez* seguían amarrados uno cerca del otro—, hizo ejercicio, se afeitó cuidadosamente con jabón, brocha y navaja, y tomó un baño. Acababa de vestirse, todavía sin la corbata, cuando llamaron a la puerta. Abrió y encontró allí a una sirvienta mora que preguntaba si podía hacer la habitación. Tenía al lado un carrito con sábanas limpias y un cubo con agua y bayetas. Era de mediana edad, con un tatuaje en la frente y el pelo recogido bajo un pañuelo anudado tras la nuca. Atractiva. Ojos grandes y negros como tazas de café. Al ver a Falcó en el umbral sonrió entre obsequiosa y tímida.

—Pase —le franqueó la entrada—. Yo voy a desayunar.

Bajó por la escalera alfombrada en estilo bereber, eligió una mesa que le permitiera tener la espalda protegida por la pared y vigilar la entrada al salón —sólo había un par de huéspedes más, un matrimonio de edad que discutía en voz baja, en italiano—, pidió al mozo español un huevo pasado por agua, tostadas y un vaso de leche, y echó un vistazo a la *Tangier Gazette,* que titulaba en primera página *Impasse en el puerto. El barco republicano sigue esperando a que se decida su suerte.*

Tras desayunar, subió de nuevo. La mora daba los últimos toques al arreglo del cuarto. Había abierto la ventana para ventilar la habitación y los visillos se movían ligeramente con la brisa. Al ver entrar a Falcó le sonrió con la misma timidez que antes, a modo de excusa por no haber terminado aún. En ese momento acababa de hacer la cama y extendía la colcha.

—No se preocupe —dijo él—. Continúe, por favor.

Se acercó a la cómoda para coger algunos objetos que había dejado allí y se anudó una corbata ante el espejo del armario. Después sacó veinte francos de la billetera y se los dio a la mora.

—*Uar* —dijo ella, desconcertada—. No... Es mucho.

Insistió Falcó con una sonrisa, metiéndole el billete en un bolsillo de la bata que vestía, abotonada por delante.

—Hoy te la doy yo, otro día me la das tú.

Forcejeó un poco ella, divertida, hasta acabar aceptando.

—*Bárak Alóufik.*

Tenía los labios carnosos y la piel oscura y suave. Buenas formas. El tatuaje de la frente era antiguo y tenía forma de cruz del sur. Los ojos oscuros como tazas de café miraban a Falcó con curiosidad. Había unos leves cercos de cansancio bajo los párpados.

—*Shukram,* gracias... *Nezrani* —murmuró—. *Mziwen.*

Él soltó una carcajada. Conocía lo suficiente el árabe mogrebí para entender lo que ella había dicho. Cristiano guapo.

—Tú sí que eres guapa —respondió—. *Mnóura yamila.*

Se quedó contemplándola mientras ella, tras un momento de indecisión, se volvió de nuevo hacia la cama para acabar de alisarla. Al inclinarse sobre la colcha, la bata se le subió un poco sobre las corvas, descubriendo un palmo más de piel morena. Pensó Falcó que era deliberado.

—*Isték?* —preguntó—. ¿Tu nombre?

—Karima —respondió sin volverse.

Él no dijo nada más y permaneció inmóvil en el centro de la habitación, mirándola mientras acababa su tarea. Se preguntó cómo sería la jornada de aquella mujer. Sin duda, poco envidiable. Nada que ver con las tangerinas elegantes que se sentaban en los cafés de la ciudad. La idea lo incomodó y le interesó al mismo tiempo.

La cama ya estaba hecha y la mora se había vuelto hacia él con aire indeciso. Se estiraba la bata mirando las bayetas y el cubo. Sacó Falcó la billetera, tomó doscientos francos y se los puso en la mano. Eso superaba, supuso, el salario de un mes. Lo miró suspicaz y pensativa. Él acentuó la sonrisa y, alzando una mano, le acarició el cuello a un lado, sintiendo la carne tibia de la mujer. Ella hizo primero ademán de retroceder, pero luego se dejó hacer.

—*Beslama,* Karima... Adiós.

No pretendía otra cosa. Iba a marcharse cuando ella, inesperadamente, le cogió la mano antes de que la retirase, dio la vuelta a la palma y se la besó. Entonces él se acercó un poco más.

La mora olía, confirmó, a hembra cansada. Y era realmente guapa. Le puso una mano en la cintura, que se arqueó de forma animal al sentir el contacto.

—*Nezrani uld kaahba* —la oyó murmurar.

Eso lo hizo sonreír. *Cristiano hijo de puta,* en traducción libre; no era una mala manera de definirlo, especialmente en un momento tan poco cristiano como aquél. Empujó con suavidad a la mujer hacia la cama, haciéndola tumbarse de espaldas, y ella se dejó hacer con docilidad secular, advirtiendo la excitación de Falcó. Aun así, parecía divertida con aquello. Los ojos grandes y negrísimos lo estudiaban con atención, burlones de pronto, y él supo lo que pensaba: llegados a cierto punto, todos los hombres sois fáciles de manejar, ricos o pobres, elegantes o vulgares, infieles o creyentes en el Profeta. *Nezrani uld kaahba.*

—Karima.

—*Uaja?*

—Eres un pedazo de señora.

Lo hubiese entendido o no, ella rió complacida, superior, mientras Falcó empezaba a soltarle los botones de la bata, de abajo arriba, descubriendo poco a poco la piel morena de los muslos, por cuyo interior deslizó una mano para disfrutar la suavidad de su tacto. Aquella carne emanaba calor. Y había allí, al final del recorrido, unas deshilachadas bragas de algodón que retiró con suavidad sin encontrar resistencia, desnudando un sexo de vello rizado, negro, espeso y, en ese momento, adecuadamente húmedo. Al cabo, botones arriba y suelto el último al final de la bata, los senos aparecieron libres, sin nada que los sujetase, con areolas grandes de color chocolate y pezones muy enhiestos y oscuros.

Falcó se quitó la americana y empezó a soltarse la hebilla del cinturón.

—*Aafak...* Por favor —pidió la mora—. No te vacíes dentro.

El resto de la mañana transcurrió con normalidad. En la rue Rembrandt, situada en la parte europea de la ciudad, Falcó visitó al banquero Moisés Seruya, elegido para respaldar la operación, y le mostró el cablegrama encriptado de Tomás Ferriol que le habían entregado al bajar de la avioneta en Tetuán.

—Pedro Ramos —se presentó.

—Ah, claro... Es un placer recibirlo.

El banquero era un hebreo joven, dinámico y agradable, tercera generación de los Seruya de Tánger, que acababa de hacerse cargo del negocio familiar. Atendió a su visitante con eficiente solicitud, lo hizo pasar a un despacho moderno y funcional, amueblado estilo Bauhaus, y le ofreció abierta una caja de habanos Partagás que Falcó rechazó con gesto amable.

—Prefiero mis cigarrillos, gracias.

—Como guste —el otro señaló una elegante silla tubular de acero y cuero—. Acomódese y disculpe un momento, por favor.

Sentándose tras su mesa de despacho, puso el cablegrama sobre una carpeta de piel repujada, sacó una libreta de la caja fuerte y empleó tres minutos, muy concentrado, en descifrar el mensaje. Después alzó la cabeza, adornada con la que Falcó supuso era la mejor de sus sonrisas comerciales.

—Todo en orden —confirmó—. A partir de este momento tiene usted disponible en esta casa un aval de medio millón de francos franceses.

—¿Convertibles a dólares o libras esterlinas?

—Por supuesto.

—Lo más probable es que le pida libras... ¿Cómo están cotizando estos días?

—A cinco dólares norteamericanos.

—¿Y en pesetas?

Movió ligeramente el otro la cabeza, dubitativo.

—¿Republicanas o nacionales?

—Nacionales.

—Sobre sesenta pesetas la libra, lo que equivale a ochenta y seis francos por cien pesetas —Seruya hizo una mueca significativa—. La peseta republicana vale tres veces menos que la del general Franco.

Tras decir aquello alzó un poco las manos, con las palmas hacia arriba. El ademán era indicio elocuente de a quién pronosticaban vencedor los banqueros y los mercados internacionales.

—¿Cómo haré cuando lo necesite? —preguntó Falcó.

—Bastará un mensaje escrito de su puño y letra para que, una hora después, la suma requerida esté en sus manos o en las de quien usted indique. Sólo deberá detallar la cantidad y la moneda en que la desea.

Había cogido una cuartilla de papel, poniéndola delante de Falcó. También le acercó, solícito, pluma y tintero.

—Le ruego escriba algunas palabras, cualquier cosa, y firme. Así podré identificar su letra cuando llegue el mensaje.

Mojó Falcó la pluma en el tintero. *Mi carta, que es feliz, pues va a buscaros,* escribió. Firmó *Pedro Ramos* e hizo una rúbrica sencilla. Después de pasar por encima el secante devolvió la hoja al banquero, que sonrió al leerla.

—*¿El tren expreso?*

—Me lo recitaba una abuela, cuando era pequeño.

—Oh —se acentuó la sonrisa amable del otro—. Es enternecedor.

—Sí. Mucho.

Seruya metió el papel en un cajón y cruzó los dedos sobre la carpeta.

—¿Hay algo más que pueda hacer por usted?

Falcó lo pensó un momento.

—Pues sí —había recordado a Moira Nikolaos—. Antes de los otros pagos, necesitaré seis mil francos en libras.

—¿Ahora?

—Sí.

—¿Prefiere talón o metálico?

—Un cheque contra su banco estará bien.

—¿Nominal?

—Garantizado al portador.

—Ningún problema. Se lo extiendo ahora mismo —Seruya abrió un talonario y puso sobre la mesa otra cuartilla en blanco—. Pero tendrá que hacerme un recibo —sonrió de nuevo—. Esta vez, sin poesía.

Falcó volvió a mojar la pluma en el tintero.

—Naturalmente.

Apoyado en la ventana de una oficina del puerto, Falcó miraba hacia el exterior.

La oficina era una dependencia comercial relacionada con el movimiento de mercancías, que Antón Rexach había alquilado dos días atrás. Desde allí podían verse muy bien el muelle y los dos barcos, el *Mount Castle* más atrás, con su casco y alta chimenea negros. Unos treinta metros delante, amarrado a los norays del mismo muelle por gruesas estachas, pintado de intimidante gris, amenazador con sus dos chimeneas y cinco cañones, estaba el *Martín Álvarez*.

—Esta madrugada entró en Tánger un destructor británico —comentó Rexach—. El *HMS Boreas*. Lo han mandado desde Gibraltar, a título de observador neutral. No puede verse porque está detrás, fondeado en la rada.

—Lo vi esta mañana, desde el hotel —respondió Falcó—. No creo que intervenga en esto.

—Yo tampoco lo creo. Se trata, como siempre, de guardar las formas. Los ingleses no harán nada que viole la no intervención, pero parecerá que garantizan algo, sea lo que sea... Es la típica hipocresía anglosajona.

Falcó miraba los barcos. Rexach le pasó unos voluminosos prismáticos Zeiss.

—Use éstos. Son mejores que los gemelos de teatro de ayer.

Falcó se llevó a la cara los potentes binoculares de 7×50 y reguló la ruedecilla del foco. Eran de una nitidez asombrosa, y con ellos pudo recorrer detenidamente los detalles de ambos buques. El *Mount Castle* estaba amarrado por la banda de babor. Era feo y casi chato. Tenía el casco muy descuidado, con la pintura deteriorada y grandes manchas de óxido. No era un barco de aspecto simpático.

—Construido el año diez en Glen Yard, Escocia —dijo Rexach a espaldas de Falcó—. Noventa y cuatro metros de eslora y dos mil quinientas toneladas de registro bruto... Pequeño y viejo pero todavía fiable, si está gobernado por buenas manos. Como parece el caso.

—¿Qué velocidad alcanza?

—Once nudos a toda máquina, me dicen... No está mal, pero es insuficiente para escapar del destructor, que supera los treinta. Si éste sale detrás cuando larguen amarras o lo espera fuera, el mercante no tendrá ninguna posibilidad.

Falcó siguió estudiando el barco a través de las lentes. Bajo las letras blancas del nombre visible en la proa se apreciaban las letras ilegibles de nombres anteriores, borrados y repintados encima. Era obvio que había cambiado de nombre, matrícula y camuflaje varias veces desde el comienzo de la guerra. Según Rexach, había entrado en Tánger llamándose *Clan MacKinklay,* y el nombre auténtico se lo habían vuelto a pintar apenas echó el ancla en la rada, horas antes de amarrar en el muelle.

—¿Cuánta tripulación lleva a bordo?

—En el rol figuran treinta y dos hombres. Por lo que sé, todos son marineros mercantes menos cuatro artilleros de la Armada roja que se ocupan del cañón —señaló hacia la popa del barco—. Está allí, mire. Un poco elevado, en la toldilla. Oculto bajo aquella estructura en forma de caseta.

Movió Falcó los prismáticos. No podía ver el Vickers de 76 mm del mercante, pero sí las cinco piezas de 120 mm de su enemigo: dos a proa del *Martín Álvarez,* una entre las dos chimeneas, otra detrás de los tubos lanzatorpedos y otra a popa. Se veían, además, armas antiaéreas. Que el mercante sobreviviera a un combate en alta mar con el destructor nacional era imposible. No duraría diez minutos a flote.

Dirigió los Zeiss al muelle. Había una valla de caballos de Frisia y alambradas bajo las grúas, frente al lugar donde estaba amarrado el *Mount Castle,* con una garita de guardia, y se veían centinelas provistos de fusiles.

Rexach había interpretado el movimiento de los prismáticos.

—Un piquete de gendarmes se releva cada ocho horas —dijo—. Nadie que no pertenezca a la tripulación puede pasar.

—¿Nacionalidad?

—Suelen ser franceses. El mando de la policía internacional de Tánger lo ostenta oficialmente un español, pero a efectos prácticos depende de un capitán francés. Eso nos conviene, porque el español es leal a la República; y el francés... Pues bueno. Es francés.

Falcó se apartó los prismáticos de la cara.

—¿Sobornable?

Rexach emitió una risa cínica.

—Claro. ¿No le digo que es francés?... No hasta el punto de que nos eche una mano, pero sí de que mire hacia otro lado cuando nos convenga —hizo una pausa significativa—... ¿Hay con qué animarlo a eso?

—Puede haberlo.

El otro se pasó la lengua por los labios.

—Colosal. Pero convendría que esa gestión la hiciera yo directamente —en los ojos gelatinosos brillaba un destello de codicia que ya le era familiar a Falcó—. Conozco mejor el paño.

—Está bien. Pero no se suban a la parra, ni el francés ni usted.

—¿Yo? —Rexach se llevó una mano al corazón, o a la cartera—. Usted se confunde conmigo.

—Seguramente.

Volvía Falcó a mirar por los prismáticos. Los dos círculos gemelos de las lentes, que se combinaban en uno ante sus ojos, enfocaron de nuevo el *Mount Castle*. Una pasarela iba a tierra desde cubierta, a la altura de la chimenea, y arriba había dos hombres apoyados en la borda. Sin duda se trataba de una guardia propia, independiente de la de tierra. Había otro hombre a proa, comprobó tras un momento, y otro a popa; y quizás habría uno más en la banda del barco opuesta al muelle. Era probable que estuvieran discretamente armados, y Falcó pensó que el capitán Quirós, además del buen marino que todos decían que era, resultaba también, en puerto, hombre precavido.

—¿De qué cantidad podríamos disponer? —se interesaba Rexach, atento a sus asuntos.

—Luego hablaremos de eso.

—Bien. Usted manda.

Seguía observando Falcó la estructura del puente de mando, las bocas de aireación, los dos botes salvavidas situados uno a cada banda, tras la alta y negra chimenea. De pronto le pareció ver movimiento en el puente y volvió a enfocar esa parte del barco. Un grupo de personas había salido al alerón de babor, conversando entre ellas, y con los prismáticos y a aquella distancia se podía ver bastante bien.

Cuatro hombres y una mujer.

Lorenzo Falcó era un individuo para el que los años vividos, las incertidumbres, los peligros y el adiestramiento fraguaban en un compacto bloque de reflejos útiles y rutinas defensivas. Su visión del mundo era simple en la forma y compleja en las causas: un mecanismo de relojería hecho de reacciones automáticas, egoísmo vital, realismo descarnado, sentido del humor oscuro y fatalista, y la certeza intelectual de que el mundo consistía en un lugar hostil, regido por reglas implacables y poblado por bípedos peligrosos, donde era posible, con voluntad y ciertas aptitudes, ser tan peligroso como cualquiera. Todo eso daba a su carácter una ecuanimidad cruel que su jefe el Almirante, ante terceros, solía denominar frialdad técnica. Eres, le había dicho en cierta ocasión, mientras tomaban un *hupa-hupa* y un escocés en el bar del Gran Hotel de Salamanca, una pistola metida en una barra de hielo.

Fue precisamente todo eso, o su resultado práctico, lo que permitió a Falcó regresar con calma del puerto al hotel Continental por la escalinata de la fachada, recibir de manos del conserje el mensaje que había llegado para él, leerlo despacio, telefonear desde el vestíbulo a Moira Nikolaos para confirmar que estaba invitado a cenar en su casa al anochecer, y luego ir al bar del hotel, pedir un Cinzano con un chorro de sifón y sentarse a esperar al camarero ante una de las ventanas por las que podían verse el puerto y la bahía.

Entonces, sólo entonces, cuando llegó la bebida y mojó los labios en ella, se decidió a reflexionar, por fin, sobre lo que había visto a través de los prismáticos desde la oficina del puerto.

La había reconocido al instante, conversando con naturalidad entre los cuatro hombres. Apoyada en el alerón del puente del *Mount Castle,* movía las manos al hablar, afirmaba a veces con la cabeza y otras asentían los hombres que estaban con ella. Vestía una chaqueta de piel, un pañuelo al cuello y un sombrero de ala corta bajo el que asomaba su cabello rubio. Ya no lo llevaba casi rapado como un muchacho, sino un poco más largo. Quizá a causa del aumento de las lentes Zeiss o porque el tiempo había hecho su efecto, parecía menos delgada que la última vez, lo que modificó la imagen que Falcó conservaba de ella: un rostro demacrado por la humillación y la tortura, un labio partido a golpes, los ojos turbios y la inmensa fatiga que le abolsaba los párpados, anunciando —eso había pensado él entonces— el rostro de la mujer que sería dentro de veinte o treinta años. Ahora los pómulos se veían más redondeados. Su aspecto era sano, fuerte. No gruesa, pero sí más sólida. Aquella espalda atlética bajo la chaqueta.

Estamos en paz, recordó de nuevo. Eso había dicho Eva Neretva cuatro meses atrás, cuando él fumó el último cigarrillo junto a ella, al lado del coche detenido junto a la carretera, ya en territorio portugués, después de que Falcó hubiera conducido toda la noche mientras Eva dormitaba en el asiento de atrás, reposando su cuerpo torturado bajo el abrigo de uno de los policías a los que él mató para liberarla. Sí. Estamos en paz.

Pero eso no era cierto. Sentado ante la ventana por la que se veían el puerto y los barcos a lo lejos, obligándose a beber muy despacio, Falcó decidió que ella y él no estaban en paz en absoluto, ahora en nuevos paisajes y con diferentes personajes. No hay paz, resumió tras otro sorbo de vermut, entre tú y yo. No aquí, ni ahora. Y se preguntó de qué

145

modo las cosas ocurridas, todo aquel tiempo de sucesos y distancia, habrían alterado el recuerdo que ella tenía de él. También se preguntó si conservaría la fe comunista convencida y fría, casi religiosa, en la causa a la que dedicaba su vida. Si seguiría siendo soldado sin quebranto de una guerra que ella misma describió como inmensa, justa e inevitable. Arriba parias de la tierra, en pie, famélica legión: lucha internacional del hombre contra el hombre, para liberar al hombre incluso a pesar de él mismo. Causa despiadada, feroz, sin concesiones ni sentimientos.

Miró el reloj, apuró el resto de la copa, cogió el sombrero y se puso en pie abotonándose la chaqueta. Antes de salir del bar echó un último vistazo a los barcos amarrados en el muelle y recordó que un rato antes, mientras espiaba a la mujer desde la oficina comercial del puerto, la había visto volverse y dirigir de pronto hacia él una mirada detenida y penetrante. Falcó sabía que era imposible que lo hubiera descubierto; estaba demasiado lejos y tras el cristal de la ventana. Pero la sensación fue incómoda, tan intensa que bajó bruscamente los prismáticos.

Sé que estás aquí, en la ciudad, había creído leer en aquella mirada. Sé que estás cerca, en algún lugar, y que tal vez me estés observando en este momento. Y sé que no tardaremos en vernos cara a cara.

6. El cabaret de la Hamruch

Tras asegurarse de que nadie le seguía los pasos, Lorenzo Falcó se detuvo ante el número 28 del bulevar Pasteur, en la zona moderna de Tánger.

Aún era de día, pero el sol declinante enrojecía ya la parte alta de los edificios. Había estado un momento sentado entre la animación, el humo de cigarrillos y el rumor de conversaciones del Café de París; sólo el tiempo de beber un té con hierbabuena mientras daba ocasión a Villarrubia, el operador de radio, de levantarse de la mesa donde aguardaba y dirigirse al piso franco. Después Falcó había caminado sin prisa por la acera derecha de la calle, entre gente vestida a la occidental y a la moruna, vigilando con rutinaria precaución los coches de caballos y los automóviles —no convenía desdeñar las sorpresas que un vehículo detenido junto a la acera podía reservar en su interior—. En aquella parte de la ciudad se veían más chaquetas y corbatas, más sombreros, faldas y zapatos de tacón que chilabas, feces y turbantes. En algunos momentos, de no ser por las mujeres con el rostro velado, menos numerosas allí que en la medina, Falcó habría creído estar en cualquier ciudad mediterránea europea.

El zaguán era amplio y la escalera estaba al fondo. En sombras.

Entró con los sentidos alerta mientras palpaba instintivamente la pistola bajo la chaqueta, en la funda de cuero sujeta al cinturón. Desde su llegada a Tánger, Falcó tenía siempre la Browning con una bala en la recámara y el seguro puesto. Y ahora, el peso familiar del arma —quinientos setenta sólidos gramos con el cargador lleno—, la certeza de tenerla a mano, resultaba tranquilizador, pues llevaba demasiado tiempo moviéndose por Tánger. Dejándose ver. Había hablado con mucha gente, y aquella ciudad era lugar idóneo para la delación, el espionaje, la maniobra sucia. Allí no había casi nadie que no trabajase para alguien, y a menudo para varios a la vez. La salud de un espía solía resentirse de esa clase de cosas.

En aquel oficio, los descuidos podían ser de hola y adiós.

Mientras subía los peldaños rememoró la primera vez que había matado a un hombre. No lo hizo con aquella arma pequeña y manejable, sino con un pesado revólver Webley reglamentario del ejército británico, cuando aún no trabajaba para los servicios secretos españoles. Ocurrió en las afueras de Ciudad Juárez, trece años atrás. Un asunto más bien sórdido, durante la entrega de un cargamento de 500.000 cartuchos Remington y un millar de rifles destinados a los revolucionarios mejicanos, que el presunto comprador —un tal coronel Romero, vestido de paisano y con cara patibularia— había creído, en vista de la aparente juventud del intermediario, poder llevarse, mediante un par de trucos sucios, sin pagar el total de la suma convenida. Cierta insoluble disparidad de criterios se había planteado de madrugada, junto a dos camiones y dos automóviles detenidos en una carretera polvorienta que discurría entre la Unión Americana y México, con una discusión que subió de tono hasta convertirse en amenaza expresa por parte del coronel Romero; cuya sonrisa a la luz de los faros, ancha, depredadora, segura de sí, se borró de golpe con el fogonazo del disparo que Falcó, todavía joven pero precavido —aún no había cumplido los veinticuatro—, consciente de que a quien madruga Dios lo ayuda, le soltó a diez pasos, bang, cuando el mejicano hizo ademán de meter una mano bajo la chaqueta. Se había desplomado el otro sin decir esta boca es mía, doblando las rodillas cual si de pronto estuviera muy cansado, y eso fue todo. Algo más tarde pudo establecerse que, al parecer, lo que pretendía Romero era sacar un cigarro habano que llevaba en el bolsillo interior de la chaqueta; pero para entonces Falcó y sus ayudantes —cuatro ex militares gringos a sueldo, como él, de Basil Zaharoff— ya se habían puesto a salvo con el cargamento al otro lado de la frontera. Aquella vez, en un hotelucho de El Paso donde terminó la noche con una mestiza de pechos interesantes, Falcó se despertó soñando que el tiro se lo pegaban a él. Muy desagradable, pero eso fue todo. Cuando al fin se durmió, lo hizo a pierna suelta. Y con aquel episodio aprendió una lección que iba a serle útil durante el resto de su vida: en la duda, madrugarle al otro. Mejor era un por si acaso que un quién lo hubiera pensado.

Villarrubia había dejado la puerta sin echar el pestillo, y eso hizo arrugar la nariz a Falcó. Descuidos de novato, sobre todo cuando no estabas seguro de si quien te seguía era amigo o enemigo, o las dos cosas a la vez. Entró y cerró bien detrás de sí.

El piso franco era una casa moderna con ventanas al bulevar. Sólo tenía los muebles imprescindibles, lo que no decía mucho a favor de la generosidad con que Lisardo Queralt se ocupaba del confort de sus agentes. Villarrubia había instalado el equipo de radio en el comedor, con el cable de la antena de lado a lado de la habitación, enganchado en la lámpara central. El transmisor-receptor estaba sobre la mesa, en una maleta abierta, con el manipulador Morse y los libros de claves y cuadernos de notas.

—¿Qué alcance tiene? —se interesó Falcó.

—Suficiente para que nos reciban en Tetuán. De allí lo rebotarán a Salamanca.

A la luz del día, en mangas de camisa y sin corbata, el operador de radio parecía aún más joven. Limpio, bien afeitado, peinado con la raya en medio. Pese al bigotillo trigueño, más estudiante que policía en activo. Falcó observó que tenía un hematoma violáceo en la parte posterior del cuello, donde lo había golpeado la noche anterior. Pero no aparentaba guardarle rencor por aquello. No demasiado, al menos. O lo justo. Lo miraba con una mezcla de curiosidad, reserva y respeto.

—¿A qué hora podemos transmitir? —quiso saber Falcó.

Consultó el otro su reloj de pulsera.

—En tres minutos.

Falcó le pasó el texto que traía cifrado en clave —lo había redactado usando como base el manual de derecho naval— y el joven le echó un vistazo minucioso. Grupos de letras y números.

—¿Complicado?

Villarrubia se permitió una sonrisa segura de sí. Profesional.

—En absoluto. Conozco el sistema de cifra C8... Es nuevo, como dijiste. Y es verdad que los rojos no lo tienen aún.

—He procurado que no haya grupos de más de diez letras.

—Mejor así.

Se había sentado el joven ante el manipulador, poniéndose los auriculares. Falcó observó que todo lo hacía con soltura, y comprendió que no lo habían engañado respecto al técnico que le enviaban. Parecía competente, pese a su juventud. Un buen operador de radio.

—Medio minuto —dijo Villarrubia.

Se había quitado el reloj de la muñeca para colocarlo a la vista, junto al manipulador. Falcó, de pie a su lado, lo miraba hacer.

—Ya —concluyó el joven.

Ti, ti-ti. Ti, ti-ti. Ti, ti, ti-ti... Punto, raya. Punto, raya. Punto, punto, raya. El sonido se fue prolongando en rápidas secuencias, a medida que Villarrubia pulsaba hábilmente el manipulador. Concentrado en su tarea, el joven seguía con un dedo los grupos cifrados, convirtiéndolos en signos telegráficos. Para él no eran más que letras agrupadas, sin sentido, que transmitía mecánicamente; pero Falcó sabía que cuando, reenviadas desde Tetuán, fuesen recibidas y descifradas por el Almirante —y también por la gente de Lisardo Queralt—, el mensaje estaría claro:

Fondos-recibidos-stop-Contacto-propio-positivo-stop-Contacto-contrario-máximo-nivel-previsto-hoy-noche-stop-Viajeros-hostiles-pueden-necesitar-café-stop-Informo-mañana-tiempo-uno.

—¿Es todo?

Villarrubia había levantado la cabeza, interrogante. Hizo Falcó un gesto afirmativo y el joven pulsó un punto, una raya y tres puntos antes de poner el conmutador en modo de recepción. Se tocaba los auriculares, atento a la señal. Falcó pudo oír, amortiguado, el repiqueteo de la respuesta; tres puntos, una raya, un punto y una raya. Fin de la transmisión. Tetuán no tenía mensaje para ellos.

—Es todo —dijo el operador.

Se había quitado los auriculares y miraba a Falcó como si esperase de él una calificación. Asintió éste de nuevo.

—Buen trabajo. Rápido y claro.

—Gracias.

—¿Dónde te adiestraron?

Dudó un momento el otro antes de responder.

—En Ceuta.

—¿Tienes allí la base, o estás destinado en Tetuán?

La duda se hizo más prolongada. Al cabo, el joven movió la cabeza.

—No puedo responder a eso. No estoy autorizado.

—Claro —Falcó se hizo cargo, comprensivo, mientras sacaba la pitillera—. ¿Te apetece uno?... Son ingleses.

—No fumo.

Sonó el chasquido del Parker Beacon.

—¿Cómo diablos se te ocurrió hacerte policía?

—¿Qué tiene eso de malo?

Falcó hizo una mueca divertida mientras expulsaba el humo.

—Depende de quién lleve la placa, y para qué la use.

El otro le dirigió una ojeada suspicaz.

—No creo que alguien como tú —dijo tras pensarlo un momento— pueda ir por ahí dando lecciones a nadie.

—¿Y cómo soy yo?

—Un espía... Eso es lo que eres.

—También tú, aquí, estos días.

—No es igual. Sé qué hacéis los del Grupo Lucero.

—Ah... ¿Y qué hacemos?

Villarrubia no respondió, aunque parecía tener ganas de añadir algo.

—¿Qué hacemos? —lo animó Falcó.

Torció el otro la boca con desagrado. Casi desafiante.

—Ya te dije anoche lo que algunos piensan de ti.

Se echó a reír Falcó.

—¿Un hijo de mala madre?

—Sí.

—No pretendo darte lecciones —aún sonreía, amistoso—. Sólo ocurre que no estoy acostumbrado a trabajar con un policía tan cerca... Por lo general, a los de tu oficio suelo tenerlos en el otro bando.

El joven pareció reflexionar sobre eso.

—Mi padre fue comisario —dijo tras un instante.

—¿Fue?

—Lo fusilaron los rojos, en Málaga.

—Lo siento.

—Era policía y era un buen hombre.

—Claro. Estoy seguro de eso.

Villarrubia se había puesto en pie y desconectaba los aparatos. Falcó le puso una mano en un hombro. Había llegado el momento de acariciarle el lomo, pensó. De vincular lealtad y reconocimientos. En materia de seguridad, confiaba más en convencer que en dar órdenes. Aquello no fallaba casi nunca, y le convenía tener al joven de su parte. En realidad, para atraerse afectos se manejaba bastante bien. Dominaba la técnica. Era una herramienta más, probada mil veces, utilísima en su turbio oficio.

—Eres bueno en tu trabajo, amigo; de lo mejor que he visto —dijo en tono casi solemne—. No me engañaron contigo... Realmente eres muy bueno.

Con gesto maquinal, el joven se frotó la nuca mientras dirigía a Falcó una sonrisa agradecida. Repentina y sincera. Le recordaba, confirmó éste, a un cachorrillo que acabase de recibir una caricia.

Eran las nueve y quince minutos de la noche.

El capitán Quirós parecía tan poco simpático como su barco: ancho, duro, chato, pequeño y compacto a la manera de un ladrillo. Vestía con pantalón de dril muy arrugado y chaqueta gris que le quedaba un poco estrecha al abotonarla en la cintura. Zapatos de lona blanca. El cráneo calvo y curtido por el sol se veía equilibrado por una barba entrecana y rojiza. Tenía pecas en la frente y el dorso de las manos, y sus ojos eran azules, de vikingo. Hablaba en raras ocasiones, y cuando lo hacía miraba a través de su interlocutor con aire distraído, como si se estuviese dirigiendo a alguien situado a espaldas de éste. Cada vez que Falcó hacía un comentario o aventuraba una pregunta, el capitán del *Mount Castle* tardaba un rato en responder, hasta el punto de que parecía no haber escuchado lo que se le decía.

—Posiblemente —dijo.

Falcó reprimió una mueca de impaciencia. Conversaban desde hacía diez minutos en una sala de estar de la casa de Moira Nikolaos —ella los dejó a solas apenas llegó Quirós—, y había comprobado que el uso de adverbios aislados era frecuente en su interlocutor, cual si cada uno fuese conclusión o inicio de un largo proceso de reflexión interna; de unas lentas ruedecillas que se habían puesto en marcha en su interior, o iban a hacerlo.

—Posiblemente —repitió Quirós, con una arruga en el entrecejo que parecía un hachazo, y Falcó sintió una oleada de inquietud suponiendo que iba a ser un hueso difícil de roer. Lo había visto llegar por la escalera que ascendía desde el pie de la muralla, balanceándose al caminar como si no confiara en la sospechosa estabilidad de la tierra firme y de un momento a otro esperase el bandazo traidor que le hiciera perder el equilibrio.

—Va a ser una guerra larga y desagradable —insistió Falcó, ofreciéndole un cigarrillo—. Y la República acabará destrozada, tanto en los frentes de batalla como por sus contradicciones internas.

El capitán Quirós miraba, impasible, algún punto situado tras la nuca de Falcó.

—Puede que sí —murmuró— y puede que no.

Había cogido, al fin, un Players de la pitillera que le mostraba abierta. No uno al azar, sino el fruto exacto, o esa impresión daba, de una elección que al menos le había llevado cinco segundos. Después se echó hacia atrás en el asiento —una butaca de cuero repujado— y lo encendió con su propia caja de fósforos.

—Su barco es como la República —remachó Falcó—. No tiene ninguna posibilidad.

—Eso no es asunto mío.

Falcó no ocultó su asombro.

—¿Se refiere al barco?

—Me refiero a las posibilidades de la República.

—Pero usted navega para ella... La sirve.

—Evidentemente.

Estudió Falcó a su interlocutor con renovado interés, como si una lucecita parpadease de pronto en un bosque oscuro. Así que era eso, pensó. O podía ser. En el vuelo de Sevilla a Tetuán había leído la biografía del capitán Quirós elaborada por el departamento de información del SNIO. Aunque abanderado en Panamá, el *Mount Castle* pertenecía a la naviera asturiana Noreña y Cía, y Quirós había embarcado como grumete en esa compañía siendo un chiquillo. Desde que obtuvo su primer mando —un petrolero torpedeado por un submarino alemán durante la Gran Guerra—, su trabajo consistía en que todo transcurriese a satisfacción del armador: ir de un puerto a otro transportando carga, plátanos de Canarias o mineral de hierro, armas para la República o lingotes de oro para Rusia. Lo mismo según los reglamentos marítimos internacionales, en tiempo de paz, que burlando bloqueos en tiempos de guerra. Nada hablador, poco imaginativo, quizá también poco inteligente para asuntos ajenos a la navegación, Quirós no se hacía preguntas ni buscaba respuestas, limitándose a cumplir con su rutina profesional: su deber. Nada era sin su barco, y el barco pertenecía al armador. Todo debía de resultarle de una confortable simplicidad.

—Ese destructor nacional los destrozará apenas abandonen el puerto... Nadie va a socorrerlos. Y no les permitirán seguir amarrados aquí.

El otro miraba las espirales de humo del cigarrillo cual si comprobase si microscópicos fogoneros y engrasadores, allí dentro, estuvieran haciendo bien su trabajo.

—Por supuesto —dijo, neutro.

—Usted y sus hombres están sentenciados si se hacen a la mar.

Quirós dio una chupada al pitillo y, tras un largo instante, sus ojos se alzaron hasta Falcó. Su azul parecía decolorado por el sol y el viento, enmarcado entre cercos de profundas arrugas. Aquellos ojos habían contemplado durante cuarenta y seis años el mar desde la cubierta o el puente de mando de un buque.

—Por supuesto —repitió, y las dos palabras salieron envueltas en una bocanada de humo.

Dicho eso guardó silencio un momento, otra vez fruncido el ceño. Parecía estar obligando a trabajar a su imaginación.

—Ciertamente —añadió al fin, como si temiera no haber sido lo bastante explícito.

Se había inclinado un poco hacia la mesa baja, moruna, donde antes de dejarlos solos Moira Nikolaos había depositado un caneco de ginebra holandesa, un cenicero, dos vasos vacíos y dos vasos de té con hierbabuena.

—Habrá que ir —comentó con sencillez.

—¿A la muerte?

Apenas dicho eso, Falcó se arrepintió. Sonaba melodramático. Pero el otro no pareció reparar en ello. Se limitaba a mirarlo sin curiosidad ni censura. Un silencio estólido, forjado en temporales, naufragios y rutas inciertas.

—¿No contempla usted la posibilidad de rendirse cuando se les acerque el *Martín Álvarez*?

Seguía mirándolo Quirós, ahora con una expresión de moderada sorpresa, quizá genuina.

—Pues claro que sí, que lo hago —se detuvo, estudió de nuevo el cigarrillo, movió los anchos hombros—. He pensado en todas las posibilidades.

—¿Y ha decidido qué hacer?

Había alargado el marino la mano derecha hacia el vaso de té, llevándoselo a los labios. Los mojó apenas, antes de colocarlo de nuevo sobre la mesa. Falcó se quedó esperando a que dijera algo, pero no lo hizo. Durante un momento, Quirós fumó en silencio. Al cabo apagó el cigarrillo aplastándolo en el cenicero y bebió un sorbo de té más prolongado. Eso fue todo.

—Sabemos lo de su familia —dijo Falcó, arriesgándose un poco.

Quirós se limitó a acusar recibo con un parpadeo. Una sola vez. Aún tenía el vaso de té entre los dedos.

—Creo que están bien —comentó al fin.

—Sí. En Luarca. Zona nacional... Su mujer y sus dos hijas.

Falcó había repasado los nombres en el informe del SNIO: Luisa Munárriz, cuarenta y dos años. Las niñas, Ana y Sofía, de catorce y de doce. Nadie las había molestado hasta entonces, o no demasiado. La mujer, maestra de escuela antes de la guerra, había perdido su trabajo y fregaba suelos en un pequeño hotel. Seguían viviendo en la casa familiar, frente al mar. Un pariente vinculado a Falange las había protegido hasta cierto punto.

—Hay una posibilidad que puede interesarle —dijo.

Inexpresivo, el otro miraba su vaso. Falcó llegó a pensar que no lo había oído.

—Una posibilidad —insistió—. Estoy autorizado para hacerle una oferta. Familiar y económica.

Quirós alzó despacio la cabeza. Ahora miraba con desconfiada atención, cual si acabara de ver un feo nubarrón a barlovento. Pero Falcó no cometió ese error. Conocía a los seres humanos.

—Tranquilícese. No hay segunda intención cuando hablo de su familia —adelantó la sonrisa justa—. No habrá represalias con ellas, haga usted lo que haga.

—Represalias.

Quirós lo había repetido como si estuviese leyendo la marca de algo en un anuncio publicitario. Falcó ensanchó un poco más el gesto, sin excederse.

—Olvide esa palabra. Bórrela. Se le puede garantizar un reencuentro con su mujer y sus hijas. Donde guste. Lo mismo en la España nacional que en otro lugar de su elección.

—¿Qué clase de lugar?

—No sé. Eso sería cosa suya... Francia, México. Ellas podrían viajar con libertad, en caso necesario. Se las proveerá de pasaporte.

Siguió otro largo silencio.

—Hace un momento mencionó una oferta doble —dijo Quirós.

—Así es. Familiar, dije, y económica. Dispongo de fondos... Ahora mismo, en mano, medio millón de pesetas nacionales. Millón y medio si lo convierte en pesetas republicanas.

—A cambio del *Mount Castle,* supongo.

—Supone bien.

Se rascó Quirós la barba con exasperante parsimonia.

—Y sobre todo de su carga —concluyó.

No estimó Falcó necesario responder a eso. Se limitaba a mirar al marino, esperando que las ruedecillas siguieran girando. Que todo hiciera su efecto.

—Pero no estoy solo en mi barco —dijo bruscamente Quirós.

Había algo especial en el modo en que había dicho *mi* barco, y Falcó comprendió que se refería a un territorio ajeno a la jurisdicción terrestre. Era obvio que no se trataba de orgullo o vanidad, sino de simple enunciación de un hecho objetivo: el *Mount Castle* era *su* barco; el de Fernando Quirós, capitán de la marina mercante, único amo a bordo después de Dios. Y ahora, laica como era, la República simplificaba ese escalafón.

—¿Qué pasará si mis hombres no están de acuerdo?

—Podríamos ayudarle a neutralizarlos.

—¿Podrían?... ¿En plural?

—No estoy solo en Tánger, como puede imaginar. Y en el muelle, pegado a ustedes, tenemos el *Martín Álvarez* —se detuvo un momento para dejar que el recuerdo del destructor y sus cañones lo permease todo—. Quizá le fuera útil una conversación con su comandante... Es un marino serio. Asturiano, como usted.

—Como yo —repitió Quirós.

—Eso es.

—Un marino serio.

—Sí.

—¿Cuánto de serio?

—Lo bastante para hundirle el barco en cuanto salga del puerto... Lo bastante para explicárselo antes, si usted acepta escuchar.

El otro miraba su vaso de té, donde sólo quedaban las hojas húmedas de hierbabuena.

—Probablemente —murmuró al fin.

Había alargado una mano hacia el caneco de ginebra. Era una Bols con el precinto intacto. Lo rompió, quitó el tapón y vertió tres dedos en el vaso vacío que tenía más cerca, ignorando el de Falcó.

—No todos los que llevo a bordo son tripulantes —comentó.

Sonreía Falcó con precaución. Terreno delicado. Más que una sonrisa, el gesto era un modo amable de asentir.

—Lo sé, estamos al corriente... Dos hombres y una mujer: un comisario de la flota republicana llamado Trejo y dos agentes extranjeros, comunistas. Se hacen llamar Garrison y Luisa Gómez.

Si a Quirós lo impresionaba la eficacia del espionaje enemigo, no dio señal alguna. Seguía mirando a Falcó, o detrás de él, con inexpresiva fijeza.

—¿A ésos también —dudó un momento, como si buscara el término— pretende convencerlos?

—También. Soy un hombre persuasivo.

El otro se llevó el vaso a la boca y bebió un buen sorbo.

—Seguramente.

Lo dijo con aquella pétrea neutralidad con que parecía decirlo todo. Falcó se inclinó a coger el caneco y puso un dedo de ginebra en su propio vaso.

—¿Quiere contarme algo sobre esos dos individuos y la mujer?

—No —los ojos inexpresivos del marino aparentaban mirar a Falcó—. Pero pasean mucho por la ciudad... Si le interesan, puede dirigirse directamente a ellos.

Falcó decidió soslayar esa parte del asunto.

—¿Cuánto tiempo necesita para tomar una decisión, capitán?

—No sabría decirle.

—Pues no es tiempo lo que sobra. Pese a los esfuerzos de su cónsul, el Comité de Control está siendo presionado por mi gente. Dudo que amplíen el plazo de asilo.

—Yo también lo dudo —admitió Quirós.

—¿Cree, entonces, que entrevistarse con el comandante del destructor sería conveniente?

Con esfuerzo casi visible, los ojos azules enfocaron de nuevo a Falcó.

—Tal vez.

—Puedo organizarlo para mañana, aquí mismo.

Quirós parecía reflexionar sobre eso.

—Por la mañana tengo que ir con el cónsul a hacer gestiones —dijo—. Después debo ocuparme de unos suministros para mi barco.

Pocos te van a hacer falta, pensó Falcó. Entre soltar amarras, si lo haces, y los primeros cañonazos apenas transcurrirá una hora. Cañonazos, burbujas y fin de la fiesta. Suministros para ir con más lastre al fondo del mar.

—Por la tarde, entonces —dijo—. A última hora. ¿Le parece bien?

Lo pensó el otro un poco más, antes de asentir. Se había puesto en pie. Falcó hizo lo mismo, extendida la diestra. Tras una breve vacilación, Quirós acabó por estrechársela. Un apretón firme, fuerte. Mano corta de uñas romas y anchas. Un puñetazo de esa mano, pensó Falcó, tumbaría a un caballo.

Caminaron juntos en silencio por el pasillo, hasta la escalera secreta. Después, el capitán se fue sin despegar los labios y desapareció en las sombras. Cuando Falcó cerró la puerta y desanduvo camino hasta la sala de estar, Moira Nikolaos estaba allí, sentada en la butaca donde había estado Quirós, fumando un cigarrillo.

—¿Cómo ha ido todo? —se interesó ella.

Falcó se encogió de hombros.

—No lo sé —dijo, preocupado—. La verdad es que no lo sé.

Caminó medina abajo por la calle de los Cristianos, atento a si el sonido de sus pasos precedía al de alguien que lo siguiera, pero no escuchó nada inquietante. El tramo alto estaba desierto y a oscuras, aunque a medida que se acercaba al Zoco Chico encontró encendidas algunas luces. Varios bacalitos y cafetines seguían abiertos, y en la puerta de una covacha de zapatero charlaban dos hombres en lengua hebrea. Se detuvo un momento a consultar la hora a la luz de una tienda y siguió su camino.

En tres ocasiones se volvió a mirar a su espalda, sin ver a nadie.

Sentía, como de costumbre, el tranquilizador peso de la pistola en la cintura. Sabía que descubrir sus cartas con el capitán del *Mount Castle* acababa de convertirlo, automáticamente, en objetivo probable para el otro bando; así que a partir de ese momento tendría que andar con más cuidado. La seguridad de cualquier agente disminuía en proporción directa al tiempo de exposición a que se veía sometido. Y él sabía que la mejor manera de sobrevivir en ambientes peligrosos era comportarse como un blanco móvil, y no fijo. Una vez te has hecho notar, si te paras mucho rato estás muerto, solía decir su instructor rumano en Tirgo Mures. Así que recuerda el viejo principio: mira, pica y vete. Ya sabes. El código del escorpión. En aquel turbio oficio de cazadores y presas, donde con tanta facilidad podían invertirse los papeles, la confianza excesiva, la aparente seguridad, el no mirar a la espalda o no acechar siempre el sonido de pasos enemigos mataban con tanta eficacia como el veneno, la bala o el puñal. Precedían el camino sin regreso.

Desde un portal oscuro, una mujer vestida a la europea le chascó la lengua.

—Un *coup* por ocho francos —dijo en español.

Sonrió Falcó, distraído.

—Otro día.

—Tú te lo pierdes.

—Lo sé.

Necesitaba pensar. Necesitaba tomar tranquilo una copa; y, con ella en la mano, reflexionar sobre la conversación mantenida con el capitán Quirós, aquel sujeto singular, compacto, duro y lacónico. Interpretar sus palabras y silencios. Sopesar los pros y los contras del punto en que todo se hallaba.

162

Tenía eso en la cabeza cuando pasó ante un zaguán abierto, con un farol rojo en el dintel. La Hamruch, podía leerse allí en grandes letras. Olía a zotal. Un moro enorme como un armario, vestido a la europea con aspecto de apache parisién, estaba en la puerta, charlando con un legionario francés.

—Chicas lindas, buena música —le dijo el moro a Falcó en rutinario inglés, sonriendo hasta las patillas.

—¿Y cómo andamos de alcohol y otros venenos?

El legionario le guiñó un ojo, cómplice. Facciones duras. Bajo el quepis blanco era rubio y con la cara picada de viruela. Galones de caporal en la guerrera caqui. Tenía los ojos brillantes y la sonrisa ancha de los fumadores de kif.

—Los mejores de Tánger —apuntó en francés, con fuerte acento alemán.

—Es imposible —respondió Falcó en español, deteniéndose— dudar de vuestra palabra.

El cabaret de la Hamruch era amplio, concurrido y ruidoso. Estaba adornado a base de conchas marinas y arabescos de escayola pintada, y alumbrado por bombillas desnudas que colgaban de cables eléctricos en torno a dos ventiladores que giraban inútilmente en el techo. Era uno de esos antros tangerinos donde podía encontrarse de todo: licor, mujeres, jovencitos y, sin duda, también un pasaporte falso o un desembarco nocturno ilegal en cualquier playa escondida del Estrecho.

Se abanicó Falcó con el sombrero. Hacía calor. Entre vapor de café turco y humo de tabaco mezclado con kif, tan denso que casi podía removerse agitando una mano, dos muchachas moras y una europea, con muy poca ropa encima, bailaban en una pequeña pista central, a los compases de una orquesta apiñada sobre una tarima.

Había una veintena de mesas situadas en anfiteatro y una barra de bar americano: gente en las mesas y en la barra, de variada raza y condición. Casi todas las mujeres, advirtió con una ojeada rápida y experta, eran profesionales. Putas de nivel entre medio y bajo. Así que, rechazando con un movimiento de cabeza a una rubia teñida que apenas entró le salió al paso, y tras sacarse la billetera del bolsillo interior de la chaqueta e introducirla en un bolsillo del pantalón —vieja precaución táctica—, fue a situarse a un extremo de la barra.

—¿Whisky, señor?

El camarero, moro hasta las cachas, sonreía con pinta de rufián. Se parecía mucho al apache de la puerta, y Falcó se preguntó si serían hermanos.

—Sin hielo.

En lugares como aquél, el hielo era la forma más segura de coger un cólico miserere. De ahí para arriba. Probó el matarratas que el camarero vertió en su vaso desde una botella etiquetada como Four Roses y arrugó el gesto mientras aquello se le deslizaba garganta abajo. Los mejores alcoholes de Tánger, habían dicho el apache y el legionario. Hijos de la gran puta.

—Una cerveza —pidió al recobrar el habla—. Sin vaso, en botella.

—Claro, señor.

El camarero le puso delante una Kingsbury americana recién abierta. La etiqueta marrón venía casi despegada por la humedad de la heladera, pero la botella sólo estaba tibia. Resignado, Falcó se la llevó a la boca, bebiendo directamente del gollete. Hizo una pausa y volvió a beber, satisfecho. Era una buena cerveza.

Volviéndose, recostado en la barra y con la botella en la mano, miró a las mujeres que bailaban. Eran jóvenes y sinuosas: caftanes cortos escotados y con lo mínimo debajo, pulseras, ajorcas y pendientes de plata. Tres tintineos procaces al compás de la música. Las jaleaban algunos clientes que les metían billetes arrugados en el escote mientras ellas movían las caderas remedando una torpe cópula. Algunos de esos billetes caían al suelo y eran pisoteados por sus pies descalzos. Sudaban los clientes y sudaban ellas, muslos y escotes barnizados con reflejos de las bombillas desnudas en la carne.

—*Ça va, mon ami?*

El legionario de la puerta había venido a situarse junto a la barra, a su lado.

—¿No *femmes?* —añadió, amistoso—. ¿Tú solo?

Asintió Falcó.

—Ya lo ves... Aquí estoy, a solas con mis recuerdos.

El otro le miraba la botella de cerveza con gesto interrogativo. Debía de andar con los bolsillos vacíos, así que Falcó hizo una seña al camarero para que le sirviera otra a él.

—*Er ist ein richtiger Gentleman.*

Falcó sonrió. No era usual que lo definieran como un perfecto caballero. Y menos un caporal alemán de la Legión Extranjera.

—*Danke* —respondió, dando un taconazo guasón.

—*Est-ce-que vous parlez allemand?*

—*Ja.*

El legionario trasegó media cerveza de un solo trago.

—*Un fiston sympathique, toi* —eructó, satisfecho—. *Sympathisch.*

Después de eso, el legionario lo dejó en paz. A un lado de la pista, Falcó reconoció al grupo de marinos nacionales uniformados que había visto la noche anterior en el Zoco Chico. Eran más o menos los mismos, y le fue fácil recordar al suboficial veterano con el distintivo de artillero en el brazo. Estaban sentados ocupando dos mesas juntas. Todos fumaban y bebían, con aspecto de estar metidos en juerga. De vez en cuando dirigían ojeadas provocadoras o irritadas al otro lado de la pista y las bailarinas, donde Falcó vio a varios tripulantes del *Mount Castle,* identificándolos gracias a que entre ellos estaba sentado el contramaestre de piel bronceada y pelo crespo al que había oído llamar Negus. Unos y otros parecían pasados de copas y de ganas. Se miraban con malas caras; y Falcó, experimentado en lances donde el alcohol y las mujeres empeoraban las cosas, barruntó problemas.

—Rojos cabrones —oyó mascullar a uno de los uniformados cuando éste pasó cerca de la barra, camino de los urinarios.

Se retiraron las bailarinas y la orquesta atacó una infame sucesión de foxes, tangos y pasodobles. El trompetista era el único diestro en su oficio, y Falcó estuvo un rato pendiente de él, pues conocía un poco la trompeta. La había practicado en su juventud, en Jerez, en casa de un amigo aficionado a la música que proyectaba crear una *jazz-band.* Todo se había acabado cuando Falcó preñó a la sirvienta de la casa del amigo: viaje de la muchacha a su pueblo, escándalo familiar y fin de la orquesta. Falcó no recordaba el nombre de la sirvienta, pero cada vez que escuchaba una trompeta rememoraba su propia ingenuidad prebélica ante el primer contacto con una piel morena y unos muslos tersos en torno a un triángulo de vello púbico. Eso y dos frases: una previa, qué locura vamos a hacer, y otra posterior: júrame que me querrás siempre.

Continuaban la música y el baile. Salían a la pista mujeres y clientes, entre ellos algunos españoles de ambos grupos. La pista era pequeña y bailaban apiñados, rozándose unos con otros. Aquello hizo subir aún más la tensión, y Falcó observó que el suboficial artillero y el contramaestre del *Mount Castle* se miraban uno al otro, casi desafiantes.

—Marxistas hijos de puta —volvió a murmurar el marinero que regresaba de orinar, arrojando con suma precisión un gargajo a una escupidera.

Se va a liar, pensó Falcó. Tan seguro como que me quedé sin abuela. Y no en el mar. Esta noche lleva todas las papeletas de la rifa. Aquello echaba chispas, o iba a echarlas; así que pidió otras dos cervezas para él y el legionario —éste le dio las gracias efusivamente— y se recostó más en el mostrador, dispuesto a no perderse el espectáculo. Intentaba calcular sus consecuencias. Lo que un incidente prematuro entre nacionales y republicanos podía significar para su misión.

—*Ah, merde* —dijo el legionario, mirando hacia la puerta.

Miró Falcó también, interesado. En ese momento entraba en el local un grupo numeroso de marinos ingleses, uniformados y con la cinta *HMS Boreas* en la gorra. Pertenecían a la dotación del destructor británico fondeado en la bahía. Rubicundos, tatuados, grandes y ruidosos, llegaban con ganas de juerga; y era evidente que habían hecho varias paradas en otros bares y cabarets. Fueron a situarse en la barra, y allí se les arrimaron las dos únicas mujeres que quedaban libres, una mora y la europea rubia que antes se había acercado a Falcó. Los recién llegados las acogieron con alboroto, pidieron bebida y empezaron a sobarlas. Después, dos de ellos las sacaron a la pista, entre las parejas, bailando con las manos en las caderas y chorreando sudor. Uno, ancho y rubio, llevaba demasiado alcohol encima y bailaba dando torpes bandazos, molestando a todos. Al segundo o tercer empujón, uno de los marineros republicanos españoles se volvió hacia él, irritado. Falcó no llegó a oír lo que se decían, pero vio perfectamente cómo el inglés alzaba un puño y le asestaba al otro un golpe en la cara.

—*Kolossal* —comentó complacido el legionario.

No fue hasta más tarde, después de que todo acabara, cuando Falcó reconstruyó el orden de los acontecimientos, que se sucedieron con violenta rapidez.

Al puñetazo del inglés al marinero republicano habían reaccionado los compañeros de éste como disparados por un resorte: los otros que bailaban dejaron a sus parejas para arrojarse sobre el agresor, que a su vez fue socorrido por los ingleses que estaban en la barra. Eso hizo que el Negus y los demás abandonaran sus mesas y acudieran a defender a los suyos, mientras las mujeres gritaban y los hombres ajenos al asunto procuraban quitarse de en medio. Volaron botellas y sillas por la pista, que había pasado de lugar de baile a campo de batalla. A la embriaguez agresiva, al mal vino, los ingleses unían su habitual desdeñosa suficiencia: golpeaban a mansalva, brutales, sin contemplaciones, a los españoles renegridos, duros, atravesados y tenaces, que atacaban ciegos de furia entre insultos y blasfemias, buscando el cuerpo a cuerpo de manera casi suicida.

Pero los anglosajones eran más robustos y numerosos. El tal Negus recibió un puñetazo que lo puso de rodillas, y otro de sus hombres cayó al suelo después de que le rompieran una botella en la cabeza. Seguros de su superioridad, los ingleses se animaban unos a otros, disfrutando de la bronca.

—*Fucking Spaniards!... Let's smash these stupid Dagos!*

En torno a la pista, clientes y putas hacían corro para mirar, dejando espacio. Interesado, flemático, Falcó pidió otras dos cervezas al camarero, ofreció un cigarrillo al legionario y encendió otro, atento al espectáculo. Mientras dedicaba un vistazo a comprobar cómo se tomaban los marineros nacionales el asunto, observó que éstos seguían en sus mesas, que se miraban entre ellos, incómodos, y que algunos hablaban con viveza al suboficial artillero. Movió éste la cabeza con ademán negativo y siguió contemplando impasible la pelea. Fue entonces cuando su mirada se cruzó con la del contramaestre del *Mount Castle*, que se levantaba con dificultad, tambaleante aún, para incorporarse de nuevo a la refriega. A Falcó no le pasó inadvertido el gesto de censura, el mudo reproche que el marino republicano dirigió a su compatriota y enemigo, antes de ponerse del todo en pie y abalanzarse contra el inglés más próximo.

—*Filthy Spaniards!* —voceaban ahora los británicos.

Sucios españoles. Aquello sonó alto y claro en mitad de la trifulca. Entonces el suboficial que estaba sentado, que tal vez entendía el inglés, dijo a los suyos algo que Falcó no alcanzó a oír. Lo hizo moviendo la cabeza dos veces, esta vez de modo afirmativo. Era el suyo un gesto resignado, fatalista, cual si de pronto el marino acabara de descubrir que no le quedaba otra opción que hacer lo que se disponía a hacer. Cuando se puso en pie, casi con desgana, pareció emitir un hondo suspiro. Después agarró por el gollete una de las botellas, la rompió en el borde de la mesa, y seguido por sus hombres se lanzó contra los ingleses.

Los vio Falcó en la calle más tarde; cuando, después del interrogatorio y las reconvenciones de rigor, les permitió irse la policía. Habían llegado los gendarmes con sus feces rojos y las porras en alto, dando toques de silbato, y les llevó un buen rato apaciguar el tumulto.

El oficial al mando, un teniente francés, parecía familiarizado con esa clase de incidentes. Todo se zanjó con la anotación de los nombres de los implicados, ingleses incluidos, la orden de regresar inmediatamente a los barcos y la llamada al servicio médico de urgencias para atender a los heridos. Éstos no eran muchos: un descalabrado en el bando español —el que recibió el botellazo en la cabeza— y varios contusos de diversa consideración, nacionales y republicanos, aunque todos podían tenerse en pie. Por parte de los británicos, la superioridad conjunta de sus adversarios se había impuesto al fin: dos heridos de navaja, uno con la cara desgarrada por un casco de botella —se le salía la lengua por una mejilla cuando se lo llevaron— y varias fracturas de maxilar y lesiones diversas.

Victoria española, en fin, por puntos, pensó Falcó. De sutura.

Los ingleses se habían marchado ya. Los marinos nacionales y republicanos se iban congregando en la calle, mezclados todavía entre sí, ante la mirada severa de los gendarmes y la curiosidad de los noctámbulos que andaban cerca. Falcó había salido tras ellos y los observaba desde un cafetín moruno.

Formaban un conjunto curioso. Se agrupaban con la cabeza baja, mostrando en la cara y los puños las huellas de la reciente pelea, e incluso alguno iba sostenido por sus compañeros. En ese momento estaban mezclados, uniformados del *Martín Álvarez* y marineros en ropa civil del *Mount Castle*. Algunos comentaban entre ellos las incidencias de la pelea. El Negus y el suboficial artillero estaban próximos, dirigiendo cada uno, primero, una ojeada a su propia gente a modo de pasar revista, luego a la del otro, y al fin, como escolares que acabaran de pelear en el patio del colegio y a los que se forzara a hacer las paces, mirándose entre ellos. Ya no había en sus rostros hostilidad, observó Falcó, sino curiosidad. Una especie de mudo y tranquilo reconocimiento. Se miraban estudiándose como si se vieran por primera vez y pretendieran recordarse en el futuro.

Entonces salió del cabaret el oficial francés, un veterano de bigotes grises que se dirigió a todos en tono severo, recordándoles que quien no estuviera quince minutos después a bordo de su barco pasaría la noche en prisión. Hizo sonar su silbato, se oyeron un par de órdenes en voz alta, y los marinos fueron separándose unos de otros, republicanos a un lado y nacionales al otro. Lo hicieron con desgana, advirtió Falcó. Casi a su pesar. Muchos sonreían, desaparecida la hosquedad, y algunos hasta se estrecharon la mano antes de apartarse con los suyos.

El Negus y el suboficial cambiaron una última mirada. No se habían dicho ni una palabra. El primero inclinó un poco la cabeza, con un apunte súbito de sonrisa en la boca, y el otro asintió a su vez. Después, tomando cada grupo una calle distinta, todos regresaron a sus barcos.

El legionario había salido a la calle, y al ver a Falcó en la puerta del cafetín vino hasta él. Llevaba la guerrera desabrochada, el quepis echado hacia atrás y las manos en los bolsillos del pantalón. Al llegar a su lado se giró a mirar a los marinos que desaparecían calle abajo.

—*Überraschend* —comentó—. *Voilà des mecs bizarres, nicht whar?*... Extraños españoles.

7. Los dos capitanes

Había amanecido nuboso, con llovizna. Las gaviotas planeaban con desgana sobre la rada de Tánger convertida en semicírculo plomizo, con las siluetas de los barcos veladas por una bruma gris.

Cerca de Lorenzo Falcó, la resaca sonaba en la orilla. Estaba apoyado en uno de los bancos del paseo marítimo, más allá de las palmeras y a un centenar de pasos del hotel Majestic. Bajo el paseo asfaltado, a poca distancia, un perro escarbaba en la arena mojada de la orilla. Falcó lo vio retroceder ante el vaivén del agua y quedarse mirándolo con sus ojos grandes y tristes. Era un chucho feo, flaco, orejas gachas y pelo erizado por la humedad. Un vagabundo que aquella mañana había decidido buscar compañía.

—Lárgate —le dijo sin rudeza.

El perro seguía a Falcó desde que salió éste del hotel, media hora antes. Había pasado una mala noche, sin conciliar bien el sueño, con un fuerte dolor de cabeza que dos cafiaspirinas no lograron disipar. Con la primera luz del alba se había vestido, puesto la trinchera y salido a la calle para dejar atrás el puerto y caminar despacio por la avenida que bordeaba la playa. Sin sombrero, pues el panamá no servía de nada con aquella lluvia. El paseo le iba bien para aliviar el dolor. Y para pensar. Quizá por eso

173

había acabado, sin proponérselo, ante el Majestic. Con el perro detrás.

—Lárgate —insistió.

El animal hizo lo contrario. Subió hasta el paseo con un trotecillo corto, la lengua fuera, queriendo frotarse el flanco contra una pernera del pantalón de Falcó. Dudó éste un momento, y después bajó una mano hasta apoyársela en la cabeza, entre las orejas, sintiendo el calor húmedo del animal, que levantó el hocico para darle un lametón agradecido.

—No te gustan las órdenes, ¿verdad?... Espero que no seas uno de esos malditos chuchos anarquistas.

El perro se limitó a mover el rabo, sin despejar la incógnita. Entonces Falcó se levantó un poco más el cuello de la gabardina y miró en dirección a la fachada de tres plantas del Majestic. Hacia las ventanas de las habitaciones.

No le agradaba sentirse así. Como en aquel momento. Quizá la palabra exacta no fuera turbación, pero se aproximaba. Eva Neretva, alias Eva Rengel, alias Luisa Gómez, alias Dios sabía qué. El recuerdo de una carne y unos susurros en la penumbra, y después ese mismo cuerpo de mujer desnudo y torturado, atado al somier de una cama. Eso conservaba de ella. Compasiones y extrañas lealtades, sexo revuelto con ternura y ausencia de mañana. Sentimientos, en fin.

Sin embargo, a Falcó le disgustaba que el frío mecanismo que solía gobernar sus actos y pensamientos, la seca —cínica, precisaba el Almirante— ecuanimidad con que encaraba los sucesos gratos y los sombríos, se contaminaran con emociones insolubles. Cuanto no podía meditarse en compañía de un cigarrillo, una copa o unos miligramos de ácido acetilsalicílico combinado con cafeína, resultaba incómodo; un lastre innecesario, incluso peligroso, en el paisaje incierto de su vida. Y en cuanto a ésta, sólo disponía de una. En determinada clase de batalla, sólo los mártires iban al cielo; y él, aunque tal vez un día, trocados los papeles, acabase torturado como una bestia, aullando de dolor si no era rápido con el cianuro o cualquier otro atajo eficaz, nunca sería un mártir. Ni de lejos.

Lo suyo era el juego considerado como fin, no como medio. Sin premio al terminar. Cierta clase de paraísos reservados a los héroes estaban vetados para él.

—Vete, Bakunin.

Con las manos en los bolsillos, sintiendo gotearle la llovizna por el pelo y el rostro, se alejó en dirección a la ciudad europea a través de la explanada cubierta de matojos y escombros. El perro se quedó quieto un instante y después lo siguió, pegándosele a los talones.

—Que te vayas, te digo.

Esta vez el animal bajó las orejas y se mantuvo algo más alejado. A media explanada, Falcó se detuvo y el chucho lo imitó, sentado a tres o cuatro metros, con el rabo batiendo tristemente el suelo.

Agachándose, Falcó cogió una piedra y se incorporó despacio, mirando al animal. En ese momento le recordaba demasiado a sí mismo, solitario y mojado, con aquellos grandes ojos melancólicos y la lengua colgando entre los colmillos, agitada por la respiración.

—Lo siento, camarada.

Le tiró la piedra y caminó una veintena de pasos. Cuando se volvió a mirar, el perro estaba lejos, observándolo.

Más allá, bajo el cielo oscuro, los mástiles de los veleros del club náutico se distinguían en la atmósfera brumosa, junto a los tinglados y grúas del puerto. Yates de lujo, pensó Falcó. Inofensivos y estériles, distintos de los grises buques de guerra o los sucios cargueros que desafiaban el mar y a los hombres en favor de una causa cualquiera, e iban al encuentro de su destino entre temporales o cañonazos. El *Martín Álvarez* y el *Mount Castle*, cazador y presa, eran barcos honrados, cumplían su deber. Nada tenían que ver con esos caprichos estilizados, blancos y pulidos, que sólo se aventuraban en mar abierto bajo el cielo azul y con razonable seguridad. A Falcó le habría divertido verlos desaparecer en ese momento, engullidos por una ola gigante que astillase caoba y teca contra el hormigón del muelle. Algún día cercano, concluyó con sonrisa feroz, los hombres suplirían con sus manos la timidez de la naturaleza. Sí. En realidad llevaban cierto tiempo ocupados en ello.

Hoy podría matar sin reparos a un ser humano, pensó mientras se alejaba. Y lo haría sólo por eso. Por desahogo. Por el alivio de matar.

Antón Rexach lo estaba esperando en su oficina, situada frente al hotel Minzah. De camino, Falcó se detuvo en una sombrerería de la rue du Statut a comprar un Stetson de fieltro impermeable, de color gris, en cuya badana, mientras caminaba dándole un poco de forma usada entre las manos, introdujo la hoja de afeitar Gillette que llevaba en un bolsillo. Después, tras mirar a un lado y otro de la calle reluciente de lluvia y esquivar un solitario automóvil que circulaba despacio, penetró en el edificio.

Fue el propio Rexach quien abrió la puerta. Estaba solo. El despacho, amueblado con una mesa vieja, un par de sillas y varios archivadores, olía a cerrado. A colillas rancias de cigarro. Falcó entró sacudiéndose el agua de la gabardina sobre el linóleo. En la pared había una foto aérea de Tánger, un calendario de la Trasmediterránea y un reloj suizo de cuco. Rexach le ofreció una silla y fue a situar sus ciento y pico kilos al otro lado de la mesa.

—Los rojos han conseguido dos días más —dijo.

—¿Ya es seguro? —se sorprendió Falcó.

—Acaba de decírmelo Fragela de Soto, nuestro cónsul. Los otros se han movido bien.

—¿El pretexto?

—Reparar la avería de una turbina de baja presión. De todas formas, el Comité de Control subraya que ese plazo es improrrogable. Es todo cuanto están dispuestos a conceder.

—Aún nos quedan cuatro días, entonces.

—Eso es. El sábado a las ocho de la mañana el *Mount Castle* deberá abandonar el puerto... De lo contrario será internado. Con su carga.

Falcó pensaba en ello.

—No nos viene mal. Deja mayor margen para actuar.

—Nuestro cónsul estuvo bien —opinó Rexach—. Apoyándose en la legislación marítima internacional, ha conseguido que aquí consideren el barco un buque de guerra.

—¿Aunque sea mercante?

El otro sonrió, zorruno.

—Va armado con un cañón. Y no sólo eso: al navegar por cuenta de la República y llevar un cargamento oficial, se inscribe como beligerante. Así que se le aplica la legislación naval francesa, según la cual un buque de guerra no puede estar más de dos semanas en puerto neutral.

—Es una buena noticia, entonces.

—Claro que lo es —Rexach se había inclinado sobre la mesa para acercar un fósforo encendido al cigarrillo que Falcó acababa de ponerse en la boca—. Ahora todos sabemos a qué atenernos, incluido el capitán del *Mount Castle* —se le oscureció el rostro—. A menos que...

Falcó dejó salir el humo.

—¿Hay algún problema?

—Dicen que la escuadra roja hará un intento de acercarse a Tánger para proteger la salida del mercante. Por lo visto, un crucero y varios destructores han salido de Cartagena, con rumbo sur.

—Pero el *Baleares* está en Ceuta.

—Sí. Eso podría dar lugar a un combate naval; y aunque los rojos no sean lobos de mar, estas cosas son imprevisibles. En todo caso, razón de más para que usted actúe con rapidez... ¿Hay progresos?

—Algunos.

Se inmovilizó el otro, suspicaz.

—Espero que me tendrá informado.

—Naturalmente.

Rexach lo contempló un momento, valorativo. Después despejó el gesto mientras se pasaba una mano por la barriga, dando palmaditas en ella. No había desayunado aún, dijo, aguardando a Falcó. Tenía el estómago tan vacío como el bolsillo.

—Ahí enfrente, el Minzah tiene los mejores desayunos de Tánger —añadió palpándose la chaqueta—. Y me fían... Lo invitaría con gusto, pero no sé si conviene que lo vean mucho conmigo en público. Aquí todos saben para quién trabajo.

Falcó hizo una mueca sarcástica.

—A estas alturas, también saben para quién trabajo yo —se puso en pie, cogiendo el sombrero y la gabardina—. Lo acompaño.

Cruzaron la calle bajo la llovizna, propulsando Rexach su desbordante anatomía con el característico aleteo de brazos. Tras empujar la puerta giratoria del hotel, bajaron por la escalera hasta el patio y el comedor, donde ocuparon una mesa alejada de las otras.

Había algunos clientes desayunando, todos europeos. Rexach encargó un pedido copioso, y Falcó unas tostadas con aceite y un vaso de leche. El otro lo observó con curiosidad.

—¿No le gusta el café?

—Tomo demasiadas aspirinas.

—Ah, claro. Por eso la leche... Creo que hacen polvo el estómago.

—Eso dicen.

Siguió un silencio. Rexach se mordía el labio inferior. Parecía darle vueltas a algo.

—Ayer estuve tomando una copa con Istúriz, mi homólogo del otro bando —comentó al fin—. Ya le conté que tenemos buena relación, ¿no?

—Sí. Razonable, dijo.

El otro dilató los mofletes en una sonrisa cauta.

—Tiene buena memoria.

—Me va mucho en ello. En tenerla.

—Istúriz y yo conservamos un cierto vive y deja vivir. Le conté un par de cosas y él me contó otras... Nada importante, pero a usted pueden interesarle.

—¿De qué hablaron?

—De los tres comunistas que llegaron en el *Mount Castle*. El comisario político rojo, el americano y la mujer... Por lo visto mi colega está molesto con ellos, porque lo ningunean de mala manera.

—¿Él le dijo eso?

—No lo dijo, pero se le entiende. Nos conocemos hace tiempo.

Llegaron los platos. Rexach atacó sus huevos con tocino con visible satisfacción y se bebió una taza de café. Entre sorbo y sorbo de leche, Falcó vertió aceite sobre el pan y mordisqueó sus tostadas.

—Por lo visto el comisario político, el tal Trejo, es una basura —informó Rexach.

Mientras llenaba de nuevo la taza con la cafetera, añadió detalles. Lo habían identificado bien. Segundo maquinista a bordo del acorazado *Jaime I,* hizo carrera como asesino de jefes y oficiales durante las matanzas de agosto. Pero lo de ahora, en opinión de Rexach, no era lo mismo que dar tiros en la nuca. El maquinista no tenía madera de héroe. Parecía aliviado de encontrarse en tierra, y no mostraba deseos de regresar a bordo. Además, le gustaba demasiado escurrir botellas.

—Es dudoso que embarque de nuevo si el *Mount Castle* debe salir con el destructor nacional esperándolo fuera —concluyó Rexach—. Si los nuestros le echan mano, seguro que lo fusilan.

—¿Qué pintaba Trejo a bordo?

—Era la excusa. La justificación formal... Teóricamente, el oro se manda a Rusia para que lo tengan en depósito mientras dure la guerra, y él debe supervisarlo de modo oficial para guardar las apariencias. Como si la República tuviera autoridad sobre el cargamento.

—Pero ya no la tiene.

—Claro que no. Todo es un paripé; porque ni el oro volverá, ni él manda un pimiento. El capitán Quirós no es de los que se dejan mangonear por un sujeto de esa calaña. Los que cuentan son los otros dos, Garrison y la mujer... La señora o señorita Luisa Gómez.

—¿Qué hay de ellos?

—Visitan cada día el consulado de la República, no sé si para recibir instrucciones o para darlas. Sospechamos que son ellos quienes asesoran al cónsul en las gestiones con el Comité de Control.

—¿Ha comprobado si mantienen comunicación por radio?

—Desde el *Mount Castle* seguro que no. Como nuestro destructor, el mercante tiene prohibido el uso de la radio, al estar en un puerto neutral.

—¿Vigilan eso las autoridades?

—Por radiogoniómetro. Y me confirman total silencio radio.

—¿Cómo enlazan, entonces?

—Quizá a través del consulado, y también por vía ordinaria. Sabemos que el capitán Quirós y los agentes rojos han enviado y recibido mensajes a través de las oficinas de telégrafos española y francesa... Por lo demás, Trejo y los otros pasan casi todo el tiempo en sus habitaciones del Majestic.

—Puede ser que tengan una emisora allí, o en otro lugar de la ciudad.

—Es posible. En cualquier caso, adoptan muchas precauciones. Ese Garrison y la mujer se comportan como profesionales.

Rexach había terminado el desayuno y encendía un habano tras morder el extremo. Durante un momento estuvo atento a la correcta combustión del cigarro. Luego dejó salir unas bocanadas de humo, satisfecho.

—De los tres, Trejo es el eslabón débil —expuso al fin—. ¿Lo vio usted el otro día en el puente del barco?

—El más flaco y bajo, ¿no?... Moreno, afeitado, con la nariz larga. Peinado hacia atrás.

—Ése. También es el que más sale. Cada noche se queda hasta tarde jugando en el Kursaal francés. Gasta mucho, como le dije. Debe de ir bien provisto de fondos. Los otros dos son más discretos, o precavidos.

—¿Ha identificado bien al tal Garrison?

—Se llama así de verdad y es norteamericano... William Garrison, comunista, agente encubierto hasta hace poco. Llegó a España como corresponsal de prensa. Un verdadero cabrón. Por lo visto fue chequista en Barcelona.

Tras contar eso, Rexach entornó un poco los ojos, atento a la reacción de Falcó. Pero éste se mantuvo en silencio, con gesto indiferente. Estaba ocupado en su interior, uniendo piezas del rompecabezas. Adjudicando nombre y función a cada pieza.

—Ella es más difícil de situar —prosiguió el otro al cabo de un momento—. Nadie conoce de verdad a esa Luisa Gómez. Puede ser rusa, como le dije. Lo seguro es que se trata de un elemento fiable para los soviéticos, porque Trejo no tiene influencia sobre ella. Al contrario, parece que toma decisiones incluso por encima del americano.

Falcó permanecía impasible.

—¿Cree que embarcarán de nuevo si el *Mount Castle* se hace a la mar?

Lo pensó Rexach un instante.

—No creo que Quirós suelte amarras —concluyó—. Ni que convenza a sus tripulantes.

—Supongamos que lo hace, o lo intenta.

—Pues no sé —sonriente, Rexach compuso un aro de humo que se deshizo despacio—. Depende de las ganas que esos tres tengan de suicidarse... Ni lo sé yo, ni parece saberlo mi homólogo. O al menos eso me cuenta.

—¿Qué le ha dado a cambio?

Parpadeó el otro, cogido a contrapelo.

—No comprendo.

—Dice que se lleva bien con ese agente enemigo. Y estas cosas son de toma y daca... ¿Qué le ha contado usted?

Rexach se echó hacia atrás en la silla. La sonrisa se había esfumado y parecía incómodo.

—Oh, poca cosa. El estado de las gestiones diplomáticas por nuestra parte, detalles sobre el *Martín Álvarez* —se detuvo, titubeante—... ¿Se ha enterado de la bronca de anoche, donde la Hamruch?

—Sí. Pero le estoy preguntando qué le ha contado a su colega.

—Nada importante, se lo juro —lo miraba cauteloso, el cigarro humeante entre los dedos—. Nada que ponga en peligro su seguridad.

—Eso espero. ¿Le ha hablado de mí?

—Por Dios.

Mientes, pensó Falcó. Pero no ganaba nada con decirlo en voz alta. Se preguntó cuánta información sensible le habría pasado Rexach a ese agente republicano con el que decía mantener una relación razonable.

—¿Me tienen ya identificado?

Con un sobresalto, Rexach miró alrededor antes de bajar un poco más la voz.

—Es posible. Pero le aseguro que no porque yo haya...

—Me interesa mucho —lo interrumpió Falcó, seco— saber si Garrison y la mujer embarcarán, en caso de que el capitán Quirós decida intentarlo.

—No hemos interceptado ninguna comunicación sobre el particular. Pero ya sabe qué disciplinados son los comunistas. Si las órdenes son ésas, lo harán... El problema es que no sabemos cuáles son las órdenes.

Meditaba Falcó sobre cuanto acababa de escuchar. Al cabo sonrió como lo haría un lobo en buena forma saliendo del bosque con apetito.

—Quizá —dijo— haya una manera de averiguarlo.

Los ojos pálidos lo miraban intrigados. Rexach no tenía nada de tonto, y temió Falcó que adivinara la idea que, todavía imprecisa, empezaba a fraguar en su cabeza. Pero en ese momento un camarero trajo la cuenta, y la atención del otro se concentró en ella. Tras estudiarla minuciosamente, enarcó las cejas, dio otra chupada al puro y miró a Falcó.

—Le dije que aquí me fían, y es cierto. Pero usted... En fin —le acercó el platillo con la nota—. ¿No le importaría?

—No —resignado, Falcó sacó la billetera—. No me importaría.

Por el ventanal de doble arco morisco, contiguo a la terraza de Moira Nikolaos, penetraba una declinante claridad grisácea.

Sentado un poco aparte en el salón, cruzadas las piernas, Falcó escuchaba sin despegar los labios más que para ocuparse del cigarrillo que tenía en la mano izquierda. A medida que la luz disminuía, las sombras eran más intensas en los rostros de los dos hombres que conversaban frente a él.

—Naturalmente —dijo el capitán Quirós.

Se dirigía inexpresivo a su interlocutor, según su costumbre, fija en el otro la mirada. Tras la mesita con cigarros y bebidas, el capitán de fragata Navia, comandante del destructor *Martín Álvarez,* asintió despacio, cual si alcanzara a comprender el sentido del escueto adverbio.

—Entonces tengo poco más que añadir sobre eso —dijo en tono grave.

Los dos vestían de paisano. Habían llegado a la parte alta de la ciudad con un intervalo de cinco minutos, puntuales a la cita. Primero Navia, alto y flaco, suspicaz, la mano derecha en el bolsillo de la americana donde abultaba algo que Falcó habría asegurado era un arma. Después apareció Quirós con su característico balanceo al caminar, la mirada azul casi ingenua, con sus zapatos marinos de lona blanca y aquella americana demasiado estrecha en la cintura.

No se dieron la mano antes de sentarse en las butacas de cuero. Moira Nikolaos se había quitado de en medio, retirándose con la criada mora a otro lugar de la casa. Fue Falcó quien se ocupó de todo, disponiendo sobre la mesita taraceada del salón una caja de habanos, una botella de Hennessy tres estrellas, un sifón y vasos. Pero ninguno de los dos capitanes probó nada. Se habían sentado estudiándose con más curiosidad que hostilidad.

—Desde luego —confirmó Quirós tras lo que parecía larga reflexión por su parte—. Poco hay que añadir.

Se quedaron mirándose como si cada uno esperase del otro algo que liquidara la conversación; y Falcó se dijo que era mejor intervenir antes de que se pusieran en pie, yéndose cada uno por su lado. Sin embargo, el instinto le aconsejó permanecer inmóvil y en silencio. En ese momento él era allí justo lo que debía ser. Cualquier detalle fuera de lugar podía desbaratarlo todo.

—Ha hecho un trabajo difícil en los últimos siete meses —dijo de pronto el comandante Navia.

Quirós lo pensó un instante.

—Tuvo sus momentos.

—Tengo entendido que lo hizo siempre de forma muy competente... No era fácil moverse por donde usted navegaba.

Asintió Quirós, objetivo.

—No lo era.

—El Mediterráneo es un mar pequeño —señaló Navia.

—Excesivamente.

—¿Demasiadas patrullas nacionales?

—No sólo eso —arrugaba la frente el capitán del *Mount Castle,* como si tuviera que hacer memoria—. También italianos: submarinos y unidades de superficie.

—Comprendo. Supongo que no se lo hemos puesto fácil.

—En absoluto.

Durante unos segundos, Navia no dijo nada ni hizo gesto alguno. Al cabo señaló hacia el ventanal y el mar invisible tras la terraza.

—Estuve a punto de atraparlo el otro día, a poniente de Gibraltar; pero usted lo hizo muy bien. Me engañó por completo... Aquella noche sin luna le vino de perlas.

El otro se rascó la barba.

—Tuve suerte.

—Fue más que suerte. Estábamos en el puente, buscándolo como condenados, creyendo dar con usted de un momento a otro, cuando mi segundo movió profético la cabeza y dijo: «Ese zorro se nos ha escurrido otra vez entre los dedos»... Y así era.

—Fueron tenaces —Quirós volvió a rascarse la barba—. Y usted hizo bien sus cálculos. Aquí estamos, a fin de cuentas.

—Es milagroso que llegara a Tánger, considerando nuestra velocidad y la suya... Cuando sospeché la intención, ya se había colado dentro. Y eso, haciendo su barco como hace, supongo, no más de diez u once nudos. Tres veces menos que el mío.

Se tocó una sien con un dedo, dándose leves golpecitos. Aquello era un gesto de incredulidad. Una aparente confesión de asombro.

—Desde luego, un milagro —repitió en tono más bajo.

—La República no cree en milagros.

Parecía sarcasmo; pero con Quirós, resolvió Falcó, era imposible determinarlo. El comandante Navia observaba ahora a su colega con renovado interés.

—¿No es usted creyente? —aventuró.

—Más o menos.

—Yo lo soy algo más que menos —el comandante del *Martín Álvarez* hablaba con absoluta seriedad—. Se hace duro no mirar hacia arriba cuando la mar sacude fuerte.

Asentía el otro, comprensivo y escéptico a la vez.

—Cada uno mira a donde puede.

—Sí, claro.

Se oscurecía la escasa luz en la terraza. Parte del salón estaba ya en penumbra.

—Ese incidente de nuestros tripulantes en tierra... —prosiguió Navia—. Con los ingleses, ya sabe. ¿No?... Recibí un buen chorreo de mis jefes y del cónsul británico.

Quirós hizo un gesto de asentimiento que le llevó sus buenos cinco segundos.

—Yo, de Valencia —apuntó—. Y también del cónsul británico.

—Tuve que entrevistarme con el comandante del *Boreas* para templar gaitas. La Pérfida Albión se lo ha tomado mal... «Creía que ustedes estaban en guerra», me soltó, muy enfadado.

Falcó los vio sonreír. Apenas se trató de un apunte de sonrisa, pero lo cierto fue que lo hicieron. Primero, Navia con sus últimas palabras. Después, tras un momento que pareció prolongarse mucho, le llegó el turno a Quirós. Por un instante sostuvieron aquella sonrisa mutua. Después, como por casualidad —pero Falcó supo que no era casual en absoluto—, las dos miradas convergieron en la botella de coñac que estaba sobre la mesa. Ninguno la tocó, sin embargo. Y fue el marino nacional quien habló primero.

—Creo que ha prohibido usted a sus hombres bajar a tierra, como yo a los míos.

—Así es.

—No es bueno que confraternicen. Y tras lo de anoche existía el riesgo. A fin de cuentas, somos enemigos. No debemos olvidar que hay una guerra

Las sonrisas habían desaparecido. Quirós se pasó una mano por la calva morena y moteada, sin hacer comentarios. Navia seguía mirando tristemente la botella de coñac.

—Conviene tener claro lo que ocurrirá dentro de poco —dijo de improviso.

Quirós movía despacio la cabeza, sin decir nada.

—¿Qué opinan sus hombres? —insistió Navia—. Ustedes tienen comités de marineros y todo eso. Debaten las cosas.

—Entre mi gente no hay debates. Tienen un capitán.

—Un barco no es una democracia —sonrió el otro.

—Por supuesto que no.

—Me gusta oír eso.

—Me agrada que le guste.

Navia volvió a mirar hacia el ventanal.

—No puede usted escapar de Tánger —dijo—. Haga lo que haga, estaré esperándolo o le iré detrás. Esta vez no tiene ninguna posibilidad. En cuanto salga de la zona de las tres millas de aguas neutrales le voy a dar el alto.

—La República sostiene la neutralidad hasta las seis millas.

—Para este caso, nosotros aplicamos la doctrina británica: tres millas; y luego, aguas internacionales.

Se oía un *Al-lah Akbar* lejano y prolongado en la distancia. Del exterior, a través de los cristales del ventanal, llegaba el canto del muecín de una mezquita: la oración del crepúsculo.

—En cuanto su barco esté fuera de puntas le caeré encima —insistió Navia—. Le ordenaré parar máquinas. Y si no lo hace...

—Abrirá fuego.

Quirós lo había dicho sin énfasis, sereno. Parecía pensativo.

—Una vez perdí un barco —añadió como para sí mismo—. Un petrolero... Se llamaba *Punta Atalaya*.

El otro lo miró con interés y no dijo nada. Quirós se tocó la barba con gesto absorto.

—Fue un torpedo alemán, veintitrés millas al noroeste de Finisterre.

Parecía que iba a decir algo más, pero no lo hizo. Eso fue todo. Un recuerdo objetivo. Neutro. El otro capitán hizo un gesto de afirmación y ladeó la cabeza con aparente desagrado.

—Hace un mes yo también vi arder un petrolero, a lo lejos... Un hongo rojo ascendiendo hacia el cielo negro. Como una caja de cerillas a la que hubieran arrimado un fósforo encendido.

El capitán del *Mount Castle* le dedicó una ojeada de vago interés.

—¿Lo hizo usted?

—No. Fue el crucero *Cervera*.

—Lo mío fue algo parecido. Me refiero al hongo de fuego. De veintidós hombres, perdí a diecisiete.

—Comprendo.

—Sí... Supongo que sí.

En el exterior, el canto del muecín había terminado. Navia se volvió hacia Falcó. He agotado mis argumentos, parecía insinuar. Más vale que usted también meta baza.

188

—Todo eso puede evitarse —dijo Falcó, inclinándose un poco hacia delante en la butaca—. Esta vez no hay necesidad de que muera nadie.

Navia hizo un gesto afirmativo y se volvió hacia Quirós.

—La propuesta que le hace este señor es razonable.

—¿Usted cree?

—No confíe en que la flota republicana venga en su auxilio. Sabe cómo esa gente se comporta en la mar... Bastarán los cañonazos de uno de nuestros cruceros para que se vuelvan a casa.

El otro tocó ligeramente la caja de puros que estaba sobre la mesa, pero no la abrió. Al cabo de un momento metió una mano en un bolsillo y sacó una petaca de cuero, de la que extrajo un cigarrillo de picadura liada. Se lo puso en la boca, y Falcó se acercó a darle fuego.

—¿Recuerda el comportamiento del *Lepanto* —insistió Navia— cuando lo escoltaba a usted y se enfrentó a nosotros cerca de Alborán?

Quirós se recostaba en la butaca, el cigarrillo oscilándole en la boca al hablar.

—Claro que lo recuerdo.

—Apenas comenzado el zafarrancho, lo dejó solo y se largó a toda máquina, tendiendo una cortina de humo para protegerse.

El marino mercante escuchaba inmóvil. En silencio. La brasa del cigarrillo se destacaba en su rostro, pues las sombras de la habitación eran más intensas ahora y se adueñaban de todo.

—Sigue estando usted solo, capitán —añadió Navia.

El punto rojizo de la brasa se agitó un poco.

—Probablemente.

Ahora las suyas eran voces que sonaban entre dos sombras. La oscuridad era casi total, pero Falcó no se decidió a encender el quinqué que estaba sobre una cómoda cercana. Temía alterar el tono y el curso de la conversación.

—Dígame una cosa —apuntó Navia—. ¿Entregaría usted su barco?

No hubo respuesta.

—¿Lo entregaría?

La pequeña señal rojiza se apartó de la boca de Quirós. Ahora tenía el cigarrillo en una mano.

—Si usted —le dijo al fin a Navia— estuviera en puerto neutral y vinieran agentes republicanos a ofrecerle dinero y seguridad, ¿aceptaría la oferta?

—Es diferente. Yo soy un marino de guerra. Combato en una cruzada que considero necesaria. Es una lucha antimarxista, contra la gentuza que desangra España... Y disculpe. Sabe que no me refiero a usted.

—Ya.

—Creo en lo que hago.

La habitación estaba a oscuras. Sólo el punto luminoso del cigarrillo del capitán Quirós, avivado de vez en cuando, brillaba en la negrura. Falcó se puso en pie y, casi a tientas, fue en busca del quinqué.

—¿Y qué saben ustedes de lo que yo creo o dejo de creer? —dijo Quirós.

Falcó sacó el encendedor, retiró la pantalla de vidrio y aplicó la llama a la mecha, regulando su altura con la ruedecilla.

—Sabemos de la lealtad a su armador, que puso sus barcos al servicio de la República —dijo, regresando a la mesa con el quinqué—. En cuanto a las ideas políticas...

—Mis ideas políticas son cosa mía. Estoy aquí como marino. Y como tal, mis ideas consisten en cumplir con mi deber.

Falcó puso el quinqué en la mesa. La luz aceitosa imprimía ángulos de sombra en los pómulos y los ojos de los dos hombres sentados. Sacó un papel del bolsillo y se lo pasó a Quirós.

—Sobre su deber, capitán, quizá convenga que lea esto… Llegó ayer por conducto seguro. Está contrastado.

Quirós volvió a ponerse el cigarrillo en la boca y sacó del bolsillo superior de la chaqueta unas gafas. Luego acercó el papel a la luz y leyó en voz alta:

Embajada República en Londres y consulado nacional en Biarritz confirman. Stop. Armador Noreña refugiado en Gran Bretaña. Stop. Serias discrepancias con gobierno PNV vasco y gobierno de Valencia.

—Eso lo libera a usted, me parece, de algún compromiso moral —sugirió Falcó.

Sombra y luz bailaban en el rostro inmóvil del marino. Volvió a leer el cablegrama.

—Ese compromiso moral no existía —dijo—. Desde la sublevación fascista, la flota de Noreña fue confiscada por la República. Ya sólo era el armador nominal.

—Pues ahora es menos nominal todavía.

El otro se guardó las gafas y puso el cablegrama sobre la mesa.

—Evidentemente.

—¿Dónde están hoy sus lealtades, capitán?

Por primera vez, el marino pareció dudar. Miró a Navia como si esperase de un colega cierta comprensión, o una respuesta. Pero el otro no dijo nada. Eran cartas de Falcó, desde luego. Policía bueno y policía malo. Sin rebasar los límites.

—Hago mi deber —repitió Quirós.

Hizo Falcó una mueca inconforme.

—También se debe a sus hombres, y eso es incompatible con llevarlos a una muerte segura. O, si debe arriar bandera allá fuera, al cautiverio —hizo la pausa adecuada antes de añadir lo importante—. Quizás al paredón, una vez en tierra... No es la primera vez que se fusila a marinos republicanos capturados.

Había procurado que no sonara como una amenaza, aunque lo era.

—Casi siempre lo hacen —murmuró Quirós.

Había aplastado su cigarrillo en el cenicero con cierta brusquedad, que a Falcó no le pasó inadvertida. Pétreo, pero no tanto. Nadie podía serlo del todo, en su caso. Demasiadas vidas en juego, incluida la propia. Y aquella mujer y dos hijas que esperaban en Luarca.

—En Tánger su tripulación tiene una oportunidad. También usted.

Quirós volvió a mirar al oficial nacional, que se mantenía ahora en segundo plano.

—Como saben, llevo a bordo un cargamento que me ha sido encomendado por la República. Soy responsable.

—Oro español —lo corrigió Falcó—. Que se embolsarán los rusos y nunca volverá a España. Usted conoce cómo actúa Stalin.

Silencio. Quirós había inclinado un poco la cabeza. Sus ojos azules estaban ahora fijos en la llama del quinqué.

—Hay gente que no es de mi tripulación —dijo al fin—. Que no está bajo mis órdenes.

—Lo sabemos. Tres comunistas... Uno es español, Juan Trejo. Comisario de flota.

—Ése no es un individuo cómodo —murmuró Quirós, como si pensara en voz alta.

—Podemos ocuparnos de él.

Falcó lo había dicho con toda naturalidad. El otro lo miró un poco desconcertado, cual si no acabase de encajar el término.

—¿Ocuparse?

—De él y de los otros.

Quirós hizo un ademán extraño, de retroceso. Como si de pronto estuviera yendo demasiado lejos.

—Indudablemente —dijo, pensativo.

Falcó decidió acabar la faena. Ya estaba dicho todo. Navia y él se miraron brevemente, en silencioso acuerdo.

—Mi oferta sigue en pie. Y por parte del comandante Navia las cosas quedan claras, me parece. Lo mismo dan tres o seis millas. La suerte de su barco está echada.

Con un breve vistazo dio paso al otro marino. Aquél se inclinó un poco hacia Quirós.

—No quiero hacerlo, capitán —dijo—. No de esta manera... Y mucho menos después de lo de nuestra gente, anoche.

Sonaba endiabladamente sincero, pensó Falcó. Honesto, incluso. Y sin duda lo era. Allí, comprendió, él era el extraño. Dos marinos hablando entre ellos. Profesionales comprendiéndose por encima de la bandera que arbolase cada cual.

—¿Toda clase de garantías? —preguntó Quirós.

—Todas —dijo Falcó—. Tiene mi palabra.

—No se ofenda, pero su palabra no significa nada para mí —el otro se volvió hacia Navia—. ¿Tengo la suya?

—La tiene.

El capitán del *Mount Castle* se puso en pie. Miraba el exterior del ventanal oscuro, hacia la noche.

—Denme veinticuatro horas para pensarlo.

8. Allí jamás será aquí

—¿Hiciste bien tu trabajo? —preguntó Moira Nikolaos.

—De maravilla.

—Pues ven aquí y hazme un rato de compañía. Habéis tardado mucho, tus amigos y tú... ¿Me he ganado bien mi dinero?

—Por completo.

—Pues ven, te digo. Bebe algo. Fuma algo.

En el gramófono automático sonaba la voz agradable de Jean Sablon: *Mélancolie, un jour s'achève, mélancolie on n'y peut rien*. Moira estaba tumbada en un diván turco, iluminada por un candelabro hebreo de siete velas que dejaba parte del cuarto en penumbra. Descalza, el pelo cobrizo recogido en una gruesa trenza, vestida con un kimono cuya manga derecha colgaba vacía desde el muñón del codo. A su lado había una mesita baja con una frasca de agua, una botella de absenta y algunos objetos más. Mientras se aproximaba, Falcó advirtió la bandejita de plata con una jeringuilla de vidrio y una ampolla vacía.

—Acércate, anda.

Obediente, fue a sentarse en el borde del diván. Moira lo miraba con ojos dilatados y turbios. Miraba él la jeringuilla.

—Esto es nuevo.

Ella sonreía despacio, casi ausente, como si el gesto llegara muy lento y desde muy lejos.

—Me hago mayor, muchacho. Cumplo años. *Où sont les filles d'antan?...* La cocaína ayuda a digerir ciertas cosas.

—¿Desde cuándo?

—Qué más da.

Falcó vertió absenta en el mismo vaso que había utilizado ella y añadió un poco de agua. El primer sorbo le hizo bien. Había una caja con cigarrillos de kif ya liados, y se puso uno en la boca. Lo encendió y aspiró el humo profundamente. Moira lo miraba hacer.

—Maldito seas —murmuró con su voz ronca—. Sigues siendo un guapo rufián.

Hizo Falcó un ademán de indiferencia propio de él, calculadamente inocente. Tenía la cabeza en el pasado. Recordaba a Moira como una mujer espléndida, quince años atrás: su cuerpo terso, moreno y cálido apenas afeado por la pérdida del antebrazo derecho. Aquella voz grave y los ojos grandes y negros mirándolo muy de cerca mientras intercambiaban gemidos y susurros, procacidades y palabras tiernas. Atenas y Beirut habían sido escenarios convenientes. Tiempos de juventud, para Falcó. De soberbia madurez para ella.

—Pásame eso —dijo Moira.

Falcó le puso el cigarrillo de kif en los labios y ella aspiró hondo mientras él le recorría los tatuajes de los pómulos con la yema de los dedos. Tatuajes bereberes, que se había hecho al instalarse en Tánger con su marido pintor. Ahora competían, en cuanto a marcas de vida, con las arrugas en torno a los párpados, que el kohl no disimulaba.

—Tú sí que sigues guapísima.

Dejando salir el humo tras retenerlo unos instantes, ella ronroneó como una gata a la que le hicieran una caricia. Tenía el kimono entreabierto, mostrando el arranque de los muslos. Todavía eran unas piernas atractivas, salpimentadas con las ajorcas de plata en los tobillos y los pies de uñas pintadas de rojo intenso. Pies de puta turca, solía decirle él en otro tiempo, en susurros, cuando estaban juntos y Moira le ceñía esos muslos en torno a las caderas, egoísta y violenta, disfrutando de su sudor y de su sexo.

—Embustero —dijo ella tras un momento—. Cochino embustero.

Le devolvió el cigarrillo, y él aspiró de nuevo. Nunca había sido propenso a mezclar mundos artificiales con la vida real. En su oscuro oficio, esa clase de aficiones, con los descuidos consecuentes, eran peligrosas. Camino rápido para los problemas y el cementerio.

—Aspíralo bien, muchacho... Lo traen para mí de los montes de Ketama.

—Es bueno.

—Sí. Claro que lo es.

Por lo general, las incursiones de Falcó en el mundo de las sustancias estupefacientes habían sido siempre a través de terceras personas, mujeres en todos los casos, con las que compartió momentos y hábitos durante breves períodos de tiempo. Unos diez años atrás había aspirado opio con la esposa de un agregado comercial francés en Estambul: una armenia llamada Clara Petrakian, que lo había llevado a un fumadero de Kara-Keuy, en la calle larga tras los muelles. Respecto a la cocaína líquida, Falcó se había inyectado sólo una vez en el hotel Adlon de Berlín en compañía de Hilde Bunzel, una modelo y actriz conocida por la película *M* de Fritz Lang, con la que solía frecuentar los peores cabarets de aquella ciudad desvergonzada y fascinante que por entonces aún resistía —aunque por poco tiempo— al ruido de botas y a las camisas pardas de los nazis.

—Túmbate a mi lado... *Viens* —palmeaba Moira el diván con su única mano—. Aquí.

Se resistió él con una sonrisa.

—Estoy bien así. Déjame mirarte.

—¿Ya no te seducen mis encantos declinantes?

Le cogió él la mano, besando los dedos cubiertos de anillos de plata.

—No seas tonta.

Se preguntó cómo serían los hombres con los que ella se acostaba desde la muerte de Clive Napier. Antiguos amigos que iban a visitarla, algún pintor o escritor de paso por Tánger, vigorosos adolescentes moros a los que pagaría bien. Ya no era joven, y a los cincuenta y cuatro años su belleza se había replegado a una condición física diferente, más densa que llamativa, más cálida que lozana. Sin embargo, a su modo era todavía una mujer atractiva. Y desde luego, con aquella pátina de vidas múltiples que su existencia le había impreso, una hembra singular.

Oui, je revois les beaux matins d'avril.

Jean Sablon cantaba ahora *Vous qui passez sans me voir,* y el kif empezaba a hacer efecto. Falcó se refrescó la boca con un sorbo de absenta y se reclinó un poco más. Antes de hacerlo había retirado la pistola de su cintura, poniéndola bajo el diván. Nunca un arma cerca, con alcohol o drogas de por medio. Eran sus reglas.

La mano de Moira se le posó en un brazo.

—Me dejaste hermosos recuerdos, muchacho —murmuró con voz adormecida.

—Tú a mí también.

Se quedaron un rato en silencio, escuchando la canción. Pasándose el kif.

—¿No te cansas de vivir así? —preguntó ella.

—¿Cómo es así?

—Ya sabes. Esa vida incierta. Peligrosa.

Movió la cabeza Falcó.

—¿Existe otra clase de vida?... Hay quien suele creerlo, pero no es cierto. Tú sabes que sólo hay una.

—La diferencia está en que unos lo sabemos y otros no lo saben.

—Exacto.

Moira alzó el muñón bajo la manga vacía del kimono.

—Yo lo supe el año veintidós, en Esmirna.

Sonrió Falcó, vuelto al pasado.

—La ciudad ardía al fondo de la bahía —rememoró—. Subiste a bordo vestida de negro, con tu brazo herido en cabestrillo, mirando alrededor con gesto desafiante. Enferma, consumida de fiebre. Tan pálida y tan hermosa.

—Era otra Moira —la mano de ella le apretaba la muñeca—. *Das Dort ist niemals hier...* ¿Leíste alguna vez a Schiller?

—No.

—Allí jamás será aquí, decía.

—Lo he entendido. Y para deducir eso no hace falta ser Philo Vance.

—Cómo te gusta hacerte el cafre.

—Te aseguro que no sé quién diablos es ese Schiller... ¿Un músico?

—Idiota.

El cigarrillo se había consumido. Falcó lo apuró en una última chupada y lo dejó en el cenicero. Luego puso más absenta y agua en el vaso.

—Me gustó cómo me mirabas —Moira hablaba despacio, casi somnolienta, separando mucho las palabras—. La forma de acercarte luego, sonriendo como un jovencito, a ponerte a mi disposición. Más tarde supe que habías dado dinero a los marineros para que me cuidaran... Y luego fuiste a visitarme al hospital, en Atenas.

—Quería acostarme contigo.

—Pues vaya si ocurrió. No te importaba mi brazo, o hacías como que no... Nos estrechábamos desnudos y yo pensaba que te desagradaría el contacto con mi cuerpo mutilado.

—Tu brazo no cambiaba nada. Eras absolutamente hermosa.

—Aullaba como una perra, ¿recuerdas?... Te derramabas en mi boca, en mi culo, en todas partes... Me ponías la palma de la mano entre los dientes, como una mordaza, para que no escandalizara a los vecinos; y yo mordía hasta hacerte sangrar.

—También llorabas de noche. A oscuras. Cuando me creías dormido.

—Eso no tenía que ver contigo.

—Lo sé. Por eso jamás intervine. Nunca te dije nada.

—Recordaba Esmirna... Todos aquellos muertos... Mi marido y mi hijo.

—Claro.

El gramófono había enmudecido, pero Moira no dijo nada al respecto. Tampoco a Falcó le apetecía levantarse. Notaba un sopor suave y grato, y cada movimiento propio le parecía de una extraordinaria lentitud. Con esa sensación, alargó una mano hasta los cigarrillos de kif y cogió otro.

—También, a pesar de tu juventud —estaba diciendo Moira—, tenías tus propias Esmirnas en llamas en la retina... Te sentía levantarte de noche y caminar por la habitación, fumando un cigarrillo, buscando una aspirina cuando te dolía mucho la cabeza —lo miró con vago interés—... ¿Sigues con eso?

—Sí.

—Ahora que lo pienso, no sé si fumar kif te sentará bien.

—Me sienta de maravilla.

La llama de su encendedor le iluminó las facciones duras. La máscara cotidiana. Inhaló una bocanada profunda, llenándose los pulmones de distancia respecto al mundo y a sí mismo.

—Eras un tipo desvergonzado y extraño —dijo Moira tras un instante—. Ni siquiera tus propias infamias te convertían en infame... Con esa sonrisa insolente y esa mirada peligrosa.

Falcó quiso pasarle el cigarrillo, sin responder, pero ella lo rechazó con un movimiento de cabeza. Sus pupilas dilatadas seguían fijas en él.

—¿No tienes suficiente?... ¿No tienes miedo de que te maten?

Sonrió él, sin palabras, aspirando el humo de nuevo.

—No, no lo tienes —concluyó Moira—... Siempre fuiste de esos que creen saber cuándo llegará el momento de dejar de beber, dejar a una mujer o dejar la vida... Y a veces se equivocan.

—Bonita frase.

—La leí no sé dónde. O lo mismo no la leí. Igual es de Clive, mi difunto. O mía... O tuya.

Sus palabras le llegaban a Falcó desde la distancia. Amortiguadas y lentas. Quizá las pronuncia así, pensó. O quizá soy yo quien las oye de esa manera.

—Nunca te pregunté si has matado —dijo ella de pronto, con insólita viveza.

Se había movido un poco, pegándose a él. Sentía la calidez de su cuerpo a través de la seda del kimono. Al moverse descubrió involuntariamente el sexo. Depilado, advirtió Falcó.

—Una vez me dijiste algo —recordó él—. «Me gusta que hagas lo que otros se resignan a soñar.»

Moira lo miraba de nuevo como aturdida, los ojos turbios.

—Me acuerdo de eso, sí —ahora parecía costarle más hilar las palabras—. Lo pensé muchas veces... Por eso te amé durante un tiempo, si es que llegué a hacerlo... Bueno... Al menos, creo que se trataba de amor.

Movió él una mano y, delicadamente, le cubrió el sexo con un pliegue del kimono.

—Qué más da lo que fuera.

Moira se quedó callada un momento. Luego pareció reír en tono muy bajo.

—Un día envejecerás, amigo mío.

—Puede ser.

—O quizá tengas suerte y mueras antes... Porque no consigo imaginarte anciano, viendo caer gotas de lluvia en el cristal de una ventana.

—Recordándote a ti, en todo caso. Eres única.

Sintió un golpe en el costado. Ella acababa de pegarle.

—Embaucador... Siempre fuiste un rufián embaucador.

Se echó a reír Falcó, y el humo que tenía dentro lo hizo toser. La brasa del cigarrillo le quemaba las uñas. Lo puso en el cenicero.

—El afán íntimo de una mujer única es sobrevivir a sí misma —ella se tocaba el rostro casi con precaución—. Y ya ves... Acabas montando guardia en un castillo que nada tiene ya que defender.

Se había movido de nuevo, apartándose un poco para dejarle sitio. La cabeza se le iba despacio a Falcó, llevándolo a una región donde los sonidos llegaban lejanos y los movimientos parecían interminables. Se tumbó de través en el diván, con la cabeza apoyada en el vientre de ella.

—Yo tampoco me imagino en esa ventana —dijo—, pero la vida gasta bromas.

—Deberíamos poder morir como hemos vivido —Moira le acariciaba el cabello—. ¿No crees?

—Sí. Pero eso rara vez ocurre.

—Resúmelo, anda. Para mí... *À l'ombre de nos amours...* A la sombra de nuestra vieja, bella, dulce y hoy melancólica amistad.

—Nunca fui bueno en eso.

—Hazlo. Venga. Por una vez.

Se estaba bien, pensó Falcó, con la cabeza apoyada en el vientre de la mujer. Era confortable y casi maternal. Encauzaba el sopor y dejaba fluir las ideas. Las palabras.

—Saber que la vida —dijo muy despacio— es una broma de mal gusto, llena de azares, enemigos y payasos que saltan con su resorte al abrir la caja, es lo único que proporciona temple suficiente para burlarse de todo —volvió el rostro hacia ella—... ¿Qué tal?

—¿Con una sonrisa linda y devastadora como la tuya?

—Por ejemplo.

—Aplaudiría si tuviera dos manos, querido.

Seguía acariciándole el pelo. Revolviéndolo entre sus dedos.

—Sólo los idiotas y los débiles ocultan el hedor de la vida con perfumes —añadió.

Cerró Falcó los ojos, abandonándose en la laguna gris donde flotaba.

—Cuando era pequeño soñaba con irme. Una pluma de gallina me convertía en indio de las praderas; un bastón de mi padre, en mosquetero; la mirada de una niña, en un enamorado.

—Sí... Estoy segura de que eras todo sueños... Y presentimientos. Nostalgia prematura de lo que aún no conocías.

—Puede.

—Y un día te fuiste a confirmarlo. A la isla de los piratas.

Las cuatro últimas palabras despertaron algo en Falcó. Demasiado tiempo, pensó con súbita lucidez. Demasiado expuesto. Él no podía permitirse eso. Dentro de un rato estaría en la calle, y era de noche. Quince minutos caminando solo hasta el hotel. Blanco fijo o blanco móvil.

El pensamiento cruzó su mente con la certeza cruda de un latigazo. Me pueden matar fácilmente, pensó. Un estremecimiento de alarma, de miedo repentino, le recorrió las ingles.

—Quizás.

Había cogido la pistola de debajo del diván antes de ponerse en pie tambaleante, sacudiendo la cabeza para intentar despejarse. Procurando controlar los movimientos, devolvió el arma a su funda.

Moira lo miraba desde muy lejos.

—Y veo que allí sigues, muchacho. Con tus piratas... Hay lugares de los que nunca se vuelve.

Las copas de las palmeras eran sombras inmóviles vencidas por la llovizna, y las luces del puerto brillaban brumosas entre el hotel Continental y la extensión negra de la bahía.

Mientras ascendía por la escalera exterior hacia la terraza, Falcó sintió verdadero alivio. Sólo entonces empezó a relajarse un poco. Hasta ese momento, la humedad ambiente, la oscuridad de la noche, su propio aturdimiento, lo habían hecho caminar a través de una atmósfera inhóspita. Amenazadora.

Desde la casa de Moira Nikolaos había bajado hasta Dar Baroud a través de una medina resbaladiza y en tinieblas, sospechando de cada sombra, de cada bulto oscuro con el que se cruzaba, mientras sentía el duro tacto de la Browning en su costado; llegando a empuñarla incluso, semioculta en un bolsillo de la gabardina, después de que en un recodo, a la luz de un farolito encendido en un pequeño cafetín, viese a dos europeos conversando; y luego, durante un trecho, le pareciera escuchar pasos a su espalda.

Había sacado la pistola de la funda, quitándole el seguro, y con ella en la mano derecha aguardó inmóvil, disimulado en la oscuridad bajo el arco de una callejuela estrecha, atento a los sonidos entre el rumor del pulso que le batía los tímpanos, hasta que tuvo la certeza de que nadie le iba detrás.

El paseo, la llovizna, habían contribuido a despejarle la cabeza. Estaba furioso consigo mismo. Nunca seas tan estúpido en el campo de operaciones, pensaba. No como esta noche, o no de este modo. Porque los descuidos matan y los descuidados mueren.

Al entrar en el hotel, Yussuf, el conserje, le dio la llave con un papelito doblado. Un mensaje. Falcó iba a subir la escalera que conducía a las habitaciones cuando se detuvo a leerlo.

Traigo café y saludos del Jabalí. Estoy en el Rif, calle abajo.

Se quedó un momento inmóvil, mirando el papel. Después volvió sobre sus pasos, bajó a la calle, pasó junto al baluarte de los antiguos cañones y anduvo un corto trecho.

El Rif era una pequeña casa de comidas, con la cocina a la vista. Dentro olía a parrilla moruna y a especias. El local tenía las paredes enjalbegadas, una mano de Fatma pintada en el dintel y sólo media docena de mesas, todas vacías menos una. En ella, con la espalda hacia la pared, estaba Paquito Araña.

Al sentarse frente a él, Falcó advirtió el conocido olor a pomada para el pelo y perfume de agua de rosas.

—Buenas noches, guapetón —dijo Araña.

Sus ojos saltones, de batracio peligroso, lo observaban atentos. Tenía delante una cazuelita de barro con tayín de pollo, del que parecía haberse ocupado con apetito.

—¿Quieres cenar algo?

—No.

El sicario estaba peinado con esmero, la raya baja, el pelo aplastado sobre la frente para disimular la incipiente calvicie. En la silla contigua tenía un sobretodo impermeable Loden de color verde musgo y un sombrero de gabardina. Vestía un traje ligero de tres piezas, una camisa a rayas de cuello blando y un nudo pajarita rojo con topos azules. Se había puesto una servilleta en el chaleco, para no mancharlo.

—Di que te alegras de verme, amor —dijo tras un instante.

Sonrió Falcó. Miró un momento hacia la puerta y volvió a sonreír.

—Me alegra verte.

Araña siguió la dirección de su mirada. Luego hizo un mohín, frunciendo los labios.

—¿Problemas inmediatos?

—No esta noche.

—Pues faltaría más, oye. Que no te alegrases. Estoy aquí porque has pedido que venga.

—Te lo agradezco.

—Ya puedes, galán. Menudo viaje... En avión, dando tumbos en el aire sentado entre sacas de correo, y luego en coche desde Tetuán, tragando polvo.

Miró los restos del tayín, pinchó un trocito de pan en el tenedor y lo mojó en la salsa.

—Tánger me sonaba bien, ya entiendes —añadió—. Estos chicos de piel morena, con sus ojazos negros y todo lo demás. Tan estimulantes, ¿verdad?... No me desagradó el encargo.

—No vas a tener tiempo de hacer vida social.

El otro se metió el pan en la boca y masticó despacio. Pensativo.

—Nunca se sabe —concluyó.

—¿Dónde te alojas?

—En una pensión discreta, ahí cerca —hizo un ademán vago con el tenedor, indicando la calle—. Perfil modesto, como casi siempre. Puerca miseria. Los hoteles buenos quedan para las estrellitas como tú. Los niños guapos del Almirante.

—¿Qué te dijo el Jabalí?

—¿Literalmente?

—Sí.

—«Ese chuloputas no puede vivir sin ti». Eso fue lo que dijo.

—Me refiero a la misión.

Araña se miró las uñas, que estaban muy limpias y sonrosadas, recortadas y pulidas. Tenía manos pálidas, delicadas, que cuidaba a diario con Neige des Cévennes y otras marcas de belleza muy exquisitas y caras. Con aquellas manos casi femeninas y con su apenas metro sesenta de estatura, Paquito Araña había empezado once años atrás su carrera de asesino ejerciendo como pistolero de la Patronal en Barcelona. El primero de la CNT al que había matado —después hubo otros, antes de que el Almirante lo reclutara para el Grupo Lucero por recomendación de un empresario catalán— había sido el Chiquet del Raval, guardaespaldas del líder anarquista Ángel Pestaña: tres tiros del 9 largo en la cabeza y uno en la espalda, al salir de un baile. Todos a quemarropa y mortales de necesidad, según tituló *La Vanguardia* sobre foto del difunto, tumbado boca abajo en la acera, con la gente mirando.

—Sobre la misión no me contó el jefe nada especial. Todo muy por encima; el barco con oro del Banco de España y lo demás. Vas allí y haces lo que Falcó te diga, resumió. Y aquí estoy... Haciendo otra vez, para ti, de chacha sumisa.

Terminó el tayín y se recostó en el respaldo de la silla, limpiándose con la servilleta la boca sonrosada y cruel.

—Así que —añadió— manda y te obedezco, mi amo.

Falcó miró hacia la cocina. Había una mora con un pañuelo anudado en la nuca y un camarero joven. Hizo una seña negativa a éste, que se acercaba obsequioso.

—Después te doy detalles. Ahora sólo lo importante. Lo más urgente.

—Soy todo orejas con zarcillos, como en la copla.

—Paga, anda. Hablamos fuera.

Se puso en pie. Acababa de completar una idea. Un plan inmediato, que quizás era bueno. Algo improvisado, desde luego, aunque tal vez por eso podía salir bien. Miró el reloj. Los efectos del kif y la absenta se habían desvanecido por completo; o a lo mejor debía a ellos la repentina claridad que de aquel modo disparaba su imaginación. Todo podía ser.

—Huy, chico —se lamentaba Araña—. Qué prisas... Iba a pedir un té.

—No hay tiempo.

—Malaje.

Miró otra vez Falcó la hora, para asegurarse. Sólo eran las diez menos cuarto, así que hizo cálculos. La noche era joven y estaba llena de posibilidades, si se movía con rapidez. *Audaces fortuna* no recordaba qué, había oído decir alguna vez al Almirante. La suerte favorecía a los audaces.

—Voy al hotel a telefonear y vuelvo en diez minutos.

Araña se pasó un dedo por las cejas depiladas en dos finas líneas, torció la boca y llamó resignado al camarero.

—Tráeme la cuenta, encanto.

Después de llamar a Antón Rexach, que por suerte respondió al teléfono, y darle instrucciones precisas, regresó Falcó en busca de Paquito Araña. El sicario aguardaba en la calle, con el sobretodo puesto y el sombrero caído sobre los ojos.

—Me tienes en ascuas, cielo —dijo.

Falcó señaló hacia el baluarte cercano.

—Ahora no llueve. Demos un paseo.

Caminaron hasta allí. Mojados, los viejos cañones parecían relucientes cetáceos en la penumbra.

—Luego te contaré despacio los pormenores del asunto —dijo Falcó—. Lo que importa es algo que se me ha ocurrido, ahora que estás aquí. Y no tenemos mucho tiempo para prepararlo.

Señaló a lo largo de la muralla, más allá de la Tannerie.

—Mira aquel edificio pequeño sobre la rampa; el que está iluminado por farolas eléctricas... ¿Lo ves?

—Lo veo.

—Es un casino, el Kursaal francés... Y dentro de quince minutos vamos a ir allí.

—¿Qué pasa? —reía Paquito Araña, atravesado y chirriante—. ¿Te apetece jugar a la ruleta?

—Me apetece jugársela a los rojos. Un lindo golpe de mano.

Breve silencio especulativo. Araña asimilaba todas aquellas novedades.

—¿De qué clase? —preguntó al fin.

—Eso depende de cómo salga.

Resopló el otro, incrédulo, palpándose la barriga.

—¿Habrá que matar, a estas horas y mojados?

Falcó se encogió de hombros.

—No lo sé —dijo, ecuánime—. Eso lo iremos viendo sobre la marcha. Ya digo que se me acaba de ocurrir.

—Canguelo me dan tus ocurrencias, chico —el antiguo pistolero se hurgaba los dientes con una uña—. Al final siempre acabo resolviéndolas yo. Como aquella vez en la estación de Narbonne... ¿Recuerdas?

—No recuerdo nada.

—La mujer.

—Tengo una memoria fatal.

—Venga, hombre. Esa catalana con documentos de la Generalidad...

Falcó miraba hacia el Kursaal, indiferente a todo cuanto no fuera lo que tenía en mente. Lo inmediato.

—No sé de qué me hablas, así que cíñete a lo de ahora.

Sonó de nuevo la risa queda del sicario.

—¿Sabes una cosa, figurín mío?

—No.

—Con esa carita de cuchillo que tanto gusta a las nenas y a sus mamás, menudo cabrón estás hecho.

—Le dijo la sartén al cazo.

—Por eso te lo digo, amor.

Falcó apoyó las manos en el metal mojado y frío de un cañón.

—Hay un comunista, Juan Trejo, comisario de la flota roja... Le gusta beber, le gusta trasnochar y le gusta el tapete verde. Va allí cada noche.

—¿Está ahora en el casino?

—Es probable. Por eso fui a telefonear. Lo sabremos dentro de un rato.

—¿Es lo que se te ha ocurrido así, de golpe? ¿A estas horas?

—Más o menos.

—Virgen santa.

Le dio Falcó al otro un golpecito en el hombro y se alejaron del baluarte. Araña caminaba con las manos en los bolsillos del sobretodo y la cabeza baja. Parecía pensativo.

—¿Y cómo es el fulano? —se interesó tras unos pasos—. ¿Fuerte, entrenado? ¿Profesional? ¿Heterosexual?... ¿Padre de familia?

—Creo que no tiene media bofetada.

—¿Lleva guardaespaldas?

—Negativo.

—¿Va armado?

—Ni idea.

—¿Y qué vamos a hacer con esa joya?

Pasaron de nuevo frente al Rif. El camarero estaba cerrando la puerta y los saludó al pasar. Siguieron caminando Dar Baroud abajo, hacia la rue de la Marine. Había poca luz y algunos tramos de la calle estaban casi a oscuras. Apenas se cruzaron con nadie.

—Hay dos aspectos que nos interesan —continuó explicando Falcó—. Uno, que el fulano resulta incómodo para lo del barco. Puede ser un obstáculo, así que por ese lado nos convendría darlo de baja.

—Pues ésa es la parte fácil... ¿Y el otro lado?

—Sabe cosas que nos conviene saber.

Los ojos de Araña relucieron bajo el ala de gabardina arrugada, tan afables como los de una hiena con buen olfato.

—Entonces debería seguir vivo, ¿no?... De momento.

—Por lo menos un rato largo.

—¿Dispones de un lugar tranquilo donde darle tratamiento y conversación?

—Me lo están buscando.

Araña se detuvo un instante, y Falcó lo oyó resoplar con fastidio.

—Por el amor de Dios, chulito mío. Acabo de llegar, caes en mitad de la cena y me invitas a bailar —se frotó la barriga, molesto—. Ni siquiera me das tiempo de hacer la digestión.

Antón Rexach los estaba esperando en la puerta de la Tannerie, bajo el túnel. Al aproximarse Falcó y Araña, la mancha voluminosa de su impermeable claro se destacó en la oscuridad.

—Cuando telefoneé, estaba a punto de acostarme —dijo.

Parecía impaciente. O nervioso. Falcó rió en voz baja, sarcástico.

—La patria exige duros sacrificios —dijo.

Cuando el otro comprobó que no venía solo, se mostró aún más incómodo.

—¿A quién trae? —inquirió al comprobar que Falcó no presentaba a su acompañante.

—A un amigo. Le gusta trasnochar.

—Ah... Ya veo.

Caminaron los tres en la penumbra, a lo largo de la muralla, hasta el arranque de la rampa que ascendía a la ciudad europea.

—Está dentro —informó Rexach—. Lo he comprobado personalmente. Un rato en el bar, otro en la ruleta. Hace un momento estaba apostando al *chemin de fer*.

—¿Va solo?

—Eso parece. Su hotel está cerca, a doscientos pasos. Suele bajar por la rampa y caminar hasta allí.

Se habían detenido en el arranque de la cuesta. Había cerca una galera con una mula enganchada. Falcó miró hacia el Majestic, iluminado por dos farolas próximas. Sobre la rampa, el Kursaal también estaba iluminado. Pero toda la cuesta, con su recodo a la mitad, quedaba a oscuras. Terreno propicio.

—Es buen sitio —convino—. ¿Consiguió el coche?

Rexach señaló la galera y Falcó sacudió la cabeza.

—No me fastidie... ¿No había nada mejor?

—A estas horas, desde luego que no. Y dé gracias a que lo he conseguido.

—Tiene un automóvil.

—No puedo usarlo para esto. Me arriesgo a que lo identifiquen. Usted se irá en pocos días, pero yo vivo en Tánger.

Se volvió Falcó hacia Paquito Araña, pero éste no despegó los labios. Junto a la desbordante humanidad de Rexach, el sicario parecía diminuto.

—Habrá alguien que lleve el carro, por lo menos.

—Claro.

Emitió Rexach un suave silbido, y de la galera salió un hombre vestido con chilaba. No había mucha luz, pero su apariencia era joven. Complexión vigorosa.

—¿Qué hay del lugar? —inquirió Falcó.

—El moro sabe dónde. Se llama Kassem.

—*Salam*, Kassem —dijo Falcó.

—*Salam aleikum* —respondió el moro.

—¿De confianza?

Falcó se había dirigido a Rexach.

—Toda —asintió éste.

—¿Hablas español, Kassem?

—*Misián*... Soy de Xauen.

—Tiene a dos hermanos —aclaró Rexach—, a tres primos y a un tío en un tabor de regulares, en la Península. He dicho que le pagarán bien. Puede llevarlos hasta el lugar adecuado, playa abajo.

Falcó lo observó con curiosidad.

—¿Usted no viene?

—No conviene que me mezcle en este asunto.

Había malhumor en su voz. También vacilación. Estaba claro que no aprobaba aquello. Sonrió Falcó con una mueca desdeñosa, de cazador.

—Ya está mezclado, y mucho. Hasta las trancas.

—Me refiero a esta parte del asunto.

Miró Falcó el reloj, pero con tan escasa luz no alcanzaba a ver la hora. No había tiempo para discutir los escrúpulos de Rexach.

—Hagamos una última comprobación... Yo no he visto a ese individuo sino de lejos en el puerto, con prismáticos. No quiero equivocarme. Y quizá él sí me haya visto a mí.

—Es posible —opinó Rexach.

Señaló Falcó a Paquito Araña, que seguía sin decir esta boca es mía.

—Aquí nadie conoce a mi amigo. Así que van a entrar los dos en el casino, y usted le marca discretamente al sujeto, para que no haya errores... ¿De acuerdo?

Asintió Araña, flemático, mientras Rexach parecía vacilar.

—¿Lo han pensado bien? —el tono seguía siendo de preocupación—. Tal vez todo esto precipite las cosas.

—Tal vez —admitió Falcó, divertido.

—Yo no puedo intervenir directamente, compréndalo... Y tampoco sé con exactitud lo que usted se propone.

—No se preocupe. Lo tendré informado.

—Ésa es la cuestión —Rexach miraba con desconfianza al silencioso Araña—. Que no sé si quiero estar informado.

Menos de diez minutos después, Falcó dejó caer al suelo mojado el cigarrillo que tenía entre los dedos. Paquito Araña y Antón Rexach bajaban precipitadamente por la cuesta, arriesgándose a resbalar y romperse la crisma.

—Ahí viene —dijo Rexach, sofocado por la carrera—. Estaba saliendo, y casi nos topamos con él en la puerta.

Miró Falcó hacia arriba. Una silueta masculina se movía hacia la parte alta de la rampa, recortada en el contraluz de la farola más cercana a la puerta del Kursaal.

—¿Seguro que es él?

Rexach intentaba recobrar el aliento.

—Sin duda.

—Lleva un paraguas cerrado y va sin sombrero —señaló Araña.

Se volvió Falcó hacia Kassem, que fumaba uno de sus Players.

—*Ialah Bismiláh* —le dijo al moro.

La sonrisa del otro destacó en la penumbra. Parecía gustarle que Falcó diese la orden en nombre de Dios. Apuró su cigarrillo y fue sin apresurarse hacia la galera.

—Yo me voy —dijo Rexach, inquieto—. Como dije, no creo necesario...

Lo dejó ahí. Se veía muy apurado, y Falcó no puso objeciones. Tampoco era momento ni lugar para ponerlas. Araña y él se quedaron mirando la mancha clara del impermeable desaparecer con prisa entre las sombras.

—Vaya tipo, el gordo —comentó Araña.

—Cada cual atiende su negocio. Ocupémonos del nuestro.

—Ya es hora... Ahí viene el fulano.

Un hombre bajaba por el lado izquierdo de la rampa. En ese momento doblaba el recodo. Podían oír sus pasos y el sonido metálico de la contera del paraguas.

—Uno por cada lado —dijo Falcó—. Tú arriba y yo abajo... Déjalo llegar aquí.

Caminó Araña cuesta arriba por el lado derecho, con andar inocente, mientras Falcó permanecía quieto, pegado a la pared. El hombre, sólo un bulto oscuro con aquella luz, seguía adelante sin sospechar nada. Ya estaba a una docena de pasos. Falcó se soltó los botones de la gabardina y los de la chaqueta, para tener libres los movimientos. Palpó la Browning en su cintura, aunque aquél no era trabajo de pistolas. Aun así, tal vez hiciera falta recurrir a ella de cualquier manera. Un culatazo en el cráneo era tan buen recurso como cualquier otro. No demasiado fuerte, no demasiado flojo. Lo justo para evitar problemas. Cloc. Felices sueños, camarada comisario.

A cinco pasos de Falcó, el hombre que bajaba se detuvo de pronto. Había reparado en él, y tal vez sospechaba de esa figura inmóvil pegada a la pared. Con un vistazo rápido, Falcó comprobó que, más arriba, pues Araña ya había rebasado al objetivo, el sicario se había dado cuenta y cruzaba la rampa con rapidez, acercándose al otro por la espalda.

Al diablo las precauciones, pensó. Era el momento.

Corrió rampa arriba, hacia el hombre que seguía quieto y desconcertado. Dispuesto a llegar a él antes de que pudiera reaccionar. Tuvo tiempo de echar un vistazo a la espalda del objetivo, comprobando que Araña se le abalanzaba ya por detrás.

Entonces, Falcó resbaló en el suelo mojado.

Chaaaaas, hicieron las suelas de sus zapatos. Y luego, tump. Eso lo hizo el cuerpo al caer de espaldas. Contra el suelo.

Fue un patinazo en toda regla. Cayó cuan largo era, como un perfecto imbécil, justo a los pies de la presunta víctima. Dándose una costalada que le retumbó en los huesos.

Me he roto algo, pensó. Rediós. Me he roto algo.

Desde abajo, aturdido por el golpe, vio un par de cosas. Una fue que el objetivo reaccionaba como una liebre, dándole un paraguazo, saltando por encima de él y echando a correr como alma que llevase el diablo. La otra fue que Araña, que estaba en pleno impulso, fallaba el salto, seguía adelante por la inercia y tropezaba con el cuerpo caído de Falcó, cayendo a su vez.

—¡Socorro! —gritó el hombre—. ¡Socorro!

Lo hizo sin dejar de correr. Estaba al final de la rampa cuando Falcó se puso en pie —la muñeca izquierda le punzaba un horror— y corrió detrás.

—¡Socorro! ¡Auxilio! —aullaba el otro.

Apretó Falcó la carrera. A su espalda también sentía correr a Paquito Araña.

—¡Socorro!

Por un instante, Falcó pensó en abandonar. Menudo ridículo, pensaba. Si se nos escapa la hemos fastidiado, pero bien. Aunque si lo agarramos ahora y acude alguien, va a ser peor. Un policía, por ejemplo. En flagrante delito, y todo al carajo. Así estaba, intentando tomar una decisión mientras corría —los pulmones le quemaban del esfuerzo y el golpetazo—, cuando vio que, al pasar el fugitivo junto a la galera, de ésta se destacaba veloz una sombra que le cortó el paso.

—¡Soco...!

Al llegar Falcó allí, el hombre estaba en el suelo, pataleando, con Kassem encima. El moro parecía tenerlo bien trincado, con un brazo alrededor del cuello. Con la mano libre le tapaba la boca.

Se detuvo Falcó sin aliento, apoyadas las manos en los muslos, oyendo a su lado resollar a Paquito Araña en parecidas condiciones. Al cabo de unos segundos, algo más repuesto, sacó la pistola de la funda, se agachó sobre los caídos, tanteó bien para no equivocarse —no era cosa de atizarle al moro—, y le pegó un culatazo al fugitivo en la cabeza. Éste resopló más fuerte entre los dedos de Kassem y dejó de moverse.

—Espero que de verdad sea el comisario rojo —dijo Falcó, guardándose la pistola.

—Lo es —confirmó Araña entre dos profundas inspiraciones.

El moro se levantaba, y Falcó le palmeó la espalda.

—Buen trabajo, amigo.

Volvió a resplandecer la sonrisa del otro.

—*Al hamdu li-lah.*

Dirigió Falcó un vistazo alrededor. Milagrosamente, no había nadie a la vista. Tampoco arriba, en la rampa. Nada de testigos incómodos. Araña se sacudía el agua de la ropa, dándose manotazos.

—Hemos hecho el numerito de la cabra —comentó el sicario.

—Ni me lo recuerdes.

—Parecíamos Pipo y Pipa.

Falcó se frotaba los riñones y la muñeca, mirando el cuerpo inmóvil a sus pies.

—De qué manera corría, este cabrón —dijo con rencor mientras se agachaba a cachearlo.

—Como para no correr, cielo.

—La plancha ha sido de pronóstico reservado.

—Sí.

Falcó se incorporó con una billetera en la mano. El rojo estaba limpio. Sólo una navaja pequeña. Se guardó la billetera y tiró la navajita.

—Menos mal que no iba armado, rediós... Lo mismo nos hubiera pegado un tiro.

Reía Araña entre dientes, mordaz. Encantado con el episodio.

—Cuando lo cuente en Salamanca se van a descojonar... El pollito pera del Almirante, el espía intrépido, tirado por los suelos. Zaca. Y este hijoputa saltándote por encima y largándose tras darte un paraguazo... Sublime, oye. Ha sido sublime. Ya tengo Tánger amortizado para el resto de mi vida.

—Cierra el pico.

Entre los tres cogieron al caído y lo metieron en la galera. Aún dolorido, Falcó se acomodó junto a Kassem, que destrabó la mula e hizo sonar las riendas.

—¿Adónde vamos? —le preguntó Falcó.

—Tú tranquilo —dijo el moro—. Yo sé cerca.

—Buen chico —le ofreció otro cigarrillo—. De no ser por ti, se nos escapa.

Le dio fuego, y a la luz del encendedor vio que Kassem sonreía de nuevo.

—Tú tranquilo, yo sé... Por mi cara, estos comunistas nada buenos. Franco sabe, todos *hammur*. Estar rojos. No creen en Dios.

9. Necesidades operativas

Lloviznaba de nuevo cuando Falcó salió a la puerta para despejarse. Iba en mangas de camisa, y ésta se le pegaba al torso con el sudor. Eran las cuatro y media de la madrugada y estaba fatigado.

Encendió otro cigarrillo y se quedó un rato casi inmóvil, apoyado en la pared, mirando las pocas luces lejanas que en la ciudad estaban encendidas a esa hora. De la playa cercana llegaba el rumor suave del mar en la orilla.

De vez en cuando, en el interior de la casa —una choza de adobe y ladrillo situada en el camino de Tanya-el-Balia, más allá de la antigua fábrica de tabacos— se oían gritos de dolor. Eran alaridos muy agudos, penetrantes, y casi siempre terminaban en un chillido y un estertor sofocado. Agónico.

Torturar es un trámite incómodo, pensó Falcó, dando otra chupada al cigarrillo.

No le gustaba hacerlo. Conocía por experiencia propia ambos lados del procedimiento; y aunque el papel de víctima era más desagradable que el otro, ni siquiera ejercer como verdugo hacía sentirse a salvo.

Volvió a chupar su cigarrillo. El humo en las fosas nasales le hacía olvidar el otro olor. Los torturados olían mal, a miedo agrio y desesperación. Detestaba sobre todo la parte fisiológicamente animal del asunto; los resultados inmediatos: carne maltratada, lágrimas, temblores, súplicas, hacérselo todo encima. Y gritos como los que ahora sonaban dentro de la casa. Alaridos que podían desgarrar la garganta de un ser humano hasta hacerlo enronquecer.

Había quien disfrutaba con todo eso, como Paquito Araña. Éste solía aplicar su retorcido sentido del humor a la tarea con eficaz crueldad. Pero no era el caso de Falcó. Él no era un hombre cruel, aunque a menudo sus comportamientos lo fueran. En su caso se trataba sólo de un instrumento operativo. Una herramienta técnica. Para su trabajo, del que buena parte estaba orientada a la supervivencia, ser cruel era tan práctico como tener una pistola o saber matar con las manos desnudas. Un arma objetiva, utilizada sin remordimientos, pero tampoco por placer o instinto. Simple necesidad táctica.

Como tantas otras cosas, eso formaba parte de las reglas del juego.

Arrojó la colilla y regresó al interior. La choza tenía una sola habitación, cruzada por una gruesa viga de madera que sostenía el techo. Una lámpara de petróleo puesta en el suelo alumbraba a medias. Juan Trejo estaba colgado de la viga por ambas manos atadas juntas, los pies a un palmo del suelo, de modo que apenas podían rozarlo con las puntas. Estaba desnudo.

—¿Cómo va? —preguntó Falcó.

—Bien —dijo Araña.

También estaba en mangas de camisa, desabrochado el chaleco, el resto de su ropa cuidadosamente doblado en el suelo, en un rincón. Tenía en la mano un vergajo seco de toro, cuyas marcas cárdenas y moradas según riguroso orden de antigüedad —llevaba Trejo cuatro horas de tratamiento— surcaban el cuerpo del prisionero en todas direcciones. Las había en pecho, piernas y espalda, pero también en el vientre y entre los muslos. Cosa de medio centenar de golpes.

Colgado de la viga, el comisario político parecía un saco de boxeo donde se hubiera entrenado durante horas un púgil psicópata.

—¿Ha dicho algo más que sea interesante?

—Nada, de momento. Se desmayó apenas saliste... Ahora se ha vuelto a espabilar un poco.

Miró Falcó a Kassem. El moro estaba acuclillado en un rincón, inmóvil, observando. Debía de ser para él un espectáculo curioso ver a dos *nezrani* desollando a un tercero.

—¿*La bas*, Kassem?... ¿Todo bien?

—*La bas*.

Se acercó Falcó a Trejo. Éste era delgado, poco musculoso. Nariz ganchuda, mejillas hundidas y oscurecidas por la barba incipiente, pelo negro apelmazado por el sudor y la sangre coagulada de la brecha que el golpe con la pistola le había abierto en la cabeza. La postura, con las manos sujetas arriba, le marcaba mucho las costillas bajo la piel maltratada, tan pálida que parecía amarilla. Su desvalida desnudez lo hacía aún más flaco y miserable.

Todos lo somos, se dijo Falcó, puestos en esta clase de situación. O podemos serlo, cuando toca. Yo mismo lo fui no hace mucho, y hoy le toca a él.

—¿Puedes hablar, camarada comisario? —preguntó Falcó.

El otro, que tenía la cabeza inclinada sobre el pecho, la alzó débilmente para mirarlo con ojos atormentados, oscuros y violáceos bajo los párpados. La luz trémula de la lámpara le enflaquecía más el rostro.

—Ya está bien de pegarte, me parece... Acabemos con esto. Termina de contarnos cuanto sepas y vámonos todos a dormir.

El tono era amistoso. Durante toda la sesión, Falcó y Araña se habían turnado con razonable eficacia, cada uno en su papel de bueno y malo. Esa noche, Falcó era el bueno. Aquél en quien el torturado debía o podía confiar. La tentación para relajarse. El que frenaba, o lo parecía, la violencia del otro.

—Ya no merece la pena, nos lo has contado todo —insistió—. Sólo faltan algunos pequeños detalles... ¿Entiendes lo que te digo?

Asintió Trejo, muy débilmente. Tras la indignación por su captura, primero, y el miedo, después, había aguantado sólido treinta minutos. Una heroica disposición, por su parte. Arrogancia, insultos a los captores y refugio personal en las ideas políticas y la certeza, o al menos así lo expresó vigorosamente, de que la causa del pueblo era justa, la agresión contra la República era intolerable, y aquel atropello fascista en territorio neutral lo iban a pagar muy caro. Después, poco a poco, a medida que los golpes se sucedían y sus bravatas e insultos daban paso a los gritos de dolor para transformarse en súplicas, había empezado por contar cosas sin importancia, aunque más interesantes a medida que Araña aumentaba la dosis y que Falcó, atento a los momentos oportunos, hacía como que contenía a su compañero y apelaba al sentido común del prisionero, invitándolo a ahorrarse dolor.

—He dicho... todo... lo que sé —dijo Trejo con una voz débil que parecía provenir de sus entrañas.

Movió Falcó la cabeza con ademán paciente.

—No, camarada. Quedan flecos. ¿En qué habitación del hotel estás?

—En la trescientos ocho... Tercera planta.

—¿Y los otros? Todavía no has hablado de tus compañeros de viaje. El hombre y la mujer.

Era cierto. En aquellas cuatro horas de tratamiento, Trejo había dado información valiosa sobre las gestiones diplomáticas del gobierno de Valencia ante el Comité de Control, y también sobre el *Mount Castle* —describió con detalle su

222

interior, armamento y tripulación— y lo que llevaba a bordo: 512 cajas de madera selladas y estibadas en la bodega: lingotes y monedas antiguas de oro con un peso exacto de 30.649 kilos, y una caja extra con joyas y dinero. Todo había sido embarcado en Cartagena por tropas de élite de la 46.ª división —Partido Comunista español— bajo supervisión de agentes soviéticos. El papel de Trejo en la operación era limitado: asegurar la presencia formal de un enviado de la República y certificar que el oro era entregado a los rusos. También había detallado los planes originales de ruta, que preveían ganar las aguas territoriales argelinas y navegar pegados a la costa norteafricana hacia levante, cruzar el Bósforo y amarrar en Odesa. En cuanto al capitán Quirós, teóricamente éste habría debido acatar las órdenes de Trejo y de los agentes soviéticos a bordo, pero en realidad no había hecho caso de ninguno de ellos. Y lo mismo ocurría con la tripulación, que le era adicta aunque había en ella algunos comunistas y anarquistas. Desde el momento en que el destructor nacional los descubrió cerca de Alborán, el marino mercante había tomado sus propias decisiones. Sin embargo, en Tánger todo era distinto. Quirós volvía a acatar órdenes y estaba pendiente de lo que se resolviera diplomáticamente, sin participar en otra cosa que no fuera procurar garantías para su barco y sus hombres.

—Garrison está en la planta de abajo, habitación doscientos uno. Y ella...

Se detuvo Trejo, titubeante o tal vez fatigado, y un vergajazo de Araña le arrancó un grito de angustia. Miró Falcó al sicario, ordenándole calma. Estaban en la fase amistosa del asunto. La del chico bueno.

—El hombre y la mujer —insistió casi con dulzura—. ¿En qué habitación está ella, camarada?

—La doscientos diez... Al otro lado del pasillo, con ventana a la calle. Pero no hay nada allí que os interese, ni en la de Garrison... Son muy cuidadosos.

—¿Y en la tuya?

—Tampoco. Sólo algunos documentos... Y dinero.

—¿Qué documentos?

—Los que deben firmar los rusos a la entrega del cargamento. Ahí se detalla todo.

—Muy bien. Háblanos ahora de tus colegas, anda. Acabemos ya con esto... ¿Quién es Garrison?

Con voz débil, haciendo largas pausas pero sin necesidad de que Araña recurriese al vergajo, Trejo contó lo que sabía: William Garrison, norteamericano, comunista de línea dura, había llegado a España en agosto del año pasado bajo la cobertura de corresponsal de prensa; pero en realidad venía enviado por el Komintern desde París. Era rubio, alto, miope. A menudo usaba gafas de concha. Había pasado tres meses infiltrado en las brigadas internacionales, purgándolas de trotskistas, de sospechosos y de tibios, y luego actuó en los interrogatorios y ejecuciones de la checa de La Tamarita de Barcelona. Un hombre poco simpático, de acción. Despectivo hacia todo lo español. Su relación con el capitán Quirós era correcta, pero no buena.

Falcó lo dejó descansar un momento.

—¿Y qué hay de ella? —inquirió tras la pausa.

Lo miraba aturdido el otro.

—La mujer —insistió Falcó.

Trejo se pasó la lengua por los labios secos y con grietas.

—Se lleva bien con Quirós —dijo al fin, con dificultad—. Lo respeta, y él la respeta a ella... Cuando apareció el destructor fascista, permaneció en el puente... Muy serena, por lo que dicen.

—¿Lo que dicen?

—Yo no estaba allí... Estaba ocupado abajo, animando a la tripulación.

—Claro. Animándola.

—Es mi trabajo... Soy comisario de la flota.

Y no precisamente un héroe, pensó Falcó. Un combate naval no era como matar a jefes y oficiales indefensos. El aspecto patético del prisionero, su cuerpo torturado, no le causaban satisfacción, pero tampoco compasión alguna. Recordó lo que le había contado Antón Rexach: siete meses atrás, siendo segundo maquinista y miembro de la Guardia Roja del acorazado *Jaime I,* Juan Trejo había participado en la matanza de los ciento cuarenta y siete jefes y oficiales de la Armada y el Ejército prisioneros en el transporte *España n.º 3.* Los detenidos fueron obligados a salir de la bodega uno por uno, y les habían disparado en la nuca antes de arrojarlos al mar con parrillas de hierro atadas a los pies. Algunos de ellos, todavía vivos.

—Háblame de esa mujer.

—No sé mucho de ella... Sólo que se llama Luisa Gómez.

Restalló un golpe de vergajo. El prisionero se contrajo y soltó un aullido. Falcó miró con reproche a Paquito Araña y encontró la sonrisa insolente del otro. Inmovilizó a Trejo, que por efecto del golpe giraba lentamente suspendido de la cuerda. Al tocarlo, comprobó que de pronto se le había cubierto el cuerpo de un sudor muy frío. Era sorprendente, pensó, que aún le quedara a aquel tipo algo de líquido en el cuerpo.

—Pues te conviene saber más, camarada comisario.

Abrió éste mucho la boca, como si le faltara el aire, y luego emitió un sonido desgarrado, ronco y seco. Falcó hizo una señal a Kassem y el moro se puso en pie, vertió agua de una damajuana en un pichel de hojalata y se lo llevó a Falcó. Éste lo acercó a los labios agrietados, que sorbieron con ansia.

—No se llama Luisa, sino Eva —dijo Trejo después de un momento, recobrando con dificultad el habla—. Ignoro su apellido... Tampoco es española, sino rusa.

Falcó hizo caso omiso de la mirada de asombro que le dirigía Paquito Araña.

—¿Experimentada?

—Mucho. Y con autoridad... Garrison es sólo un subalterno. Ella toma las decisiones.

—¿Por encima de ti?

—Viene amparada desde arriba... Es la responsable de la operación.

—¿Quiénes son sus superiores?

Un susurro apenas audible. Falcó se acercó más a la boca del otro.

—¿Quién, dices?

—Un ruso importante... Se hace llamar Pablo.

Asintió Falcó. Eso encajaba. Pablo era el alias de Pavel Kovalenko, jefe del NKVD en España.

—¿Lo has visto alguna vez?

—Supervisó el embarque. Es fuerte, calvo, con bigote... Todo el rato estuvieron aparte, hablando... Ni siquiera Garrison se les acercaba.

—¿Cómo se comunica ella?

—A través del consulado... Hay un aparato de cifra ruso que desembarcó en una maleta... También utiliza las oficinas de telégrafos francesa e inglesa.

—¿Y Garrison?

—No se comunica con nadie, que yo sepa... Es Luisa, o Eva, quien se encarga de todo.

—¿Sabe que estoy en Tánger? ¿Me ha identificado?

Tardaba Trejo en responder, y Falcó tuvo que hacer un gesto para que Araña no volviera a golpearlo. A espaldas del detenido, el otro moduló una mueca decepcionada.

—Lo sabemos desde hace dos días —confirmó al fin Trejo—. Ella conoce incluso tu nombre auténtico... Lorenzo Falcó.

—¿Ha comentado algo sobre mí?

—Que eres agente franquista... Y muy peligroso.

—¿Eso dijo?

—Eso mismo... Es Garrison quien por orden suya se encarga de controlarte, pero no sé hasta qué punto, ni a quién utiliza para eso.

—¿Dijo ella algo más?

—Sí... Que tal vez haya que matarte.

Seguía lloviznando afuera. Apoyado junto a la puerta, Falcó contemplaba la noche. Se había puesto la chaqueta y fumaba otro cigarrillo. Paquito Araña salió a reunirse con él.

—Vaya sorpresa, lo de la rusa —apuntó el sicario—. ¿Estabas al corriente?

—Sí.

—El mundo es un pañuelo.

Se quedaron callados.

—¿Qué hacemos con ese rojo de ahí dentro? —preguntó Araña por fin.

—Estaba pensando en eso.

—No podemos dejarlo así. Si acude a un hospital o a la policía, acabaremos en la cárcel.

—Lo sé.

—¿Entonces?

Ni siquiera se trataba de una pregunta. Los dos eran profesionales.

—En este oficio no se hacen prisioneros —añadió Araña tras un momento.

Antes de hablar, Falcó dio otra silenciosa chupada al cigarrillo.

—Debemos hacer que crean que ha desertado —dijo al fin—. Nada de rastros.

—Yo me ocupo —propuso Araña.

—¿Y qué hay del cuerpo?

—He hablado con Kassem, y él se encarga. Cerca hay un pozo seco, dice.

Asintió Falcó. Miraba la brasa del cigarrillo. Se lo llevó a los labios, aspirando el humo por última vez, y dejó caer la colilla al suelo mojado.

—Bájalo de la viga y que descanse.

—Bien.

Entró Araña y Falcó se quedó contemplando las pocas luces lejanas de Tánger. Había otros puntitos luminosos mar adentro, en la bahía. Pesqueros que faenaban allí.

Las reglas del juego, pensó.

Todos jugaban según las mismas reglas. No había otras. La diferencia era que unos las asumían y otros no; sobre todo cuando llegaba el momento de abonar el precio. Sorprendía tanta cantidad de malos pagadores.

Entró en la choza. Araña y Kassem habían bajado a Trejo de la viga. El prisionero estaba en el suelo, aún con las manos atadas a la cuerda: desnudo y pálido, surcado de vergajazos, quebrantado y sin fuerzas. Emitía un quejido rauco, dolorido. El de un animal en el matadero.

Falcó se detuvo ante él y Trejo miró hacia arriba. En sus ojos vidriosos brilló una lucecita de comprensión.

—No me iréis a matar, ¿verdad?... Lo he dicho todo, cabrones.

Su balbuceo era casi un llanto. Una súplica.

—Pensadlo, por favor... Os soy más útil vivo. Yo iba a irme a Francia... No pensaba seguir adelante con este disparate.

Araña se inclinó hacia él por detrás, metiéndose una mano en un bolsillo del pantalón. Sonreía.

—No podéis hacerlo... Tengo familia... Tengo una familia...

Todos tienen algo, pensó Falcó: hijos, una esposa, una madre. Todos tienen a alguien por quien vivir. Todos creen ser necesarios, y eso los hace más vulnerables todavía. A fin de cuentas, es un privilegio pasar por la vida sin otros afectos. Sin nada que perder. Pasar como yo lo hago, hasta que llegue el momento de que un Paquito Araña, sea quien sea, se incline a su vez sobre mi espalda. Llegar hasta la orilla oscura sin otras posesiones que las necesarias para sobrevivir hasta entonces en campo enemigo. Sin otros bienes que mi sable y mi caballo.

Una vez, de jovencito, Falcó había leído aquello en un libro de aventuras, y le gustaba. No lo había olvidado nunca. Su sable y su caballo.

—Esperad —suplicaba Trejo—... Por favor... Por favor.

En la mano derecha del sicario relució la navaja. Un poco aparte, cruzados los brazos sobre el pecho, el moro lo miraba todo con pasmada curiosidad.

Fascinado, Falcó observó la expresión de Araña. Un ser humano en el acto de matar. No había emoción aparente, ni deleite, ni repugnancia. Había dejado de sonreír. Ahora sólo mostraba concentración en la tarea exacta. La luz de petróleo le dejaba parte del rostro en sombra, y entre esa sombra relucían sus ojos de sapo, muy brillantes y muy fijos.

Y así, con esa mirada, Araña agarró por el pelo a Trejo, le echó hacia atrás la cabeza y le cortó limpiamente el cuello tres centímetros bajo la mandíbula, con un solo y firme tajo de izquierda a derecha.

Falcó dio un paso atrás para que el chorro de sangre no le manchara los zapatos.

A las ocho menos veinte de la mañana, cruzó con naturalidad el vestíbulo del hotel Majestic, sonrió al conserje de noche y siguió hasta el saloncito de lectura. Tomó asiento en un sofá desde el que podía vigilar la escalera y la puerta de la calle, y durante diez minutos hizo como que leía revistas ilustradas. Al fin, tras un último vistazo distraído a un relato de Eduardo Zamacois —*El excelentísimo señor*— y otra mirada al vestíbulo, se puso en pie, dirigiéndose a la escalera.

No tuvo ningún encuentro molesto. Dos sirvientas, mora y cristiana, limpiaban el rellano de la segunda planta, y en la tercera el pasillo estaba vacío y silencioso, con algunos zapatos recién lustrados ante las puertas. La habitación 308 se encontraba al fondo, en la parte del edificio cuya fachada daba al mar. Una pequeña ganzúa, que manejó con rapidez y habilidad, bastó para abrir la cerradura. Miró hacia el pasillo, comprobó que no había nadie, y entró cerrando la puerta tras de sí.

La habitación olía a aire cargado, a ropa sucia y ambiente de fumador. El balcón con barandilla de hierro daba al paseo marítimo. Había junto a la cama un cenicero con media docena de colillas, una maleta grande y otra pequeña. La cama estaba revuelta, con una camisa y unos calcetines sucios encima. También había un impermeable colgado en el armario, y Falcó lo palpó minuciosamente, revisándolo. Después fue hasta la cómoda y abrió todos los cajones. Había allí documentos con sellos oficiales de la República —uno de ellos, el manifiesto de embarque del oro del Banco de España— que metió en la maleta pequeña. Añadió todos los objetos personales de Trejo, útiles de aseo, una camisa limpia, ropa interior, el impermeable. Todo cuanto el comisario político hubiera podido llevar consigo en caso de viaje urgente. De deserción.

Durante el interrogatorio, Trejo había confesado dónde escondía dinero y pasaporte. Falcó lo encontró todo sin dificultad en el lugar señalado: el dinero sobre el armario y dos pasaportes, uno francés con nombre falso, tras el espejo sobre la cómoda. También había un pasaje Tánger-Marsella en el *Maréchal Lyautey*, de la compañía marítima Paquet, para dos días después. En cuanto al dinero, era una cantidad sorprendente; dos gruesos fajos de francos y libras esterlinas sumaban una cifra considerable. Un buen seguro de viaje y de vida.

Mientras se metía el dinero en los bolsillos, Falcó moduló una mueca sarcástica. Entre las muchas cosas que Trejo había dicho antes de morir, aquélla era cierta. Era evidente que el comisario político de la flota republicana no tenía intención de volver a embarcarse para correr la suerte que esperaba al *Mount Castle* en el mar. La suya no era vocación de mártir por la causa del pueblo; ni lo de desertar, fantasía inventada para congraciarse con sus verdugos. Juan Trejo tenía intención real de tomar las de Villadiego. Y había estado a punto. Mala suerte, la suya.

Cerró Falcó la maleta, miró alrededor, tiró cosas a la papelera y dispuso algunos detalles para reforzar la impresión de que el ocupante de la habitación la había abandonado voluntaria y discretamente. Después meditó sobre el recorrido que debía hacer desde la habitación a la calle, y en la posibilidad de algún encuentro inoportuno. Pensó en qué ocurriría si se topaba en la escalera con el tal Garrison y éste lo reconocía; o, lo que también era posible, con la propia Eva Neretva. Ambos ocupaban habitaciones en la segunda planta. Con esa idea en la cabeza, comprobó una vez más que la Browning tenía una bala en la recámara antes de coger la maleta y salir al pasillo.

Caminó tenso hacia la escalera, con la maleta en la mano izquierda. Las limpiadoras ya no estaban en el rellano de la segunda planta. Bajó procurando que no sonaran sus pasos y se detuvo un instante a mirar hacia las habitaciones 201 y 210. Seguramente ella estaba en la última, pensó. Aún dormida o recién despierta.

Sentía una punzada extraña, hecha de recuerdos y de sensaciones. O tal vez eran sentimientos, pese a que el Almirante solía decir —y no del todo en broma— que no era que Falcó tuviera buenos o malos sentimientos, sino que, simplemente, carecía de ellos. Sin embargo, el pasillo, la puerta de la habitación 210, aquella extraña e invisible cercanía, lo desasosegaban mucho, o lo suficiente. Alteraban su ecuanimidad de juicio, tan necesaria. Y aquella inquietud le crispó los músculos y el pensamiento, porque supo que todo eso lo hacía vulnerable. Lo ponía en peligro.

Paradójicamente, la palabra *peligro* le devolvió la serenidad. El cálculo frío. De pronto se le ocurrió que, ya que estaba allí, de haber llevado consigo el supresor de sonido Heissefeldt podía haber aprovechado la ocasión para ir a la habitación de Garrison y matarlo. Toc, toc, un mensaje para usted. Bang. Un problema menos, y más despejado el paisaje. Dos enemigos fuera de juego en pocas horas. Pero algo le decía que las cosas no serían tan fáciles con aquel fulano como lo habían sido con Trejo. Por más que la fortuna favoreciera a los audaces, las improvisaciones podían salir bien, o podían salir mal. En menos de doce horas no convenía tentar demasiado a la suerte.

Siguió bajando hasta el vestíbulo, dispuesto a mano, en un bolsillo, un billete de cien francos —su arma favorita según con quién—, por si al conserje se le ocurría formular preguntas. Y así sucedió.

—Disculpe, señor... ¿Está alojado en el hotel?

No era el mismo de antes. A las ocho habían hecho el relevo, supuso Falcó. Se blindó con su mejor sonrisa, acercándose al mostrador. La tensión, invisible, se le anudaba por debajo. Aquello no se resolvía con pistolas.

—Un buen amigo, el señor Trejo, ha pedido que venga a recoger algunas cosas para él —mostró la pequeña maleta—. Aquí se las llevo.

El conserje era un francés calvo y flaco, de mediana edad. Llevaba las dos llavecitas de oro en las solapas de un chaqué no demasiado limpio.

—¿Qué habitación?

—La trescientos ocho.

Miró el conserje el casillero. La llave estaba allí, colgada de un gancho.

—Fue su compañero del turno de noche el que me abrió la puerta —añadió Falcó, inalterable la sonrisa.

El conserje miró la maleta con una desconfianza que se disipó en el acto cuando Falcó interpuso, entre ella y su mirada, el billete de cien francos.

—Dele esto de mi parte al compañero cuando lo vea, por favor... Fue muy amable.

Los cien francos desaparecieron con rapidez en un bolsillo del conserje.

—Muchas gracias, señor.

—No, hombre —Falcó ensanchó la sonrisa—. Gracias a ustedes.

Se deshizo de la maleta en unos depósitos de basura junto a la tapia del puerto y subió hasta el Continental. Empezaba a dolerle la cabeza, así que lo primero que hizo fue ir al comedor y encargar al camarero una jarra de leche caliente, pan tostado y aceite, y mientras llegaban ingirió una cafiaspirina con un sorbo de agua. Desayunó sin prisas, hojeando los periódicos.

El mercante republicano, en su plazo final. La tragedia parece inevitable.

Así titulaba *L'Écho de Tanger* en primera plana, y los otros lo hacían de modo parecido. *El Porvenir* y *La Dépêche* mencionaban, además, las presiones diplomáticas que el Comité de Control estaba sufriendo por parte de las autoridades nacionales y republicanas. Falcó dejó a un lado los diarios, y como el analgésico empezaba a hacerle efecto, encendió un cigarrillo.

Reflexionaba sobre los pasos siguientes a dar. Hipótesis más probables, hipótesis más peligrosas, ataque y defensa. Tenía que enviar un mensaje al Almirante dando cuenta de lo ocurrido durante la noche y planear una reunión con Rexach y el comandante del destructor *Martín Álvarez* a fin de tener previstas las eventualidades, incluido un asalto al mercante republicano si las cosas se torcían o había resistencia de la tripulación. Siempre y cuando, claro, el capitán Quirós aceptase entregar el barco. Lo que aún estaba por ver.

También debía prepararse, pensó luego, para la reacción de la mujer y el norteamericano. En cuanto comprobaran que el comisario político había desaparecido, la idea de una posible deserción los mantendría despistados durante algún tiempo, quizá sólo unas horas; pero tarde o temprano iban a atar cabos. Tampoco el conserje del Majestic tardaría en hablar del *amigo* enviado por Trejo a recoger sus cosas. El que se había ido con una maleta.

Eva. La imagen vista a través de los prismáticos, en el puerto, seguía dando vueltas en su cabeza. Ella, desenvuelta, segura de sí, conversando con los hombres en el alerón del *Mount Castle*. Y aquella mirada dirigida hacia el lugar desde el que él la espiaba. Un gesto penetrante, como motivado por la intuición o la certeza de que estaba cerca, observándola.

Dijo que tal vez haya que matarte, había contado Trejo. Y Falcó sabía que era verdad.

Durmió casi tres horas después de encargar a Yussuf, el conserje, que lo despertase a las doce. Lo hizo con una silla bloqueando la puerta y la pistola bajo la almohada, pues ahora estaba en guerra abierta y no era momento de poner fáciles las cosas.

Tras lavarse, estuvo un buen rato trabajando con *El buque ante el derecho internacional* como libro de claves.

Al terminar la cifra del mensaje se puso una camisa limpia y un traje gris de entretiempo —el otro se había ensuciado con la caída en la rampa—, escondió el dinero de Trejo detrás de la cómoda, metió la pistola en la funda de la cintura, cogió gabardina y sombrero y bajó por la escalera.

Paquito Araña estaba sentado en el vestíbulo, limándose las uñas. Su aspecto era tan fresco, pulcro y bien afeitado como si acabara de salir de la peluquería. Sólo los ojos tenían cercos de cansancio. Esta vez no olía a pomada ni a perfume. Al ver a Falcó se levantó y vino a su encuentro.

—Asunto arreglado —dijo.

—¿El pozo?

El sicario esbozó una sonrisa ajena a la piedad.

—Buen muchacho, ese Kassem —se pasó la lengua por los labios—. Eficiente y machote.

Falcó le miraba los párpados abolsados de fatiga.

—¿Has descansado algo?

Araña encogió los hombros.

—Pasé un momento por la pensión a refrescarme. Ahora iré a dormir, si no me necesitas.

—No te he dejado respirar desde que llegaste anoche.

El sicario compuso una mueca siniestra.

—Valió la pena. Tuvo su encanto lo del rojo flaquito —miró a Falcó con curiosidad—. ¿Has informado a Salamanca?

—A eso voy. Tenemos un operador de radio, un tal Villarrubia.

—Me lo dijeron.

—Es gente de Lisardo Queralt.

—Ah. Eso no me lo dijeron.

—De todas formas, los mensajes son cosa mía.

—Claro —Araña le guiñó un ojo, guasón—. Tú eres el jefe, cielo... Para ti son la gloria o el oprobio.

—¿No te ibas?

—Abur, guaperas.

Se separaron en la calle Dar Baroud. No lloviznaba, pero el cielo tenía un aspecto opresivo y ceniciento. Falcó miró el reloj y entró en el Rif, donde comió sin prisa un guiso de pescado. Después de fumar un cigarrillo pagó la cuenta, fue hasta el Zoco Chico, y de allí atajó por el mercado de carne y verduras hacia la ciudad europea. Dos veces se detuvo a comprobar si lo seguían; y una tercera, ya cerca del consulado de Francia, desanduvo camino una veintena de metros, estudiando los rostros que estaban detenidos o venían en su dirección. Por fin, tranquilizado sobre eso, cruzó la calle, eludió un tranvía, pasó junto al policía que regulaba el tráfico de carruajes y automóviles, y entró en el Café de París, dirigiéndose a la caja como si fuera a hacer una llamada telefónica.

Villarrubia estaba sentado en una de las primeras mesas. Vestía informal, con pantalones de golf y camisa de cuello abierto sobre las solapas de la chaqueta. Parecía un estudiante. Apenas vio entrar a Falcó se puso en pie, y éste le fue detrás. Caminaron por la acera izquierda del bulevar Pasteur, manteniendo la distancia. Y cuando frente al número 28 el operador de radio cruzó la calle, Falcó dirigió una mirada precavida a uno y otro lado y cruzó a su vez.

Lo alcanzó en la escalera y llegaron juntos ante la puerta.

—¿Todo en orden? —preguntó el joven.

—Todo.

Villarrubia hizo girar el llavín en la cerradura y se detuvo, formal, para que Falcó entrase primero.

—Anoche cené en un sitio estupendo —dijo en tono ligero—. Se llama Bretagne, frente a la playa... Te lo recomiendo.

—Tomo nota.

El otro se mostraba locuaz. Parecía con ganas de agradar.

—La ciudad tiene un ambiente colosal, ¿verdad?... No se creería uno en África. Comparado con esto, Tetuán es más triste que un ciprés. Y qué señoras, oye.

—Sí.

Pasaron al comedor. Como de costumbre, el aparato de radio estaba sobre la mesa, con el cable de la antena cruzando de lado a lado el techo, sujeto a la lámpara. Villarrubia colgó su americana en el respaldo de una silla y conectó la fuente de alimentación.

—Lo desmonto cada noche y lo guardo, por seguridad —miró a Falcó, inquisitivo—. ¿Qué tenemos hoy?

Le pasó éste el mensaje cifrado, y el joven lo leyó por encima con mirada profesional. Para él, aquello no eran más que grupos de letras y números que otros debían convertir en palabras, y que se limitaba a transmitir, indiferente a si contenían informes rutinarios o detalles sobre la muerte de un hombre. Nada de lo que enviaba era asunto suyo. Al menos, en principio.

—Dos minutos —dijo.

Se había quitado el reloj de la muñeca. Fue a sentarse ante el equipo y lo puso todo a la vista, junto al manipulador Morse. Después se colocó los auriculares.

—Treinta segundos.

Me cae bien, concluyó Falcó. Respetuoso, disciplinado, competente en su trabajo. Consciente de lo que corresponde a cada cual. Por un momento se preguntó qué clase de información estaría pasando por su cuenta a la gente de Lisardo Queralt. Cuáles serían los informes privados que, sin duda, le pedían. A fin de cuentas, a Villarrubia no lo habían mandado a Tánger sólo para echar una mano al SNIO en la operación del oro. Era una forma de seguir al corriente de todo, y Falcó estaba lejos de hacerse ilusiones sobre eso. No le cabía la menor duda de que el mensaje que estaban a punto de transmitir llegaría de forma simultánea a manos del Almirante y a manos de su rival político. En el sucio mundo de los espías, todos mojaban en la misma salsa. Aquel chico era tan peligroso como cualquiera.

—Conexión —dijo Villarrubia—. Ahí vamos.

Ti, ti-ti. Ti, ti, ti-ti, ti... Punto, raya. Punto, punto, raya, punto. El joven había empezado a pulsar con rapidez el manipulador, y Falcó fue siguiendo mentalmente el envío de cada una de las palabras en clave:

Necesidades-operativas-impusieron-dar-café-tercer-viajero-stop-Obtenido-material-valioso-stop-Cambio-guardia-posible-stop-Respuesta-inminente-stop-Coordino-modalidades-fuerzas-locales.

—¿Algo que añadir? —preguntó Villarrubia.

—Nada.

Pulsó el otro un punto, una raya y tres puntos. Permanecieron en silencio, mirando el radiotransmisor.

—No hay respuesta —dijo el joven, tras un momento.

Pulsó tres puntos, raya, punto, raya. Fin de la transmisión. Después se quitó los auriculares, recuperó su reloj y apagó el aparato.

Falcó quemaba el papel del mensaje con la llama de su encendedor.

—Mañana no salgas del Café de París —ordenó—. Puedo necesitarte en cualquier momento del día.

El otro le dirigió una sonrisa entre excitada y cándida.

—¿Estamos llegando al final?

Falcó pulverizaba minuciosamente las cenizas en un cenicero.

—Casi.

Al terminar, sacó la pitillera y se puso un Players en la boca. Villarrubia señaló el cigarrillo.

—¿Puedo hacerte una pregunta?

—Depende.

—¿Por qué los enciendes siempre por el lado opuesto?

—Para quemar la marca, y que no quede en la colilla. Pueden identificarte por cosas como ésa.

El joven lo contemplaba, admirado.

—Joder —dijo.

Cuando regresó al hotel, tenía en el casillero del conserje un sobre cerrado con un mensaje. El sobre no llevaba remite, pero el mensaje iba firmado con las iniciales de Moira Nikolaos:

El marino te contactará esta noche entre ocho y nueve. Pide que estés atento al teléfono.

Todavía eran las siete y cuarto. Falcó entró en la cabina telefónica del hotel, llamó a Antón Rexach a su oficina, y con toda clase de precauciones lo puso al corriente. Había que tomar medidas preventivas, señaló, tanto si el capitán Quirós decidía aceptar la oferta y entregar el barco, como si se negaba. También pidió a Rexach que informase al comandante del *Martín Álvarez* y preparase una reunión por la mañana temprano, a fin de poner a punto la táctica a utilizar según saliera cara o cruz. Tampoco estaría de más, añadió tras pensarlo un momento, que a esa reunión asistiera el cónsul nacional en Tánger. Rexach se mostró de acuerdo, asegurando que todo estaría dispuesto a primera hora.

Tras colgar el teléfono, Falcó le dijo a Yussuf que estaría en el bar marroquí. Fue allí, pidió un *gin-fizz* y se sentó en un diván, hojeando números de *Voilà* y *Estampa* de antes de la guerra —*Notas de Hollywood: Claudette Colbert combina los films históricos con la comedia psicológica*—. Por un rato pudo concentrarse en un artículo sobre la moda masculina en Londres, que incluía calzado rematado en punta que el zapatero —salía su risueña foto— llamaba *a la española*. Y al terminar, dejando a un lado la revista, Falcó concluyó que alguien capaz de llamar *a la española* en 1937 a unos zapatos de hombre acabados en punta merecía sufrir la misma suerte que el comisario político Juan Trejo. Incluido el pozo de Kassem como final de fiesta.

A las ocho y diez apareció Yussuf en la puerta del bar. Lo llamaban al teléfono. Falcó se quedó inmóvil un instante, vaciando la cabeza de todo cuanto no fuese a decir o escuchar en los próximos minutos. Después se levantó y fue hasta el vestíbulo. Antes de cerrar la puerta acristalada comprobó que el conserje, al que podía ver desde allí, no estaba pendiente de la centralita.

—Dígame.

—«He estado considerando su oferta. Sobre todo lo que se refiere a mi familia... ¿Se mantiene en lo que dijo?»

La voz del capitán Quirós sonaba lejana y fatigada, pensó Falcó. No estaban siendo días fáciles para nadie, pero mucho menos para él.

—Lo mantengo completamente —respondió.

—«¿También la parte... económica del acuerdo?»

—Claro.

Siguió un silencio. El marino parecía debatirse con algunos escrúpulos.

—«Lo quiero en metálico» —señaló al fin.

—Por supuesto —Falcó sentía ganas de aullar de júbilo—. ¿Qué divisa prefiere?

El otro aún pareció dudar un instante.

—«Libras esterlinas» —dijo.

—¿Algún problema en su territorio?

—«Ninguno insoluble, por ahora.»

—¿Necesita ayuda?

Nuevo silencio, esta vez más largo.

—«Podría necesitarla.»

Un ramalazo de inquietud. Falcó intentaba calcular los posibles problemas, y la lista era enorme. El estado de ánimo de la tripulación, por ejemplo, cuando se enterara.

—¿Quiere darme detalles?

—«No por teléfono.»

Falcó se pasó una mano por la frente. Intentaba pensar a toda prisa. No cometer errores, sobre todo. Y no espantar la caza.

—Mañana a última hora estará todo dispuesto... ¿Le va bien?

—«Eso creo.»

—¿En el puerto?

—«Mejor en la ciudad —esta vez Quirós pareció pensarlo mucho rato—... ¿La misma casa de arriba?».

También lo meditó Falcó. En aquella etapa, con todo a punto de hervir en la olla, prefería dejar fuera a Moira Nikolaos. No deseaba comprometerla más de lo que ya estaba.

—Hay una tienda de alfombras cerca del Zoco Chico —sugirió—. La calle casi hace esquina con la oficina francesa de correos. El dueño se llama Abdel... ¿Le parece bien a las diez?

—«Me parece bien» —dijo Quirós tras un silencio.

—¿Alguna indicación especial?

—«Sí... Me gustaría que estuviera presente ese caballero con el que conversé la vez anterior.»

El comandante Navia, pensó Falcó, sin poder evitar una sonrisa. Debía haberlo pensado antes, claro. De marino a marino. Eso facilitaría las cosas.

—Cuente con ello... ¿A usted lo acompañará alguien?

—«Puede que sí. Tal vez alguien de confianza.»

—Como guste.

—«No... Le aseguro que no hay nada de gusto en esto.»

Sonó un clic y se interrumpió la comunicación. Falcó se quedó mirando el auricular del teléfono y luego lo colgó despacio. Seguía sonriendo por un lado de la boca, despectivo y cruel. Todos tenemos un precio, pensaba. Más alto o más bajo, aunque no siempre se trate de dinero. También lo tienen, muy a su pesar, los viejos marinos tenaces y cansados.

Hacía frío. Tras un rato en el balcón en mangas de camisa y con el chaleco desabrochado, flojo el nudo de la corbata, mirando las débiles luces del puerto y el destello de la farola al extremo del espigón, Falcó volvió al interior de la habitación y cerró la puerta vidriera. Su cabeza era un laberinto táctico donde se cruzaban todas las eventualidades posibles en las próximas veinticuatro horas. Hipótesis probables y planes específicos para cada una.

Como solía decir su instructor rumano, antes de entrar en un avispero convenía estudiar bien por dónde se iba a ir uno. Y en Tánger, el avispero empezaba a zumbar.

Tiritaba un poco. Para quitarse el frío, fue hasta la botella de Fundador que tenía sobre la cómoda y se puso un dedo en un vaso. Lo bebió sorbiendo entre dientes, sin prisa. Entrando en calor. El sabor de coñac unido a los escalofríos le traía malos recuerdos: doce años atrás había pasado cinco días delirando de fiebre en el cuarto infecto de un hotelucho de Mujtara, en el Líbano francés, con las cucarachas corriéndole de noche sobre la cama y sin otro alivio ni compañía que un tubo de aspirinas y una botella de coñac. Una venta de pistolas Astra a la milicia drusa, que al final se había ido al diablo. Una operación por cuenta de Basil Zaharoff.

Sonrió recordando al viejo sir Basil. Su barbita blanca puntiaguda y la extrema y dura inteligencia de sus ojos tras los lentes. El encuentro de ambos a bordo del *Berengaria* en viaje de Gibraltar a Nueva York había cambiado la vida de Falcó. Recién expulsado de la Academia Naval, enviado por su familia con una breve carta de recomendación para un hombre de negocios neoyorquino con el que tenían relaciones comerciales, el azar de una partida de póker en la *smoking room* del transatlántico acabó sentándolo frente a Zaharoff, que a los setenta años aún se encontraba en plena forma. Al viejo traficante le había gustado aquel jovencito apuesto y desenfadado que perdía en el juego con una sonrisa, hablaba idiomas, vestía con educada elegancia y sabía moverse audaz y natural bajo el fuego intenso de las miradas de las mujeres de a bordo. En ese viaje, a Zaharoff lo acompañaba su amante, una española llamada Pilar de Muguiro con la que se casaría poco después. A ella también le había caído en gracia el joven Falcó; y antes de que el barco amarrase en los muelles de Nueva York, éste había encontrado un nuevo empleo: doce años traficando con armas en el Mediterráneo Oriental, los Balcanes, el norte de África y Centroamérica, hasta que el Almirante lo reclutó para los servicios de inteligencia de la República.

Figuras paternas, pensó irónicamente tras otro sorbo al coñac. El doctor Freud, aquel austríaco del que tanto se hablaba, habría tenido quizá algo que decir sobre eso. Sir Basil y el Almirante sustituyendo al padre, con quien se llevó mal hasta su muerte; a la madre pacata y religiosa, de la que todo lo separaba; a las hermanas casadas con imbéciles y al hermano mayor, heredero del negocio —fino Tío Manolo, coñac Emperador—, el humo de cuyos sacrificios domésticos siempre subía derecho al cielo, a diferencia del suyo. Para la familia Falcó, Lorenzo había sido desde niño un caso arquetípico de bala perdida que el sentido común aconsejaba mantener lejos. Sin embargo, Basil Zaharoff y el Almirante, hechos de otra pasta, supieron reconocerlo desde el principio como uno de los suyos, tratándolo a la manera cómplice, hecha de curiosidad y tolerancia, que un profesor perspicaz reservaría a un muchacho brillante, distinto a otros. Y Falcó les había correspondido siempre con serena lealtad personal, matizada con aquel estilo suyo —respeto y disciplina compatibles con un desenvuelto descaro— que a hombres de tal clase no desagradaba en absoluto, sino todo lo contrario.

Iba a encender un cigarrillo cuando llamaron a la puerta. Sorprendido, miró el reloj. Era casi medianoche.

—¿Quién es?

No hubo respuesta.

En el acto, su mente adiestrada apartó todo lo superfluo, concentrándose en la situación inmediata: noche, puerta, Tánger, territorio hostil, peligro.

Avispero, concluyó de nuevo. Oía zumbar el enjambre revuelto.

El pulso se le disparó un instante, así que permaneció inmóvil, respirando despacio hasta que lo sintió latir de nuevo con regularidad. Entonces, sin hacer ruido, abrió la puerta vidriera del balcón para dejar libre una ruta de escape, cogió la Browning de encima de la cómoda y le quitó el seguro. Después, pisando sobre los talones aunque la alfombra apagaba sus pasos, se acercó a la puerta. Allí, con el arma en la mano derecha, la alzó hasta casi la altura del rostro, puso el índice en el gatillo y abrió con la mano izquierda.

Ante él, recortada en el contraluz del pasillo, la frente a un palmo del cañón de la pistola, estaba Eva Neretva.

10. *Die letzte Karte*

Cuando Falcó cerró la puerta, Eva dio unos pasos por la habitación, observándolo todo, hasta detenerse frente a la vidriera entreabierta del balcón. Lo hizo muy despacio. Ahora le daba la espalda, mirando hacia el puerto y la noche. Ninguno de los dos había despegado los labios.

—Me preguntaba... —empezó a decir Falcó, al fin.

—Yo no me preguntaba nada —lo interrumpió ella.

Siguieron callados un momento. Eva se volvió a mirarlo.

—Nada —repitió, pensativa.

Había una sola luz encendida en la habitación: un aplique sobre la mesilla de noche. La colcha estaba extendida en la cama, aunque arrugada, y sobre ella había documentos y notas —algunos, pertenecientes a Juan Trejo— que Falcó había estado leyendo. La luz iluminaba de costado a Eva, dejándole medio cuerpo en sombra, delineando el perfil de su rostro bajo el ala del sombrero casi masculino que llevaba puesto. Los ojos vagamente eslavos sin maquillar, como la boca. En cuatro meses, su cabello había crecido. Vestía una chaqueta de piel y falda gris. Pañuelo de seda al cuello y zapatos de tacón bajo.

—Sólo tenía que ocurrir —dijo ella.

—Claro.

—Un día u otro.

—Sí.

Miraba la pistola que Falcó aún sostenía en la mano.

—No vengo a matarte.

Si era una broma, lo dijo sin sonreír.

—No todavía —añadió tras un instante.

Se mantenía muy seria. Grave y segura de sí. Había estudiado a Falcó de arriba abajo, detenidamente, y ahora lo miraba a los ojos. Él fue hasta la cómoda con la Browning, extrajo el cargador y la bala de la recámara y lo metió todo en un cajón; no por demostrar confianza, sino porque no se fiaba de dejar el arma cargada y a su vista. Ella pareció comprender, pues a sus labios afloró una sonrisa casi invisible con aquella luz. Falcó se preguntó si vendría armada.

—¿Es la misma pistola que utilizaste aquella noche?

Él dudó un momento.

—La misma —dijo.

—¿Y has vuelto a usarla desde entonces?

No respondió a eso. Estaban los dos frente a frente, mirándose. A la distancia de tres pasos.

—Han ocurrido algunas cosas desde aquello —dijo Eva.

—¿Estuviste todo el tiempo en España?

Tardó en responder. Inclinaba la cabeza como considerando si era conveniente. Al cabo hizo un ademán de indiferencia.

—Casi todo —confirmó.

—He sabido cosas sobre ti: Kovalenko, la Administración de Tareas Especiales... El *Mount Castle* y todo lo demás.

—Yo también he sabido sobre ti.

Ahora fue él quien sonrió. Por primera vez.

—Esta guerra es un lugar pequeño.

—Mucho.

246

Eva miraba la botella de coñac.

—Dame un poco de eso, por favor.

De nuevo fue Falcó hasta la cómoda, cogió un vaso limpio y vertió dos dedos.

—No tengo sifón.

—Es igual.

Le entregó el vaso, y al hacerlo sus manos se rozaron. Las uñas eran como él las recordaba: muy cortas y descuidadas, roídas. Sin barniz. Manchadas de nicotina.

Señaló Falcó una silla.

—¿Quieres sentarte?

—No.

Se había quitado el sombrero, y la luz del aplique arrancaba reflejos dorados al cabello rubio y lacio que ya casi le cubría las orejas y la nuca. Los hombros seguían siendo fuertes bajo la chaqueta.

Espalda de nadadora, recordó él.

Aquella mujer no parecía la misma a la que había llevado en coche hasta Portugal, torturada, febril y maltrecha. De nuevo era la que conoció en Cartagena cuando aún seguían vivos los Montero: aquellos hermanos a los que ambos —cada uno por distinto motivo— habían traicionado, llevándolos a la muerte como a una veintena de hombres más. Eva Neretva, Eva Rengel. La infiltrada que había disparado en la cabeza a Juan Portela para evitar ser descubierta. La que había protegido, abriendo fuego contra sus perseguidores, la fuga de Falcó cuando corrían por la playa para ponerse a salvo, la noche en la que todo acabó yéndose al diablo y nadie pudo salvar a José Antonio Primo de Rivera.

—¿Por qué vas a Rusia?

Lo miró casi con sorpresa, como si él acabara de soltar una inconveniencia. Una falta de tacto.

—Tengo una misión —dijo tras un momento—. Lo mismo que tú tienes otra.

—Sé algo sobre esos viajes. Y no hablo del oro.

Ella le dirigió una ojeada burlona. Había interrumpido el movimiento de llevarse el vaso a la boca.

—¿De veras?

—Sí. No todos los que van vuelven.

Era cierto, y Falcó estaba al corriente. Según le había contado el Almirante, el NKVD estaba purgando a sus agentes en España y el extranjero. Había en marcha cierto ajuste político interno. Los hacían regresar y algunos acababan en el sótano de la Lubianka, firmando cuanto se les ponía delante. Incluida su autoinculpación como agentes a sueldo del anticomunismo.

—Yo también sé algo sobre tu gente —dijo ella tras beber un sorbo de coñac—. Sobre las cárceles, las cunetas y los cementerios... Sobre la agresión fascista de tus generales y sus amigos de Berlín y Roma.

Él la miró casi asombrado.

—Increíble... Sigues teniendo fe.

—Pues claro que la tengo; pero no he venido aquí a hablar de eso.

—¿Y a qué has venido?

Inclinó brevemente la mirada sobre el vaso. Cuando la alzó, había desafío en ella.

—No estoy segura de por qué he venido.

De nuevo hizo ademán de beber, pero no llegó a completar el movimiento.

—Hay lazos, supongo —añadió.

—Qué extraño escuchar eso en tu boca.

Ella dejó el vaso sobre la cómoda.

—Creía que no volveríamos a encontrarnos nunca.

—También yo lo creí. En la estación de Coímbra, cuando me miraste por última vez... ¿Adónde te llevaron, desde allí?

Pareció dudar unos segundos sobre responder o no. Al cabo asintió cual si se debiera a una conclusión interior.

—Por mar, a Francia. Allí me recuperé. Luego volví a España.

—Y veo que progresas en lo tuyo. Asciendes. El asunto del barco no es cosa menor. Tengo entendido que las órdenes las das tú.

Ahora lo observaba con prevención.

—¿De dónde sacas eso?

—No sé... Un poco de por aquí. Un poco de por allá.

Ella inclinó la cabeza a un lado, mirando la alfombra.

—También existe la posibilidad, como insinuabas antes, de que me envíen allá para acusarme de desviacionista y contrarrevolucionaria... Eso no podemos descartarlo, ¿verdad?

La sorpresa de Falcó era sincera.

—¿Hablas en serio?

Ella guardó silencio, mirándolo entre irónica y desconfiada.

—¿Está ocurriendo de verdad? —insistió Falcó—. ¿Lo de las purgas de Stalin y la eliminación de la vieja guardia bolchevique?

—Puede ser... No sé.

—¿Y cuál es el pecado?

—Quizás anteponer todavía, de modo burgués, los sentimientos a la idea colectiva de la humanidad.

Alzó él una mano, solicitando una pausa que le permitiera comprender aquello.

—¿Y qué tiene eso de malo? —inquirió al fin.

—Quien antepone los sentimientos es culpable.

—¿De qué?

—Comete errores que ponen en peligro la revolución internacional... Actúa objetivamente como agente del fascismo.

Falcó no daba crédito a lo que estaba oyendo.

—¿Tú has cometido esa clase de errores?

La vio reír en voz baja.

—Tal vez dejarte vivo fue uno de ellos.

—Bromeas.

—Claro que bromeo.

No era el suyo tono de bromear, pese a la risa. Falcó seguía desconcertado.

—¿De qué errores hablas, entonces?

—Eso correspondería decidirlo al partido.

—¿Y aun así te presentarías en Moscú, llegado el caso?... ¿Para ponerte en sus manos?

Lo miró largamente, con extrema fijeza. Parecía considerar si valía la pena prolongar aquella parte de la conversación.

—La democracia es una forma camuflada del capitalismo, y el fascismo, su forma declarada —dijo al fin—. La paradoja es que para luchar contra ellos hay que vivir entre ellos... ¿Comprendes?

—Más o menos.

—Eso acaba contaminando.

—Ya veo.

—El mundo viejo debe terminar. Si yo estuviera contaminada por él, sería justo que desapareciese con ese mundo.

—¿Justo, dices?

—Sí.

—Estás hablando de morir.

—Eso no es tan horrible. Los seres humanos llevamos millones de años muriendo.

—¿Y tu vida?... ¿Tu felicidad?

—La vida no es más que una preocupación burguesa —lo miraba como si acabase de insultarla—. Y la felicidad, un problema de ingeniería social.

En ese punto, ella hizo una pausa. Cuando habló de nuevo, su voz sonaba dura y arrogante.

—Antes hablaste de fe... Yo tengo fe. Eso incluye saber qué papel juego en el engranaje. Estar dispuesta a aceptar las órdenes.

—¿Todas?

—Todas.

—¿Incluso ser sacrificada por los tuyos, si llegara el caso?

Eva lo miraba como se mira a un niño incapaz de comprender, o a un idiota.

—No se trata de sacrificio, sino de formar parte de algo históricamente tan correcto, inevitable y evidente como los postulados de Euclides.

Conversaban de ese modo, serenos, desde hacía quince minutos. Era el suyo un tono de calma fatigada, cual si cada uno supiera que nunca lograría hacerse comprender del todo por el otro. Se trataba, decidió Falcó tras pensarlo un momento, de mundos opuestos, maneras diferentes de entender la vida, la muerte y los lazos inevitables que relacionaban ambas. Frío método y fe por una parte, tranquilo egoísmo lúcido por la otra. Aquello no era conciliable en absoluto. Y sin embargo, él sabía —estaba seguro de que también lo sabía ella— que continuaba existiendo entre ambos un vínculo extraño y fuerte, hecho de vieja complicidad, de retorcido respeto por algo que era imposible definir. Un extraño combinado de recuerdos, sexo, peligro y ternura. La última palabra encajaba poco, en apariencia, con la mujer lacónica y dura que ahora estaba frente a él; pero correspondía perfectamente con el recuerdo de la noche en que la tuvo desnuda entre sus brazos, mientras las bombas de los Savoia italianos estallaban sobre el Arsenal de Cartagena. Quizá, concluyó tras un instante, la palabra era lealtad. La insólita lealtad de dos enemigos al filo de matarse entre ellos, apenas uno bajase la guardia.

—¿Tienes un cigarrillo? —preguntó Eva.

Cogió él la pitillera, y cuando se la ofreció abierta ella casi moduló una sonrisa.

—Sigues fumando ese tabaco caro y burgués.

—Sí... Detesto vuestros petardos proletarios.

Prendió el encendedor y aproximó la llama al cigarrillo y a su rostro. Con aquella breve luz rojiza muy cerca, los ojos oscuros lo estudiaban curiosos, y también alerta.

—No has cambiado mucho —dijo Eva.

—Tú sí has cambiado —ahora fue Falcó quien mostró una amplia sonrisa—. Para mejor, desde la última vez.

Se ensombreció el rostro de la mujer, y no sólo porque él apagase la llama del encendedor. Dejaba salir el humo despacio, pensativa, sin dejar de mirarlo. Al fin dio media vuelta y salió al balcón. Tras un momento de duda, él fue hasta la cama, cogió los documentos esparcidos sobre ella y los metió bajo el colchón. Eva lo miraba hacer desde el balcón, y siguió mirándolo cuando también encendió un cigarrillo y fue a reunirse con ella.

—Somos lo que somos —dijo con voz ausente, cual si no le hablara a él.

Falcó asintió sin decir nada. Fumaron uno junto al otro en silencio, mirando la noche, el destello de la farola en el espigón y las pocas luces del puerto y de los barcos fondeados en la bahía. El frío húmedo era soportable.

—No todo fue cálculo —dijo él de pronto.

—Lo sé.

Falcó sacudía un poco la cabeza, incómodo. Molesto consigo mismo. No le gustaba aquella súbita congoja que ascendía desde su estómago al corazón: una debilidad extraña que le pedía alzar una mano para apoyar dos dedos con suavidad en el cuello de la mujer, allí donde latía, tibio y tranquilo, el pulso de la vida. En el lugar exacto, sobre la arteria carótida, donde aplicaría el tajo si tuviera que matarla.

—Pasé un tiempo recuperándome.

Había hablado ella en voz baja, y él agradecía esas palabras que alejaban la sensación anterior. La debilidad propia.

—No debió de ser fácil —apuntó.

—No.

Se apoyaba Falcó de espaldas en la barandilla de hierro, mirándola. El rostro permanecía en penumbra, apenas desvelado por las débiles luces lejanas. De vez en cuando se intensificaba el botón rojizo de la brasa del cigarrillo.

—Hundirán el barco, o será capturado.

—Puede ser —admitió ella.

—Sería una locura que estuvieras a bordo.

—Tengo órdenes.

—Al diablo con tus órdenes.

Seguía sin verle bien el rostro, pero en los ojos relució un desprecio que era extensible a la humanidad en su conjunto. Al género humano, incluida ella misma. A fin de cuentas, decía aquel brillo, el sacrificio de miles de hombres y mujeres acaba no siendo más que un par de líneas en los libros de historia.

—El diablo no existe —la oyó decir.

Falcó resopló, irritado.

—Pues toma tus propias decisiones.

—Lo mío es una decisión... Se llega a ellas por un impulso positivo o por eliminación razonada de todas las otras actitudes posibles. Y yo no actúo por impulsos.

—Dios mío —la miraba con sincero asombro—... ¿Todo eso lo aprendiste en Moscú?

Siguió un corto silencio.

—Hablas alemán, ¿verdad? —preguntó ella al fin.

—Un poco.

—*Die letzte Karte spielt der Tod.*

—¿La última carta la juega la Muerte?

—Sí.

—¿Y en qué carta estamos?

—Eso pretendo averiguar.

Eva estuvo un momento callada, de nuevo. Al fin hizo brillar por última vez la brasa del cigarrillo y lo arrojó lejos. Falcó vio cómo el punto rojo describía un arco antes de desaparecer en la oscuridad.

—Después de Portugal me llevaron a una casa de reposo, en el sur de Francia —siguió contando Eva—. Pasé allí tres semanas sin hacer nada, sin leer ni hablar con nadie... Me sentaba en el jardín y miraba unos sauces que había junto a un estanque. Los pájaros que bebían en una fuente cercana... Eso era todo.

Se detuvo un instante.

—Todo —añadió.

Después volvió a callar, tanto rato que Falcó pensó que ya no seguiría hablando.

—Un día, alguien fue a verme —continuó ella de pronto—. Un superior.

Se tensó él, alerta. Interesado. Puro reflejo de adiestramiento.

—¿Kovalenko?

—No importa su nombre... Me preguntó si estaba lista para volver a España. Dije que sí. Creía que iban a mandarme en seguida, pero antes había una misión que cumplir: un agente provocador infiltrado en los círculos republicanos en Francia. Sospechábamos que trabajaba para vosotros... Ya nos había hecho perder a dos hombres y una mujer, que enviamos a zona nacional y fueron descubiertos y ejecutados.

Hizo Falcó una mueca cínica. Profesional.

—Son los riesgos del oficio.

—Sí. El caso fue que me aproximé a vuestro hombre, trabé amistad con él y le di información falsa: una supuesta cita en Burgos que nunca se produjo. Picó el anzuelo, detuvieron al señuelo, y al agente lo llevamos a una casa nuestra: juicio sumario y ejecución.

—Bueno, es la costumbre, ¿no?... Fin de la historia.

—No del todo. Fui yo quien le disparó. En la sien.

Falcó tiró su cigarrillo como había hecho ella, mirando desaparecer el punto rojizo bajo el balcón.

—Como a aquel falangista —recordó, objetivo.

—Sí... Podía haberlo hecho otro camarada, pero pedí ser yo.

Pareció estremecerse un poco, cual si el frío de la noche empezara a afectarla.

—Después de aquello me consideraron apta para regresar —añadió tras un momento.

—¿Y dónde has estado?

—Qué más da dónde. Por ahí... Viendo cómo tus compatriotas republicanos prefieren reventarse entre ellos antes que ganar la guerra.

—Menos mal que os tienen a vosotros, ¿verdad?... A los disciplinados comunistas rusos.

—Puedes burlarte, pero es así. De no ser por nuestra ayuda militar, nuestros asesores y nuestra disciplina, el desastre sería aún mayor... Con esos estúpidos anarquistas, más interesados en hacer la revolución que en ganar la guerra, y esos burócratas atrincherados en sus nuevos privilegios, pidiendo armas para que otros luchen por ellos y cárceles para meter a sus adversarios políticos.

Hizo una pausa y volvió a estremecerse.

—Tomaría un poco de ese coñac.

—Entremos —sugirió Falcó.

Ella miraba la noche.

—Prefiero seguir aquí.

Entró él en la habitación, cogió el vaso que Eva había dejado sobre la cómoda, apuró lo que quedaba y vertió otros dos dedos de la botella. Con el vaso en la mano regresó al balcón.

—Durante mi aproximación a vuestro agente, éste intentó seducirme.

—Yo también lo habría intentado —comentó Falcó suavemente, pasándole el vaso.

—No llegó a ponerme la mano encima —prosiguió ella como si no lo hubiera oído—. No se lo permití... Y no fue un problema de gustos. Era un hombre atractivo.

Se detuvo con el vaso entre los dedos, cerca de la boca.

—No pude tolerarlo. Ni siquiera la idea.

Bebió un sorbo, largo. Después le pasó el vaso a Falcó, que bebió también.

—Desde lo de Salamanca no me ha tocado ningún hombre... Ante el mero pensamiento, retrocedo como si me pusieran sal en la carne viva.

Esta vez el silencio fue largo de verdad, y él no pudo evitar recordarla desnuda en aquella casa donde él había matado a tres hombres y un perro para liberarla, atada sobre el somier donde la habían torturado y violado, abiertas las piernas en una postura al mismo tiempo indefensa y obscena. Mirándolo con ojos aturdidos, vacíos de cuanto no fuera desconcierto y horror. Una mirada que había hecho a Falcó avergonzarse de ser hombre, y que seguía clavada en su memoria.

—Tengo frío.

La sintió temblar de verdad, con violencia, como si estuvieran compartiendo el mismo recuerdo. Entonces la tomó con suavidad de una mano para hacerla entrar en la habitación, y notó sus manos yertas. Se las frotó para que entraran en calor, y ella se dejó hacer. Ahora, con la luz interior, podía verle bien de nuevo el rostro. Lo miraba con una fijeza de hielo. Casi inhumana.

—Fuiste el último que... Me refiero a antes de aquello.

Siguió mirándolo por un instante, silenciosa y dura: uno de esos gestos que sirven para probar los resortes íntimos de un hombre. Pocas autoestimas masculinas podían sobrevivir a una mirada como aquélla, pero Falcó la encajó sin demasiados estragos. De no recordarse a sí mismo caminando por aquella casa medio a oscuras, seca la boca, empuñada la pistola, matando uno tras otro a los hombres de Lisardo Queralt, habría sido incapaz de soportar esa mirada.

—Después todo fue horror y oscuridad —añadió Eva al fin.

Él acercó el rostro sin que ella retirase el suyo. Y la besó. Fue un beso suave, apenas una caricia sobre unos labios fríos como la muerte. Con anterioridad, Falcó había besado a mujeres sobre sábanas más cálidas que sus cuerpos, pero aquello lo superaba todo. Alzó una mano y puso dos dedos en el cuello de ella, sintiendo latir allí el pulso. En ese lugar no hacía frío ninguno.

Ella seguía mirándolo sin despegar los labios, impasible. Entonces Falcó la tomó de nuevo por las manos y la condujo muy despacio hasta la cama. No experimentaba deseo, en realidad. Ni siquiera estaba físicamente excitado, y eso lo asombraba. Sólo sentía la extraña necesidad de ser tierno.

—No me hagas daño —dijo ella.

No le hizo daño. O al menos intentó no hacérselo. Fue una extraña sensación, el cuerpo desnudo sobre la cama, rígido al principio, tan tenso como si todos los músculos de la mujer estuvieran dolorosamente anudados. Falcó se tumbó a su lado, también desnudo, acariciándola sin precipitación ni urgencia. Al comienzo, cada vez que él posaba una mano sobre su piel vulnerable —olía neutra, a carne limpia de mujer—, Eva retrocedía de modo instintivo, cual si hubiera recibido una leve sacudida eléctrica. Paciente, él dejó de tocarla y, tumbándose boca arriba, la hizo acurrucarse en el hueco de su hombro derecho. Ella lo hizo de ese modo, quedándose inmóvil mientras Falcó sentía su respiración, muy débil y muy lenta. Le acarició el pelo.

—¿Estás mejor así?

No respondió. Continuaba respirando suavemente con la boca pegada a la piel del hombre. Callada y muy quieta. Entonces él dejó de acariciarle el pelo para apoyar con delicadeza la mano en su espalda. Eva seguía teniendo —tenía de nuevo— un cuerpo musculoso y duro, bien formado. Casi atlético.

—Es difícil —susurró ella por fin, casi inaudible.

—Claro.

—Casi no soporto que me toques.

—Dejaré de hacerlo, si lo prefieres.

—No. Continúa.

Caricia tras caricia, Falcó sintió que la carne de la mujer se entibiaba poco a poco y la tensión decrecía. Experimentó entonces la primera punzada de deseo, pero comprendió de inmediato que eso no iba a ninguna parte. No era momento, ni oportunidad. Así que siguió acariciándole la espalda y el cabello. La luz del aplique permanecía encendida, y pudo contemplar muy de cerca, desenfocados por la proximidad, su frente, el arco rubio de las cejas, la nariz. Retiró un poco el rostro para observarle los ojos y comprobó que ella lo miraba.

—Lo siento —dijo él.

Era sincero. Lo sentía de verdad, y era real esa necesidad de solicitar su indulgencia. Su comprensión. Se creía en condiciones de hacerlo, pues ella conocía las reglas. Sabía y había sabido, tan bien como el propio Falcó, los precios de transitar por la vida que ambos eligieron tiempo atrás. Por aquel territorio insalubre poblado de seres humanos y, por consecuencia, pródigo en maldad. Un título al que no eran ajenos ni la mujer acurrucada en el hombro de Falcó ni el hombre que la acariciaba.

—Sí.

Le escuchó decir, fijos en los suyos sus ojos oscuros e inmóviles. Y comprendió que lo creía. Que estaba segura de que en ese momento él decía la verdad.

Alargó la mano para apagar la luz y permanecieron como estaban, mientras la respiración de la mujer se hacía más lenta y regular. Parecía dormida. Sin atreverse a retirar el brazo, para no despertarla, Falcó siguió quieto un buen rato, los ojos abiertos en la oscuridad.

La compasión, la ternura, el deseo, se diluían despacio entre los pensamientos, los cálculos tácticos que de nuevo le ocupaban la cabeza. Intentaba aislar la presencia de Eva en la habitación 108 del hotel Continental, separarla de cuanto había ocurrido en las últimas horas, pero resultaba imposible. Su mente metódica, acostumbrada a ordenar las hipótesis según grados de riesgo y amenaza, no lograba situarla de forma convincente en el conjunto. Y sin embargo, el temblor del cuerpo que ahora dormía a su lado había sido real, y también el antiguo dolor que ella llevaba consigo como una herida abierta, y la tensión, y el desamparo.

Incluso dormida, desnuda, indefensa, vulnerable como en ese momento, Eva Neretva seguía siendo un enigma. Y Falcó, recobrado el egoísmo vital, la saludable incertidumbre de quien conocía la dificultad de mantenerse vivo, tuvo la clara certeza de que todo aquello, en lugar de atenuar el peligro, lo incrementaba. Su instinto profesional, adiestrado y de nuevo alerta, exigía con urgencia reflexión y cálculo. Alejar la molesta —y muy peligrosa— interferencia de los sentimientos. A él nadie lo iba a llamar a Moscú por dar a éstos importancia, pero muy bien podían ser causa de que le volaran la cabeza en Tánger.

Se levantó con precaución, anduvo hasta la cómoda y encendió un cigarrillo. Fumó de pie, desnudo, mirando el bulto de la mujer inmóvil entre las sombras. Luego fue al cuarto de baño, se cepilló los dientes, se enjuagó la boca con Listerine y regresó al dormitorio, metiéndose en la cama con mucho cuidado para no despertar a Eva. Se acercó sigiloso hasta adaptar su cuerpo a las formas de ella, ahora relajadas y cálidas. Y al fin, tras acomodarse allí, se quedó dormido.

Soñó con ciudades extrañas y taxis que nunca se detenían, con hoteles que se veía obligado a abandonar a toda prisa, con trenes y barcos que partían sin él. Eran sueños recurrentes que lo acompañaban desde hacía tiempo, haciéndole sentirse solo y desarraigado; despertándolo bruscamente con una intensa sensación de frustración o de fracaso. Fuera cual fuese el escenario, siempre se trataba de lugares así: calles desconocidas donde unos pocos rostros hoscos o indiferentes pasaban por su lado sin mirarlo, cual si no existiera. Acentuando, con su silencio, un singular ambiente de peligro que lo hacía despertar sudoroso, crispado, tensos los músculos y respirando con violencia. Dispuesto a pelear.

Esta vez lo despertó Eva. Se estremecía en una extraña duermevela, despierta pero sin estarlo del todo. Quejándose débilmente como un animal herido. Pasó de nuevo el brazo en torno a sus hombros y ella se apretó más contra él. Su cuerpo, ahora cálido como si tuviera fiebre, temblaba intensamente.

—¿Qué te pasa? —musitó Falcó.

No hubo respuesta. Eva seguía temblando y se pegaba a él como si temiera que los separasen, o como si alguien lo estuviera intentando en ese momento. Entonces él le acarició el cabello para tranquilizarla. La besó en la frente, y ella alzó el rostro. La besó de nuevo, ahora en la boca, muy suavemente al principio, sintiendo que ésta se abría ante sus labios como una brecha húmeda y tibia. El deseo físico surgió de pronto, brusco, inevitable, la carne tensa de Falcó presionando contra el costado de la mujer, que suspendió un momento la respiración como si acabara de despertar en ese instante, y una mano de ella se deslizó por el pecho y el vientre del hombre hasta los muslos y el sexo endurecido y casi vibrante, ahora, de un deseo tan violento que él tuvo que recurrir a toda su sangre fría para no tumbarla boca arriba y clavarse en ella hasta dentro, sin consideración ni freno alguno, adentrándose en aquel cuerpo que de pronto parecía esponjarse cálidamente, abandonado a él. Sin embargo, en vez de hacer eso, Falcó mantuvo la calma, volviendo a besar la boca de la mujer, y también la barbilla y el cuello. Hundiendo allí el rostro para sentir en los labios la pulsación suave y rítmica, el latido de la arteria que no iba a cortar esa noche y quizá ninguna otra.

—Por favor —suplicó ella, muy bajo—. Hazlo con mucho cuidado... Por favor.

Y así ocurrió todo. Despacio, con mucho cuidado. Atento Falcó a las sensaciones de ella y procurando no lastimarla. Ahondando paciente, con toda la ternura de que fue capaz, en aquella carne de mujer tan semejante a una cicatriz todavía no curada.

—Para, por favor... Déjalo ahí. Es mucho tiempo... Para.

Asintió Falcó en la oscuridad, inmovilizándose. Después retrocedió despacio, con la misma delicadeza. Y al fin, saliendo del cuerpo de ella, se apoyó sobre su vientre terso y se derramó allí en tranquilo silencio.

Fingía dormir cuando, con la primera luz del alba, Eva se levantó despacio, recogió su ropa y se vistió en el contraluz plomizo de la puerta vidriera del balcón. La oyó ir y venir por la habitación y estar un rato en el cuarto de baño, y después quedarse inmóvil, de pie frente a la cama; tanto que él llegó a pensar que ya se había marchado. No se atrevió a levantar la cabeza para ver qué hacía, por temor a que descubriese que no estaba dormido.

Al fin ella se movió de nuevo, y un momento después la puerta hizo un pequeño ruido al cerrarse despacio. Falcó encendió la luz y dejó la cama. Todo estaba, en apariencia, como debía estar: la billetera en el bolsillo de la chaqueta, la pistola en el cajón de la cómoda, el resto del equipaje intacto y sin revolver. Eva no había tocado nada, aunque había dejado una hoja de papel escrita con la estilográfica de Falcó: un escueto mensaje de despedida, o tal vez un anuncio de cómo iba a ser el próximo encuentro entre ambos. Era una sola línea, en alemán, y leerla arrancó a Falcó una sonrisa triste.

Die letzte Karte spielt der Tod. La última carta la juega la Muerte.

11. Era un sombrero nuevo

—La escuadra republicana se ha vuelto atrás —dijo el cónsul.

Se llamaba Luis Fragela de Soto. Pasaba de los cincuenta años, tenía el rostro bronceado y vestía bien, con ligeros toques británicos. Pelo entrecano, bigote recortado, manos nerviosas y ojos inteligentes. Ingeniero en la vida civil, había construido presas y saltos de agua durante la dictadura de Primo de Rivera. Desde hacía cinco meses era el representante oficioso en Tánger de la España franquista.

—Los han dejado solos —añadió.

Falcó cruzó las piernas y bebió un sorbo de té con hierbabuena que le quemó los labios. Sosteniendo el vaso entre el pulgar y el índice, volvió a ponerlo sobre la mesa.

—¿Hubo combate?

—No. El *Baleares* los interceptó al sur de Málaga; un crucero y dos destructores. En cuanto lo divisaron, tendieron una cortina de humo y se retiraron.

Falcó miró hacia la calle. Estaban en un saloncito del piso situado sobre el Café Central, con Antón Rexach de guardia en el pasillo para que nadie los molestara. Desde el balcón, entre macetas de helechos y albahaca, se veía el bullicio matutino del Zoco Chico. La gente sentada enfrente, en la terraza del Fuentes. Un cartel anunciando la película *Tres lanceros bengalíes* y otro de aceite Giralda.

—No siempre Iberia parió leones —bromeó el cónsul.

Se lo había dicho al capitán de fragata Navia, que estaba sentado con ellos. El comentario de Iberia y los leones no pareció ser del agrado de éste, pues miraba al cónsul con demasiada fijeza. Una especie de educada censura.

—No tienen jefes —señaló el marino—. Los asesinaron a todos.

—Claro.

—Ahora su escuadra la mandan oportunistas e incompetentes.

—Por supuesto.

—Y criminales.

El comandante del destructor *Martín Álvarez* seguía vistiendo ropa civil, cuyo desaliño delataba el uniforme ausente. Llevaba una corbata de punto y un holgado traje cuya americana seguía pesando más del bolsillo derecho que del izquierdo. También él, observó divertido Falcó, tomaba sus precauciones.

—En cualquier caso, esto simplifica la situación —opinó el cónsul—: el *Mount Castle* no puede esperar ayuda exterior... Queda abandonado a sus propios recursos.

—¿Y son? —preguntó Navia.

—Casi ninguno. Operacionalmente, su capitán está atrapado en la ratonera por usted y su barco... Diplomáticamente, no hay vuelta atrás. Deberá abandonar Tánger pasado mañana, o ser internado con su carga.

—¿Y qué pasa con el oro, en tal caso?

—Quedaría en depósito aquí hasta el final de la guerra, bajo custodia del Comité de Control.

—Y acabarán entregándonoslo —dijo Falcó.

—Por supuesto —el cónsul los miraba con sonrisa ladina y triunfal—. Sería un golpe propagandístico contra la Unión Soviética... Un maravilloso escándalo.

Toqueteaba su taza de café. Después se puso a juguetear con la cucharilla.

—Pero el golpe será mayor si nos hacemos antes con él —añadió—. El final de la guerra puede tardar, pues Franco no tiene prisa. Su estrategia es la de una boa constrictor: irá estrangulando poco a poco, tomándose su tiempo. Ya han visto lo del Jarama. Aunque esos rojillos se pasan la guerra corriendo...

Falcó sintió deseos de ser insolente. Iba con su naturaleza.

—Rojos —corrigió.

—¿Perdón?

—Nada de rojillos. En el Jarama no corrieron... Pelearon con bravura y cayeron a centenares, como los nuestros. Y en Madrid tampoco corren.

Desconcertado, el cónsul miró a Navia como si esperase apoyo por su parte; pero el marino no dijo nada. Parecía divertido por el comentario de Falcó.

—Nos apartamos de la cuestión —repuso el cónsul, incómodo.

—Pues no deberíamos.

Asintió el otro, inseguro. Costándole un poco retomar el hilo.

—En cuanto al barco —dijo al fin—, el Caudillo quiere mostrar firmeza y que no parezca que el oro está por encima de todo... Al fin y al cabo, somos gente de honor.

—Hidalgos españoles —apostilló Falcó con aire neutro.

El cónsul lo miró indeciso de nuevo, barruntando la ironía. Después volvió a manosear la cucharilla.

—La esperanza de la República es que estalle pronto la guerra en Europa, aunque eso no ocurrirá hasta que acabe lo nuestro. Somos un excelente aperitivo para unos y otros... Luego pasarán a los platos principales.

—¿Se han podido interceptar las comunicaciones del capitán enemigo? —quiso saber Navia.

Respondió negativamente el otro. Lo que sí estaba comprobado era que había debate en Valencia. Al gobierno republicano le horrorizaba que el *Mount Castle* fuera capturado. Incluso preferían verlo internado en Tánger. Pero los soviéticos apretaban mucho; habían hecho del barco cuestión de reputación y presionaban para que se hiciese a la mar. En realidad, el oro lo daban por perdido. Ahora buscaban que hubiera agresión abierta, y explotar internacionalmente el asunto. Sus agentes a bordo habían recibido órdenes de embarcar a toda costa y mantener la disciplina.

—De suicidarse —resumió objetivo Navia.

El cónsul hizo una mueca desdeñosa.

—Si caen en nuestras manos, fuera del territorio internacional de Tánger, me temo que los tres serán fusilados —era obvio que no lo temía, sino todo lo contrario—. Incluida la rusa, naturalmente —miró a Falcó como si éste poseyera claves que él ignoraba—... ¿Qué diablos hará una mujer metida en esto?

—Las rojillas son así de imprevisibles —dijo fríamente Falcó—. Quizá se cansó de lavar y planchar.

El cónsul se lo quedó mirando, entreabrió la boca para decir algo, pero pareció pensarlo mejor. Fue Navia quien habló ahora.

—Si echo el barco a pique, quizá se hundan con él —dijo.

Falcó tardó tres segundos en hacer la pregunta.

—¿Y si sobreviven y los rescata del mar?

—Tengo instrucciones. Los tripulantes, a prisión para ser juzgados. Los dos hombres y la mujer, pasados por las armas.

—¿Y lo hará, si llega el caso?

Navia lo miró con dureza.

—Ése no es asunto suyo.

Movía el cónsul la cabeza con exagerado aire de lamentar todo aquello.

—No me gustaría estar en el lugar de esos tres —se dirigió a Falcó—. ¿De verdad cree que seguirán hasta el final la suerte del barco?

Lo pensó Falcó un momento. O hizo como que lo pensaba. Por la ventana abierta llegaba el rumor de la gente en la calle.

—Creo que sí —asintió al fin—. Después de todo, el americano y la rusa son agentes del NKVD. Gente disciplinada y dura. Se atendrán a las órdenes recibidas, sean cuales sean.

—¿Quiere decir que si lo de esta noche se malogra, presionarán al capitán Quirós para que salga y lo intente?

—Estoy convencido.

—¿Y qué hay del español?... Ese comisario de la flota. El tal Trejo.

Falcó se recostó en el asiento, se quitó una mota de polvo del pantalón y dirigió un vistazo sereno al exterior. Entornaba los párpados como un halcón que dejara atrás los despojos de su presa.

—Oh, ése cuenta poco —respondió con cautela—. Creo que ha desembarcado y no está muy por el asunto... No me extrañaría que se negara a subir a bordo, o que desertara antes de que el desenlace sea inevitable.

—¿Desertar?... Hum. ¿Usted cree?

—Todo puede ser.

La cucharilla bailaba en las manos del cónsul.

—¿Tiene alguna información concreta al respecto?

—Ninguna.

—Lo supone, entonces.

—Sí.

Tras un breve titubeo en demanda de certezas, el otro se volvió hacia Navia.

—Sus órdenes no han cambiado, ¿verdad?... Así que supongo que su intención, tampoco.

—No —respondió el marino—. En cuanto el *Mount Castle* esté fuera de las tres millas, le haré señales de parar máquinas. Si no obedece, abriré fuego. Si responde al fuego, lo hundiré.

Había mencionado cada eventualidad con calma profesional. Sin inflexiones. El cónsul dejó quieta la cucharilla para inclinarse hacia él, interesado.

—¿Y a qué profundidad será eso?

—Entre cuarenta y sesenta metros de sonda, según la carta náutica. Lo dejaría en posición rescatable por buzos, cuando llegue el momento.

Al cónsul le brillaban los ojos. Todo a pedir de boca, decía su gesto de alivio, sin que él tuviera que arriesgar gran cosa. En cualquier caso, en puerto o fuera de él, la responsabilidad iba a ser de otros. Podría seguir yendo al Country Club sin que los demás cónsules se le echaran encima.

—Tenemos los triunfos y el capitán rojo lo sabe —dijo, animado—. Esta noche se juega la mano decisiva. La más pacífica y razonable.

Señaló Falcó al capitán de fragata.

—Quirós exige que también esté allí nuestro comandante.

—Claro —sonrió tolerante el cónsul—. Entre marinos todo es más llevadero. ¿No?

—Puede ser —dijo Navia.

—Tienen mi apoyo, por supuesto. Mi colaboración entusiasta. Pero comprendan que no debo mezclarme de modo público... Si sale mal y hay escándalo, el consulado nacional no puede verse envuelto. Es misión de ustedes —miraba a Falcó entre suspicaz y esperanzado—. De usted, en especial, ¿no?... Supongo que lo tienen todo previsto.

—Lo tenemos.

—Para garantizar que vaya bien —señaló Navia—, hay dispuesto un trozo de abordaje...

El cónsul se mostró desconcertado. Enarcaba las cejas.

—¿Un trozo?

—Me refiero a un grupo de asalto.

El otro se tocó el bigote.

—Dios mío... ¿Habrá disparos?

—No necesariamente.

Acto seguido, el marino detalló el asunto. Veinte hombres armados con un oficial de confianza abordarían el *Mount Castle* desde el lado opuesto al muelle, apenas el capitán Quirós firmara un documento de entrega voluntaria del barco a la Armada nacional. Se le había solicitado una lista con los tripulantes más peligrosos, para neutralizarlos. A los que no desearan seguir a bordo se les daría opción de bajar a tierra y ser evacuados a donde quisieran ir.

—De eso sí debe encargarse el consulado —aclaró Falcó.

Asintió el cónsul, más tranquilo. Se miraba las manos como para comprobar que seguían limpias.

—Por supuesto. En esa fase puedo intervenir abiertamente. Se tratará ya de una acción humanitaria, sin duda.

—Con especial atención al capitán Quirós.

—Pues claro. Ahí seré todo lo humanitario que me sea posible.

—¿Ha dado usted instrucciones para que se ocupen de su familia?

—Estoy en ello. Pueden reunirse en Portugal o Francia, como él prefiera.

Asintió Falcó.

—Se lo diré.

—Le estoy preparando un pasaporte... ¿El dinero está listo?

—Lo recibirá en cuanto firme la entrega del barco.

El cónsul parecía darle vueltas a algo. Había dejado la cucharilla para cogerla de nuevo. Falcó se sintió tentado de arrebatársela y tirarla por la ventana.

—Y si firma, ¿qué harán ustedes con los agentes comunistas? —preguntó al fin el cónsul, remarcando lo de *harán ustedes*—. ¿Van a estar esta noche a bordo?

—No creo. Suelen dormir en el hotel donde se alojan.

—¿Y qué piensan hacer con ellos?

Cambió Falcó una mirada con Navia, que permanecía callado e inescrutable. Mójate tú, decía aquel silencio. La parte más sucia es asunto tuyo. Yo me limito a mandar un barco.

—No lo sé todavía —Falcó aparentaba pensarlo un poco más—. O no del todo.

—Matarlos, supongo —dijo por fin el cónsul, como decidiéndose—. O algo así.

Había hablado en voz baja, en el tono escandalizado de una solterona puritana fascinada ante un seductor. Falcó le sostuvo la mirada un momento, y luego cogió el vaso de té que estaba sobre la mesa. Pensaba en la impavidez profesional de Paquito Araña; en el chorro de sangre de Juan Trejo a punto de salpicarle los zapatos; en el latido de la arteria carótida de Eva bajo sus labios.

—Claro —murmuró—. Algo así.

El té estaba frío, comprobó. También sabía amargo.

El día era templado, de nubes y sol. Tras despedirse del cónsul y del comandante Navia, atajó por las callejas cubiertas y estrechas del mercado, camino del apartamento del operador de radio. A esa hora había allí mucha gente: vendedores con chilaba que pregonaban su mercancía, mujeres europeas con sombrero y moras de rostro cubierto, cargadas unas y otras con cestas de la compra. Olía a carne cruda, pescado, verduras frescas, dátiles maduros y especias morunas.

Al pasar junto a un puesto de carne, vio cómo el encargado degollaba una gallina para su comprador, sosteniendo por las patas el cuerpo aleteante mientras se desangraba en un cuenco. Falcó no necesitaba de esa clase de recordatorios, pero la escena le hizo dirigir un vistazo instintivo alrededor. Se hacía pocas ilusiones sobre la visita de Eva Neretva a su habitación y el resto de la jornada que tenía por delante. Iba a ser un día difícil; y en su mundo, los días difíciles solían ser días peligrosos.

En este oficio, pensó con una cínica mueca interior, el único día fácil es cuando estás muerto.

Aquello, para él, no tenía nada de malo. Al contrario, le gustaba esa forma de vida. Las subidas de adrenalina en la sangre, la sequedad de la boca ante cada nuevo desafío, la incertidumbre de moverse por lugares donde las reglas del juego eran ritual de vida o muerte, le inspiraban una claridad de juicio extraordinaria; una sensación de bienestar semejante a la de los analgésicos cuando, diluyendo el dolor y acompasando los latidos en las sienes, le permitían mirar el mundo con serena distancia.

Paradójicamente, el riesgo, la tensión, el miedo, colmaban a Falcó de vida y conciencia de sí mismo: coches blindados que disparaban en Budapest, embarques ilegales de armas en el Mar Negro y el Egeo, redadas policiales en Sofía, Belgrado o Barcelona, falsas identidades, fronteras nocturnas de aquella Europa convulsa y fascinante... Todo eso suscitaba en él sensaciones próximas a la felicidad, por encima de otros placeres convencionales como el confort, el reposo, la comida o el sexo. Para Falcó, *peligro* era una palabra con interesantes sinónimos. Nada lo estimulaba tanto como sentirse inmerso en él, utilizando para sobrevivir las mejores facultades propias: carácter, instinto y adiestramiento. Nada tan satisfactorio, tan incitante, como que lo quisieran matar y no pudieran.

Y así, con esa sensación despierta y cauta, con los gestos automáticos que una larga vida clandestina había impreso en sus sentidos, al salir al Zoco Grande se detuvo

271

ante un puesto de periódicos, compró *La Dépêche* y, aparentando hojearlo, dirigió un vistazo a los coches de caballos y taxis parados en su lugar habitual, a la gente sentada junto a los puestos de sardinas y pinchos morunos, a los vendedores acuclillados bajo la sombra de los árboles y los toldos de los bacalitos. Buscando enemigos ocultos que confirmaran aquella forma de vida.

Se lo había dicho el pasado verano el Almirante, al regreso de una infiltración en el Madrid rojo en la que había estado a punto de dejar la piel —fue a matar a dos hombres y lo hizo, aunque el segundo estuvo a punto de matarlo a él—. Te encaja de maravilla la palabra que ahora está de moda y de la que todo el mundo abusa: psicópata. Porque eso eres tú, muchacho, no te quepa duda. Te lo dice uno de Betanzos: un puñetero psicópata. En otras guerras se mata, desde luego; pero en ésta se asesina. Lo hacemos tanto los de un lado como los del otro, y el verdugo puede convertirse en víctima en un abrir y cerrar de ojos. O a la inversa. Por eso resulta una guerra tan adecuada para nosotros los españoles, y en especial para ti. Es perfecta para criminales sin conciencia, sin decencia y sin gloria.

Villarrubia no estaba en el Café de París, y Falcó se sorprendió al comprobarlo. El operador de radio era un joven disciplinado y nunca se había retrasado antes. Se quitó el sombrero y tomó asiento con la pared a la espalda, junto a una mesa desde la que podía vigilar la entrada y la calle, pidió un vaso de leche y permaneció un rato a la espera mientras un limpiabotas le lustraba los zapatos. Diez minutos después se puso en pie y salió del café. Algo iba mal.

Caminó despacio por la acera derecha del bulevar, lo más lejos posible del bordillo y de los automóviles que venían desde atrás, mientras reflexionaba sobre aquella novedad. El instinto aconsejaba estar alerta, o más bien le inducía ese estado de modo maquinal, por simple reflejo. El recorrido hasta el número 28 lo hizo con naturalidad aparente, pues no sabía si estaba siendo observado, aunque en realidad se movía con una tensión interior casi felina, atento al menor matiz, a cualquier indicio que sugiriese amenaza. A medio camino volvió sobre sus pasos, cual si fuera a mirar el escaparate de la agencia de viajes Cook —un anuncio turístico del casino de Montecarlo y otro de las pirámides de Egipto—, con lo que pudo dirigir una mirada atenta a la calle que había dejado atrás, y también, reflejada en el cristal, a la acera opuesta. Pero nada vio de sospechoso.

Al entrar en el zaguán sombrío se aseguró de que había una bala en la recámara de la Browning y volvió a meterla en la funda del cinturón. Luego ascendió con precaución por la escalera hasta la puerta, que estaba cerrada. Siguió subiendo hasta el último piso para comprobar que no había nadie arriba y bajó de nuevo. Tenía una llave, y la introdujo en la cerradura procurando no hacer ruido. Abrió despacio con la mano izquierda mientras empuñaba la pistola con la derecha, y revisó la casa habitación por habitación. No había nadie.

Mientras guardaba la pistola advirtió un detalle inusual. El aparato de radio no estaba sobre la mesa del comedor con el cable de la antena colgado de la lámpara, como siempre. Así solía disponerlos Villarrubia cada día antes de acudir a la cita del Café de París; sin embargo, comprobó al abrir la puerta de un armario, todo el equipo seguía guardado en su maleta. En el dormitorio, la cama estaba sin deshacer; y tampoco quedaban restos de desayuno en la cocina. Eso parecía indicar que el joven había estado ausente desde la noche anterior. Falcó lo revisó todo de nuevo con mucha atención en busca de algo más revelador, pero no encontró nada. Anduvo hasta la ventana, y atisbando entre los visillos observó la calle. Tampoco allí advirtió nada inquietante.

No era que algo fuera mal, se dijo. Es que saltaban todas las alarmas. Permaneció un momento inmóvil, analizando con calma la situación. Los pasos a dar. Eva Neretva había pasado la noche con él, en el Continental. Y mientras tanto, el operador de radio no había dormido en la casa. Era una curiosa coincidencia, teniendo en cuenta que en un trabajo como el suyo las coincidencias no existían y las casualidades formaban parte mínima de la trama. El azar era una explicación que sólo tranquilizaba a los idiotas.

Con esa idea en la cabeza, cavilando inquieto, se dirigió a la puerta, la abrió y salió a la escalera. Seguía pensativo, y quizá por eso cometió el error. El descuido.

Porque entonces se le echaron encima.

Eran dos, comprobó apenas recibido el primer golpe. Y no pretendían matarlo, sino capturarlo vivo. O intentarlo, al menos. Ésa fue su primera suerte, dentro de lo malo. La segunda, que al recibir el impacto, consciente un segundo antes del peligro y queriendo evitarlo, se echó a un lado con desesperada rapidez, y eso lo hizo pisar en falso, un pie en el vacío del primer peldaño de la escalera, haciéndolo rodar por ella. Aquello puso tres metros de distancia entre él y sus atacantes, suficiente para que, incorporándose desde abajo, dolorido y maltrecho pero libre para pelear, pudiera verlos abalanzarse sobre él desde el rellano.

Uno parecía moro y el otro, europeo. Pareja mixta.

El moro fue el primero en llegar —era un tipo fuerte, de pelo rizado y negro—, y Falcó lo recibió con un golpe en el plexo solar, tan científico que el otro, cuya nariz aplastada y corpulencia delataban tal vez a un boxeador, quizá lo habría apreciado en circunstancias diferentes. El caso es que gruñó, se detuvo y cayó sentado, como si le faltaran de pronto el aire y las fuerzas. Falcó habría querido sacar entonces la pistola, pero no tuvo tiempo porque el segundo atacante pasó sobre el caído con sorprendente agilidad y fue contra él.

Era un fulano rubio, alto y delgado, pero fuerte. Entrenado y con abundantes dosis de mala leche. Le sacaba casi una cabeza y tenía los brazos largos y los puños a punto. Sabía pegar, y lo demostró colocándole a Falcó un buen derechazo en la cara que lo aplastó contra la pared. El cerebro de éste pareció conmoverse dentro del cráneo mientras aquello sonaba como el parche de un tambor. Por otra parte, empezaba a sentir el dolor de la caída por la escalera, que le entumecía las piernas. Mal asunto.

Si me coloca uno más como ése, pensó, me voy al suelo. Fuera de combate.

Así que no tuvo otra, de momento, que abrazarse al tipo alto y delgado y procurar darle un rodillazo en la entrepierna —la ropa del adversario olía a tabaco y naftalina—. Sentía la respiración entrecortada en la oreja y sus manos fuertes buscándole la garganta. Aquel hijo de puta conocía el oficio.

No voy, pensó atropelladamente, a dejarme estrangular como un imbécil.

Con la espalda contra la pared, aferrado al otro, siguió intentando lo del rodillazo. Una, dos, tres veces. Pero su atacante se zafaba. Por el rabillo del ojo vio Falcó levantarse al moro y comprendió que, si no resolvía aquello pronto, estaba visto para sentencia. Apaga y vámonos.

Tump.

Esta vez hubo suerte. Dio en carne, y eso lo animó a insistir.

Tump, tump, tump.

Al cuarto rodillazo, el tipo alto soltó la presa y le flojearon las piernas. Dejó escapar una enorme cantidad de aire

275

de los pulmones y se dobló sobre sí mismo, llevándose las manos al vientre. Falcó tuvo tiempo de verle al fin los ojos —claros, tal vez miopes— y la piel pálida del rostro, que de repente se había cubierto de sudor como si le hubieran salpicado agua encima. Entonces se olvidó de él por un momento para ocuparse del otro.

El moro se había puesto en pie, y algo le relucía en la mano derecha.

Siempre que estaba ante un acero desnudo, a Falcó le corría un escalofrío por las ingles. Le ocurría desde niño; era inevitable y poco grato. Eso no entorpecía las operaciones evasivas o agresivas pertinentes, sino todo lo contrario. Impulsaba la urgencia de actuar con rapidez. Protegerse o atacar, según el caso. Evitar, en fin, los perniciosos efectos —desaconsejados por cualquier médico— de medio palmo de ese acero dentro del cuerpo, con hemorragias y tal.

Rutina de supervivencia.

Falcó había realizado el ejercicio medio millar de veces en Tirgo Mures.

Estaba a la distancia adecuada y podía elegir la forma de abordar el asunto, así que puso sus reflejos en modo automático. Tensó los músculos. Luego ofreció un costado para protegerse el vientre, alzó el brazo izquierdo, dio un seco golpe oblicuo, dobló un poco las rodillas, y con la mano derecha agarró el brazo armado del otro, casi bajo la axila. Por un instante oyó el ruido del cuchillo rasgando algún lugar de su ropa, pero no sintió nada. Para entonces ya había proyectado al moro sobre el hombro y la espalda, arrojándolo escaleras abajo.

Ahora organicémonos un poco, se dijo más aliviado.

A su lado, a media escalera, el individuo alto y flaco se incorporaba despacio, recobrando el resuello. Pensó Falcó en sacar la pistola, pero aquello habría limitado el placer de la cosa. Y ahora era el turno de disfrutar. O procurarlo. Durante un momento estudió a su adversario, reteniendo sus rasgos. Era bien parecido. Rostro ligeramente caballuno, aunque de proporciones regulares. El pelo pajizo despeinado por la pelea le caía en mechones sobre la frente. Llevaba una camisa de sport bajo la chaqueta, zapatos blancos de tenis y pantalones holgados de pata ancha, a la moda. Era el suyo un aspecto poco español. Anglosajón, más bien.

Aquél era Garrison, comprendió de pronto. El agente bolchevique. El colega norteamericano de Eva Neretva.

Se hurgaba la ropa. Seguramente iba armado, pero Falcó no estaba dispuesto a darle oportunidad de manejar herramientas nocivas. Así que le largó una patada al pecho que lo puso contra la pared, arrancándole un gemido. Se acercó un paso más, dispuesto a darle otra —esta vez apuntaría a la cara—, mas para su sorpresa el otro reaccionó con sangre fría, hurtó el cuerpo a tiempo y se puso en pie con los puños dispuestos. Era un chico duro, sin duda. Tanto que, antes de que Falcó decidiese el modo de sacudirle de nuevo, le colocó a éste un puñetazo que llenó sus retinas de lucecitas de colores.

Joder, pensó. Vuelta a empezar.

Maldiciendo en su interior no haber sacado la pistola cuando aún podía hacerlo, tomó aire, esquivó casi de milagro un segundo puñetazo y, en vez de retroceder, como había esperado el otro, volvió a abrazarse a él. Forcejearon, queriendo cada uno derribar al contrario, y al fin rodaron más peldaños abajo, hasta caer junto al moro que, por fortuna, seguía allí tirado e inmóvil. Ahora había conseguido Falcó, al fin, pasar el brazo izquierdo por detrás del cuello del otro, y apretando fuerte liberó la mano derecha y empezó a pegarle puñetazos en la cara, buscándole la base de la nariz y los ojos.

Gruñidos y sangre saliendo de las fosas nasales.

Cloc, cloc.

Luego, gemidos y más sangre.

Cloc, cloc, cloc, sonaba al pegar sobre los huesos de la cara.

No iba mal la cosa. Falcó empezaba a estar muy cansado, pero no iba nada mal.

Cloc.

El tal Garrison, o como se llamara, escupió un diente. Debilitaba su presa en torno a Falcó. El rostro, duro y tenso al principio, se ablandaba con cada golpe.

Cloc, cloc.

Falcó martilleaba, sistemático. Entonces, de pronto, el otro soltó un aullido inhumano, y como si reuniera para sobrevivir cuantas fuerzas le quedaban, arqueó con violencia el cuerpo, golpeó a Falcó con un cabezazo en la frente —que volvió a disparar en éste una verbena de chispas de colores— y rodó a un lado, poniéndose en pie.

Ya está bien, pensó Falcó. A tomar por saco.

Echó mano a la cintura y sacó la pistola. Pero cuando fue a apuntar, el otro ya no estaba allí. El rectángulo de luz del zaguán se había cerrado tras él como una cortina.

Vaya mañana llevo, concluyó Falcó.

Se incorporó con dificultad, despacio, tomándose su tiempo. Le dolía desde el pelo hasta las uñas de los pies. El moro seguía tumbado boca arriba. Ahora se removía un poco, recobrando lentamente la consciencia. Emitía un quejido bajo y ronco.

El cuchillo estaba en el suelo, a unos pasos. Falcó se acercó a cogerlo. Tenía una buena hoja, de más de un palmo. Doble filo. Eso le hizo recordar el sonido de su ropa al rasgarse, así que se palpó el costado izquierdo bajo la chaqueta y retiró la mano manchada de sangre propia. No le dolía, ni escocía, ni nada. Tampoco parecía un tajo profundo. Apenas un pinchazo.

Su sombrero también había rodado escalera abajo. El moro había caído sobre él, aplastándolo. Falcó lo empujó un poco a un lado, para recuperarlo. El Stetson de 87,50 francos estaba deformado y hecho una lástima.

El moro seguía quejándose. Tenía los ojos semiabiertos y aspecto de boxeador noqueado. Falcó se inclinó sobre él, mostrándole el sombrero. Mirándolo de cerca con sus ojos duros y grises.

—Era nuevo, cabrón.

Después le asestó un tajo con el cuchillo que le cortó en diagonal la cara.

Tras componerse la ropa y devolverle la forma al sombrero lo mejor que pudo, se lo puso y salió a la calle. Había un bar-tabac bulevar abajo. Entró en los lavabos y se miró al espejo.

La verdad era que podía haber sido peor, comprobó.

Aparte el dolor por todo el cuerpo —y eso no quedaba a la vista—, la refriega le había dejado un moratón bajo un ojo y unos verdugones en el cuello. También tenía los nudillos despellejados, con manchas de sangre propia y ajena, y algunas salpicaduras en las mangas de la chaqueta. Nada espectacular, en términos generales. El blanco de los ojos mostraba derrames rojizos, y el rostro seguía crispado por la tensión. Se lavó la cara con agua fría y aplastó hacia atrás el pelo hasta conseguir un aspecto más civilizado. Luego se quitó la chaqueta, la corbata y la camisa para comprobar las contusiones y la herida. Tenía cardenales, pero el cuchillo sólo había dado un pinchazo superficial en el costado izquierdo. Coagulaba bien y sólo escocía un poco. Tampoco el roto en la chaqueta era grande. Disimuló las salpicaduras de sangre frotándolas con un pañuelo mojado, se puso de nuevo camisa y chaqueta, y anudó la corbata. Antes de salir del baño, sacó el tubo del bolsillo e ingirió dos cafiaspirinas, poniendo la boca bajo el chorro del grifo.

La cajera era una francesa vivaracha, madura y rubia oxigenada hasta las cejas. Miró el rostro magullado de Falcó con curiosidad cuando éste pidió una ficha para el teléfono, pero la sonrisa espléndida que recibió a cambio eliminó su reserva.

—Una novia celosa —dijo él, guiñando un ojo.

—Yo también lo estaría —comentó ella.

—Con usted cerca, no habría motivo para mirar a otra.

La cajera siguió observándolo, halagada, mientras él iba hasta la cabina del teléfono, introducía la ficha y marcaba el número de Antón Rexach.

—«¿Dónde está?» —preguntó el otro apenas descolgó.

Había ansiedad en su voz, y Falcó supo que algo tampoco iba bien por ese lado.

—Cerca de la casa del amigo al que suelo ver a estas horas —respondió.

El otro se quedó callado un momento. Era un silencio tenso. Inquietante.

—«¿Ha tenido usted algún problema?» —preguntó Rexach al fin.

No era un modo optimista de proseguir la conversación. Sin llegar a encender el cigarrillo que se había puesto en la boca, Falcó sintió que una sombra oscurecía el futuro inmediato. Pensó en el presunto Garrison y en el moro de la cara cortada.

—Algún problema hubo, en efecto... ¿Por qué lo pregunta?

—«Porque su amigo también los ha tenido.»

A Falcó se le pegó la lengua al paladar: seca de pronto, como tapizada de arena. Se removió incómodo en la cabina. Los nudillos le blanqueaban de la fuerza con que aferraba el auricular.

—¿Se refiere a problemas serios? —aventuró, temiendo la respuesta.

—«Bastante serios.»

Procuraba pensar a toda prisa, imaginando las formas de un posible mal paso. Y no le gustaba lo que imaginaba. Nada en absoluto. Se preguntó si los agentes comunistas habrían actuado por su cuenta, o si el ataque tendría relación con la cita prevista esa noche con el capitán del *Mount Castle*. En el primer caso, Falcó sólo se enfrentaba a un problema. En el segundo, a un posible desastre.

—Tenemos que vernos ahora mismo —dijo.

Rexach pareció emitir un suspiro de alivio.

—«Precisamente iba a proponerle eso.»

—Pues dígame dónde.

—«Delante del consulado de Francia, en diez minutos.»

Colgó Falcó el teléfono, salió de la cabina y aún tuvo temple para dirigir otra sonrisa a la cajera. Pero una vez en la calle se sintió profundamente cansado. Se detuvo un momento, el ala arrugada del sombrero sobre los ojos, el cigarrillo aún sin encender colgando en la comisura de la boca. Ojalá las cafiaspirinas hagan efecto pronto, se dijo. Sospecho que no son las últimas que voy a necesitar hoy.

12. Ojo por ojo

El corredor era largo y frío, con azulejos blancos, y el eco de los pasos de los tres hombres parecía propagarse hasta lugares recónditos, invisibles y siniestros.

—Es una desgracia —murmuró Rexach.

El policía y él se hicieron a un lado para dejar pasar a Falcó. La sala tenía seis mesas de mármol, y cuatro estaban ocupadas por cuerpos cubiertos con sábanas. Un hombrecillo vestido con una bata gris, que leía sentado en un pupitre al fondo, se levantó y vino a su encuentro. El policía señaló uno de los cuerpos.

—Aquél —dijo.

Era un suboficial de pelo crespo y cano, con insignias españolas en el uniforme. Un sargento veterano de la gendarmería internacional. Llevaba la gorra bajo un brazo y fumaba un cigarrillo con boquilla dorada. Se quedó atrás, apoyado en la puerta, mientras Rexach y Falcó seguían al hombrecillo gris.

—Usted es el único que puede identificarlo —se excusó Rexach en voz baja.

—¿Qué hay del policía? —preguntó Falcó en el mismo tono.

—Ningún problema... Lo conozco bien y lo engraso mejor. Sabrá ser discreto.

—Más nos vale.

—Ya le digo. Descuide.

El de la bata gris había retirado la sábana.

—Cielo santo —murmuró Rexach.

Falcó era un hombre poco dado a la interposición de sentimientos, pero no pudo evitar una punzada compasiva, casi conmovida. O sin casi. Villarrubia lo había pasado mal antes de morir. Y desde luego, no había ocurrido rápido. Se habían tomado tiempo con él. Nada de prisas.

—Fíjese en lo que le han hecho —dijo Rexach con voz trémula.

Falcó se estaba fijando. Había quemaduras de cigarro en los muslos, el pecho y los genitales, magulladuras y cortes en el pecho. La piel muy pálida y amarillenta se abría a la altura del corazón en tres brechas de color violáceo, muy juntas. Tres puñaladas habían puesto punto final a lo que para el joven operador de radio tenía que haber sido un largo infierno.

—¿Es él? —inquirió Rexach.

—Claro que es él.

Rexach hizo una seña al policía y éste se acercó a ellos.

—El caballero no identifica el cadáver... Le es por completo desconocido.

Miró brevemente el otro, inexpresivo, el rostro de Falcó.

—¿Es eso cierto, señor? ¿No lo conoce?

—No lo he visto en mi vida.

El policía aún le sostuvo un momento la mirada, sin pestañear. Luego se llevó a los labios el cigarrillo, aspiró una bocanada de humo y lo dejó salir despacio.

—Entiendo.

—Sí —apostilló Rexach—. Es una lástima.

—Claro —el policía se volvió hacia el hombrecillo gris—. Apúntalo como varón de raza blanca, no identificado.

Asintió el otro, regresando a su pupitre. El policía había vuelto a mirar a Falcó.

—No hay más formalidades, en tal caso —dijo.

—Se lo agradezco.

—No hay de qué. Esperaré a que estén listos para irse.

Fue a situarse como antes, apoyado en la puerta. Era obvio que Rexach sabía comprar, al precio que fuera, colaboración y discreción. Vivo en Tánger, había dicho días atrás. Aquélla era una buena prueba.

Falcó miró al agente franquista.

—¿Dónde lo encontraron?

El otro dirigió un rápido vistazo al policía y al hombrecillo gris, asegurándose de que no escuchaban.

—Junto a la tapia del cementerio judío —respondió en voz muy baja—, medio envuelto en un saco de arpillera. Por lo visto lo mataron de madrugada, tras torturarlo toda la noche... Ni siquiera se tomaron la molestia de vestirlo otra vez.

Se inclinó Falcó sobre el cadáver. Olía a sustancias químicas. Los ojos claros ligeramente entreabiertos, de pupilas opacas entre las rendijas de los párpados inmóviles, tenían una extraña expresión de paz. De indiferencia. También parecía más pequeño y más joven. Los seres humanos, pensó, siempre parecían más pequeños y frágiles cuando estaban muertos.

—Me temo que es su respuesta a lo de Trejo —comentó Rexach con el tono reprobatorio de un ya se lo advertí—. Ojo por ojo.

Era algo más que eso, pensaba Falcó. Era un mensaje personal. Cuando Eva Neretva había ido a verlo al hotel, su compañero ya había capturado a Villarrubia. Y ella lo sabía. Lo más probable era que Eva lo hubiese ordenado. Y mientras la mujer pasaba la noche con Falcó, Garrison se ocupaba a fondo del joven, seguramente ayudado por el esbirro con aspecto de boxeador. Aquellas tres puñaladas finales en el corazón eran asociables con el cuchillo que Falcó había utilizado, tras la pelea, para tajarle la cara al moro.

—Imagino que habrá hablado antes de morir —dijo Rexach.

Había sacado un pañuelo y se tocaba con él las cejas, como si le sudaran. Lo miró Falcó igual que miraría a un estúpido.

—Pues claro que ha hablado —con un ademán indicó las marcas del cuerpo—. Cualquiera lo habría hecho.

—¿Sabía cosas comprometedoras?

—Algunas.

—Vaya... ¿Muchas?

—Pocas.

Rexach dirigió una mirada al policía de la puerta y otra al empleado de la morgue. Después bajó la voz.

—¿También sobre la operación prevista para esta noche?

—No —Falcó lo pensó un instante, analizando posibles fallos suyos de seguridad, y al cabo movió la cabeza—. De eso no sabía nada.

—¿Está seguro?

—Completamente.

—Menos mal —Rexach emitió un suave silbido de alivio—. Todo se habría ido al cuerno, ¿verdad?

—Se limitaba a transmitir mensajes en cifra cuyo contenido ni siquiera conocía.

—Ah, bien. Muy bien. No sabe lo que me tranquiliza escuchar eso. Significa que no habrán podido sacarle gran cosa.

Falcó volvió a señalar los cortes y quemaduras.

—Supongo que ése fue su principal problema. Que no tenía mucho que contar, pero ellos creían que sí... Convencerse les llevó toda la noche.

—Pobre diablo.

Falcó miraba los párpados entreabiertos del joven. Su insólita expresión de paz.

—Era un buen chico —murmuró.

—Sí, claro —Rexach asentía, solemne—. Un buen chico.

Y ése fue todo el epitafio por el operador de radio.

La siguiente hora y media la empleó Falcó en una actividad constante, sin apenas un minuto de reposo. Había demasiados cabos por atar, y el tiempo apremiaba.

Privado del enlace por radio, desconfiando del teléfono y de las centralitas desde las que podía ser controlado, no tenía otro medio de comunicación que las oficinas de telégrafos. Descartada por razones obvias la española, y no fiándose de la francesa, decidió recurrir a la británica; así que se encaminó a ella y estuvo un buen rato en una mesa del fondo, mojando la pluma en el tintero y redactando telegramas dirigidos al Almirante. Lo hizo en una semiclave más hecha de sobreentendidos y alusiones que de cifra real.

Los borradores le llevaron cierto tiempo, y hasta que no estuvo satisfecho no se decidió a pasarlos a limpio. Básicamente, informaban de la muerte de Villarrubia y de la inminencia de la operación soborno al capitán Quirós. No esperaba respuesta, así que después de entregar los impresos en la ventanilla —lo atendió un empleado inglés seco y eficiente que ni siquiera le miró la cara— pagó su importe y salió a la calle.

No era probable que tras la escaramuza del bulevar Pasteur los rojos volvieran a intentarlo con él; o al menos, no de inmediato. Sin embargo, los caminos de los cementerios estaban empedrados de certezas. Así que anduvo tenso y alerta, aplicando todas las reglas de seguridad conocidas, utilizando la topografía urbana para cubrir sus pasos, vigilar su espalda, observar la complicada geometría de ángulos y líneas, de probables campos de tiro, lados buenos y malos, vías de escape ante cualquier amenaza, lugares críticos donde era vulnerable a un navajazo, a un disparo de lejos o a quemarropa.

Tenía el estómago vacío, pero descartó la idea de detenerse a comer algo. No era momento de convertirse en blanco fijo. Prefería seguir moviéndose despacio a fin de disponer de energía en caso necesario, con apariencia tranquila pero ojo avizor. Llevaba las manos metidas en los bolsillos y bajo el sombrero su mirada se movía con la viveza de un ave de presa, atenta a rostros, situaciones, actitudes, detalles; a cuanto podía establecer la diferencia entre seguir respirando o convertirse, también, en un trozo de carne pálida sobre el mármol de la morgue.

Una ciudad siempre era neutral, recordó. Tanto como la noche o una jungla. Lo había dicho Rudi Kreiser, uno de sus instructores de la Gestapo, durante el curso de técnicas modernas de seguridad que Falcó había hecho en Berlín. Hacia qué lado se incline la ciudad, sostenía Kreiser, depende de uno mismo. Falcó sabía que eso era verdad. Una urbe populosa como Tánger constituía siempre un escenario objetivo. Un territorio que podía ser aliado o enemigo, según el adiestramiento y las intenciones de quien se moviese por él.

Ya cerca del hotel, se detuvo un momento y volvió sobre sus pasos, atento. Nadie lo seguía. Pasó luego por una calle estrecha cubierta por un viejo arco morisco, y llegó a tocar la culata de la pistola cuando un moro vestido con albornoz y tarbús pasó muy cerca, por su lado. En ese momento le vino a la memoria un proverbio que había escuchado en los Balcanes: «En momentos de mucho peligro, conviene caminar con el diablo hasta que has cruzado el puente».

Sabía que la forma más segura de cruzar un puente era ser uno mismo el propio diablo.

Paquito Araña, puntual como siempre, curioseaba en el bazar marroquí del hotel Continental. Falcó lo encontró mirando unas babuchas. Lucía una pajarita amarilla y zapatos puntiagudos de dos colores, y en las manos sostenía un elegante panamá de ala ancha. Su olor a pomada y perfume superaba al de la tienda, latón viejo y cuero mal curado.

—Se han cargado a mi operador de radio —le dijo Falcó.

El pistolero enarcó las cejas depiladas.

—Qué me dices.

—Lo que te digo.

—Cuéntame detalles.

Se los contó mientras salían al exterior. Araña estuvo escuchando sin decir nada hasta que Falcó concluyó el relato.

—Son cosas que pasan —opinó, objetivo.

—Sí.

Habían llegado junto a los cañones del baluarte. Se detuvieron a mirar el puerto bajo el cielo de azules y nubes bajas y nacaradas. Desde allí se divisaban perfectamente, amarrados al muelle entre los tinglados y las grúas, el *Mount Castle* y el destructor nacional.

—Esta noche se nos pasa el capitán Quirós —dijo Falcó—. Al menos eso espero.

—¿También entrega el barco?

—Claro.

—¿Lo de tu operador de radio no cambia nada?

—No gran cosa, en lo que se refiere a esta noche.

—¿Y cuál es mi parte en la función?

—Guardarme las espaldas. Hay que llevar mucho dinero.

—¿En metálico?

—Así es. Y una vez allí, asegurarnos de que no van a jugarnos una de Fu-Manchú.

—¿Y si nos la juegan?

—Salir por pies.

—¿Probabilidades?

Lo pensó Falcó un instante.

—Mitad y mitad, por lo menos.

—Como de costumbre, ¿no?... Cara o cruz.

—Esta vez pinta bien la cosa, diría yo.

—¿Y cómo piensas rematarlo, guapito?... Cuando los tripulantes sepan lo del capitán del *Mount Castle,* no creo que todos se queden quietos.

—Una vez suba a bordo la gente del destructor, allí no se moverá nadie.

—¿Tú crees?

—Estoy casi seguro.

—¿Sólo casi?

—Eso es. Sólo casi.

—Cuéntame entonces cómo está el negocio, para verlo en conjunto. El operativo y sus antecedentes inmediatos.

Así que Falcó se lo contó todo, minucioso en el detalle. Excepto la visita nocturna de Eva Neretva, que se guardó para sí, relató a Araña cuanto sabía y tenía previsto. También la emboscada de que había sido objeto en el bulevar Pasteur.

—Ahí te devolvían lo de Trejo —apuntó el pistolero.

—No te quepa.

Araña se frotó las uñas en la chaqueta y comprobó el efecto. Parecía divertido por el hecho de que Falcó hubiera estado a dos dedos de ocupar otra mesa en la morgue de Tánger.

—¿Era ese tal Garrison, como dices?... ¿El comunista yanqui?

—Estoy seguro.

—¿Y se te escapó vivo? ¿Sólo le diste matarile a un moro? —Araña hizo un mohín con los labios y lo miró sardónico—. Creo que estás perdiendo facultades, chico.

—Puede ser.

—Eso es por la vida cómoda que llevas. Que te relaja.

—Me lo has quitado de la boca.

Reía ahora entre dientes el pistolero, esquinado y peligroso.

—Y ya que hablamos de relajos, ¿qué hay de la mujer?... ¿Qué me cuentas de tu amiguita bolchevique?

—No hay nada que contar. Como te he dicho, está al mando.

Araña lo miraba con curiosidad.

—Fue ella quien hizo matar al operador de radio, ¿no?

—Eso creo.

—Te ha pagado bien el favor de Salamanca, la muy puta... Esa puerca roja.

Falcó no dijo nada. Miraba el puerto y la bahía. Araña se quitó el sombrero, se pasó una mano para alisar el pelo teñido y volvió a ponérselo, coqueto.

—Hay veces en que te pasas de listo —comentó con un suspiro.

—Puede ser.

—Un día te van a madrugar, y Falconcitos al cielo.

Falcó encendía un cigarrillo amparando la llama en el hueco de las manos.

—Vete a mamar.

El otro miró su reloj de pulsera como si considerase en serio la idea.

—No son horas, cariño. Demasiado temprano... No son horas.

Desde hacía siglos, pensó una vez más, los hombres se preparaban para el combate. Cumplían el ritual previo puliendo el pedernal de un hacha, ciñéndose la armadura, afilando una espada. Alguna vez había leído, seguramente en una novela de quiosco de ferrocarril o revista ilustrada —o tal vez fue mucho antes, en el colegio—, que a punto de morir en las Termópilas, en el amanecer de su último día frente al ejército de los persas, trescientos hoplitas espartanos habían peinado sus cabellos y bruñido sus armaduras, vistiéndose con ellas lenta y meticulosamente para afrontar la batalla.

Aquella imagen se le había quedado en la cabeza y siempre retornaba cuando se veía en situación parecida, preparándose para entrar en acción. No había nada desmesurado ni dramático en eso, y Falcó estaba seguro de que tampoco aquellos trescientos guerreros hicieron sus preparativos con ideas trascendentes de por medio. No eran propias de cierta clase de hombres las poses heroicas y las frases para la posteridad. Por eso le gustaba imaginar a los espartanos, en su último amanecer incierto, como a tantos seres humanos a los que había visto, por deber o por oficio, rondar silenciosos la orilla oscura. Sabía cómo se habían sentido: tranquilos, resignados, eficaces. En el destino aún por descubrir, en la vida o la muerte de todos ellos —ese *ellos* incluía al propio Falcó—, vivir o morir no eran más que trámites burocráticos. Simple consecuencia de las reglas del juego.

Ésos eran sus pensamientos mientras se preparaba en la habitación 108.

Había tomado un baño caliente, afeitándose con mucho esmero antes de peinarse despacio ante el espejo, el cabello hacia atrás con fijador, la raya alta y muy recta en el lado izquierdo del pelo. En cuanto al rasguño del costado, le escocía un poco pero no mostraba signos de infección. Después de cubrirlo con gasa y esparadrapo, se puso una camisa de algodón azulgrís y cuello blando, pantalones de dril crudo, zapatos Keds ingleses de sport con suela de goma, cinturón de cuero marrón con la funda de la pistola añadida, corbata a rayas rojas y azules, que en ese momento anudaba lenta y minuciosamente, calculando la distancia exacta que debía quedar entre el pico de ésta y la hebilla del cinturón.

Miró el reloj. Hora de irse.

En la radio de galena Emerson sonaba una canción de Édith Piaf: *Mon légionnaire.* Canturreando la letra, Falcó se puso la chaqueta y fue introduciendo en ella los objetos necesarios: tubo de cafiaspirinas, encendedor, pitillera con veinte cigarrillos, estilográfica, cuadernito de notas, billetera, un pañuelo limpio y el documento que debía firmar el capitán Quirós para la entrega oficial del barco.

> *Et me laissant à mon destin,*
> *il est parti dans le matin...*

Cantaba la Piaf. Cuando lo tuvo todo en los bolsillos, Falcó cogió la Browning que estaba sobre la cómoda. La sopesó un momento para comprobar que no había rastro de aceite —la había estado limpiando un rato antes—, quitó el seguro con el dedo pulgar, fue hasta la cama y accionó siete veces la corredera para hacer saltar los seis cartuchos del cargador sobre la colcha. Extrajo después el cargador, volvió a introducir en él los cartuchos y lo devolvió a su sitio con un chasquido metálico, accionó de nuevo la corredera para meter una bala en la recámara, sacó otra vez el cargador y le introdujo una bala extra. La pistola, con capacidad original para seis balas, disponía ahora de siete.

> *Mais je n'ai rien osé lui dire.*
> *J'avais peur de le voir sourire...*

Puso el seguro y metió el arma en la funda del cinturón. Después abrió el armario y sacó de él un maletín de piel negra, semejante a los de los médicos, que contenía ocho mil libras esterlinas en billetes de Su Majestad Británica y un pasaporte para el capitán Quirós. Se quitó el reloj de la muñeca izquierda, pasándolo a la derecha, y fijó el maletín a la otra con unos grilletes de policía. Tras el doble clic se aseguró de meterse la llavecita de los grilletes en el bolsillo, cogió el sombrero, comprobó que la hoja de afeitar seguía oculta en la badana y dirigió un último vistazo alrededor.

Era Falcó un hombre de natural ordenado, pero cuando se dirigía a una misión procuraba serlo todavía más, dejándolo todo en perfecto estado de revista: la cama hecha, la ropa doblada y dispuesta en cajones y armario, las prendas sucias en su bolsa de lavandería, los útiles de aseo en el neceser de cuero italiano, el supresor de sonido de la pistola, el dinero extra y los documentos ocultos tras la cómoda, y los papeles innecesarios quemados en el cuarto de baño. Pocas pistas detrás y facilitar la tarea de quien, si las cosas se torcían, iba a acabar llevándose todo aquello. Ésa era la idea.

Le gustaba lo impersonal de los hoteles, tanto los más lujosos como los modestos o miserables. Todo empezaba y terminaba con su presencia. Existía durante unos días y luego desaparecía sin dejar rastro, olvidado por la llegada inmediata de otras vidas que borraban la suya.

No me atreví a decirle nada.
Tenía miedo de verlo sonreír...

Siguió canturreando eso en voz baja al cerrar la puerta y avanzar por el pasillo. Y de aquel modo, sereno respecto a lo que dejaba atrás, ligero de todo lo superfluo, llevando encima cuanto necesitaba para la incertidumbre y el combate, Lorenzo Falcó salió del hotel y caminó a través de la ciudad en sombras.

Vigilaba la noche con sus ojos duros y tranquilos, hechos para mirar bajo el borde de un casco de bronce o de acero.

Vio a Paquito Araña en la rue de la Marine, junto a la mezquita. Estaba ante la tienda de un platero, haciendo como que contemplaba los objetos expuestos.

Falcó pasó por su lado, y no tuvo necesidad de volverse a mirar para saber que el pistolero le seguía los pasos a distancia, cubriéndolo desde atrás. Ambos eran diestros en esa clase de precauciones. Se preguntó si Araña iría equipado sólo con la navaja que solía manejar con mortal destreza, o si para la ocasión se habría artillado con algo más contundente. Quizá también llevaba encima una Astra del 9 largo, arma a la que era muy aficionado desde sus tiempos de lucha antisindical en Barcelona. Una herramienta capaz de tumbar a un buey.

Ya había oscurecido y las tiendas estaban iluminadas con luz de velas, candiles de aceite o faroles de petróleo. El alumbrado público no estaba encendido, y las calles eran una sucesión de sombras, penumbras y débiles puntos de luz que marcaban sus contornos hasta la parte más ancha e iluminada por las terrazas de los cafés Central y Fuentes, poco concurridas en ese momento. Falcó llegó al Zoco Chico, torció a la izquierda y anduvo hasta la calle estrecha, próxima a la oficina francesa de correos, cuya cuesta llevaba a la tienda de alfombras donde tenía la cita.

A media subida se detuvo el tiempo necesario para mirar y escuchar. Para asegurarse de que no había amenaza próxima y podía seguir adelante. Todo parecía normal, así que se soltó el botón que llevaba abrochado de la chaqueta, tocó con el codo la culata de la pistola y recorrió sin apresurarse el último tramo.

Había un farol de queroseno encendido en el zaguán de la tienda. Se detuvo allí y miró hacia el interior. La silueta del dueño se destacó en el contraluz, acercándose a Falcó.

—*Salam Aleikum* —dijo éste.

—*Masaljir.*

El moro se hizo a un lado y Falcó entró. Al final del pasillo entre pilas de alfombras, al otro lado de la cortina del cuartucho, junto a la ventana emplomada y a la luz de un candelabro con tres velas encendidas, había dos hombres sentados en cojines de cuero, que se levantaron al verlo entrar.

Uno de ellos era el capitán Quirós. Esta vez no vestía por completo de paisano, sino que llevaba una chaqueta azul de marino con los cinco galones en las bocamangas. En su acompañante, que era alto y de aspecto atlético, en su piel tostada y el pelo crespo, Falcó reconoció al contramaestre al que los otros tripulantes del *Mount Castle* llamaban Negus.

—En realidad no lo esperaba acompañado —se sorprendió Falcó.

—Es de mi confianza —respondió Quirós, sereno—. Se llama Fornos y está conmigo en esto. Es mi contramaestre.

Falcó miró el rostro del otro. El tal Fornos, alias Negus. Facciones duras y ojos que lo observaban con escasa simpatía. Un toque de dureza. Un brillo hostil.

—¿Hasta qué punto, esa confianza?

—Completamente.

—¿Y qué hay de su segundo de a bordo?... Supongo que tiene uno.

—No se preocupe por él. Es asunto mío.

Los tres se estudiaban con cautela, todavía de pie. Ojos azules y ojos claros acerados por la desconfianza, se dijo Falcó. En ese momento entró el moro con tres vasos de té humeante sobre una bandeja, los puso en una mesita y desapareció tras la cortina.

Falcó dirigió un vistazo a los cojines de cuero, pero no se sentó. Eso lo habría situado en desventaja respecto a aquellos dos, para quienes sería fácil echársele encima. Quirós pareció adivinar sus pensamientos, pues cambió una mirada con el acompañante y ambos se sentaron primero. Entonces lo hizo Falcó, procurando dejar libre el faldón de la chaqueta en el lado donde llevaba la pistola.

Los ojos de los dos marinos estaban ahora fijos en el maletín y en los grilletes que lo unían a su muñeca izquierda.

—¿Dónde está el comandante del *Martín Álvarez*? —preguntó Quirós.

Se rascaba la barba entrecana. Por un momento a Falcó le pareció advertir un movimiento de inquietud, pero no hubo nada más. El capitán mercante mantenía la apariencia impasible.

Falcó tomó su vaso de té, mojó los labios en la infusión ardiente y volvió a dejarlo sobre la mesita.

—El capitán Navia llegará en seguida.

Por el rabillo del ojo seguía pendiente del contramaestre. Éste vestía pantalón de faena, alpargatas y un chaquetón negro abierto sobre una camiseta no demasiado limpia. Falcó pensó que el chaquetón podía ocultar un arma, así que dedicó un momento a observar si algún bolsillo abultaba más de lo normal.

—¿Ha traído el documento? —preguntó Quirós.

Lo dijo casi con brusquedad. Con extraña y súbita impaciencia. Miraba hacia la cortina, y pese a su calma era obvio que el retraso del oficial nacional lo inquietaba. Aquélla era la tercera vez que Quirós y Falcó se encontraban, y éste nunca lo había visto inmutarse. Su pétrea imperturbabilidad parecía esa noche menos firme.

Sin decir nada, Falcó sacó el folio mecanografiado del bolsillo interior de la chaqueta, lo desdobló y se lo pasó al marino. Se puso éste unas gafas de leer y lo estudió detenidamente:

Fernando Quirós Galán, capitán del Mount Castle, *declara entregar voluntariamente el buque bajo su mando a la Marina Nacional Española, bajo las condiciones que a continuación se enumeran...*

Leía despacio, moviendo un poco los labios como si lo hiciera para sí mismo. A su lado, el Negus no prestaba atención al documento. Seguía mirando a Falcó con extrema fijeza.

—Parece en orden —comentó Quirós, dejando el papel sobre la mesita.

—¿No lo firma?

—Esperaremos al comandante del *Martín Álvarez*.

El retraso era deliberado. Falcó le había pedido al comandante del destructor que llegara unos minutos tarde, a fin de que él pudiera evaluar antes la situación.

—Es natural —dijo.

Sacó la pitillera y la ofreció abierta a los dos hombres, pero ninguno aceptó. Se puso uno en la boca, accionó el encendedor y fumó con el maletín en el regazo, procurando tener siempre libre la mano derecha.

—¿Qué hay del pasaporte para mí y mi familia? —preguntó de pronto Quirós.

Falcó palmeó levemente el maletín.

—Aquí está todo. Dinero y pasaporte —miró al Negus y se volvió al capitán con aire de disculpa—. No me habló de que tuviera que ocuparme de nadie más.

—No se preocupe por eso. Ya le he dicho que mi tripulación es asunto mío.

Falcó señaló al Negus.

—¿Incluido él?

No hubo respuesta. Quirós había vuelto a cerrar la boca. Él y su contramaestre seguían mirando a Falcó en silencio.

Algo no va bien, pensó éste de pronto. Algo no está exactamente donde debe estar.

Iba a analizar aquello más a fondo cuando Navia apareció, descorriendo la cortina, y los tres hombres se pusieron en pie.

El marino nacional vestía de paisano, sin sombrero, con el mismo traje holgado de ocasiones anteriores. También él pareció sorprendido de ver a Quirós acompañado, e hizo un movimiento con la mano derecha hacia el bolsillo de ese lado de la chaqueta. Todos quedaron inmóviles, estudiándose un momento. Después, el Negus miró a su capitán con ojos de perro fiel que espera la orden de atacar, los ojos azules de vikingo parpadearon un instante, y fue entonces cuando en Falcó se dispararon, como movidos por un resorte, los viejos instintos de su vida y su oficio.

—Es una trampa —dijo con frialdad.

En apenas dos segundos tuvo tiempo de ver cómo el recién llegado daba un paso atrás y Quirós sacaba un silbato del bolsillo.

—Evidentemente —dijo éste—, ustedes se equivocan conmigo.

Se llevó el silbato a los labios mientras el Negus se abalanzaba sobre Falcó, intentando arrebatarle el maletín, sin otro resultado que un violento tirón del grillete que lastimó su muñeca.

Todo ocurrió muy seguido y muy rápido.

Falcó detuvo a su atacante con un puñetazo en la cara, miró fugazmente a Quirós, que soltaba un estridente y largo pitido con el silbato, y se volvió un instante hacia Navia.

—¡Váyase!... ¡Corra!

Después cuidó de sí mismo, que ya era hora. Rehecho del puñetazo, el Negus volvía a la carga, cortándole el paso hacia la cortina, la tienda y la calle. Se oían pasos atropellados de gente que acudía a la carrera, y Falcó supuso que algunos tripulantes del *Mount Castle,* ocultos en las cercanías hasta ese momento, iban en auxilio de su capitán y su contramaestre. O quizá fuese la policía.

Aquí no hay nada que hacer, concluyó. Excepto largarse.

Entonces miró la ventana emplomada que daba a la calle, alzó un brazo para protegerse el rostro y se arrojó contra ella.

Cayó procurando rodar para amortiguar la dureza del golpe, que aun así retumbó en sus huesos. Se palpó el cuerpo, dolorido, confiando en no haberse cortado con las esquirlas de vidrio, ni lastimado nada de cuanto necesitaba para correr y escapar de allí.

La calleja era una trampa oscura, de sombras que se movían con rapidez. Por la parte baja sonaban voces, gritos y ruido de pasos a la carrera. Atrás, al otro lado de la ventana rota, cesó de pronto el sonido del silbato. Por un instante, Falcó pensó en el comandante Navia, deseando que hubiera podido escapar. Pero ése ya no era asunto suyo. Lo que ahora le importaba era ponerse a salvo. Y se planteaba difícil.

Una silueta se recortó en el contraluz de la ventana.

—¡Cogedlo!... ¡Se escapa!

No era la voz del capitán Quirós, así que supuso se trataba del Negus, que le echaba los perros detrás. La jauría husmeando rastro fresco. Como a esa orden, sonaron pasos acercándose rápidamente desde abajo. Eran varios, desde luego. Pero no era cosa de quedarse a contarlos.

—¡Agarrad a ese fachista hijo de puta!

Falcó se puso en pie con viveza y echó a correr calle arriba, a oscuras. Se preguntaba dónde diablos se habría metido

Paquito Araña. Y de pronto, como respondiendo al pensamiento, un bulto negro se destacó ante él, entre las tinieblas.

—¡Agáchate, guaperas!

Casi al mismo tiempo resplandeció un fogonazo entre las manos de la sombra, el estampido rebotó en los muros de la calleja y una bala pasó zumbando sobre Falcó, que acababa de tirarse al suelo.

—¡Venga, corre! —gritó Araña casi con el tiro—. ¡Corre!

Falcó no se lo hizo decir dos veces. Se puso en pie de nuevo, pasó junto al pistolero, que en ese momento disparaba de nuevo, y volviéndose de soslayo vio que abajo, al extremo de la calle, relucían fogonazos y sonaban otros tiros. Zuuuum. Un moscardón de plomo pasó junto a su oreja y dos impactos resonaron contra una pared. Clac, clac. Demasiado cerca. Araña volvió a disparar, esta vez contra la ventana rota, y la silueta allí asomada desapareció.

Siguió corriendo Falcó cuesta arriba, con la respiración desollándole los pulmones. Sujetaba con una mano el maletín contra el pecho mientras con la otra buscaba la Browning en la funda. Ahora sentía los pasos precipitados del pistolero corriéndole detrás. No veía un carajo, pero había estudiado bien el terreno con luz diurna, en previsión de lo que acababa de ocurrir. Sabía que unos metros más allá había una bifurcación, y que el camino bueno quedaba a la izquierda.

—¡A la izquierda! —le gritó a Araña, casi sin aliento.

Se detuvo dejando pasar al otro, puso una rodilla en tierra y disparó cuatro veces hacia la parte baja de la calle. Pumba, pumba, pumba, pumba, hizo en la oquedad de la calleja, lastimándole los tímpanos. Pero abajo dejaron de disparar y buscaron resguardo. Entonces se incorporó y corrió de nuevo.

Al llegar a la esquina, vio que el bulto oscuro de Araña estaba en posición, agachado.

—Tuyos —dijo al pasar.

Se metió a la derecha mientras a su espalda sonaban dos nuevos disparos. Buen chico, Araña. Pensó. Maricón hasta las orejas, pero peligroso como una serpiente de cascabel. Le encantaba tenerlo de su parte.

Ahora la calle tomaba pendiente hacia abajo y podía correr con más rapidez, pero se detuvo en el hueco de un portal para esperar al pistolero, apuntando la Browning en dirección a la esquina que acababa de dejar atrás. El bulto negro llegó tras un momento, a la carrera. Pasitos cortos y rápidos, olor a perfume y pomada mezclado con el reciente de la pólvora.

Todo muy estilo Araña.

—Creo que ya no vienen —dijo el pistolero.

También él respiraba sibilante, sofocado. De cualquier modo, no se quedaron a comprobarlo. Reemprendieron la carrera, juntos esta vez. Se detuvieron al fin, tras varias vueltas y revueltas, en una pequeña terraza también a oscuras, encajonada entre dos arcos y llena de ropa tendida, desde la que una escalera estrecha conducía a las pocas luces del puerto y a la playa. Permanecían atentos a todo sonido sospechoso, pero no se oía otra cosa que el rumor distante del mar.

—Por los pelos —dijo Falcó, enfundando la pistola.

—¿Tienes todavía el dinero, o llegaste a dárselo?

Falcó hizo sonar los grilletes.

—Lo tengo.

—Menos mal.

Tras el corto diálogo, se quedaron callados mientras recobraban el aliento. A su alrededor, la ropa tendida semejaba sudarios blancos. Fantasmas pálidos agitados por la brisa nocturna.

—Cuéntamelo —dijo al fin Araña.

Falcó había sacado la pitillera. Al hacerlo notó que tenía sangre entre los dedos. Se palpó la muñeca izquierda y encontró allí la herida.

—Mierda.

—¿Qué pasa?

Se quitó la chaqueta y remangó el puño de la camisa. Gotas tibias le corrían por la palma de la mano.

—Me he cortado al romper la ventana.

—¿Mucho?

—No parece.

—A ver. Trae —Araña le revisó a tientas la muñeca—. Es superficial, pero podías haberte seccionado un tendón o una vena... ¿Tienes un pañuelo limpio?

Falcó se sacó el que llevaba en el bolsillo superior de la chaqueta. En ese momento recordó que su sombrero se había quedado en la tienda de alfombras. No lo lamentó. Era un sombrero con mala suerte.

—Sana, sana, culito de rana —Araña le vendaba la muñeca, apretando el nudo del pañuelo—. Luego te lo miras y lo limpias bien... Todavía no me has contado lo que pasó allí dentro.

—Hay poco que contar —suspiró, resignado—. Quirós nos ha tomado el pelo. Nunca pensó entregarnos el barco.

—No puedes reprochárselo. Cada cual juega a lo suyo.

—No se lo reprocho. Pero casi me trincan esos cabrones. El contramaestre y los otros.

—¿Habrá sido ocurrencia de la rusa?

La voz del pistolero tenía un tono zumbón. Falcó se tocó el vendaje y encogió los hombros. El ademán hizo que le doliesen el cuello y la espalda, resentidos del golpe al caer al suelo.

—Es posible que lo haya organizado ella —admitió.

Oía silbar entre dientes al otro.

—Menudo agente de pacotilla estás hecho.

Falcó no respondió. Miraba las luces del puerto, calculando los próximos movimientos. Necesitaba tiempo para calmarse y pensar.

—¿Y qué pasa con el capitán del destructor? —preguntó Araña tras un momento—. ¿Pudo escapar también?

—No tengo ni idea.

—Menudo papelón el suyo, ¿no?... Con tiros y todo. Tendrá que dar unas cuantas explicaciones a las autoridades.

—Es su problema —Falcó hizo una mueca áspera—. Yo tengo los míos propios.

—Y que lo digas, cielo. Todo tu plan se ha ido a hacer puñetas.

Falcó se puso un cigarrillo en la boca.

—Eso parece.

—A ver cómo se lo toman en Salamanca.

—Sí.

Amparándose entre las sábanas tendidas, haciendo hueco con las manos para ocultar la llama, Falcó prendió el encendedor. Al penetrar en sus pulmones irritados, el humo lo hizo toser.

—Deberías tener cuidado —Araña reía en la oscuridad—. Dicen que el tabaco mata.

13. Entre perro y lobo

Pasó Falcó la noche en casa de Moira Nikolaos, pues no se fiaba del hotel: lo mismo podían caerle encima los rojos que la policía internacional. Aun así, en la habitación que ella le cedió, dejándolo a solas y tranquilo tras desinfectarle la herida de la muñeca con tintura de yodo, estuvo más tiempo despierto que dormido. Fumó un cigarrillo tras otro, con la pistola y el maletín al alcance de la mano, y la compañía de la botella de coñac que el capitán Quirós y el comandante Navia habían dejado intacta al entrevistarse allí dos días atrás.

La luz color ceniza del amanecer iluminó su rostro asomado a una ventana, fatigado y sin afeitar, mirando la extensión gris del mar tras la que se perfilaba poco a poco la línea oscura de la costa española. No era ésa la hora que le traía los recuerdos más agradables: muelles sombríos, estaciones de ferrocarril, martilleo de ruedas de tren en andenes brumosos, carreteras bajo la lluvia, fronteras cruzadas a pie sobre la nieve, culatas de fusiles golpeando el suelo mientras los aduaneros revisaban pasaportes falsos. Momentos de incertidumbre y de peligro, a menudo. Incluso de miedo.

Y todo lo empeora el fracaso, concluyó.

Pensaba en el Almirante. Y al hacerlo, el nuevo día se tornaba aún más sombrío y más gris.

Por fin, cuando los primeros rayos de sol empezaron a dorar la línea de tierra lejana, Falcó se apartó de la ventana y fue al cuarto de baño de los invitados. La dueña de la casa conservaba allí los objetos de aseo de su difunto marido, así que pudo lavarse y afeitar la mandíbula cuadrada donde le azuleaba la barba. Se peinó hacia atrás el reluciente pelo negro y contempló los cercos de fatiga que oscurecían su rostro bajo los párpados. Ninguna mujer lo habría llamado guapo esta mañana, pensó. Había tenido amaneceres mejores que ése. Después cambió el vendaje de la muñeca izquierda, se puso la camisa del día anterior y se anudó la corbata. Un momento más tarde estaba listo para irse.

Cuando salió al pasillo, un olor a café recién hecho lo condujo hasta el salón donde Moira desayunaba. Estaba sin maquillar, sentada ante una mesa bien provista. Un turbante blanco le recogía el cabello, y bajo el kimono asomaban sus piernas desnudas y bronceadas. Sin decir una palabra, Falcó fue a sentarse frente a ella y se sirvió un vaso de leche tibia.

—¿Qué vas a hacer ahora? —preguntó la mujer.

Tardó un momento en responder a eso, mientras sacaba el tubo de cafiaspirinas del bolsillo. Realmente no disponía de una respuesta clara.

—No lo sé —se metió un comprimido en la boca, masticando el sabor amargo, y lo tragó con un sorbo de leche—. La misión ha sido un fracaso.

—¿Completo?

Falcó mordió una tostada.

—Casi.

Moira miraba el maletín que él volvía a llevar sujeto con los grilletes a la muñeca vendada.

—¿Hay algo que puedas contarme?

—No mucho —bebió otro sorbo de leche—. Sólo que juzgué mal al hombre inadecuado.

—¿Te refieres a ese marino barbudo que utilizó la escalera de la playa?

—Entre otros... Sí.

—Vaya. Lo siento.

—Con él me pasé de listo.

Moira lo observaba, interesada, por encima del borde de su taza de café.

—Siempre hay alguien más listo que uno —dijo tras un instante.

—Siempre.

—Sobrevivirás... Tú sueles hacerlo.

—Supongo que sí.

—¿Necesitas que te devuelva el dinero que me diste?

—No digas bobadas.

Ella dejó la taza y con su única mano le pasó un sobre cerrado.

—Ese hombrecillo horrible con el que viniste anoche volvió hace un rato... Dejó esto para ti.

Falcó rasgó la solapa del sobre con un cuchillo. El mensaje era breve, escrito con la letra inglesa, clara y casi femenina de Paquito Araña:

Novedades interesantes. Te espero en mi pensión. No te retrases.

Moira miraba el rostro de Falcó. Cuando éste se metió el papel en el bolsillo, ella sonrió un poco.

—Conozco esa expresión, querido.

Ahora le llegó a él el turno de sonreír. Lo hacía por primera vez aquella mañana.

—¿Y qué te dice ahora mi expresión?

—Que en realidad el éxito o el fracaso te dan igual. Siempre te lo dieron... Lo que de verdad te importa es que nunca falte un sobre por abrir.

—Adelante —dijo Paquito Araña—. La puerta está abierta.

El alojamiento del pistolero respondía al muy español nombre de pensión Carmencita y estaba en la rue de la Tannerie, cerca del túnel que comunicaba el puerto con la medina, próximo al hotel de Falcó. Cuando éste cerró la puerta a su espalda, Araña estaba en el cuarto, sentado sobre la cama junto a una lata abierta de galletas Crawford. Había sustituido la chaqueta por un batín color burdeos con botones de nácar y cuello de seda. A su lado, sobre la colcha, destacaba el acero pavonado de la Astra del 9 largo. Se estaba barnizando las uñas.

—Rexach —dijo apenas entró Falcó.

—¿Qué pasa con él?

Delicadamente, Araña puso el frasco de barniz junto a la pistola.

—Tiene cositas.

Intrigado, Falcó se apoyó en la ventana. Estaba abierta y por ella se veía la muralla que se alzaba enfrente, un trozo de cielo y una pequeña parte del puerto. Araña observó su muñeca izquierda, libre del maletín.

—¿Qué has hecho con el dinero?

—Antes de venir a verte se lo he devuelto a Seruya, el banquero. No es cosa de seguir paseándolo por Tánger.

—Prudente medida.

—¿Qué hay de Rexach?

Alzó Araña índice y corazón de una mano.

—El gordo juega a dos barajas.

—A más de dos, imagino. Es su trabajo.

—Ya, cielo. Pero en lo que a nosotros se refiere, el asunto huele raro.

Falcó, que había sacado la pitillera, se detuvo, intrigado.

—¿Cómo de raro?

—Rarísimo.

—Detalla.

Y Araña lo hizo. Después de lo de Juan Trejo —ciertos episodios unían mucho, matizó— había mantenido el contacto con Kassem, el colaborador moro: una relación aceitada con dinero suficiente para asegurar su lealtad temporal mientras se resolvían los asuntos en curso. Kassem era un tipo despierto y capaz, así que Araña le había encomendado misiones de vigilancia para asegurarse la retaguardia. También le había preguntado muchas cosas, obteniendo ciertas respuestas.

—¿Sabías que Rexach tiene buena relación con el responsable del SIM rojo en Tánger?

Asintió Falcó. Un médico llamado Istúriz, dijo. El propio Rexach se lo había contado. Se pasaban asuntos en plan vive y deja vivir. Se llevaban bien.

—Demasiado bien, me parece —opinó Araña.

Falcó le dirigió una mirada alerta mientras encendía un cigarrillo.

—¿A qué te refieres?

—Kassem me estuvo contando cosas interesantes sobre el vive y deja vivir de esos dos. Así que ayer, mientras tú y yo preparábamos el asunto del capitán Quirós, le dije que no quitara ojo al gordo.

Dejó Falcó salir el humo entre los dientes. Muy despacio.

—Podías habérmelo dicho.

—No quería preocuparte más. Pero tenía curiosidad... ¿Recuerdas que Rexach dijo que deseaba mantenerse fuera de toda la operación, para no quemarse? ¿Que iba a quedarse todo el día y la noche encerrado en su casa, esperando noticias?

—Perfectamente.

Sonreía el pistolero, mefistofélico. Sacó una galleta de la lata, cuidando no estropearse el barnizado fresco de las uñas, y volvió a sonreír.

—Pues no lo hizo, chico. Para nada. Al contrario, estuvo sorprendentemente activo. Salió a la calle y se vio dos veces con el tal Istúriz.

—¿Estás seguro?

—Kassem lo está —tras mordisquear la galleta, Araña se pasó la lengua por los labios—. Y yo me fío de ese barbián, por ahora... Le pago lo suficiente para fiarme.

Falcó imaginó brevemente pagos y compensaciones. Aquél no era asunto suyo, de todas formas. Sí lo era, en cambio, la información obtenida. Araña no era de los que se dejaban embaucar con facilidad, ni por un moro vigoroso ni por la madre que lo parió.

—Pudo ver a Istúriz para hablar de otras cosas —aventuró.

—Claro. Y también para hablar de lo nuestro. Para cambiar cromos.

—Eso no lo vincula forzosamente con lo de anoche... Mi impresión es que a Istúriz lo dejaron un poco de lado en todo esto.

Parpadearon los ojos de rana del pistolero.

—¿Te refieres a tu putita comunista y al otro?

—Sí.

Araña lo pensó un momento.

—¿Crees que la rusa y el yanqui estaban anoche con la gente de Quirós, cuando te cayeron encima?

—No tengo ni idea. Puede ser.

—Quien disparó no lo hacía nada mal.

Hizo Falcó un ademán indiferente.

—Pudo ser el americano.

—Claro... O ella.

Con aire pensativo, Araña se puso en pie, cogió la pistola y la metió en una funda que colgaba del perchero. Luego fue hasta la ventana, junto a Falcó, y se empinó un poco sobre las puntas de los pies para mirar mejor hacia el puerto.

—He hecho averiguaciones —dijo—. El comandante Navia volvió al destructor nacional sin problemas. La cosa no iba con él.

—¿Y qué hay de la policía?

—Cuando llegaron los gendarmes, ya se habían largado todos.

Permanecieron callados, mirándose ahora. Se conocían bien y pensaban lo mismo.

—Es posible que Rexach sepa algo —admitió Falcó—. O que al menos pastelee con Istúriz por su cuenta, y haya informaciones que circulen de esa parte.

Araña se mostró de acuerdo.

—Pues claro —dijo—. Después de todo, cuando tú y yo nos vayamos, Rexach seguirá aquí. Y esta guerra puede ganarse o puede perderse. Él tiene que cuidar el paisaje y al paisanaje.

Siguió otro corto silencio.

—¿Crees que estaba metido en la faena? —inquirió Falcó tras un momento—. ¿Que sabía lo de la trampa que me iban a tender anoche?

No era una pregunta, sino una reflexión en voz alta. Con las manos en los bolsillos del batín, el pistolero sonrió, cruel.

—Yo no creo nada. Pero podríamos preguntárselo.

Falcó seguía reflexionando, entornados los párpados por el humo del cigarrillo que sostenía entre los labios. Acababa de ocurrírsele una idea.

—Incluso —dijo— podemos hacer más que preguntar.

Tras observar durante un rato las ventanas de la oficina de Antón Rexach, Falcó dejó atrás la fachada del hotel Minzah y cruzó la rue du Statut. Por el rabillo del ojo vio venir por la acera a Paquito Araña con aire de transeúnte casual, pero cuando se metió en el zaguán oyó detrás sus pasos cortos y rápidos. Subieron juntos por la escalera, sin despegar los labios. Todo estaba hablado ya.

Los ojos gelatinosos de Rexach los estudiaron un momento, desconcertados, al abrir la puerta. Verlos juntos, en su oficina y a esa hora, contravenía las normas de seguridad. Tras un instante, se apartó para dejarlos entrar. Tenía un habano humeando entre los dedos.

—Un desastre lo de ayer, tengo entendido —dijo con pesar.

—Sí.

Miró a Araña con algún recelo y se dirigió a Falcó.

—Esperaba que me contara hoy los detalles, pero no los esperaba a los dos aquí.

—Hay cierta urgencia.

—Ah.

El despacho seguía oliendo a colillas de cigarro rancias, cual si su propietario no hubiese abierto las ventanas desde la última vez. Falcó miró la foto aérea de Tánger, el calendario de la Trasmediterránea y el reloj de cuco, y fue a sentarse en la silla que le ofrecía Rexach. Araña permaneció en pie, apoyado en la puerta.

—¿Qué pasó exactamente anoche?... ¿Le tendieron una trampa?

—¿Cómo se ha enterado?

Después de una leve vacilación, dirigiendo otra mirada de extrañeza a Araña, Rexach fue a sentarse tras la mesa. Estaba en tirantes y mangas de camisa. La papada le desbordaba el cuello duro y tapaba medio nudo de su corbata.

—La gendarmería. Tengo mis contactos, como le dije. De cualquier manera, lo sabe ya toda la ciudad.

—¿Y qué es lo que sabe?

—Que anoche hubo un tiroteo cerca del Zoco Chico entre agentes republicanos y nacionales.

—¿Lo relacionan con el *Mount Castle*?

—Oficialmente no, que yo sepa. Tampoco los rojos han aireado el asunto. No les interesa complicar más las cosas.

—El capitán Quirós ha estado jugando con nosotros —expuso Falcó—. Conmigo, para ser exacto... Nunca tuvo intención de entregar su barco.

Rexach preguntó cómo había ocurrido todo y Falcó se lo contó. Desde la cita en la tienda de alfombras hasta el tiroteo y la fuga.

—Podía haber sido peor —opinó Rexach—. Si hubieran denunciado a la policía internacional un intento de soborno, ahora estarían detenidos usted y el comandante Navia. Pero prefirieron ajustar cuentas en privado.

—Y quitarme el dinero.

—También, claro.

—¿Qué sabe de Navia?

—Oh, no lo molestaron demasiado... Tampoco es cosa de maltratar al comandante de un buque de guerra, aunque sea enemigo, en un puerto neutral como Tánger. Quirós lo trató con mucha consideración, dentro de lo que cabe. Lo dejó irse con sólo unas palabras duras entre ellos... A quien querían era a usted, y su dinero.

—¿Y cómo sabe todo eso?

—Vi al comandante Navia a primera hora. Estaba con nuestro cónsul, intentando acallar lo de anoche... Preguntaron por usted, muy inquietos. Les dije que no tenía noticias, pero que eso eran buenas noticias. Que pudo escapar y que estaría escondido en alguna parte.

Tras decir eso se los quedó mirando, a la espera de algún comentario. Pero ni Falcó ni Araña dijeron nada. Rexach dio una chupada al puro mientras dirigía una ojeada vacilante al pistolero. Impasible, apoyado en la puerta, éste se contemplaba las manos.

—Navia necesita verlo —dijo Rexach a Falcó después de un momento—. El plazo para el *Mount Castle* acaba mañana a las ocho, y él soltará amarras antes, para esperarlo afuera.

—¿Qué novedades hay del barco?

Rexach hizo un ademán ambiguo.

—Ninguna en especial... Ahora iba a ir al puerto, a echar un vistazo. He sabido que hoy cargan carbón y los últimos suministros.

—¿Van a salir al mar? ¿Intentarán forzar el bloqueo?

—Eso parece. Se prevé niebla en el Estrecho, y pueden aprovecharla. Quirós es hombre tozudo, y el Gobierno republicano ha ordenado evitar el internamiento en Tánger... No le queda sino cumplir.

—¿Y qué hay de los agentes comunistas? ¿La rusa y el otro?

—De ésos no sé nada.

Tras decir aquello se quedó mirando a Falcó con mucha atención, como si intentara descifrar su expresión y su silencio. Éste siguió callado un poco más, deliberadamente. Preparaba la siguiente fase del asunto.

—Háblenos de su amigo Istúriz —sugirió al fin.

Parpadeó el otro, sorprendido. La mano que sostenía el habano estaba inmóvil en el aire.

—No es mi amigo. Es...

—Sé muy bien quién es —Falcó lo interrumpió con equívoca suavidad—. Cuénteme de qué charlaron ayer. De qué han hablado estos últimos días.

—Eso es ridículo. Yo...

Se calló de pronto cuando Falcó se puso en pie y fue a sentarse muy cerca de él, en el borde de la mesa. La ceniza del puro le había caído a Rexach sobre la barriga.

—Mire, Rexach, yo soy un hombre comprensivo —señaló a Paquito Araña—. Y mi compañero también puede serlo, si está de buenas... Podemos entender que usted asegure su posición en Tánger. Cada cual se organiza como puede. Pero hay cosas en su manera de organizarse que nos afectan, o que me afectan a mí.

Palideciendo, Rexach se había echado un poco hacia atrás en su silla. Parpadeó de nuevo. Tres veces. Era obvio que en su vida había tenido momentos más felices que ése.

—No sé a qué se refiere.

—Me refiero a que se ha ido de la lengua. Y sospecho que demasiado.

El otro abrió mucho los ojos.

—Eso es absurdo. Nunca...

Plaf. La bofetada restalló con sonido seco, haciéndole volver con violencia la cara a un lado. El habano escapó de entre sus dedos y fue a parar al suelo. Y cuando alzó hacia Falcó los ojos aterrados, éste lo abofeteó de nuevo. Plaf, volvió a sonar. Luego pasó al tuteo.

—Escucha, imbécil... A mi operador de radio, cuya existencia y domicilio sólo conocíamos tú y yo, lo secuestraron, torturaron y asesinaron. Y al poco rato, en el piso franco del bulevar Pasteur, me tendieron una emboscada en la que casi pierdo el pellejo. Por no hablar de lo de anoche.

Azorado, rojas ambas mejillas, Rexach miró un cajón de su escritorio. Falcó le dirigió una mueca carnicera mientras se levantaba el faldón de la chaqueta para mostrar la Browning.

—Si tocas ese cajón —susurró con voz helada—, te mato.

Vio al otro encogerse como una almeja viva que recibiese un chorro de limón.

—Con lo de anoche no tengo nada que ver —balbució—. Se lo juro.

—Eso puedo creerlo, más o menos. Háblame de lo que no me creo.

Siguió una pausa, en la que los ojos de Falcó encontraron brevemente la mirada divertida de Araña. El tuteo hacía aún más efecto que la bofetada, sabían ambos. El tono. La forma de mirar, acercando el rostro al del hombre sentado y humillado.

—Istúriz y yo hablamos de vez en cuando —dijo débilmente Rexach.

—Cuéntame algo que no sepa.

El otro hundió la cabeza y miró el cigarro que humeaba en el suelo, quemando el linóleo.

—Es posible que se me hayan escapado algunas confidencias... Y también a él. Hay informaciones de los rojos que nos han sido útiles.

—No me cabe duda. Sigue.

—Puede que yo cometiera algún error. Pero esto es Tánger.

La mueca de Falcó era cualquier cosa menos simpática.

—Te comprendo. ¿Qué más?

—Nada más —a Rexach le temblaba ligeramente la papada—. Comentarios, pequeñas informaciones... Eso es todo.

—Que él transmitió a los agentes comunistas y le costaron la vida a Villarrubia.

Se agitó el otro con un sobresalto.

—Yo no podía saberlo —protestó—. Y tampoco Istúriz fue responsable de eso. Se limitaría a contarlo. No es de los que se complican la vida.

—A ti te gusta el dinero.

—Como a todos. Pero éste no es el caso.

—¿Cuánto te pagó tu compadre rojo?

—No me paga nada... Tampoco yo a él. Lo juro.

—Juras demasiado.

Resonó otra bofetada, y Rexach soltó un gemido de angustia. Sus ojos húmedos giraban en las órbitas como los de un animal acorralado. Intercambió Falcó otra mirada con Araña. Dice la verdad, apuntaba el silencio del

316

pistolero, y él estuvo de acuerdo. Se levantó de la mesa, fue hasta la ventana y miró la calle mientras encendía un cigarrillo.

—Si todo esto se conoce en Salamanca, estás muerto... Lo sabes, ¿no?

Rexach guardó silencio. Apoyaba las manos gordezuelas en la mesa, abatida la cabeza. Las mejillas parecían arderle, aunque tenía la frente pálida y la cara se le había cubierto de sudor.

—Es más —añadió Falcó—. Nada nos impide encargarnos nosotros mismos del asunto. Tengo libertad operativa para eso.

El otro alzó la cabeza. El miedo parecía darle una súbita energía.

—No lo creo —dijo con relativa firmeza—. Sigo siendo necesario aquí, y más estos días. Ustedes no iban a...

Falcó volvió a acercar su rostro a Rexach.

—Mírame la cara, anda —señaló a Araña con los dedos donde sostenía el cigarrillo—. Y mira la de ese caballero... ¿De verdad no crees que puedes estar muerto de aquí a un rato?

Se intensificó el temblor de la papada del otro. Un cerco de sudor le mojaba el borde de la camisa y el nudo de la corbata. En ese momento, el reloj suizo emitió un pequeño chasquido y el pajarito asomó por la puertecilla e hizo cucú.

—¿Qué quieren de mí?

La voz parecía salir de una caverna. Sonaba lejana y temerosa. Falcó sonrió, siniestro.

—Tu compadre Istúriz.

—¿Qué... pasa con él?

—Que vas a hacerle otra de tus confidencias a ese rojo hijo de puta.

Rexach los miraba boquiabierto.

—¿Qué clase de confidencia?

—La manera fácil de que sus tovariches me atrapen esta noche.

Era entre dos luces: el momento del crepúsculo en que las cosas cercanas parecían alejarse entre las primeras sombras. La hora que los franceses llamaban *entre chien et loup*. Entre perro y lobo. Cuando, según el Corán, para la oración, apenas podía distinguirse un hilo blanco de uno negro.

Falcó estaba de espaldas contra el pie de la muralla, bajo el fuerte de Dar Baroud, y en la grisura creciente veía al otro lado de la bahía, más allá del puerto, los destellos lejanos del faro de punta Malabata. No había brisa y el aire era húmedo. Parecía anunciarse niebla por el halo que enturbiaba los reflejos del faro y el resplandor de la luna, que ya asomaba en el cielo como un ojo a medias entornado y ambarino.

Aquella luna se asemejaba a una mueca pálida, pensó. Una sonrisa peligrosa.

A unos metros, al final de la cuesta que arrancaba del puerto, el hombre que atendía el quiosco de pinchitos y sardinas, hecho de tablas y chapa de bidones, recogía los enseres a la luz sucia de una lámpara de petróleo, limpiando las mesas forradas de hule grasiento. Era un moro desdentado y viejo, vestido de chilaba, que había mirado a Falcó con indiferencia después de que éste negara con la cabeza cuando le ofreció comer algo. Ahora terminaba de recoger, cubría el fogoncillo apagado y se iba al fin, cuesta abajo, en dirección al puerto.

Falcó aplastó bajo la suela del zapato el cigarrillo que había estado fumando, se desabotonó la chaqueta para tener libres los movimientos y se quitó la corbata. Después orinó contra la muralla. Siempre lo hacía antes de entrar en acción, pues no era lo mismo recibir un tiro o un navajazo en el vientre con la vejiga llena. Se ahorraba uno cantidad de infecciones. De cosas así.

Miró alrededor, las manchas oscuras de las buganvillas aferradas a las piedras viejas de la muralla, las chumberas apenas visibles con aquella última luz, los troncos esbeltos de las palmeras cercanas, más negros que el cielo aún azulado. Todo seguía tranquilo, sin viento. De la orilla del mar llegaba un rumor distante de oleaje.

Arriba, entre las formas todavía blancas de las casas situadas sobre la muralla, sonó el ladrido solitario de un perro. Luego sólo hubo silencio y el batir lejano del mar.

Falcó plegó un poco los párpados, buscando indicios hostiles en el paisaje. No vio nada, pero supo que unos y otros estaban allí, aguardando el momento. Cumpliendo con las reglas del oficio y de la vida, como era su obligación y su destino. Sacó de la funda la Browning y de un bolsillo de la chaqueta el supresor de sonido alemán, y dio los primeros pasos cuesta arriba mientras atornillaba éste con tres vueltas en el cañón. Luego se quitó la chaqueta y la puso doblada sobre el brazo, ocultando el arma. Ésta no podía verse demasiado en la creciente penumbra, pero era mejor no correr riesgos. Confiar a quienes acechaban.

A media cuesta quitó con disimulo el seguro de la pistola, manteniendo el índice apartado del gatillo. Aquel peso en las manos, la tensión de los músculos de todo su cuerpo, la atención de los sentidos afinada al extremo, le hacían sentir algo semejante a la felicidad tranquila. Una calma serena, consciente. La impresión de no dejar nada atrás ni aguardar nada al otro extremo del recorrido.

Caminaba solo a través de un mundo vacío.

Transcurrió un minuto de silencio semejante a un minuto de muerte aplazada. Sólo sus pasos y el rumor vago del oleaje en la orilla.

El portillo de la escalera que ascendía hasta la casa de Moira Nikolaos quedaba a unos treinta metros, casi al final de la cuesta. Aún podían distinguirse los objetos. Falcó observó de soslayo, con atención, los arbustos y las rocas que quedaban a su derecha, sombras cada vez más confusas entre la muralla y el mar. Seguramente ellos vendrían de aquella parte.

Intentarán cogerme vivo, pensó. O eso espero.

Encendió otro cigarrillo recurriendo a la mano libre. No le apetecía fumar, pero quería mostrarse despreocupado. Se detuvo para hacerlo, dejando que la llama del encendedor le iluminase el rostro en apariencia tranquilo. Luego reanudó el paso.

Para engañar, recordó, era importante no olvidar lo que el adversario sabía. Al menos durante unas horas, para Eva Neretva y el americano Garrison valía más vivo que muerto. Tenía demasiado que contar, si lograban arrancárselo, y nadie en su sano juicio, nadie que no estuviera cegado por la furia o el ansia de venganza, iba a desaprovechar la oportunidad de darle un rato largo de conversación antes de cortarle el cuello o meterle una bala en la cabeza. Ésa era su baza principal en aquel crepúsculo. Su póliza de vida. La red que lo animaba a hacer semejante acrobacia, en la esperanza de que cuando soltara el trapecio, si le fallaban las manos, la red seguiría estando allí.

Si se había equivocado, se limitarían a pegarle un tiro. Bang. Fin de la historia y de los problemas. Hora de emprender un largo sueño.

No me hagas daño, había dicho ella. Sonrió vagamente, para sí, antes de olvidar por completo a esa mujer y concentrarse en la otra. La que en ese momento podía quitarle la vida.

320

Estaba a diez pasos del portillo cuando atacaron.

Y sí. En apariencia, pretendían cogerlo vivo. Nada de disparos que alertasen sobre lo que ocurría y convocaran a curiosos inoportunos. Era un ajuste de cuentas privado.

Tiró el cigarrillo mientras veía destacarse de pronto las figuras sobre el contraluz de la luna y su reflejo en el mar lejano, bultos moviéndose con rapidez y sigilo en la penumbra de grises y azules donde aún podían distinguirse los objetos.

El rastro del día conservaba una vaga claridad agonizante. Contó media docena de enemigos acercándose entre las piedras y los arbustos, y dos segundos después oyó el ruido de sus pasos todavía cautelosos.

Uno de ellos llevaba chilaba y susurró «*Ialah*», como alentando a los suyos. Al menos ése era moro, pensó Falcó. Dos o tres de ellos lo eran, comprobó. Mano de obra mercenaria y barata, como el otro caribe al que le había tajado la cara en el bulevar Pasteur. Toda esa gente, concluyó, que no sabe que va a morir por veinte pesetas diarias. Y que de pronto, muere.

Dejó caer la chaqueta, levantó la Browning y le pegó un tiro al de la chilaba, casi a bocajarro. La pistola saltó en su mano derecha como el mordisco de un crótalo, escupiendo algo semejante a un buen taponazo de champaña tras agitar mucho la botella. Apenas hubo fogonazo, apagado por el supresor; el casquillo eyectado resonó metálico entre las piedras del suelo, y Falcó vio cómo el moro se desplomaba sin despegar los labios, en la claridad oblicua de la luna. Apuntaba a los otros —quedaban cinco en pie, confirmó— cuando a su espalda, viniendo del portillo, escuchó una sucesión de pasitos cortos y rápidos, y supo que Paquito Araña entraba en acción.

Tampoco Kassem andará muy lejos, o así lo espero. Eso fue lo último que pensó antes de dejar de pensar. Buscaba de modo instintivo, pistola en alto, un segundo blanco: moro, moro, europeo alto, moro, mujer. Sin duda la quinta era una mujer, aunque vestía ropa masculina. Obligándose a apartar los ojos de ella, Falcó eligió al europeo alto, que en realidad no era europeo sino norteamericano y respondía al nombre de Garrison. Antes de apretar el gatillo apuntándole al pecho, observó un doble reflejo de cristal en un rostro que la penumbra hacía más flaco y anguloso que en la escalera del 28 del bulevar Pasteur, y en el que podían apreciarse los cardenales y huellas de la anterior pelea. Esta vez no se había quitado las gafas. Quizá veía mal con poca luz.

En ese instante se interpuso un segundo moro. Falcó tuvo tiempo de ver que éste vestía a la europea y le brillaba un cuchillo en las manos, antes de meterle en el vientre el tiro que iba destinado a Garrison. El moro dobló las rodillas y cayó hacia adelante mientras soltaba el cuchillo, estorbando las piernas de Falcó. Y eso permitió al norteamericano arrojarse sobre él. Pese a la cara tumefacta seguía fuerte y en forma, soltando puñetazos como una máquina bien adiestrada, el maldito cabrón. Pero también Falcó estaba en forma. Rodaron sobre las piedras mientras en torno a ellos peleaban los demás.

Nadie disparaba. Sólo golpes, cuchilladas y gemidos. Todos se hallaban demasiado ocupados para gastar saliva hablando. Se preguntó Falcó, fugazmente, cómo les estaría yendo a los otros. A los suyos.

A esa distancia, aferrado a Garrison como estaba, la pistola con el supresor de sonido resultaba tan inútil como si fuera de madera. La soltó y agarró por el pelo a su adversario. Gruñía éste, debatiéndose mientras intentaba morderle la muñeca. Falcó no estaba dispuesto a dejarse zurrar como la vez anterior, así que reunió fuerzas para un golpe de los que situaban las cosas en su sitio. Las gafas del otro habían desaparecido; y era una lástima, pues habría sido útil llenarle los ojos de cristales rotos. Aun así, intentó lo que pudo. Liberando una mano, hizo sobresalir el nudillo del dedo corazón del puño cerrado y le asestó a Garrison un golpe bestial en un ojo.

Un momento de pelea, había dicho alguna vez el Almirante, descubre más sobre la naturaleza esencial del ser humano que siglos de cultura, educación y paz.

Quizá fuera cierto.

Aulló Garrison, gutural, como si tuviera dentro una sirena de fábrica, y se llevó una mano a la cara. Eso bastó para que Falcó se incorporase a medias sobre él, dándole la vuelta boca abajo, le pusiera una rodilla contra la columna vertebral y, superando el forcejeo y los manotazos que su enemigo daba en el suelo, agarrándole fuerte con las dos manos la mandíbula y la cabeza, hiciera girar ésta con violencia a un lado.

Croc, hizo.

Sonó como un chasquido seco y violento, siniestro, igual que si se partiera una rama gruesa. Entonces el americano emitió un breve quejido y se quedó rígido y quieto, como un buen chico. Falcó respiró tres veces para recobrar el aliento y se incorporó sobre el cadáver mirando alrededor. Buscaba la pistola, sin encontrarla.

—Puta roja —oyó decir a Paquito Araña.

Casi todo eran ya sombras; pero el halo de la luna, ambarina e inmóvil como un ojo muerto, se había adueñado del cielo y proporcionaba la claridad suficiente para ver varios cuerpos tendidos en el suelo. Entre ellos, a contraluz, había una silueta menuda, medio incorporada, y una segunda de pie frente a ella.

—Guarra —insistía Araña, no sin estilo.

La segunda silueta, la que estaba de pie, alzó una mano sin decir palabra, brilló en ella un fogonazo, y un estampido —pequeño calibre, tal vez 6,35— lo ensordeció todo. Aquello era un ruidoso punto final a la discreción y al guardar las formas. Paquito Araña cayó hacia atrás, o se tiró. Imposible saberlo. No hubo tiempo para comprobaciones, pues la silueta que había disparado se volvió hacia Falcó, quien sintió en el cogote el aliento frío y familiar de la Parca. La vida tenía momentos ineludibles, resumidos en los actos de vivir y morir; pero a veces lo de morir contenía malentendidos, y el interesado deseaba seguir viviendo. En ese momento concreto, era su caso. Así que, antes de que Eva Neretva apretase otra vez el gatillo, se arrojó contra ella.

Sintió el segundo fogonazo y el estampido del arma cuando ésta ya estaba a su costado, bajo el brazo derecho. La bala se perdió en la noche, rozando su camisa con una desagradable sensación de calor y proximidad mientras su cuerpo chocaba con el de la mujer.

Los dos cayeron al suelo.

Había sido un impacto violento contra una constitución musculosa y tensa. Más bien sólida. Ella vestía pantalones de hombre y una canadiense. Espaldas de nadadora, recordó. Aquello nada tenía que ver con la carne desnuda y suave que Falcó recordaba de dos noches atrás, en la habitación 108 del hotel Continental. Ahora se trataba de un cuerpo duro, adiestrado. Dispuesto a pelear.

A matarlo, comprendió en seguida.

El primer golpe lo recibió al incorporarse, dolorido por la caída sobre los guijarros. Una mano y una rodilla las tenía resentidas, así que perdió un par de valiosos segundos en hacer amago de frotárselas mientras se levantaba, aunque no llegó a consumar el movimiento. Una sacudida violenta le azotó la cara como un latigazo, a partir de la sien izquierda, y la penumbra se llenó de locas luminarias. Tuvo tiempo de ver los ojos de la mujer, muy desorbitados y muy brillantes en la claridad pálida de la luna, antes de recibir un segundo golpe. Esta vez fue en la garganta, y llegó con tanta fuerza que, de haberlo alcanzado un poco más a la derecha, le habría hundido la nuez sobre la tráquea. Manoteó ahogándose, en busca de aire.

Me va a liquidar, pensó fugazmente, desconcertado. Me va a liquidar.

Boqueaba con desesperación, igual que un pez fuera del agua. Impotente, o casi. Estaba de rodillas y vio cómo Eva se erguía sobre él, serena y poderosa. Aturdido, se preguntó por qué ella no le pegaba un tiro, y de pronto comprendió que había perdido la pistola en el forcejeo. Tenía las manos desnudas. Y una de aquellas manos, convertida en puño, lo alcanzó por tercera vez, de nuevo en la sien. Se tambaleó Falcó —la falta de aire lo debilitaba mucho—, pero reuniendo fuerzas pudo incorporarse del todo. Entonces, al fin, consiguió colocarle a ella un golpe en la cara que le arrancó un quejido de furia y la hizo retroceder tres pasos, trastabillando.

Me toca a mí, se dijo yéndole encima. Ahora es la mía.

Eso no era del todo exacto. Ella era ya una sombra en el contraluz brumoso de la luna cuando lo recibió con un rodillazo en los testículos que lo frenó en seco. Se dobló sobre el vientre, encogido por el dolor y la sorpresa, intentando todavía llevar aire a sus pulmones, y vio que la mujer giraba despacio en torno a él, metódica, buscando otro lugar preciso de su cuerpo para golpear. Pareció decidirse de pronto, pues emitió un grito breve y seco, tomó impulso, y Falcó recibió una patada en los riñones que le hizo aspirar el aire de la noche como si aspirase tinta espesa. El dolor llegó de inmediato, paralizante y bestial. Centenares de agujas parecían clavarse en su médula y su cerebro mientras caía de espaldas, desmadejado, dándose un buen golpe. Entonces sintió el cuerpo de la mujer echársele encima, intentando inmovilizarlo.

Lo está haciendo bien, pensó, aturdido y ecuánime. Tenía los ojos cerrados, y una extraña y peligrosa lasitud parecía querer adueñarse de todo. Esta hija de puta lo está haciendo muy bien.

Nunca se había sentido así en una pelea. Tan resignado e indiferente, de pronto. Tan fatigado. Tenía ganas de quedarse quieto y descansar durante siglos.

Es así como se muere, pensó.

Las manos de la mujer, crispadas y duras como garras, se cerraban en torno a su garganta, apretando inexorables. Hombre y mujer tenían los rostros muy juntos, y el aliento agitado de ella, sus gruñidos de furia, el soplo de su respiración entrecortada por el esfuerzo de matar, estaban apenas a unos milímetros de la boca de Falcó.

En ese momento, él tuvo una erección.

No podía creerlo, pero estaba ocurriendo. Bajo el cuerpo de la mujer que intentaba estrangularlo, exactamente en el ángulo obtuso que formaban los muslos de ella abiertos sobre los suyos, inmovilizándolo contra el suelo, la carne de Falcó, a punto de viajar a la orilla oscura, despertaba recia e inequívocamente.

Creo, se dijo de pronto lúcido, que moriré otro día.

Se habría echado a reír, de haber tenido tiempo y resuello para hacerlo. En vez de eso, recordó que un buen punto vulnerable en el cuerpo de una mujer eran los pechos. Las tetas, en más prosaico.

Eva, como todas, tenía dos.

Eligió la derecha, que le pillaba más a mano, y concentrando fuerzas aplicó allí una serie de violentos puñetazos, uno tras otro, hasta que sintió aflojar un poco los dedos en su garganta. Lanzó entonces un cabezazo contra el rostro de la mujer, que falló en acertar la nariz pero dio en el mentón. Sonó como un crujido y la oyó gritar, dolorida. Había, al fin, soltado la presa. Entonces se la quitó de encima con un rodillazo en la pelvis, rodó sobre sí mismo y pudo ponerse en pie. Muy cerca todavía, repuesta en el acto, ella se incorporaba como un resorte peligroso; pero ahora Falcó era dueño de sí y controlaba, al fin, la coreografía del asunto.

—Déjalo ya —dijo, cansado. Casi conciliador.

No podía verle el rostro. Sólo el relucir de los ojos. Ella se había quedado repentinamente inmóvil, como si intentara permitir que esas palabras penetraran en su cabeza. Considerar lo escuchado. Tras un instante, su sombra emitió un gruñido áspero y se lanzó de nuevo al ataque.

Falcó le pegó en la cara, luego en el plexo solar y al fin volvió a pegarle en la cara. Eva cayó de rodillas, y cuando él se pasó la mano por el rostro, queriendo despejarse un poco antes de volver a golpear, la sintió viscosa de sangre. Suya o de ella. Con tan poca luz no había forma de saberlo.

—Acabemos con esto —sugirió.

Eva resopló gruñendo de nuevo, furiosa, mientras procuraba ponerse en pie. Entonces él le dio una patada en la cabeza que la dejó inmóvil en el suelo.

14. Mírame a los ojos

Había que irse de allí, pensó Falcó echando un vistazo alrededor. Demasiados tiros, demasiado ruido. Demasiado llamar la atención. La policía internacional podía aparecer de un momento a otro, y el panorama no estaba para dar explicaciones. Ya era completamente de noche, pero la claridad brumosa de la luna permitía ver algo. El faro de punta Malabata seguía destellando a lo lejos, y más allá de la muralla y el fuerte se veían algunas luces del puerto.

Contó seis o siete cuerpos inmóviles, o casi. Uno de ellos se arrastraba despacio y emitía un quejido prolongado y rauco. Se acercó a él, comprobando que era un fulano vestido con ropas europeas, de pelo rizado, hirsuto, con apariencia de moro: uno de los caribes que habían traído consigo Eva y Garrison. La luz oblicua y pálida arrancaba reflejos a la sangre que lo cubría. Falcó pensó en una cuchillada de Paquito Araña o de Kassem. Buenos soldados, atentos a no armar escándalo, habían peleado al arma blanca, igual que los otros. Sólo Eva, al final, había roto la baraja. Ellas siempre lo hacían.

—*Matklachi* —le dijo al moro herido—. Estate tranquilo... Ahora te van a curar.

La voz le salió con dificultad, pues aún le dolían la garganta y los riñones. Buscó entre los caídos hasta encontrar a Kassem. Estaba boca arriba, con otro enemigo muerto encima. Le puso los dedos en el cuello, sin encontrar pulso. Empezaba a enfriarse. Algo más allá estaba el cadáver de Garrison. Lo registró, quitándole la billetera y algunos papeles que llevaba doblados en un bolsillo. Al tantear, muy cerca, encontró la Browning con el silenciador puesto. Se incorporó con ella en la mano, echó un vistazo al cuerpo de Eva, que seguía inconsciente, fue hasta el moro herido y lo remató de un tiro en la cabeza.

—No me hagas eso a mí, encanto —oyó decir a Paquito Araña.

Sonaba débil. Dolorido. Falcó lo encontró a un par de metros, recostado en una piedra.

—Menudo desastre —murmuró el pistolero.

—¿Cómo estás?

—Jodido. ¿Cómo voy a estar?... Esa puta me madrugó bien.

—¿Te acertó?

—Pues claro.

Falcó se había puesto en cuclillas a su lado, palpándole con suavidad la ropa. Bajo la chaqueta, en su funda sobaquera, el otro llevaba la Astra del 9 largo que, cumpliendo órdenes, no había utilizado. Su navaja abierta estaba cerca, en el suelo. Falcó la cerró y se la puso en un bolsillo.

—¿Dónde te ha dado?

—Aquí, en este lado del pecho. Justo encima de la pistola... La parte buena es que no me duele mucho. Respiro bien, y tampoco sangro demasiado.

—Calibre pequeño. Tuviste suerte.

—Dentro de lo que cabe —Araña miraba los bultos inmóviles en el suelo—. ¿Cómo está Kassem?

—Muerto.

—¿Seguro?

—Sí. Muerto del todo.

—Lástima... Era un buen mozo.

Lo incorporó un poco Falcó, buscándole la herida a tientas. Araña se quejó entre dientes.

—Ha salido por detrás, sobre la axila —dijo Falcó—. Parece sólo en carne, sin tocar el pulmón ni las costillas... ¿Te duele el hueso?

—No sé, cielo. Creo que no, pero no sabría decirte.

—A ver, tose.

—Cof, cof.

—¿Te duele más al toser?

—No.

—El pulmón está bien. Si no se infecta, de ésta no te mueres.

—Pues no sabes, cof, lo que me alegro.

Improvisó un vendaje de urgencia con un pañuelo suyo y otro de Araña y se puso en pie.

—Hay que largarse... ¿Podrás andar?

—Creo que sí. ¿Me ayudas?

—Sólo a levantarte —Falcó señaló hacia los cuerpos caídos—. Tengo que llevármela a ella.

—¿Has dejado viva a esa comunista?

—Sí.

—Pues remátala, hombre. ¿A qué esperas?

—Negativo. Nos la llevamos.

Araña se había puesto en pie. Apretaba los pañuelos sobre la herida del pecho.

—¿Adónde? —inquirió asombrado.

—Arriba —Falcó señaló el sendero que conducía al portillo, bajo la muralla—. A casa de Moira.

—Tú eres idiota.

—Puede.

—En nuestras guerritas no hacemos prisioneros, cariño.

—Esta noche, sí.

Buscó su chaqueta y se la puso. Después fue hasta Eva, que empezaba a removerse en el suelo. Se inclinó so-

331

bre ella, escuchando su débil gemido. Respiraba con relativa normalidad, comprobó aliviado, y el pulso era lento pero constante. Le palpó la cabeza, encontrando una buena contusión bajo el cabello. También advirtió que le sangraba la nariz.

Araña se había acercado a mirar. Tocó el cuerpo caído con un pie, sin aproximarse demasiado.

—Os estuve mirando mientras os sacudíais. Menudo peligro tiene la bolchevique.

—Casi me mata.

—Ya.

—Ayúdame a levantarla, venga —le pidió Falcó.

—Ni hablar. Anda y que la jodan... Deberíamos liquidar a esta tía cochina.

—Que me ayudes, te digo.

Refunfuñando, quejándose por la molestia de su herida, el otro lo ayudó a cargársela encima, sobre los hombros. Pesaba mucho.

—¿Qué le has hecho? —se interesó Araña mientras subían trabajosamente la cuesta a la luz de la luna.

—Le di en la cabeza.

—En el coño, tenías que haberle dado.

—Ahí también le di.

A Moira Nikolaos no la hacía feliz aquella visita nocturna. Saltaba a la vista. Ni siquiera tratándose de Falcó, exhausto tras subir las escaleras peldaño a peldaño, con una mujer inconsciente sobre los hombros y en compañía de un hombre herido, los tres sucios y manchados de sangre propia y ajena. Pese a todo, la dueña de la casa no iba a rechazarlos. No podía hacerlo. Los viejos afectos seguían pesando, y Falcó lo sabía. Jugaban a su favor. Hombre precavido, la tarde anterior había puesto a Moira sobre aviso, sin rodeos. Sus arrebatos de calculada sinceridad eran siempre eficaces, tanto con hombres como con mujeres; en especial con ellas. Y llevaba toda una vida perfeccionándolos. Seguramente voy a necesitarte, dijo sentado a su lado en una corta visita, fumando en la terraza y con un vaso de Pernod en las manos. Con cara de buen chico. Si se tuercen las cosas, tu casa será el único lugar de Tánger donde acogerme. No tengo otro. Mi única vía de escape eres tú, etcétera.

—No me dijiste que se trataba de esto —dijo ella ahora, al verlos entrar.

Era menos un reproche que una manifestación de sorpresa. Lógica, por otra parte. Había ido a recibirlos apenas llamaron a la puerta de la muralla, vestida con un caftán bordado bajo el que llevaba los pies desnudos con ajorcas de plata. Sobre una mesita había un cenicero lleno de colillas de kif y un vaso a medias de licor amarillento-verdoso, y en el gramófono sonaba Édith Piaf. Moira había estado todo el tiempo allí, dedujo Falcó, a la espera de noticias. Buena y fiel amiga. Sensualmente maternal, o viceversa. Por Esmirna, Atenas, los viejos tiempos y todo eso.

—No podía saberlo —dijo—. Cómo iba a terminar.

Moira los miraba a los tres, asombrada.

—¿Quién es ella?

—Una rusa... Espía republicana.

—Estás loco.

—Sí. Va por días.

—¿Tiene que ver con lo del barco?

—Tiene. Y hay algo más —Falcó seguía cargando a Eva, con la cara de ella caída a un lado de su cabeza—. Necesito una habitación donde encerrarla mientras mi compañero la vigila.

—¿Aquí, en mi casa?

—No se me ocurre otro sitio.

El asombro dio paso a la estupefacción. La boca de Moira se había abierto casi medio palmo.

—¿La habéis secuestrado?

—Más o menos. Cuando ella intentaba secuestrarme a mí.

Junto a su oreja derecha, la boca de Eva había vuelto a quejarse muy bajito. Pesaba un horror, y Falcó estaba deseando quitársela de encima, pues empezaban a flaquearle las fuerzas. Miró en torno y la dejó caer sin miramientos sobre un diván turco: tenía los ojos cerrados, un enorme chichón junto a la sien izquierda, bajo el cabello rubio sucio de tierra, y la sangre coagulada de la nariz le cubría con una costra parda los labios y el mentón. Seguía murmurando un gemido apenas perceptible, sin recobrar aún el conocimiento.

Moira se acercó a mirarla más de cerca y le puso una mano en la frente. Por fin se volvió hacia Falcó.

—Estás loco, muchacho —repitió.

Él se frotaba el cuello y los riñones, dolorido.

—Sí —asintió de nuevo.

—Debería verla un médico.

—A todos debería vernos un médico —cogió el vaso mediado de la mesita y lo apuró de un solo trago, notando en la garganta la quemadura del Pernod—. Pero no es momento.

—¿La golpearon en la cabeza?... ¿Quién lo hizo?

—Lo hice yo —Falcó señaló a Paquito Araña—. Después de que ella le disparase a él.

Moira estudió al pistolero con gesto crítico. Araña se dejaba mirar mientras sus ojillos saltones y enrojecidos observaban curiosos la casa. Su habitual pulcritud había desaparecido. Tenía un aspecto inequívocamente infame: menudo, sucio de tierra; los pañuelos ensangrentados que se sujetaba en la herida, bajo la chaqueta rota por un codo; la pajarita torcida y el pelo teñido, despeinado y revuelto sobre el cráneo. Miserable y cabizbajo, parecía un traidor de película momentos antes de la palabra *fin*. Un cruce de Adolphe Menjou y Peter Lorre.

—¿Y éste?

Moira lo señalaba con el muñón y la manga vacía del caftán. Falcó sonrió fatigado mientras sacaba de un bolsillo el tubo de cafiaspirinas.

—Éste es mi amigo, y tampoco baila.

Orinó sangre apoyado contra los azulejos del cuarto de baño, sobre la taza del inodoro: un chorro rosáceo procedente de sus riñones doloridos. No parecía demasiado serio, pensó, aunque aquello tardaría en normalizarse. O eso esperaba. Además, aún le costaba tragar saliva. Lo cierto era que Eva le había dado fuerte y bien. Eficiencia casi mortal, la suya. Y el casi, en esta ocasión, había estado a punto de rebasar la línea. La gente desconocía, a menudo, la escasa distancia que mediaba entre estar vivo y morir. Apenas unos milímetros.

El espejo le devolvió la imagen de un rostro fatigado, maltrecho, por donde goteaba el agua con que acababa de lavarse la suciedad de la cara. Permaneció así mientras respiraba lentamente, intentando reconocerse en esas facciones que retornaban despacio a la normalidad. La línea de sus labios seguía crispada, y las pupilas como limaduras de hierro no habían perdido su dureza. Era aquélla la expresión seca, distante, de quien acababa de verle el blanco de los ojos al diablo, ayudándolo de paso en su tarea.

Siguió mirándose, inmóvil, un poco más. Al cabo de un momento sacudió la cabeza como si despertara de algo muy desagradable y acabó de secarse la cara. Después salió al pasillo y caminó lentamente hasta el salón. Moira estaba allí, tumbada en el diván turco, con una botella cerca y fumando kif. Falcó fue a sentarse a su lado y ella le pasó el cigarrillo. Aspiró sólo una bocanada y se lo devolvió. El humo lo hizo toser, arañándole la garganta irritada.

—No puedes dejarla aquí —dijo Moira.

Tardó unos segundos en comprender a quién se refería. Y no fue fácil. Retornaba muy despacio de un lugar remoto y peligroso.

—Sólo necesito unas horas —dijo al fin.

La voz ligeramente ronca de Moira sonó más seca que de costumbre.

—Esto no es una cárcel, es mi casa… No puedo complicarme de esta manera.

—Bastará un rato más. Te lo prometo.

Intentaba escudarse tras la sonrisa de buen chico, pero Moira le dirigió una mirada escéptica.

—Me estás haciendo saldar todas nuestras deudas en una sola noche.

—Lo sé.

—Vivo en Tánger.

—Te compensaré.

Ella lo miraba ahora con desdén.

—Vete al infierno.

—Cerca anduve, te lo aseguro.

—No me hagas frases, muchacho… A mí no me hagas frases.

—He dicho que te compensaré.

—No necesito que compenses nada —bajo la manga medio vacía, el muñón hizo un movimiento impaciente—. Lo que quiero es que saques de aquí a esa pandilla tuya. Cuanto antes.

—Estoy en ello.

—Pues ya tardas.

Moira bebió un sorbo de Pernod, apurando el vaso. Al cabo de un momento volvió a ofrecerle el cigarrillo, pero él negó con la cabeza.

—¿Qué vas a hacer con la mujer?

Hizo Falcó un ademán de indiferencia.

—Nada, en realidad. O no lo sé todavía —se quedó callado—. Hablar con ella, supongo.

Moira se echó a reír sin humor ninguno.

—No parece que hayáis hablado mucho hasta ahora.

Todavía rió un poco más, esquinada y sagaz. Sólo una mujer, pensó Falcó, podía reír así hablando de otra mujer. Era el único punto donde determinadas lealtades rozaban su límite.

—¿De verdad os puso ella así, a ti y al bajito de los ojos de rana?

No respondió Falcó a eso. Recordaba el brillo de los ojos de Eva en la penumbra, peleando bajo la muralla. Su aliento entrecortado cerca del suyo mientras intentaba estrangularlo, resoplando como una fiera.

—Una chica dura, por lo que veo —añadió Moira al cabo de un momento—. Aunque no debe de tener mal aspecto limpia y vestida de persona.

Tampoco ahora Falcó dijo nada. Con el cigarrillo humeándole entre los dedos, ella lo miró largamente, con curiosidad.

—¿La conocías de antes?

Siguió callado. Moira, pensativa, dio una última chupada y dejó la diminuta colilla en el cenicero.

—¿Por qué será que no me sorprende, querido?... A todas las mujeres que nos cruzamos en tu vida parece que nos conocieras de antes.

Falcó se había puesto en pie.

—Voy a hablar con ella —dijo.

Sin mirarlo, Moira había cogido la botella y llenaba otra vez el vaso.

—Sí, anda... Habla y llévatela de aquí antes de que llame a mi puerta la policía.

Eva Neretva estaba tumbada en la cama de una habitación para invitados. Tendida boca abajo sobre la colcha, tenía las manos atadas a la espalda con tres vueltas de alambre. No era Falcó quien la había atado así, de manera que se volvió inquisitivo hacia Paquito Araña. El pistolero se hallaba sentado en una silla con la chaqueta sobre los hombros, el torso semidesnudo, un vendaje limpio cubriéndole la herida del pecho y la Astra en el regazo.

—No me fío de ella —dijo, respondiendo a la interrogación silenciosa de Falcó.

Iba éste a decirle que le soltara las manos, pero lo pensó mejor. De gente confiada estaban llenos los cementerios, y en España las cunetas. Así que, sin decir nada, se acercó a la cama.

Eva aún tenía puesta la canadiense, y los pantalones arrugados estaban sucios de tierra y manchados de sangre, como las zapatillas de lona que calzaba. El pelo, sucio y apelmazado, se le pegaba a la frente y los ojos con el sudor. La giró a medias y ella quedó de costado. Estaba despierta y miraba a Falcó entre las cortas greñas rubias.

—Déjanos solos —dijo éste a Araña.

—¿Seguro?

—Sí.

—Estaré ahí afuera. Llama si me necesitas —se detuvo un momento el pistolero, una mano en el pomo de la puerta—. Y no te fíes de esa zorra.

Salió, cerrando tras de sí. Falcó se había sentado en el borde de la cama y contemplaba los estragos de la pelea en la cara de la mujer: el chichón de la sien seguía hinchado, varias contusiones violáceas le deformaban los pómulos y el lado izquierdo de la mandíbula, tenía un ojo algo más cerrado que el otro, y la costra de sangre seca y parda se cuarteaba desde la nariz hasta el mentón. Pero el brillo de los ojos seguía siendo inquietantemente homicida.

—¿Cómo te encuentras? —preguntó Falcó.

No respondió. Continuaba mirándolo, hosca y dura. Él acercó una mano para apartarle el pelo de la cara, pero ella retiró el rostro con brusquedad. Ahora la oía respirar fuerte. Despacio.

—Casi lo consigues —dijo Falcó.

Aún lo miró un momento sin despegar los labios, con mucha fijeza. Luego parpadeó y volvió a mirarlo.

—¿Dónde están los otros? —murmuró al fin.

Sonaba ronca, dolorida. Falcó se encogió de hombros.

—Muertos —dijo con naturalidad.

—¿También Garrison?

—También. Todos lo están.

Observó que desenfocaba un instante la mirada, vuelta hacia su propio interior, o lejos de allí. Volvió a intentar apartarle el pelo de la cara, y esta vez no se opuso, dejándose hacer. Con las yemas de los dedos, suavemente, Falcó le tocó las magulladuras.

—No es nada serio —concluyó.

—Me duele la mandíbula.

Falcó recordó el cabezazo que él le había dado. Palpó con delicadeza el maxilar de la mujer. No parecía haber nada roto.

—Me diste fuerte —dijo Eva.

—Los dos nos dimos fuerte... Sabemos cómo hacerlo.

Se inclinó sobre ella para mirarle las manos. Estaban amoratadas por la presión del alambre. Araña había apretado a conciencia. Aflojó un poco la ligadura para que la sangre circulase mejor.

Eva no dejaba de mirarlo.

—¿Qué vais a hacer conmigo?

—Todavía no lo sé.

—Debo ir al *Mount Castle*.

—Ni lo sueñes.

—Tengo órdenes.

—A la mierda tus órdenes.

Ella se echó a reír con desprecio.

—Os salió mal lo del soborno a Quirós —dijo, triunfal.

—Sí —admitió Falcó—. ¿Fue cosa vuestra?

—No. Dijo que era asunto suyo, entre vosotros y él. Que se bastaba con su gente. El contramaestre y algunos más.

—¿Quién me disparó cuando huía? ¿Fuiste tú?

—Fue mi camarada.

—¿El tal Garrison?

—Sí. Estábamos abajo, al extremo de la calle, por si las cosas se torcían. Quirós se enfadó mucho. Es mi barco, dijo. Y de mi barco me ocupo yo... Su intención era capturarte y entregarte a la policía por intento de soborno.

—¿Sólo eso? —ahora fue Falcó el que emitió una risa metálica—. Qué considerado, con sus prejuicios burgueses... Supongo que Quirós es uno de los compañeros de viaje que soléis fusilar en la segunda fase revolucionaria, cuando dejan de ser necesarios. Ésos a los que luego torturáis y matáis cuando os lo ordena el padrecito Stalin. Cuando no tragan.

—Como hacéis vosotros —casi escupió ella.

—¿Nosotros?... Me sobra el plural. Yo no tengo fe como tú, ni camaradas de lucha, ni creo en la redención del proletariado...

—Desde luego. Tú crees en los generales fascistas y en los piquetes de ejecución rociados con agua bendita... En los asesinos del Tercio, los moros violadores de mujeres, los nazis y los italianos.

Falcó la miró con sorna.

—¿Debería creer en vuestras checas de retaguardia?... ¿En los pilotos de caza y los tanquistas rusos? ¿En esa idílica República donde los comunistas gastáis más balas en

340

matar trotskistas y anarquistas que soldados de Franco?...
No digas simplezas. Yo cazo solo, y me gusta.

—Eres un sucio esbirro.

—Sí.

—Nunca serías un buen comunista.

—Ni siquiera uno malo.

Se quedaron en silencio. Eva se removía, molesta, intentando acomodarse mejor. Falcó la observaba sin intervenir.

—El *Mount Castle* va a hacerse a la mar, ¿verdad? —preguntó.

Eva lo miró con más hosquedad que antes. Apartó la vista, se mordió los labios cubiertos de sangre seca y volvió a mirarlo.

—No te quepa duda —dijo al fin—. Por eso tengo que ir allí.

—Sería un suicidio. El destructor lo echará a pique. No tiene ninguna posibilidad.

—Quirós es testarudo, como pudiste comprobar. Y además tiene órdenes de no dejarse internar aquí.

—¿Y su gente?

—Irán con él al infierno, si lo ordena. Y va a hacerlo.

—¿Todos? ¿Una tripulación de héroes?... Me sorprende mucho.

No conoces a Quirós, repuso ella tras un momento. La relación con su gente. A bordo del *Mount Castle,* la República era lo de menos. Incluso comunistas y anarquistas, que también los había a bordo, lo obedecían ciegamente, desde el contramaestre al último fogonero. Todo aquel tiempo, todos los viajes y peligros, habían tejido lazos especiales entre ellos. No se trataba de ideas, sino de lealtad. Había hombres capaces de suscitar eso a su alrededor, y el capitán Quirós era de esa clase.

—Además —añadió—, permitirá desembarcar a los que deseen quedarse en Tánger.

—¿Cuántos?

—No lo sé. Pero con veinte hombres que permanezcan a bordo será suficiente.

Falcó escuchaba atento. Haciendo cálculos de probabilidades.

—¿Y qué pintas en todo eso? —inquirió al fin—. Sabes que el *Mount Castle* nunca llegará al Mar Negro.

—Te lo he dicho antes. Me han ordenado ir.

—¿Quiénes?... ¿El Komintern? ¿El NKVD? ¿Pavel Kovalenko?

Lo miró sin despegar los labios. Oscuramente, de pronto. O más aún.

Movía Falcó la cabeza con desaprobación. Pensaba en los juicios iniciados en Moscú el año anterior, con los que Stalin afianzaba su poder. La mayor parte de la vieja guardia leninista había sido juzgada y ejecutada por desviacionista y contrarrevolucionaria. La Unión Soviética y sus servicios secretos se convertían en un infierno de detenciones y torturas, con todo el mundo delatando para sobrevivir. Y cuando alguien caía en desgracia, arrastraba con él a subalternos, familiares y amigos. La Lubianka ya no tenía espacio suficiente para aquella supresión colectiva.

—No imaginas lo que te espera en Rusia, si llegas allí —objetó—. O quizá no quieras saberlo... Las purgas también alcanzan a los agentes en el extranjero. Los hacen ir con cualquier pretexto, y pocos se libran. Incluidos los que estáis en España.

—No sabes lo que dices.

—Te equivocas. Lo sé muy bien. Fuera del partido no existe nada, ¿verdad?... Es vuestra familia, el hogar espiritual de los que creéis en la liberación de los parias de la tierra y los esclavos sin pan. Dime si me equivoco, anda. Dímelo.

—No comprendes nada... ¿Cómo te atreves?

—Abandonar esa certeza os parece inconcebible —prosiguió como si no la hubiese oído—. Quitaría sentido a cuanto habéis hecho y sufrido. Y así, después de haberos jugado la piel, de conocer cada prisión y cada frontera, admitís ahora crímenes imaginarios, disciplinados como autómatas, mientras los emboscados que nunca se la jugaron os ofrecen en sacrificio.

—Eso es absurdo.

—Al contrario. Resulta de una coherencia repugnante ese papel que también tú estás dispuesta a asumir, igual que los antiguos cristianos asumían el circo y los leones... Hasta el tiro en la nuca aceptarías, si fuera necesario, como aceptas hundirte con el *Mount Castle*. Todo con tal de no afrontar la realidad, ¿no es así?

—No tienes ni idea de lo que hablas.

—Te equivocas. Puede que yo sea un bruto y no crea en nada, pero he estado dentro de ti... Y no me refiero sólo a tu coño.

—Hijo de puta.

Se quedaron en silencio, mirándose. Ella, con desafío. Con reflexiva admiración, él. A su pesar.

—Nunca vi tan heroica cobardía —murmuró.

Ella no respondió a eso. Siguieron callados un momento, sin apartar la mirada uno de otro. Después Falcó movió la cabeza.

—No irás en ese barco.

—¿Vas a matarme?

No alcanzó a detectar ironía en la pregunta. Eva lo miraba grave, cual si la hubiese formulado en serio.

—Aún no lo sé —respondió él—. Hay alternativas intermedias.

Ella hacía esfuerzos por incorporarse. La dejó hacer sin impedírselo ni ayudarla.

—Dime una cosa —dijo—. Cuando dormiste en mi habitación, ¿sabías que a mi operador de radio lo estaba torturando tu gente?

No hubo respuesta. Ella había logrado sentarse en la cama, el rostro cerca del suyo. Mirándolo con dureza.

—Entiendo —dijo él—. La orden la diste tú.

—Dudo que entiendas nada.

La vio hacer un movimiento con las manos a la espalda, concluido en un rictus de dolor.

—Suéltame las manos —pidió—. Me duelen.

—No te voy a soltar.

El cabezazo lo pilló desprevenido. Lo alcanzó en la frente, y un poco más abajo le habría roto la nariz. Se tambaleó por el impacto, sentado aún en el borde de la cama, y ella lo empujó con todo su cuerpo, tirándolo al suelo. Pese a tener las manos atadas a la espalda, se lanzó en seguida contra él, procurando alcanzarle con las rodillas los testículos y la cabeza. Jadeaba con furia, igual que un animal que luchara por su vida. Se defendió Falcó con un golpe que la hizo caer de bruces sobre él, y entonces Eva intentó morderle la cara.

Ya está bien, pensó Falcó. Acabemos con esto.

La agarró por el pelo y tiró bruscamente hacia atrás, haciéndola gruñir de dolor, y con la otra mano le dio un puñetazo que la levantó dos palmos de encima. Rodó liberándose, y un momento después estaba sobre la mujer, que se debatía queriendo incorporarse. Volvió a pegarle, haciéndola caer de espaldas sobre las manos trabadas.

Pataleaba y se debatía, irreductible. Feroz.

Se quedó un momento mirándola, sus ojos centelleantes bajo el cabello apelmazado y revuelto, la costra parda sobre la boca y el mentón. Las piernas que aún intentaban golpearlo desde el suelo.

Dios mío, pensó admirado. Si esta mujer fuera ternera, pariría toros bravos.

Se inclinó sobre ella, precavido, lo justo para darle una resonante bofetada que la hizo girar sobre un costado. Entonces se arrodilló encima, colocó los dedos pulgares uno a cada lado de su cuello y presionó, muy fuerte, sobre lo que su instructor en Tirgo Mures llamaba *glomus carotínicus:* la bifurcación de la arteria carótida —quince segundos, desmayo, recordad; un minuto, la muerte—. Contó hasta quince, sin dejar de apretar, y cuando retiró las manos Eva estaba inconsciente.

Oyó abrirse la puerta a su espalda. Paquito Araña estaba en el umbral, arma en mano.

—No puedo dejarte solo —dijo el pistolero, asombrado y sarcástico—. Menudo calzonazos estás hecho.

Se puso en pie Falcó, frotándose la frente dolorida.

—Quédate con ella... Atibórrate de café, si hace falta, pero no le quites ojo hasta que yo regrese. Tengo cosas que hacer.

—Esto es una tontería —protestó el otro meneando la cabeza—. Deberíamos liquidarla de una vez... Si a ti te da reparo, puedo ocuparme yo. Lo haré con mucho gusto.

Falcó se acercó a él. Lo hizo lentamente, y pronunció las palabras del mismo modo. Muy seco y muy despacio.

—Te mataré si le pasa algo. ¿Comprendes?... Mírame a los ojos. Te mataré.

15. Cada cual hace lo que puede

Una niebla cada vez más densa envolvía la parte baja de la ciudad, espesando las tinieblas, cuando Falcó dejó atrás la calle Dar Baroud y cruzó bajo el arco de la muralla que comunicaba la medina con el puerto.

Se identificó ante los centinelas de la policía internacional y caminó hacia los muelles. La humedad ambiente le dejaba minúsculas gotas de agua en el cabello y el rostro. Las luces ambarinas de algunas farolas hacían relucir el suelo mojado, recortando en sus halos brumosos los almacenes, las grúas y las confusas siluetas de los barcos amarrados a los norays.

Otros dos gendarmes le salieron al paso y el haz de una linterna eléctrica le iluminó el rostro.

—*Où allez vous?*

—Al *Martín Álvarez* —mostró de nuevo sus documentos—. Estoy autorizado para subir a bordo.

El destructor se encontraba al final del muelle, y para llegar a él Falcó pasó antes por el costado del *Mount Castle*. El mercante republicano estaba amarrado por su banda de babor, completamente a oscuras, protegido por una barrera de caballos de Frisia con alambradas. El punto de acceso lo iluminaba un farol de queroseno puesto en el suelo, en torno al cual se movían las sombras de tres o cuatro policías armados con fusiles.

Nadie vigilaba desde tierra, en cambio, el destructor nacional. Estaba algo más lejos en el mismo muelle, entre la bruma, a unos treinta pasos de la proa del mercante, y también amarrado por babor. Algunas luces encendidas a bordo permitían entrever la estructura del puente, la toldilla y los amenazadores cañones de 120 mm. De la chimenea salía un humo negro que se mezclaba con la noche y la niebla.

Apenas pisó Falcó la escala, una linterna lo iluminó desde arriba y resonó el sonido inconfundible de un cerrojo de Mauser al montarse.

—¡Alto!... ¿Quién vive?

—Arriba España —respondió, cauto.

Un momento después estaba apoyado en un mamparo mientras unas manos vigorosas revisaban sus documentos y otras lo cacheaban.

—Lleva una pistola —dijo una voz.

—Quítasela —respondió otra—. ¡Oficial de guardia!

Unos pasos sonaron en la cubierta, y en la claridad de una bombilla sucia de sal vio acercarse Falcó una gorra blanca y un uniforme oscuro con doble fila de botones dorados en la chaqueta.

—Estoy autorizado a subir a bordo por su comandante —dijo Falcó—. Me llamo Pedro Ramos y vengo a verlo a él... Es urgente.

A la luz de la linterna, el otro miró los documentos que le pasaron los marineros. Era un alférez de navío joven, flaco, de ojos melancólicos que estudiaron de arriba abajo al recién llegado.

—Sígame.

—Me han quitado una pistola.

—Se la devolverán cuando se vaya.

Siguió Falcó al oficial por las entrañas del buque, sintiendo el característico olor a pintura y la suave vibración del piso y los mamparos. A veces se cruzaban con algún marinero en traje gris de faena, que se cuadraba a su paso con mucha corrección. Todo tenía un aspecto limpio, disciplinado.

El comandante Navia estaba en la cámara con otros dos oficiales. Les dio paso un cabo uniformado, con polainas y machete al cinto, que montaba guardia en la puerta. Dentro, todos vestían uniforme. Conversaban sentados en torno a una carta náutica rodeada de ceniceros, tazas de café y copas de anís. Atmósfera cargada de humo de cigarrillos. En el mamparo principal había una foto del Caudillo y una estampa de la Virgen del Carmen, y en medio un yugo con unas flechas de madera pintada, puesto sobre una bandera rojigualda con el nombre del destructor y la divisa *Ésta es mi bandera*.

—El señor Ramos —anunció el alférez.

Navia y los otros se levantaron. No hubo presentaciones. Tras una mirada silenciosa del comandante, los oficiales, uno de pelo blanco y otro calvo y grueso, más joven, se retiraron sin decir palabra. Falcó y Navia se quedaron solos en la cámara.

—Largamos amarras dentro de dos horas —dijo este último.

Miró Falcó el reloj atornillado a un mamparo. Era casi la una de la madrugada.

—¿Y el *Mount Castle*?

—Su plazo expira a las ocho. A esa hora, como muy tarde, deberá salir también.

—¿Han hecho preparativos?

—Carbonearon ayer y tienen las calderas encendidas, como nosotros.

—¿Estará usted afuera, esperando?

Navia lo miró como si acabara de escuchar una estupidez.

—Claro.

Se pasó por la cara fatigada una mano, al extremo de la bocamanga en la que estaban cosidos los tres galones, el superior con la coca, de capitán de fragata. Doble fila de botones, camisa blanca, corbata negra. Tenía cercos oscuros bajo los ojos, y Falcó supuso que no sólo eran de cansancio. Era mucha la responsabilidad que pesaba sobre aquel hombre: su barco y el enemigo. Aquella salida al mar que probablemente iba a terminar en combate. Una victoria sin gloria.

—¿Qué sabe del capitán rojo? —preguntó Falcó.

Lo miró Navia de un modo extraño. Fijo y pensativo. Después hizo un ademán hacia la botella de anís que estaba sobre la mesa. Falcó negó con la cabeza.

—Iré a verlo dentro de un rato —dijo por fin el marino.

Falcó se quedó estupefacto.

—¿A Quirós?

—Eso es.

—¿Para qué?

—No lo sé. Me ha citado él.

—¿En su barco?

—No, por Dios —Navia hizo un gesto vago hacia el mamparo que quedaba por la parte de tierra—. Ahí, en una oficina del puerto... Terreno neutral.

—La tienda de alfombras también lo era, y ya vio. Nos jugaron la del chino.

—Tengo la impresión de que esta vez es diferente.

Emitió Falcó un hondo suspiro.

—Ahora sí le voy a aceptar ese trago.

Navia cogió la botella y vertió un chorro en una copa limpia, ofreciéndosela después. Mojó Falcó los labios en el licor transparente y dulce.

—¿Cree que se ha vuelto atrás?... ¿Que va a dejar que lo internen en Tánger?

—Me sorprendería mucho, a estas alturas.

—¿Y qué pretende, entonces?

—No tengo ni la más remota idea. Recibí su mensaje hace treinta minutos —sacó del bolsillo un papel doblado y se lo pasó a Falcó—. Léalo usted mismo.

Comandante: lamento que nuestro último encuentro acabase como acabó, pero confío en que comprenda mi situación. Son lances propios de una guerra que ni usted, imagino, ni yo mismo hemos deseado, pero que nos vemos obligados a librar. Le quedaría muy agradecido si accediera a entrevistarse conmigo por última vez. Dentro de una hora estaré en la oficina de mi consignatario, en el puerto, situada frente a nuestros barcos. Tiene mi palabra de honor de que todo transcurrirá con el respeto debido por mi parte, y espero el mismo trato por la suya. Firmado: Fernando Quirós Galán, capitán del Mount Castle.

Falcó devolvió el papel y encendió un cigarrillo.

—Entre caballeros —comentó, sarcástico.

—Eso parece.

—Suena convincente.

Navia leía otra vez el mensaje, ceñudo.

—Lo es —dobló el papel y lo introdujo en su bolsillo—. Por eso acepto verlo.

Se quedaron mirándose en silencio. Falcó bebió un poco más. El otro estudió la carta náutica y tocó un punto situado en ella. Supuso Falcó que era allí donde tenía previsto interceptar al mercante.

—¿La niebla puede ser de ayuda al *Mount Castle*? —preguntó.

—Tardará en levantar, o puede que se mantenga todo el día... Eso hará más difícil localizarlos, porque nadie podrá ver nada a más de dos o trescientos metros.

—¿Y?

—Pues que ellos tampoco verán más que nosotros. Así que estaremos callados, escudriñando la bruma. Atentos al sonido de sus máquinas.

Siguió un silencio. Navia seguía mirando la carta. Al cabo dio unos golpecitos con la uña en el mismo punto de antes.

—Tienen una posibilidad —añadió—. Y van a intentar aprovecharla.

Retiró la carta de la mesa, la enrolló y se la puso bajo un brazo. Después miró a Falcó casi con curiosidad.

—¿Quiere acompañarme?

Ladeó éste la cabeza, sorprendido.

—¿A ver a Quirós?... ¿Cree que él lo permitirá?

—No creo que ponga objeciones, y puede ser interesante para usted. También para él... Quizá a los dos capitanes nos vaya bien disponer de un testigo.

—Es probable —admitió Falcó—. Acabe esto como acabe, habrá que dar muchas explicaciones.

Navia miró el reloj y cogió su gorra.

—Pues vamos.

Salieron al corredor, donde el comandante entregó la carta al cabo de las polainas y el machete, que se fue con ella. Luego bajaron por una sonora escalera metálica hasta cubierta.

—Lo que no sé es qué harán los agentes marxistas que Quirós tiene a bordo —dijo Navia de pronto—. No sé nada de ellos.

—De eso no se preocupe. Está resuelto.

Estaban junto a una de las bombillas cubiertas de salitre que iluminaban la cubierta. El comandante se detuvo para mirar inquisitivo a Falcó.

—Resuelto —repitió éste, impasible.

El otro aún lo observó un poco más. Después enarcó una ceja.

—No me exageraron sobre usted.

Falcó dio una última chupada a su cigarrillo y lo arrojó por la borda.

—Cada cual hace lo que puede.

—Básicamente —dijo el capitán Quirós como si concluyera un largo e íntimo razonamiento—. Básicamente, yo soy un marino.

Parecía una afirmación fuera de lugar, o innecesaria. La había formulado mirando al comandante Navia, y Falcó vio asentir a éste. Códigos compartidos, pensó. De modo que decidió hacerse invisible. O quizá ya lo era, concluyó.

Los capitanes estaban sentados frente a frente en butacas de una oficina del puerto, con las gorras en el regazo. Ambos vestían chaquetas azul oscuro con los galones de su grado en las bocamangas: camisa y corbata el nacional, jersey de cuello alto bajo la chaqueta el republicano. Al otro lado de la ventana había noche y niebla. La luz de un quinqué de petróleo iluminaba sus rostros y dejaba en penumbra el ángulo de la habitación en el que Falcó se hallaba de pie, apoyado en la pared. Hacía diez minutos que asistía, silencioso e inmóvil, al diálogo entre los dos hombres que iban a enfrentarse mar adentro, unas horas más tarde.

—Básicamente —repitió Quirós.

Los ojos azules miraban a su adversario con una insólita candidez. Se diría que esperaban alguna clase de aprobación expresa, o de absolución técnica. Por su parte, Navia se removió en su asiento y apoyó las manos en las rodillas.

—Supongo —dijo al fin— que no puede hacer otra cosa.

Asintió Quirós con vigor, una sola vez, inclinando brusco la cabeza calva curtida por el sol. Entre las hebras rojas y grises de su barba despuntaba una mueca triste.

—Sé que lo comprende —dijo.

Navia replicó con un ademán vago.

—Es todo lo que puedo hacer por usted y su barco... Comprender.

—Claro.

Eso último lo dijo Quirós con mucha sencillez, fatalista y tranquilo, mirándose las manos moteadas de pecas que acariciaban la visera de la gorra. Al cabo de un momento alzó la cabeza.

—¿Sigue dispuesto a salir a la mar antes que el *Mount Castle*?

—Por supuesto.

—Usted sabe que contraviene el convenio internacional de mil novecientos siete —alzó una mano como si el texto lo tuviera allí—. Un mercante refugiado en puerto neutral tiene derecho a largar amarras veinticuatro horas antes que un buque de guerra enemigo.

—Mi gobierno no reconoce ese convenio para la flota republicana.

—Su gobierno, dice.

—Exacto.

—Entonces, ¿saldrá antes que yo?

Navia miró su reloj de pulsera.

—Dentro de una hora y dieciocho minutos —dijo fríamente. Después volvió un poco el rostro hacia la ventana, en dirección al exterior y los muelles—. ¿Va a desembarcar parte de su tripulación, o irán todos a bordo?

—Dejo a algunos en tierra —precisó Quirós tras una leve vacilación—. Pero llevo a la gente necesaria.

—Para las máquinas y la maniobra, supongo.

—Evidentemente.

—Y para manejar el cañón.

—También.

—Su único cañón.

Quirós no respondió a eso, y Navia dejó transcurrir unos segundos en silencio.

—Tiene pocas probabilidades de escapar —dijo al fin—, y lo sabe.

Se tocó el otro la barba, pensativo. Después movió la cabeza cual si discrepara de sus propios pensamientos.

—¿Qué haría en mi lugar? —dijo de pronto.

Apoyó Navia la cabeza en el respaldo de la butaca. Con ese ademán parecía querer retirarse un poco. Eludir la pregunta.

—No estoy en su lugar —dijo con sequedad.

—¿Y si estuviera?

Silencio por respuesta. Fue Quirós quien habló de nuevo:

—El *Mount Castle* es un buen barco.

Navia pareció a punto de sonreír, pero no lo hizo.

—Todos los que uno manda lo son —se limitó a decir.

—Usted intentaría aprovechar la niebla —comentó Quirós—, como me dispongo a hacer yo.

—El gato y el ratón, de nuevo.

—Obviamente.

—La niebla no será eterna, y el camino al Mar Negro es largo... Hay barcos italianos y llevo a bordo una buena radio. Esta vez, el gato tiene las uñas largas.

—Ya lo sé.

Se quedaron otra vez callados mientras Quirós volvía a mirarse las manos, reflexivo. O tal vez, se dijo Falcó, no reflexionaba sobre nada en especial. Sólo velocidad en nudos, cartas náuticas, rumbo y cosas de ésas. Parecía tan tranquilo como si se estuvieran refiriendo a cualquier maniobra convencional.

—¿Quería verme para esto? —le preguntó Navia con cierta acritud—. ¿Para preguntarme qué haría yo de estar al mando de su barco?

—No —el otro parecía ofendido por la pregunta—. Siempre he sabido lo que usted haría.

Miraba ahora hacia Falcó, que seguía inmóvil y callado en su rincón. De pronto pareció recordar algo.

—Espero que no me guarden rencor por lo de la otra noche. Mi deber...

—No se preocupe por eso —lo tranquilizó Navia—. Cada cual libra su guerra lo mejor que sabe.

Quirós se había puesto en pie, dejando la gorra en la butaca. Desde su lugar, el marino nacional lo miraba atento.

—Quiero hacerle una petición, comandante Navia... Bueno. En realidad son dos peticiones —había extraído un sobre cerrado de un bolsillo de la chaqueta y lo miraba entre sus dedos—. Tengo una mujer y dos hijas en zona nacional. Están en Luarca, según creo. Y me gustaría que si... O sea... Si la suerte lo favorece a usted y no a mí, les haga llegar esta carta.

Tras un momento de quietud, como si dudase, el otro alargó una mano.

—Haré lo posible.

—Se lo agradezco. La segunda petición se refiere a mi gente... A los tripulantes del *Mount Castle*.

Se había aproximado a Navia para entregarle el sobre. Ahora permanecía en pie ante él.

—Si usted nos localiza, no pienso arriar bandera. Ofreceremos combate.

Navia movió la cabeza con visible pesar.

—¿Está decidido a eso?

—Completamente.

—Me veré obligado a...

—Sé a qué se verá obligado. Y de eso se trata. Es muy posible que para nosotros todo acabe ahí, pero que haya supervivientes... Supongo que tendrá la decencia de rescatarlos, según las leyes del mar.

—No le quepa duda. Llegado el caso, haré por ellos cuanto esté en mi mano.

—¿Aunque sea con niebla? ¿Los buscará cuanto pueda?

—Siempre que mi barco no corra peligro en la maniobra.

El capitán republicano se había metido las manos en los bolsillos. Parecía que lo hubieran atornillado allí, pensó Falcó: un poco abiertas las piernas por si la tierra se balanceara bajo sus pies; pequeño, compacto y sólido como un ladrillo obstinado.

—¿Puede responderme con franqueza a una pregunta, comandante Navia?

—Hágala y lo sabrá.

—¿Tiene órdenes de pasar por las armas a los que saque del mar?

—No a sus tripulantes.

El marino nacional ni siquiera había parpadeado. Quirós inclinó un poco la cabeza hacia él.

—¿Tengo su palabra de honor?

—La tiene... Mis órdenes son de carácter general y se refieren al trato común a los prisioneros. Se supone que debo desembarcarlos en suelo nacional y entregarlos a las autoridades locales, que dispondrán de ellos.

—Fusilándolos.

—En este caso sería lo habitual... De ese modo suele hacerse, como ustedes con los nuestros. Pero ya no será asunto mío.

Dio Quirós tres pasos hacia la ventana. Mirando la noche, extrajo del bolsillo un paquete de cigarrillos y se puso uno en la boca.

—Son buenos hombres, ¿sabe?... Marineros normales a quienes la vida puso a bordo del *Mount Castle* como podría haberlos puesto a bordo de su destructor. Media docena tiene ideas políticas radicales, y el resto se limita a ser fiel a su barco, a su capitán y a la República. Sirven a ésta haciendo su trabajo lo mejor que pueden... Eso es todo.

—¿Qué espera de mí? —preguntó Navia.

El otro se había vuelto hacia él.

—Que tenga la humanidad de no desembarcar a los supervivientes en zona nacional.

—Imposible.

Quirós había prendido un fósforo. Mientras aplicaba la llama al cigarrillo, ésta iluminó sus ojos de vikingo tranquilo, descoloridos por siglos de temporales, naufragios y rutas inciertas.

—Puede servirse de muchos pretextos —dijo con calma—. Que su estado requiere asistencia médica en tierra, o lo que guste inventar. Que usted mismo y su barco deben regresar aquí por cualquier motivo... Pero le pido que los traiga de vuelta a Tánger.

—No puedo hacer eso.

—Claro que puede.

Tuvo Navia un ademán desconcertado.

—¿Por qué habría de hacerlo?

—Porque son gente de mar como usted y yo. Porque son hombres valientes que nunca se mancharon las manos de sangre.

—Eso no lo sé.

—Eso se lo garantizo yo —dio Quirós unos pasos por la habitación y se detuvo junto a la butaca, sin sentarse—. Los he visto cumplir con su deber, callados y disciplinados cuando burlábamos el bloqueo o teníamos mal tiempo, jugándose la vida porque confiaban en mí, sin protestar jamás. Mirándome en los malos ratos como se mira a Dios...

Calló de pronto, cual si dudara en proseguir. Después se llevó a los labios el cigarrillo y expulsó el humo despacio. La luz del quinqué, próxima, lo rodeó de un halo gris.

—Los hombres valientes no merecen morir fusilados —concluyó, sombrío.

—¿Y usted? —quiso saber Navia—. ¿Qué debo hacer si lo rescato a usted?

La respuesta fue un corto silencio y una sonrisa elocuente, muy lenta y muy triste. Suspiró Navia. Movió la cabeza con desaliento y volvió a suspirar.

—Tiene mi palabra —dijo al fin—. Haré cuanto pueda por ellos.

Se había puesto de pie. Como si acabara de recordar algo, Quirós se dirigió por primera vez a Falcó.

—No tengo noticias de unos pasajeros. Dos hombres y una mujer... Tal vez usted sepa algo.

—Sí. Algo sé.

—Supongo que es inútil esperarlos a bordo.

Falcó se limitó a mirarlo sin responder. Asintió el otro.

—Comprendo.

Cogió su gorra y se la puso. Bajo la visera, los ojos claros cobraban una expresión de lejana indiferencia. En realidad, pensó Falcó, el capitán del *Mount Castle* acaba de dejar atrás la tierra firme.

—Creo que ya está dicho todo —lo oyó murmurar como para sí mismo.

Después, Quirós apagó el cigarrillo en un cenicero y se irguió un poco más. Estaba frente al otro capitán, que le sacaba un palmo de estatura. Falcó observó que ambos parecían indecisos. Al cabo, casi con timidez, Quirós alargó una mano y el otro se la estrechó. Se miraban cara a cara.

—Buena suerte, capitán —dijo Navia—. Nos veremos allá afuera.

Quirós asentía, pensativo. Abstraído en la noche y la niebla.

—Sí. Probablemente.

La bruma rodeaba con un halo turbio las pocas luces encendidas en el puerto, reflejándolas confusas en el suelo mojado. El resto era penumbra gris, y más allá un círculo de tinieblas lo rodeaba todo.

Con las manos en los bolsillos de la gabardina, el cuello subido y el rostro y el pelo húmedos, Falcó estaba de pie junto a una de las grúas, viendo largar amarras al *Martín Álvarez:* tenía encendidas las luces de navegación y se oía la suave trepidación de las máquinas. Su silueta plomiza se separaba poco a poco del muelle, bajo un penacho de humo negro que la ausencia de viento y la humedad ambiente mantenían suspendido sobre sus chimeneas, fundiéndolo con la oscuridad de la noche. Visto desde tierra por su aleta de babor, el barco nacional mostraba el cañón de popa y la bandera rojigualda que se adivinaba en su mástil, empapada y flácida.

Había gente viendo irse al destructor. Los gendarmes de guardia se habían acercado a los norays del muelle y observaban desde el otro lado de la alambrada que circundaba el lugar de amarre del *Mount Castle.* Cerca de ellos se había agrupado una docena de tripulantes del mercante, que habían bajado a tierra para presenciar el espectáculo; el resto observaba desde la proa del barco republicano, congregados en torno al cabrestante. Todos estaban inmóviles, siluetas silenciosas en el reflejo de las farolas entre la bruma, fumando, mirando, cubiertos con boinas y gorras y enfundados en jerséis y chaquetones oscuros. Hoscos y callados. Viendo partir al buque enemigo que iba a ejecutar su sentencia horas más tarde, apenas se hallasen en mar abierto.

Un poco antes había asistido Falcó al último intercambio de miradas entre nacionales y republicanos, ocupados aquéllos en las maniobras de desatraque, agrupándose éstos para observarlos retirar la escala y recoger a bordo las estachas chorreantes mientras en la cubierta sonaban órdenes y toques de silbato. Ni unos ni otros habían dicho nada; sólo miradas y gestos que, desde donde Falcó observaba, igual podían ser de hostilidad que de despedida. Sin embargo —eso lo vio con claridad—, un par de marinos nacionales, vueltos hacia el otro barco, se habían llevado casi furtivamente los dedos a la gorra; aunque nadie les devolvió el saludo.

A punto de empezar la maniobra, Falcó también había visto al comandante Navia recorrer la banda de su barco que daba a tierra, caminando hasta la toldilla, y dirigir desde allí una mirada al puente del mercante que dejaba atrás, donde la figura del capitán Quirós estaba apoyada en el alerón de estribor. Por un momento Navia había permanecido inmóvil, mirando en esa dirección. Después, un oficial se le acercó para cambiar con él unas palabras antes de que el comandante volviera la espalda al mercante y regresara hacia proa.

Sonó la sirena del destructor; un toque agónico que rasgó la atmósfera brumosa y parecía sugerir despedida, advertencia y amenaza. Y al fin, completada la maniobra, la trepidación de las máquinas se hizo más intensa, las hélices batieron el agua negra y la luz roja de babor se alejó cada vez más y con mayor rapidez hasta que sólo fueron visibles los halos difusos de la luz del mástil sobre el puente y la blanca de popa. Entonces, mientras la sombra fantasmal del destructor desaparecía en la oscuridad y la niebla, los marinos republicanos abandonaron la proa del *Mount Castle* y sus compañeros del muelle regresaron lentamente al barco.

—Nos toca a nosotros —dijo una única voz, en la que parecía reconocerse al contramaestre a quien llamaban Negus.

También Falcó se alejó por el muelle hacia la ciudad. Al pasar frente al mercante, vio que el capitán Quirós permanecía apoyado en el alerón, vuelto aún hacia la oscuridad que se había tragado al destructor, y que los tripulantes que subían por la escala miraban hacia arriba, en su dirección, con silencioso respeto.

Hombres valientes, había dicho Quirós un rato antes. Que en los malos ratos me miran como se mira a Dios.

Desde su espalda, mientras caminaba, la claridad brumosa de las farolas deformaba la sombra de Falcó en el suelo húmedo. Mirándola, o mirándose, torció la boca en una mueca sarcástica. Tal vez cruel. Para un marino a bordo de un barco, pensaba, lo mismo que para el soldado en la batalla o para el feligrés arrodillado ante un sacerdote, la enormidad de la propia insignificancia resultaba tan evidente que el único consuelo era imaginarse gobernados por hombres que poseían certezas en lugar de preguntas. O algo parecido. Eso explicaba que siempre hubiera alguien dispuesto a arrepentirse de sus pecados, a pelear por una bandera o a tripular un barco en su último viaje.

16. La última carta de la Muerte

Paquito Araña había cumplido como los buenos. Permanecía sentado frente a la cama donde estaba tendida Eva Neretva, con una manta sobre los hombros, una cafetera delante y la pistola a mano. Leía un número atrasado de *Marie Claire*. Cuando Falcó entró en la habitación, los ojos soñolientos del pistolero se dirigieron hacia la mujer, que seguía con las manos atadas con alambre a la espalda, tumbada de costado, los mechones de pelo rubio y sucio tapándole media cara.

—¿Cómo se ha portado? —preguntó Falcó.

—De maravilla... Debiste de atizarle bien, porque no se ha movido ni abierto la boca.

Indicó Falcó la cafetera.

—¿Le has dado algo?

—¿Darle?... Un navajazo en el cuello le habría dado, si me dejaras.

Se echó a reír Falcó.

—Eres una vieja rencorosa.

—Y tú un guapito irresponsable que casi me busca la ruina. Como al pobre Kassem.

Falcó le tocó el torso. El vendaje bajo la manta. No había rastro de sangre, ni en el pecho ni en la espalda, y ésa era buena señal. La bala era de pequeño calibre, no había tocado vasos sanguíneos importantes y la herida coagulaba bien. Un tiro con suerte.

—¿Te duele mucho?

—No demasiado. Tu amiga Moira me ha puesto una inyección de algo.

—Ve a descansar. Te avisaré si te necesito.

Suspiró el otro, desperezándose con precaución. Cogió el arma y se puso en pie.

—Ya era hora, cielo. Vigilar a guarras comunistas no es lo mío —miró a la mujer con una mezcla de rencor y curiosidad—. ¿Qué planes tienes para ella?

—Me la llevo.

Enarcó el pistolero las cejas depiladas.

—¿Adónde?

—Luego te cuento.

Los ojos de batracio miraban inquietos a Falcó, más suspicaces que de costumbre.

—¿De verdad no me necesitas?

—De verdad.

—Oye, chico, te tengo más miedo que a un nublado... Te divierte jugar, pero esta puta es peligrosa. Ten cuidado con ella.

—Estate tranquilo.

—¿No sería mejor matarla?

—Negativo.

—Piénsalo, hombre. Ella muere por la Causa y nosotros nos evitamos problemas.

—Vete, anda —Falcó sonreía, tranquilizador—. Duerme un rato.

Se marchó Araña al fin, poco convencido. Falcó se acercó a la cama. Entre los mechones rubios, los ojos de Eva Neretva lo miraban con furiosa fijeza. Había recobrado el sentido. Le apartó el pelo de la cara y ella quiso retirarla con brusquedad. Olía agrio, a suciedad y a sudor, y se había orinado encima: los pantalones mostraban una mancha de humedad entre las ingles. Las contusiones marcaban sus pómulos, la frente y la mandíbula. Seguía teniendo costras de sangre seca, y el ojo izquierdo, hinchado y cerrado a medias, mostraba un feo cerco violáceo. Guapa y limpia no eran las palabras.

—El destructor nacional acaba de salir del puerto —dijo Falcó—. Dentro de tres horas lo hará el *Mount Castle*.

Continuaba mirándolo en silencio, con fijeza asesina. Sin comprender, al principio. Al fin parpadeó y emitió un quejido ronco. Un sonido desesperado y animal.

Falcó fue hasta la cafetera, comprobó que quedaba café y lo vertió en la taza que había usado Araña. Sacó el tubo de cafiaspirinas, cogió dos y regresó junto a la joven.

—Toma —insistió cuando ella volvió a apartar el rostro—. Te irá bien.

Al cabo, tras varios intentos, Eva se dejó hacer. Permitió que Falcó le metiera los comprimidos en la boca —lo hizo con la palma de la mano, cuidando de que no le mordiera los dedos— y aceptó un buen trago de café. Salió él un momento y regresó con una jofaina llena de agua y una toalla, para sentarse en el borde de la cama.

—Deja que te limpie un poco. Estás horrible.

Con delicadeza, le quitó la costra de sangre seca y el resto de suciedad del rostro. Después le aplicó la toalla húmeda sobre las contusiones.

—Pudo ser peor —dijo.

Eva seguía sin despegar los labios. Durante un buen rato permanecieron en silencio. Falcó dejó en el suelo la jofaina.

—¿Un cigarrillo?

Negó ella con la cabeza. Respiraba despacio, tensa, sin apartar los ojos de él.

—¿Qué vas a hacer conmigo?

La voz había surgido rauca, como antes el quejido. Velada por el dolor y la fatiga. Falcó hizo un ademán ambiguo.

—Nada en especial —dijo.

Se la quedó mirando, pensativo. También él estaba cansado.

—Todo está hecho ya —añadió—. Y nada cambiará las cosas.

Alargó una mano para apartarle un poco el pelo apelmazado y sucio. Esta vez, ella no lo rechazó.

—¿Y yo? —preguntó al fin.

Seguía Falcó observándola, aún con los dedos en su cabello.

—No sé.

Estuvo callado un momento y volvió a decirlo. No sé, repitió. La joven se removió hasta quedar boca arriba, las manos atadas atrás. Miraba el techo de la habitación.

—Quirós ha preguntado por ti —dijo él—. Por vosotros.

—¿Habéis hablado?

—Hace un rato.

—¿Le contaste lo que pasó anoche?

—No le conté nada. Pero lo comprendió todo.

Ella miraba el techo.

—Al menos sabe que no he desertado.

—Lo ha sabido siempre, supongo. Tú no eres de los que desertan.

—Siento no haber podido matarte anoche.

—Sí... Sé que lo sientes.

Se puso en pie. Aún llevaba puesta la gabardina y tenía calor. De pronto supo lo que iba a hacer, y saberlo le arrancó una mueca interior: algo parecido a una sonrisa. Volvió a inclinarse sobre Eva, haciéndole dar la vuelta, y la liberó del alambre que aprisionaba sus muñecas. Ella lo miraba con asombro.

—Tal vez quieras acompañarme —dijo Falcó.

—¿Adónde?

—Al puerto.

La joven se incorporó despacio, con dificultad. Se frotaba las manos amoratadas y las muñecas con la huella profunda del alambre impresa en ellas.

—¿Libre? —inquirió, incrédula.

—No sabría decirte.

Se retiró un paso mientras ella intentaba ponerse del todo en pie, aunque el esfuerzo parecía excesivo para sus miembros entumecidos. Tras un instante, se acercó de nuevo para ayudarla. No opuso resistencia.

—¿Puedes caminar?

—Sí.

Los pantalones y la canadiense estaban sucios y rotos por la refriega de la noche anterior. Falcó pasó la pistola al bolsillo derecho de su chaqueta, se quitó la gabardina y se la puso a ella, que seguía mirándolo, desconcertada.

La parte baja de la medina continuaba envuelta en niebla. Caminaron uno junto al otro oyendo el eco doble de sus pasos, sin decir una palabra hasta llegar al túnel de la Marina, bajo la parte de la muralla que daba al puerto. A veces se rozaban al andar por las callejas más estrechas y Eva se retiraba de inmediato, tensa y brusca. Llevaba cerrada hasta el cuello la gabardina, con las mangas remangadas, y un pañuelo de seda anudado bajo la barbilla le cubría el cabello.

El edificio de la Aduana tenía una farola encendida en la puerta, y a su luz la joven se volvió a mirar a Falcó.

—¿Qué pretendes?

Había ralentizado el paso hasta detenerse. Falcó tenía frío. Llevaba subido el cuello de la chaqueta y las manos en los bolsillos.

—Curiosidad —dijo, lacónico.

Ella lo observaba, aguardando. Hizo él un nuevo gesto evasivo.

—Siento curiosidad —añadió.

—¿Respecto a qué?

—A ti.

Otra vez se mostraba desconcertada. Seguramente no había dejado de estarlo desde que él retiró la ligadura de sus manos.

—¿Vas a dejarme embarcar?

Lo dijo casi aturdida, como si acabara de caer en la cuenta de eso. Cual si fuese la última cosa que habría esperado en el mundo. Falcó se limitó a mirarla, sin responder.

—¿Por qué haces esto? —insistió ella.

Entonces él dibujó una de sus sonrisas características, hecha de simpatía, travesura e insolente crueldad. Un gesto perfeccionado hasta la exactitud por la vida y los años. Una de aquellas sonrisas por las que algunos hombres, o muchos, se dejaban matar; y algunas mujeres, o muchas, se dejaban seducir en el acto.

—*Die letzte Karte* —dijo—. ¿Recuerdas?... Porque la última carta la juega la Muerte.

En el puerto, la niebla seguía transformando la luz de las farolas en halos espectrales que agrisaban la noche. Caminaron despacio por el muelle barnizado de humedad en dirección al *Mount Castle,* cuya silueta oscura se destacaba en la bruma, punteada por algunas luces encendidas a bordo. Al fin se detuvieron cerca de los caballos de Frisia que cortaban el acceso al mercante. A veinte pasos, junto a la garita de madera de la entrada, colgado el fusil al hombro, los observaban los gendarmes de la policía internacional envueltos en sus capotes.

—Ahí está tu barco —dijo Falcó.

Ella lo miraba en la penumbra. O, con más exactitud, lo estudiaba como si estuviera viéndolo por primera vez.

—¿Dejas que suba a bordo? —preguntó, sorprendida.

—Dejo que hagas lo que quieras. ¿Qué otra cosa puedo hacer contigo?

Pareció meditarlo en serio.

—Podías haberme matado, como sugería tu compinche.

Rió Falcó entre dientes, casi divertido.

—No gano nada con eso.

—¿Y con esto?... Dejas libre a un enemigo. No me tengas por una de esas burguesitas perdidas entre las filas obreras. Soy una agente soviética, y tus criminales jefes fascistas podrían pedirte cuentas.

—Con mis criminales jefes fascistas ya me las arreglo yo. Como bien sabes.

Inclinaba ella la cabeza, huraña. Inescrutable. Tras un instante la alzó de nuevo.

—¿Por qué lo haces?

—Te lo he dicho. No sirve de nada que mueras.

—Quien no muere hoy puede luchar mañana.

—Es un riesgo que corro, aunque sea menor... Si subes a ese barco, dudo que tengas un mañana.

Al escuchar aquello, la joven se sumió en un silencio opaco.

—No eres mala persona, tal y como está el mundo —dijo de pronto.

Rió Falcó, suave, casi para sí mismo. Al cabo, ella movió los hombros como si se sintiera incómoda.

—Tengo mis órdenes —dijo.

—Ya lo sé. Ir a Rusia... Pero en el *Mount Castle* no irás a ninguna parte. Tu viaje acabará a pocas millas de aquí.

Volvió a quedarse callada, y esta vez fue él quien habló de nuevo.

—Quédate.

Lo miraba con súbita atención. Parecía esforzarse, de pronto, en advertir algún matiz singular en lo que él había dicho. En lo que decía.

—¿Y qué harás conmigo si me quedo?

Se echó a reír otra vez, festivamente resignado. Sombrío.

—No haré nada. Mi trabajo termina aquí. Fracasé.

—También yo —ahora fue ella quien rió, en tono bajo y amargo—. Tiene su gracia, ¿no crees?... Dos fracasados, a pocos pasos de treinta toneladas de oro que dentro de un rato estarán en el fondo del mar.

—Quien gane esta guerra podrá rescatarlas cuando todo acabe.

—En cualquier caso, los vencedores no seremos ni tú ni yo.

—Tu paraíso proletario —apuntó él, irónico.

—Algún día, no te quepa duda. Sí.

Había respondido muy seria. Miraba el suelo mojado, reluciente de bruma y reflejos de luz lejana.

—Otros pondrán el pie en mi última huella —añadió, serena.

Tras pronunciar esas palabras, dio unos pasos y volvió a detenerse.

—¿Crees que nos amamos?... Tú y yo, quiero decir.

Encogió Falcó los hombros. Seguía con el cuello de la chaqueta subido hasta las orejas y las manos en los bolsillos. Demasiada niebla, pensó mirando alrededor. Demasiada grisura en aquellos halos de claridad sucia, suspendida en los millones de minúsculas gotitas que saturaban el aire. Miró en torno, aspirando una bocanada de bruma.

—Quédate en tierra —dijo con suavidad—. Deja partir el barco y quédate. Incluso hay tripulantes que van a desembarcar, o lo han hecho ya... Quirós sólo llevará a bordo la dotación necesaria para navegar y combatir.

Ella permaneció otro momento en silencio.

—Yo puedo combatir —murmuró al fin.

—No habrá apenas combate. El destructor nacional lleva cinco cañones de gran calibre, frente al modesto Vickers del *Mount Castle*... Cuando os localice, con niebla o sin ella, hoy o dentro de un par de días, no estaréis a flote ni diez minutos.

—Hay una posibilidad...

—No. Desde luego que no la hay. Y Quirós lo sabe.

Eva parecía no escuchar, vuelta hacia la silueta negra del barco.

—Debo ir a bordo. Hablar con él.

Emitió Falcó un suspiro de desaliento.

—Supongo que sí. Que debes hacerlo.

Dirigió ella su atención, desconfiada, a la mano que él mantenía en el bolsillo de la chaqueta.

—¿Vas a dejarme ir?

—Claro.

Se quedaron mirándose. Después Eva caminó resuelta hacia la garita de los gendarmes; y él, tras una corta indecisión, anduvo detrás. Llegaron juntos ante los centinelas, a quienes la joven mostró un pase de acceso a la zona restringida. Al hacerlo, vio que Falcó la había seguido hasta allí.

—Él viene conmigo —dijo, seca.

Siguieron adelante, uno junto al otro y sin decir palabra, hacia la escala de acceso al barco. La mole oscura del mercante se alzaba pegada al muelle, firmes aún las amarras en los norays. Resonaban las máquinas, salía vapor oscuro por la chimenea y algunos tripulantes se movían por la cubierta. Arriba, en el portalón, dos marineros armados con pistolas los miraban con curiosidad.

Eva se quitó el pañuelo, echó atrás la cabeza para alisarse el cabello y volvió a anudarse la seda bajo el mentón.

—¿Puedo conservar tu gabardina?

—Claro que puedes.

—Voy sucia, hecha un desastre. No quiero que me vean así.

—Por supuesto.

Estaban enfrentados en la luz húmeda de las bombillas encendidas arriba, en el barco. Esa claridad grisácea daba a los ojos de Eva un singular brillo mortecino. Como si mirasen lejos, a través de la oscuridad y la bruma, hacia un futuro inexistente.

—Estaré aquí —dijo él.

Ella ladeó un poco la cabeza para mirar el costado del barco.

—Creo que permaneceré a bordo.

—Quizá no lo hagas.

No respondió a eso. Volvió la espalda para ascender por la pasarela, que resonó bajo sus pasos. La mancha clara de la gabardina se fue alejando por la banda de babor hasta perderse de vista.

La última carta, se dijo Falcó. Después encendió un cigarrillo.

Amanecía, y la luz del alba se había ido abriendo paso con dificultad. Primero fue una claridad vaga por la parte de levante; y más tarde, una gama de contraluces y sombras plomizas perfilando grúas y tinglados que la niebla velaba de contornos fantasmales. Sólo se oía el graznido de las gaviotas que planeaban sobre el muelle.

Falcó aguardaba sentado en unas cajas de mercancías. Tenía mucho frío, pero no se decidía a alejarse de allí. La mole oscura del *Mount Castle* se distinguía en el muelle a poca distancia, recortada en la claridad creciente, destacándose en el contraluz plomizo sus dos palos, la chimenea y los altos respiraderos. Había movimiento en cubierta: hombres que iban y venían preparando la maniobra de salida.

Al otro lado de los caballos de Frisia y la alambrada, contenidos por los gendarmes, empezaban a congregarse grupos de curiosos: trabajadores portuarios y tangerinos desocupados que querían asistir a la partida del barco. Entre ellos había mujeres. Por la parte de la Aduana llegaban coches de caballos y algún automóvil. Toda la ciudad sabía lo que iba a ocurrir, y los madrugadores deseaban contarlo de primera mano. También había gente caminando por el rompeolas hacia la punta del espigón, desde donde podían tenerse mejores vistas; aunque la niebla —la visibilidad se reducía a unos doscientos metros— no ponía las cosas fáciles.

Falcó se frotó las manos entumecidas. La humedad ambiente le mojaba la chaqueta, el pelo y la cara. Sentía deseos de fumar, pero le dolía la cabeza: un latido molesto en el lado derecho, que iba en aumento. Desde niño estaba familiarizado con los síntomas. Si dejaba que fuera a más, acabaría con el cráneo retumbando y con náuseas. Así que se puso en pie y miró alrededor. Seguramente los gendarmes de la garita tendrían agua para tragarse una cafiaspirina. Caminó hacia ellos.

El piquete de guardia estaba integrado por indígenas y europeos, y lo mandaba un caporal bigotudo y recio. Era español. No tenía agua, pero sí una bota de vino que le pasó a Falcó de buen grado. Masticó éste un comprimido, echó hacia atrás la cabeza y con un chorro de vino áspero despejó boca y garganta. Devolvió la bota y sacó la pitillera, y el cabo aceptó complacido. Mientras Falcó le daba fuego, inclinada la cabeza para encender el cigarrillo, el caporal señaló a la gente tras la alambrada.

—No quieren perderse el espectáculo... Es mejor que ir al cinematógrafo.

—Las tragedias ajenas siempre interesan mucho —opinó Falcó.

—Y que lo diga —el otro inhaló una bocanada de humo y miró satisfecho el cigarrillo; después señaló el *Mount Castle*—. Pobres tipos, ¿verdad?... Menuda les espera.

—Eso parece.

—Hay que tenerlos bien puestos para lo que van a hacer, ¿eh?... Salir con los otros esperando fuera.

—Lo mismo la niebla les echa una mano —dijo Falcó.

Asintió el caporal.

—Ojalá —dirigió un vistazo rápido a sus hombres y bajó la voz—. Yo soy apolítico, ¿sabe?... Estoy bien aquí, y me alegro de estar. Pero simpatizo más con la República que con los militares rebeldes. Estuve con ellos en Melilla, ¿comprende?... Los tuve de jefes. Y no digo más.

Asentía Falcó, valorando la suerte de aquel tipo afortunado, tan lejos de las alpargatas y la manta terciada al hombro, la barba sin afeitar, los disparos, los gritos de hombres que mataban y morían kilómetros más al norte. De todos aquellos compatriotas que exhaustos, vencidos, sin munición, levantaban los brazos y se dejaban llevar, con el fatalismo de su vieja raza, hasta la zanja donde iban a pegarles un tiro, fumando el pitillo que siempre tenían en la boca los españoles cuando los llevaban al paredón, o cuando se hacían a la mar para morir en una mañana de niebla. Como si el sabor acre del tabaco fuese el regusto amargo de sus vidas.

—Sí —comentó—. Tánger es otra cosa.

—Y que lo diga. Aquí se vive y se deja vivir... Pero a ver lo que dura.

Se despidió Falcó, regresando a las cajas de mercancías próximas al barco. Iba a sentarse cuando observó en la cubierta un movimiento inusual. Un grupo de hombres aparecía cargado con maletas y sacos marinos. Eran una docena. Se congregaron un momento en el portalón y luego bajaron uno tras otro, en fila, por la escala hasta el muelle, donde se agruparon de nuevo, graves, callados y sombríos. Cabizbajos. Algunos parecían avergonzados. Desde la regala del barco, otros marineros los observaban en silencio.

Comprendió Falcó. El capitán Quirós dejaba irse a los hombres que habían pedido desembarcar. No todos a bordo querían ser héroes.

Entre los que miraban desde la borda reconoció al contramaestre al que llamaban Negus. Llevaba éste un tabardo oscuro y un gorro de lana. Apoyaba las manos en la regala mirando a los que habían bajado a tierra. Nadie, ni unos ni otros, decía una palabra. De pronto, adelantando el torso y la cabeza, el Negus escupió hacia el agua entre el casco y el muelle, o quizá lo hizo hacia tierra, aunque el salivazo no llegó tan lejos. Y como si fuera una señal, una orden o un insulto, los hombres desembarcados cogieron sus sacos y sus maletas y se alejaron despacio.

Sonó la sirena del barco junto a la alta chimenea: un toque desgarrado y breve que ahuyentó a las gaviotas cercanas. El amanecer se había asentado por completo, convirtiendo la niebla en una atmósfera gris que se espesaba en la distancia, difuminando los objetos en una claridad artificial, cenicienta y triste. A proa y popa del *Mount Castle,* asistidos por los amarradores de tierra, los tripulantes se disponían a recoger las estachas. El runrún de las calderas a toda presión hacía vibrar el costado del buque, sobre el que flotaba un chato penacho de humo negro.

Ya había mucha gente congregada tras la alambrada de los gendarmes y en el espigón del puerto. Dio Falcó unos pasos hacia el barco. La pasarela seguía colocada en la banda, uniendo la cubierta con el muelle. Parecían a punto de retirarla, y se acercó hasta el pie mismo de ésta, mirando hacia arriba, desalentado. Buscaba a la joven, pero sólo vio marineros ocupados en sus faenas, y al Negus, que caminaba por la cubierta del buque hasta la popa con una especie de paquete multicolor bajo un brazo. Y al llegar allí, al pie del mástil desnudo, el contramaestre enganchó en la driza la bandera republicana, roja, gualda y morada, izándola hasta el tope. No soplaba brisa ninguna, y la bandera quedó colgando flácida y sin ondear. Pero eso no impidió que algunos amarradores españoles, franceses y moros, que estaban en tierra a punto de soltar las estachas de los norays, la vitorearan, solidarios.

Entonces Falcó volvió a mirar hacia la pasarela. Estaban retirándola en ese momento; y junto a ella, de pie en el muelle, estaba Eva.

Caminó lentamente, obligándose a hacerlo así, hasta llegar a su lado. Con una intensa sensación de alivio. Ella conservaba puesta la gabardina, subidas las mangas, las manos en los bolsillos. El pañuelo anudado bajo la barbilla seguía recogiéndole el cabello. Parecía muy sola y cansada, casi frágil en aquella luz triste, inmóvil sobre el muelle mojado. Miraba hacia el puente del barco, y no dejó de hacerlo cuando Falcó se detuvo muy cerca.

—No me dejó quedarme —dijo sin apartar la vista del puente.

Falcó no comentó nada. Se quedó quieto y callado. Se rozaban los hombros. Miró de reojo el perfil fatigado de la joven. Las bolsas de insomnio bajo los ojos.

—Casi peleé para que no me obligaran a bajar a tierra.

—No podías quedarte ahí.

Los amarradores habían largado las estachas del *Mount Castle,* que cayeron al agua con un chapoteo antes de ser izadas a bordo. Aún había un grueso cabo que retenía el barco, manteniendo la amura contra las defensas del muelle y separando la popa.

—Casi peleé, como te digo... Literalmente.

Sonaron tres nuevos toques de sirena. Sobre el costado que se alejaba lentamente de tierra, algunos rostros de marineros miraban hacia la multitud que, desde el otro lado de la alambrada y el espigón, los veía partir. Se escuchaba algún grito de ánimo aislado, algún viva a la República, pero la mayor parte permanecía en silencio. Había mucho de solemne, decidió Falcó, en la actitud de la gente. En todo aquello.

—Me agarró por un brazo —insistió Eva—. Tengo órdenes, le había dicho antes. Debo ir con usted a Odesa... Él estaba consultando una carta náutica, levantó la vista y se limitó a mirarme inexpresivo, como si estuviese pensando en otra cosa y no me oyera... «Odesa», repitió en voz baja, muy ausente. Estaba claro que en aquel momento le parecía tan lejana como la luna... De pronto me sujetó muy fuerte por un brazo. Parecía tranquilo y firme... «En mi barco mando yo», dijo. «Así que váyase de aquí.» Y de ese modo me llevó hasta el portalón, ignorando mis protestas. Casi a empujones.

—Te acaba de salvar la vida —opinó Falcó.

Ella tardó un momento en responder.

—Puede que sí.

—¿Querías que te la salvara?

La había mirado con intención, y la vio dudar un momento.

—No sé —cruzó los brazos, como si de repente tuviera frío—. No lo sé.

—Deberías agradecérselo.

—En cualquier caso, nadie le pidió que lo hiciera.

La sirena del *Mount Castle* volvió a rasgar el aire brumoso: un último toque, breve y seco. El barco empezaba a moverse hacia adelante, proa a la bocana. Pese a la niebla, no llevaba ninguna luz encendida a bordo.

—Ahí está —dijo la joven—. Arriba... Míralo.

Siguió Falcó la dirección que ella indicaba. Un hombre de anchos hombros, vestido con chaqueta azul y cubierto con gorra blanca de marino, acababa de asomarse al alerón del puente. La barba rojiza y gris lo hacía fácilmente identificable.

—Impasible como una piedra —murmuró ella.

Por un momento, el capitán Quirós permaneció inmóvil, vuelto hacia la ciudad y la multitud que observaba su marcha. Después pareció mirar hacia donde se encontraban Eva Neretva y Falcó. Entonces la joven alzó una mano a modo de despedida.

—Loco admirable —dijo.

Miraba Falcó con fascinación el perfil frío de Eva, sus labios apretados, los ojos fijos en el hombre asomado al alerón. Y entonces vio, atónito, cómo una lágrima le corría por el rostro mientras los dedos de la mano alzada se cerraban en un puño: un saludo internacional y proletario que completó llevando ese puño a un lado de la frente, mientras el capitán Quirós regresaba al interior de su barco y el *Mount Castle* desaparecía en la niebla.

—Vámonos de aquí —dijo Eva.

Caminaron sin decir nada más, alejándose del puerto y la gente. Más adelante, bajo el arco de la puerta de la Marina, Falcó sacó la pitillera y encendió dos cigarrillos. Se quedaron allí, en la penumbra, fumando mientras se miraban, callados. Ya hemos vivido antes este momento, pensó Falcó. Los dos. Es la nuestra una historia triste, repetida e interminable.

—¿Qué harás ahora? —preguntó al fin.

En realidad lo dijo por romper el silencio. Ella dio una chupada al cigarrillo y dejó salir el humo despacio, por la nariz y la boca.

—Pediré nuevas órdenes.

No dijo más, pues ambos sabían que era innecesario. Asintió Falcó para sus adentros. Por supuesto. Volvería a Moscú, a Valencia, a donde la enviaran sus jefes y su propia fe racional, fría e intolerante. Revestidos de esa fe, los hombres y mujeres como ella no malgastaban sus últimos minutos interrogando al Padre sobre por qué los había abandonado. Huérfanos bajo un cielo sin dioses, apretaban los dientes mirando a la tierra y alzaban el puño como había hecho ella en el muelle, antes de caer bajo la soga del verdugo o ante el piquete de ejecución. Mítines en tabernas abarrotadas de humo y sudor, obreros corriendo bajo fuego de ametralladoras, camaradas torturados, muertos en vida o muertos de verdad, para que las bestias de camisas negras, azules o pardas supieran que la humanidad no estaba vencida, que la lucha no se interrumpiría, pues era la lucha final. Así lo veía Eva Neretva, y nadie la haría cambiar de opinión. Nunca. Seguiría arrastrando esa lucha como una vieja, abollada e inseparable maleta, hasta su cita con la última hora. Con la última carta de la Muerte.

—Deberías darte un baño. Asearte un poco, cuidarte las magulladuras... Estás hecha una lástima.

Creyó verla sonreír. Apenas nada.

—Tampoco tú tienes buen aspecto.

—Casi me matas anoche —comentó él.

—Casi nos matamos.

—Me sobrecogiste, ¿sabes?... Mostrabas tu miedo a la manera de los valientes, tensa y tranquila, esperando cada golpe y dispuesta a responder con otro.

La joven no dijo nada a eso. Continuaron fumando. Se miraban indecisos, como retrasando la separación.

—Mi hotel está cerca —dijo Falcó.

—El mío también.

Siguió otro breve silencio.

—Cada cual por su cuenta, entonces —comentó él.

—Sí.

Dejaron caer los cigarrillos con falsa indiferencia y continuaron adelante, remontando la cuesta. Arriba, llegados a la medina, sobre la muralla, se detuvieron por última vez. Más allá del puerto y el espigón, la niebla velaba el horizonte, cerrándolo en una nube extensa, baja y plomiza.

—No creo que sea verdad que nos amemos —murmuró Eva.

Él reflexionó un momento. O aparentó hacerlo.

—Yo tampoco lo creo.

Miraba el rostro cansado de la joven, los ojos vagamente eslavos, el mechón de cabello rubio que asomaba bajo el pañuelo. Sintió deseos de acariciárselo, pero mantuvo las manos en los bolsillos.

—Escucha —dijo ella de pronto, estremeciéndose.

Se había vuelto hacia el mar y prestaba atención, contenido el aliento. Entonces Falcó oyó los cañonazos. Retumbaba un eco distante, monótono y siniestro como si alguien golpease un tambor cuyo parche estuviera hecho de carne humana. Y mar adentro, en fogonazos que apenas traspasaban la bruma gris, relampagueaban lejanas llamaradas.

17. Epílogo

Lorenzo Falcó cruzó el vestíbulo del Gran Hotel de Salamanca, saludó por sus nombres al portero y al conserje y se dirigió al bar, pasando entre camisas azules y oficiales de uniforme con botas altas y relucientes.

Se preparaba un desfile militar en la calle. Falcó había llegado cruzando con dificultad entre la multitud que, dispuesta a hacer el saludo fascista o el que exigieran las circunstancias, aguardaba el paso de las tropas hacia la plaza Mayor bajo los balcones adornados con banderas nacionales, carlistas y de Falange. Esa mañana estaba previsto un discurso del Caudillo en el balcón del Ayuntamiento. Se celebraba la victoria —relativa— del Jarama para ocultar la derrota —absoluta— de las tropas italianas en Guadalajara. La guerra cumplía su octavo mes, e iba para largo.

Se detuvo en la entrada del bar americano, junto a la vitrina con zarcillos charros coronada por la bandera nazi, la italiana y la portuguesa. Peinado hacia atrás con brillantina, oliendo a loción de afeitar —había salido de una barbería diez minutos antes—, su aspecto habría encajado en cualquier revista masculina británica o en un catálogo de galanes de Hollywood. Llevaba el sombrero gris en la mano y vestía traje gris con chaleco, zapatos de ante y un tono de gris perla más claro en la corbata, los calcetines y el pañuelo cuyas puntas asomaban del bolsillo superior de la americana. Lo suyo era una elegante gama de grises.

Mientras echaba un vistazo a la gente sentada en las butacas del bar, sacó la pitillera y, cogiendo un cigarrillo, golpeó suavemente su extremo en el cristal del reloj antes de llevárselo a los labios. Desde el extremo de la barra, el Almirante le hizo una seña.

—¿Qué tal te llevas con Biarritz? —preguntó cuando Falcó fue a acomodarse a su lado.

Chupaba una pipa apagada. Vestía de paisano y tenía un sombrero Homburg al lado, sobre su cartera de piel muy usada. Falcó lo miró con interés.

—Conozco sitios peores.

—Ya... ¿Qué tomas?

El barman se había acercado y aguardaba, solícito. Falcó encendió el cigarrillo.

—¿Seguimos sin vodka, Leandro?

El rostro picado de viruela del barman se mantuvo impasible, aunque lo delataba el brillo divertido de sus ojos.

—Sólo orujo gallego, don Lorenzo —le acercó un cenicero—. Ya sabe. Bebida patriótica.

—Malditos marxistas.

El barman miraba de reojo al Almirante.

—Sí, señor. Y que lo diga.

—Pues ponme un *hupa-hupa* a la española, anda. Y otro para este caballero.

—Te he dicho mil veces que no bebo esas mariconadas —protestó el Almirante.

—De acuerdo... ¿Prefiere usted escocés o coñac?

—Coñac.

—Uno francés entonces, Leandro. Si puede ser.

—¿Armagnac, señor? —inquirió el barman.

—Por ejemplo.

—Con sifón —intervino el Almirante.

—Ponerle sifón a un Armagnac es un crimen —objetó Falcó.

—Con sifón, he dicho. Carallo.

Cuando el barman se alejó, Falcó miró inquisitivo a su superior. El único ojo de éste lo estudiaba, crítico.

—¿Qué pasa con Biarritz, Almirante?

—Tienes cosas que hacer allí. Un fulano, nacionalista vasco, vinculado al PNV. Tasio Sologastúa. Mal bicho... ¿Te suena?

—¿El millonetis?

El Almirante miró al barman, que agitaba la coctelera, y bajó la voz.

—El mismo. No todo el que tiene dinero está con Franco.

—También estamos con él los que no tenemos. Yo, por ejemplo.

—Tú estás con Franco como podías estar con Greta Garbo.

—Por cuatro duros, dicho sea de paso.

—Te pago cuatro mil pesetas al mes, más gastos —arrugaba el ceño el Almirante, como un profesor severo—. Ni un general cobra eso.

—Era una broma.

—Pues bromea con tu madre.

Se quedaron callados mientras Leandro situaba una copa de coñac y un sifón junto al Almirante, y vertía el contenido de la coctelera en una copa para Falcó.

—Sologastúa —prosiguió el Almirante cuando se alejó el barman— anduvo removiendo bien la mierda separatista vasca, y cuando la cosa se puso turbia se largó a Francia con la familia, a ver los toros desde la barrera... Su mujer va de compras con chófer, las hijas beben cocktails y bailan en el Miramar, y él se da la gran vida. Incordia desde aquel lado de la frontera, sin correr riesgos, mientras sus heroicos gudaris se parten el pecho... O se lo partimos nosotros.

—¿Y cuál es el encargo?

El otro miró la pipa, dándole vueltas entre los dedos. Después se la guardó en un bolsillo, cogió el sifón, y para desolación de Falcó le echó un chorro al coñac.

—Que le eches el guante y lo traigas a este lado de la frontera. Queremos conversar con él.

—¿Secuestrado?

—Los adjetivos son cosa tuya.

Relucieron los colmillos depredadores, húmedos de *hupa-hupa*.

—¿Cuándo me voy?

—Ayer.

—Sólo llevo dos días en Salamanca.

—Pues ya son demasiados —el Almirante probó su copa y pareció complacido—. Después de tu desastre en Tánger, no sé cómo tienes el cuajo de pasearte por aquí.

—No salió tan mal, señor. Hice lo que pude.

—Pues pudiste bien poco.

—Es la ruleta de la vida —golpeó suavemente con un dedo el cigarrillo sobre el cenicero—. Ya lo dice el tango... A veces se pierde, y a veces se deja de ganar.

—¿El tango?

—Claro. Ese de Gardel, ya sabe.

Tarareó unas notas. El ojo sano del Almirante lo perforaba, asesino.

—Un día te voy a dar yo a ti tango. En una trinchera de la Ciudad Universitaria, con una manta llena de piojos y un Mauser. A ver si distingues un tango de una guerra.

—Hombre, Almirante. En realidad, Gardel...

—Que cierres el pico, coño.

—A la orden de vuecencia.

—Exacto.

El Almirante había apartado el sombrero, abriendo la cartera. Extrajo de ella una hoja mecanografiada con papel carbón.

—Tengo el informe sobre el *Mount Castle*, redactado por Tambo Navia. Llegó ayer por la tarde —lo puso sobre la barra, ante él—. Pensé que te gustaría verlo... Al menos esa parte.

Leyó Falcó:

Localizado el mercante rojo 2 millas al WNW de punta Malabata, y desatendida por éste la intimación de parar máquinas, se procedió a abrir fuego, entablándose combate a corta distancia a causa de la escasa visibilidad. A los disparos de nuestras piezas principales respondió el enemigo con fuego muy vivo y continuado, procedente de una única pieza de mediano calibre que tenía situada a popa, mientras intentaba escapar hacia el NE aprovechando la niebla. Se pudo apreciar en él hasta una docena de impactos que le produjeron inmediato incendio a bordo, pese a lo que siguió haciéndonos fuego con mucha tenacidad hasta que, silenciada su pieza por las nuestras, quedó en llamas y a la deriva, hundiéndose rápidamente sin arriar bandera en posición 6° 47′ W – 35° 50′ N. Se procedió a continuación al salvamento de los náufragos, dificultado por la poca visibilidad, con el resultado de 11 rescatados, algunos de ellos heridos de consideración. El capitán del mercante rojo no se encontraba entre los supervivientes, y según testimonio de los rescatados fue visto por última vez en el puente cuando ordenaba el abandono del barco. Debido a la gravedad de algunos heridos, tomé la decisión de regresar al puerto de Tánger para que se les prestara asistencia médica, tanto a ellos como a los cinco marineros heridos de diversa consideración que los tres impactos enemigos recibidos a bordo durante el combate causaron entre mi dotación. Una vez en puerto, a requerimiento de las autoridades locales y al hallarme en zona internacional, me vi obligado a liberar a los prisioneros.

Alzó Falcó la vista.

—¿Y qué hay de la profundidad a la que se hundió el barco?

El Almirante hizo un ademán satisfecho.

—Sesenta metros de sonda, más o menos... Al alcance de nuestros buzos cuando todo termine.

—Colorín colorado, entonces.

—Siempre y cuando ganemos esta guerra, claro.

—Claro.

Dejó Falcó el papel sobre la barra y cogió su copa.

—¿Qué sabe usted de Navia?

El Almirante tardó unos segundos en responder. Miró las fotos de actores de cine que decoraban las paredes del bar y emitió algo a medio camino entre un suspiro y un gruñido.

—Lo han relevado del mando —dijo al fin—. Creo que lo relegan a una oficina de El Ferrol... En el cuartel general de la Armada no ha gustado que desembarcara a los prisioneros rojos en Tánger.

Mojó Falcó los labios en la bebida. Estaba perfecta. El Almirante lo miraba, seco y paciente, esperando la pregunta inevitable. Falcó dio una última chupada al cigarrillo y lo apagó en el cenicero.

—¿Y ella? —inquirió al fin.

El otro cogió la hoja mecanografiada y la devolvió a la cartera.

—Sabemos que embarcó en el *Maréchal Lyautey* para Marsella. Allí se le perdió la pista. Pudo regresar a zona republicana por tierra, o viajar por mar a Barcelona o Valencia... No sé. También pudo irse a Moscú.

—¿Es verdad lo de las purgas a la gente que está en España?

—Sí. Están llamando a muchos. Incluso a Pavel Kovalenko, el jefe de la misión soviética, lo han llamado, según parece. Para rendir cuentas. Los procesos de Moscú han alterado el paisaje. Ponen nerviosa a la gente...

—¿Y?

—Pues eso. Que unos vuelven tras su interrogatorio, y otros desaparecen en los sótanos de la Lubianka. Ya sabes cómo hace las cosas esa gentuza.

Pensó Falcó en Eva Neretva enfrentada a sus jefes. Rindiendo cuentas en el cara y cruz de los ajustes internos del NKVD, al modo en que se rendían allí. También pensó en la joven libre, si tenía suerte. Vuelta a la acción en España o en donde fuera. Actuando.

No creo, había dicho ella, que sea verdad que nos amemos.

—¿Me dirá si se entera de algo, señor?

El ojo de cristal y el ojo sano se alinearon en una mirada suspicaz. Reprobatoria.

—No te diré nada —fue la irritada respuesta—. Esa mujer ya no es asunto tuyo.

Había hecho el Almirante una seña al barman y sacado la billetera para pagar la cuenta, pero pareció pensarlo mejor. Tras una breve duda, volvió a guardársela.

—Paga tú, anda.

—Como siempre.

—Se dice a la orden.

—A la orden.

Se pasaba el otro un dedo por el mostacho gris. Pensativo.

—De todas formas, dudo que volvamos a saber algo de ella —añadió tras un momento—. En lo de Tánger fracasó aún más que tú. Si ha ido a Moscú...

Lo dejó ahí. Fuera, en la calle, sonó música militar. Mucha gente empezaba a salir del bar. Se oían aplausos en la puerta del hotel.

—Ya ha llegado el Caudillo —miró el Almirante hacia la puerta—. Tengo que estar en la tribuna. Discretamente, claro, pero para que me vea quien me tiene que ver... ¿Tú no vas al desfile?

Falcó lo miraba guasón, sin responder. El Almirante se puso la cartera bajo el brazo y cogió el sombrero.

—Biarritz, recuerda. Te quiero allí en dos días.

—A sus órdenes.

—Así me gusta. A mis órdenes.

Se quedó Falcó a solas con el barman, en el bar casi vacío, apurando el cocktail. Entró una mujer enlutada y atractiva, acompañada de un hombre grueso, y fueron a sentarse en los sofás del fondo. Ella tenía formas sugerentes y bonitas piernas, enfundadas en medias oscuras bajo la falda que le cubría hasta un palmo más abajo de las rodillas.

—¿Tampoco tú vas a ver el desfile, Leandro? —preguntó Falcó.

—No, don Lorenzo —los ojos seguían chispeando en el rostro melancólico del barman—. Cada cual tiene su puesto. Yo sirvo aquí a la patria.

—A la patria y a mí... También con la coctelera se lucha contra la hidra marxista y sus chatos de vino proletario.

—Me lo ha quitado usted de la boca.

—Ponme otro *hupa-hupa,* anda.

—¿De orujo?

Miró Falcó a la mujer, que le sostuvo la mirada cinco segundos más de lo exigido por el pudor. Tras ajustarse el nudo de la corbata, se pasó una mano por la sien para alisarse el pelo. Sonreía como un lobo travieso que, a la luz de la luna, avistara un aprisco bien surtido.

—Qué remedio, oye. Pónmelo de orujo.

Tánger, mayo de 2017

Índice

Este libro se terminó
de imprimir en Móstoles (Madrid)
en el mes de septiembre de 2017